黄继坚 著

羊城晚报出版社
·广州·

图书在版编目（CIP）数据

狮舞花开 / 黄继坚著 . — 广州：羊城晚报出版社，
2022.5
ISBN 978-7-5543-1037-3

Ⅰ.①狮… Ⅱ.①黄… Ⅲ.①长篇小说—中国—当代
Ⅳ.① I247.5

中国版本图书馆 CIP 数据核字 (2022) 第 004451 号

狮舞花开
SHIWU HUAKAI

责任编辑	潘子扬
特约编辑	李穗华
责任技编	张广生
装帧设计	悟阅文化
责任校对	顾晨咪
出版发行	羊城晚报出版社
	（广州市天河区黄埔大道中 309 号羊城创意产业园 3-13B 邮编：510665）
	发行部电话：（020）87133824
出 版 人	吴 江
经 销	广东新华发行集团股份有限公司
印 刷	成都市兴雅致印务有限责任公司
规 格	890mm×1240mm 1/32 印张 11 插页 1 字数 282 千字
版 次	2022 年 5 月第 1 版 2022 年 5 月第 1 次印刷
书 号	ISBN 978-7-5543-1037-3
定 价	49.80 元

内容简介

　　小说讲述了以岭南非物质文化遗产"山狮"在新的历史时期传承、弘扬、发展为载体，反映改革开放 40 年中华大地发生翻天覆地变化、取得伟大成就的故事。

　　竹乡儿女竹狮、天晴（一个是岭南山狮传承人的后代、商人，一个是省级电视台记者）以及李莉莎、陈乐君、叶志聪等一班"80后"高学历的青年才俊，在传承、传播岭南山狮这个起源于战国时期的原生态历史民俗文化过程中，因共同的志向而成为至交。他们踯躅乡村，流连大都市，让这个诞生于山沟、濒临失传的狮舞，重振雄风：从最初的田野调查，举办山狮大会演，到走出山门，亮相省会，登上央视，走进世界大学生运动会开幕式，最后飞出国门，在异国他乡扎根、开花、结果。他们共同开创了一条拯救非物质文化遗产"民间资金＋传媒推介"的传承传播模式。

　　小说反映了南粤作为改革开放前沿，从"三来一补"企业、乡镇企业到个人独资企业、股份制企业，再发展到以公有制为主体，各种经济成分并存的中国改革开放发展轨迹。

　　小说首先带出了务工人员春节回家出现"大滞留"，政府为农民工骑摩托车返乡而开展"暖流行动"的情节；而后描述了几年后道路出现车辆"大拥堵"，国家为解决交通"瓶颈"而进行如出省高速、城轨、高铁等基础设施建设的重大事件；记述了农民脱贫致富，实现乡村振兴战略的伟大构想；呈现了"一机在手，足不出户玩转写意生活"的现代信息技术对人们生活的深刻影响，包括微信及微信支付、支付宝、网购、抖音、人脸识别等重大技术变革；立体式地记录了这一时期中国政治清明，经济跨越发展，人民生活的主要矛盾由物质生活需求转向精神生活需求的历史进程。

主要人物简介

竹　狮：山狮传承人，中宇大学国际经济与贸易系电子商务专业毕业，获经济学士学位，中宇大学 EMBA 结业。大学毕业后下海经商，致力于弘扬传统山狮文化，与天晴幼年相识，成年重逢，感情微妙。

天　晴：首都传媒大学电视广播新闻专业毕业，获文学学士学位，南粤电视台电视新闻中心记者，后被派驻海外，从事中国传统文化的推广工作，为山狮文化走出国门做出不懈努力，对竹狮暗生情愫。

李莉莎：南粤财经大学本科毕业，获经济学士学位，竹狮师妹，灵羊分公司总经理，是"天籁"舞蹈瑜伽培训中心的创立者，"单飞"后成立康乐健身培训中心有限公司。

吴曼斐：南粤外语外贸大学毕业，获文学学士学位，竹狮初恋情人，出国留学前与竹狮分手，在国外婚姻失败、国内家庭破落后回国发展。

何少溪：中宇大学软件学院网络专业毕业，获工学硕士学位，竹狮学姐、恋人，后出国继承前男友遗产，在资金上给予竹狮鼎力支持。

苏晓妮：天晴大学同学，公众号大V，多次利用公众号发表批驳竹狮、天晴观点的文章，散布流言绯闻。

陈乐君：省委组织部选调生，竹狮高中同学，县委办副主任，灵羊市文广新局局长，灵羊市委常委兼宣传部部长。

叶志聪：省委组织部选调生，天晴大学同学，省体育局科教宣传与交流处科长、副处长，对天晴有期待。

竹乡山狮总关情

——《狮舞花开》序

　　捧起广宁县黄继坚先生所著的长篇小说《狮舞花开》文稿，一股芬芳扑面而来，令人为之一振。细细品味，里面既有淡淡的竹子清香，也有浓浓的泥土气息。

　　《狮舞花开》的主人公竹狮原来是一介寒门学子，天聪加勤奋而脱颖而出，大学毕业后，下海经商，艰苦创业，筚路蓝缕，在事业与爱情的角斗场上奋搏。

　　黄继坚先生参加工作后，先在县政府部门当秘书，后到商海弄潮，成了一位事业有成的企业家。商场如战场，没有炮火硝烟，但有暗流涌动。黄继坚先生日常在处理各项繁忙的事务中，总是放不下心中的那支笔，利用难得的空暇时间，不知花费了多少个日日夜夜，殚精竭虑，好不容易才写成这部长篇小说。两相对照，黄继坚先生的人生轨迹与小说《狮舞花开》所展示的主人公竹狮的足迹何其相似乃尔。

　　文学作品最重要的是情怀，也就是真情实感。一些作者为了追求所谓的"新颖"，舍近求远，花大量时间笔墨凭空去写那些自己根本不熟悉的事情，以堆砌华丽的辞藻来呈现其艺术性，试图用无病呻吟的矫情打动读者。结果这些没有生活底蕴的作品只能是空中楼阁，成了孤芳自赏的东西，随着时间的飘逝，被社会的浪潮淹没得无影无踪。

绥江碧水环抱的广宁县是全国著名的竹乡，是红色革命的摇篮，又是全国武术之乡，禅宗六祖惠能曾在此驻锡过，经天纬地，诸多文化元素纵横交错。古往今来，这里孕育出不少俊彦人杰，流传着许多动人心魄的故事。当今风吼雷鸣的年代，让这片大地挖掘出丰富多彩的历史沉淀。

黄继坚先生的父亲黄国英是岭南山狮的传承人。在烽火连天的战争年代里，他是粤桂湘边纵队小鬼兵的武术总教头。他和众多徒弟曾出生入死，为革命做出了贡献。如今在广宁县城设立了"黄国英山狮技艺纪念馆"，弘扬这个非遗项目。

黄继坚先生作为其后人，从小到大都在竹乡生活，深受父亲的思想与技艺熏陶，十多年来，不辞劳苦地深入田间山野，走村串户作细心的调查研究，编著了山狮史料书《岭南山狮初探》，首次提出了"山狮是南狮的开山鼻祖"的崭新论点，引起了国内史学界、狮艺界和武术界的关注和好评。

黄继坚先生对竹乡山狮情有独钟，选择了自己最为熟悉的题材为契机，以"源于生活，高于生活"为圭臬，经过遴选取舍，用独特的艺术技巧，将原始素材进行艺术化的加工改造，再诉诸笔端，几经修改，终成《狮舞花开》这部长篇小说书稿。书中所写的事件是他从复杂纷纭的人生经历中撷取的最有感悟的东西，对其进一步升华，从不同角度全面介绍了山狮的历史渊源、流派分支、武术套路、技艺特点、锣鼓敲击、音乐节奏、表演程式等。

黄继坚先生在布局谋篇方面下了很大的苦功，层层推进，步步为营。展开全篇品读，细细沉思回味，从故事情节的起伏跌宕、生活细节的详尽描写，可以清晰看出黄继坚先生对那里的民俗文化和风土人情熟之稔矣，算得上信手拈来，字里行间，流泻出浓烈的故土情愫。窥豹一斑，从这部作品中也感受到他将储藏在心中已久的情感波澜尽情宣泄了出来。不难看出，黄继坚先生写这本书前查阅了不少历史、人文、地理等资料，积累了大量翔实的数据。

《狮舞花开》还融入了不少现代化的因子：高速公路、城轨、高铁、无人机、虹膜识别、保时捷汽车、网购、支付宝、微信、微信支付、抖音等。新时代气息盈溢全篇，贯穿首尾，这比以往常见的一般作品更有新时代的气息。

在作品中，黄继坚先生笔下主人公竹狮的事业线波折迭起而不繁杂紊乱：竹狮年轻时就有与众不同的经商思维，大学就以家教为起始点，参加交易会与德国、比利时、荷兰等国的外商谈判。大学生自主创业下海后，他审时度势，能够把准时代的脉搏与商机从小做起：团购摩托车、批发毛织成衣出口、办生态旅游发展公司、开设汽车4S店、办小水电站……他凭着敏锐的嗅觉和正直的人品，将生意越做越大。

书中情节迂回曲折，奇峰突起，许多情节出乎意料而又合乎情理。竹狮在创业的旅途中，千磨万劫，有如一位纤夫，拖着事业的小舟在人生长河里栉风沐雨，一步一脚印地艰难向前跋涉。他自己创业成功，还以博大的胸怀，扶持部下自谋发展，让其成为新的企业家。竹狮不仅是生意场上的角斗士，而且还是历史的守护者、文化的传承人。心系山狮情结的他通过不息的努力，将中国的优良传统文化——山狮绝技推向了世界，在加拿大落户，取得了巨大的成功。作者如果没有在商海亲身凫游过，是不可能将商场竞争的细节写得如此真实生动的。

竹狮面对的不仅是波诡云谲的商海，还身陷柔情缱绻、纷繁复杂的情场爱河之中。

《狮舞花开》书中的副线——爱情线波澜起伏却又拿捏有度，用妙曼的笔触写出了美好的爱情却没有陷入低级庸俗的窠臼。毫无疑义，竹狮这位事业有成、英俊潇洒的青年企业家自然会"招蜂惹蝶"。"少女情怀总是诗"，白领丽人、多情倩女频频向这个"白马王子"伸来搜猎的触角，抛出缕缕情丝：移情别恋的吴曼斐、温文尔雅的何少溪、痴情相向的李莉莎、才华横溢的天晴、因情嫉而射冷箭的苏晓妮……粉黛红颜，衣香鬓影，令人意乱情迷。稍有不慎，竹狮就会被情丝所羁困，落入"多情却被无情恼"的爱情陷阱而自毁锦绣前程。而竹狮以清醒的头脑、以男子汉应有的恰当分寸，应对迎面袭来的香风醋雨。

《狮舞花开》没有矫揉造作的长吁短叹，也没有哗众取宠的绮词丽句，行文收放自如，洒脱流畅，在质朴之中带有文采，在平淡之中却显不平凡，作品中人物性格鲜明突出，主人公塑造得立体鲜活。

黄继坚先生虽是企业家，但却笔耕不辍。几年前，他就以广宁山狮为题材，著有长篇小说《竹魄雄风》（合作），获中共肇庆市委宣传部的文艺精品扶持，在羊城晚报出版社出版后，好评如潮。

如今，这部充满正能量的《狮舞花开》即将付梓，祝愿黄继坚先生在生意场上奋搏之余，拿出更多好作品以飨读者。

是为序。

何初树

2020 年 2 月 13 日

目录

CONTENTS

楔　子

喝火令·绿水青山景相宜

碧水蓝天阔，高山翠竹葱，螺松风物润双瞳。云锦彩霞如梦，何许觅芳踪。

曲折崎岖路，登云入险峰，拓荒开径现玲珑。尽展英姿，尽展慧灵聪，尽展与时俱进，绿野伴青松。

南粤省（简称"粤"）、西桂省（简称"桂"）、湖湘省（简称"湘"）边区，方圆百余里，有一座海拔2100多米的螺松山，主峰雄伟壮观，群峰连绵起伏，逶迤纵横，气势磅礴，横跨粤、桂、湘三省。

其中一支山脉向南延伸，兜兜转转到达南粤省灵羊县郊区一个小山丘上，余脉最后沉入自北向南流淌的瑞江河。从外俯视，山脉好似一条盘旋在崇山峻岭伸长脖子在河边饮水的巨龙。

山丘下，是连片300多亩呈带状的竹园。竹园旁边，瑞江河环绕而过。

2019年末的一天，这里将隆重举行"灵羊县山狮技艺博览园"

开园庆典仪式。

早上8点，灵羊县西郊沿江柏油公路上，一辆"土豪金"颜色的保时捷"卡宴"向着竹海深处驶去，十多分钟后，到达博览园牌坊前的停车场。

从车上走下两名男女青年。

男的而立之年，身材颀长，温文尔雅中不失气宇轩昂。他叫竹狮，是诗裕集团发展有限公司董事长兼总经理，也是这个博览园的主人。女青年中等身材，楚楚动人之余不乏淡定、干练，她叫天晴，南粤电视台新闻中心记者，近年被单位外派加拿大等国推介中国传统文化。站在牌坊下的女生，皮肤白皙，优雅得体。她叫李莉莎，原是诗裕灵羊发展有限公司的总经理，今天，她以"天籁文化娱乐策划有限公司董事长"的身份，为竹狮策划这场盛会，并担任会场活动的总指挥。

看到竹狮、天晴下车，李莉莎迎上来，面带笑容，拉着天晴的手，脱口而出："天晴姐姐，终于把您盼来了！"

"莎莎，见到你我也十分开心，你这个美女，越发成熟、能干了！"天晴欣喜地拥抱了李莉莎。

看她们聊得差不多，竹狮询问："莎莎，准备工作如何？"

"会场布置已准备就绪。"李莉莎轻柔又自信地说道。她示意工作人员将遥控飞机放飞天空，信号很快发送到训练场右边的大型电子屏幕上。

首先出现的，是博览园的平面图像。

博览园依山傍水，坐北向南，由高至低呈梯形，园内分上下两板块，两者之间由九级石阶相连。山狮技艺博物馆坐落在小山丘上；门口牌坊、山狮酒店、狮艺训练场、停车场及相关配套设施分布在竹园里。

接着，工作人员调整遥控飞机的高度和视角，进行立体扫描。

今天的博览园，披上了节日的盛装，到处张灯结彩，地面上的彩旗迎风招展，悬浮半空的彩球绸带随风摇曳，升旗台上的五星红旗迎风飘扬；偌大的训练广场作为主会场，主席台、主讲台已摆放整齐；牌坊前及门口到主席台、石级、山狮技艺博物馆前的红地毯已铺垫好；门口牌坊上的花岗岩双龙双狮错落有致，双龙守护相望，双狮砥砺前行。

8点多，竹狮在李莉莎的陪同下，来到采访台，只见那里已经聚集不少媒体记者，各种"长枪短炮"已架设好。

看时间差不多，李莉莎举起双手示意，一众媒体人马上安静下来。

"各位媒体朋友，待会儿进入庆典后我们的董事长竹狮先生事务将会十分繁忙，现在难得有时间，欢迎各位提问。"李莉莎做了个开场白。

竹狮走到采访台上，微笑说："首先，我谨以我们家族、公司及我个人的名义，对各位媒体朋友莅临今天的盛会，表示衷心感谢！"说完，向记者们鞠躬。

"我是南粤电视台新闻中心记者，请问竹董事长，您的山狮技艺博览园投入了多少资金？整个博览园除了山狮酒店外，其他的项目都是公益性的，从商业的角度看，很难收回成本，您的初衷是什么？"一个女记者首先发问。

"先父是粤、桂、湘三省边区山狮技艺的教头，也是中国人民解放军粤桂湘边纵队小鬼兵的武术总教官，他一生执教狮队两百多个，致力于传统文化的传承传播，弟子遍及粤、桂、湘边区，甚至东南亚一些国家。武警部队、解放军院校、特种部队中也不乏其弟子。为了纪念先父，更为了让山狮这个弥足珍贵的原生态民俗文化生生不息、世代相传，我于是投资6000多万元建起这个博览园。"竹狮侃侃而谈，回答了第一个记者提问。

一个男记者向前挪动了一下，举手提问：

"我是西桂省柳州市电视台的记者，请问，这次庆典，我们西桂省有多少个狮队参加？你们平时对这些狮队在资金扶持力度上与你们本省的狮队一视同仁吗？"

"凡是先父执教的山狮队，我们都一视同仁，对外县外省的狮队，确实有困难的，我们还会酌情增加扶持力度。你们西桂省共有36个狮队参加这次庆典，其中你们柳州市就有13个。"

"竹董事长，您的回答很详细、准确，谢谢！"记者竖起了大拇指。

"我是首都《中华传统文化报》的记者，请问竹董事长，你们以后对山狮技艺传统文化的传承发展有什么进一步的措施？"

"具体的措施在送给你们的材料上有详细说明，我想说的是，希望有朝一日，山狮文化能登上银幕、屏幕，走进千家万户！"

天晴也站在记者席上，此刻，她完全进入角色，举手提问：

"我是南粤电视台派驻加、美等国海外网络平台的记者，请问竹董事长：山狮与南狮，也就是我们平时说的醒狮，有什么异同？两种狮舞有没有内在关联？"

"山狮体形比南狮小，没有胡子、舌头和下巴；颜色图案上，山狮较为原始古朴，南狮大红大紫，并添加了一些现代装饰，舞动时栩栩如生；表演程式上，山狮仍然保留着传统的地狮技艺，而南狮近年从东南亚国家华人社团引入跳高桩技术，令传统的技艺褪色。"

稍微停顿了一下，他又说：

"从多年的田野调查及查阅史料得出，'山狮是南狮的开山鼻祖'，此观点逐渐为业界所认同。"

"能否向海外的华人华侨呼吁一下？"

竹狮清清嗓子，笑容可掬：

"尊敬的海外华人华侨，我们中华民族具有五千年光辉灿烂的文明，涌现出一批批优秀的历史文化，它们是我们中华民族的瑰宝，需要全体中华儿女用心呵护，世代相传！让我们心连心，为中华民族的崛起、富强而努力！"

竹狮说完，又补充一句："加拿大的华人华侨，明年在多伦多，我们中加建交50周年庆典见！"

"我是灵羊电台《美事美妙》生活栏目的记者，听说您还是'王老五'，属'钻石'级的，请问竹董事长，您的择偶标准是什么？"提问的是一个长发披肩、斯斯文文的女记者。

"这个……这个嘛，还是随缘吧。"说完，竹狮嘻嘻笑了。

9点，告别媒体记者，竹狮与天晴、李莉莎齐聚门口，逐一与前来道贺的各位领导、嘉宾握手，对他们在百忙之中莅临指导表示衷心感谢！

9点45分（俗称"九点九"，寓意长长久久），开园庆典开始。

国家文化部、南粤省领导分别发表了热情洋溢的讲话。

随后领导、嘉宾、竹狮一齐进行了揭幕仪式。

旭日东升，绚丽的霞光将博览园的牌坊照得熠熠生辉，牌坊横匾上"灵羊县山狮文化博览园"几个大字分外夺目。

随着竹狮一锤鸣锣，山狮表演开始，粤、桂、湘边区200个山狮队一齐击鼓，锣鼓声瞬间响彻云霄！

首先出场的是"芋笠"狮子，这是山狮的"开山鼻祖"，它由两个少年表演。舞狮头的少年，手执"芋笠"，身披蓑衣、麻布条，赤着脚；舞狮尾的少年头戴灵羊大竹帽，也身披蓑衣、麻布条，赤脚；在他们前面，一只用竹篾编织、披上饰布的华南虎，正虎视眈眈，凶相毕露，与"芋笠"对峙。这个场景，将现场观众带到两千多年前的战国时期，勇敢而聪明的灵羊古山人，为了生存，与华南虎斗智斗勇，由此诞生了弥足珍贵的原生态山狮舞，观众发出阵阵欢呼声和喝彩声！

紧接着，200个山狮队按照山狮表演的基本要点弯腰、屈膝、缩肘、碎步探步行走，统一步骤进行山狮广场舞表演，场面恢宏，惊天动地，何等壮观！这种出自山沟的狮舞，自古以来从没有那么多狮队聚在一起表演，现场几万名观众大饱眼福……

第一章
大山孤儿金榜题名

西溪村，灵羊县北苑镇一个小村落。这里四面环山，西溪河从村前流过，蜿蜒而去。

进入秋天，本应秋高气爽，晴空万里，但此时天空密云笼罩，天色灰沉。村头一间土坯房前，暗红色的鞭炮纸屑散落一地，这里刚刚举行完一场葬礼。

这户人家的主人叫冠鹰，妻子月蓉去年因病去世了，由于伤心过度，加上工作劳累，三天前他也因病撒手人寰，留下一双还在读书的儿女。女儿竹青16岁，读完初三，刚好考上端砚市财贸学校；儿子竹狮12岁，刚读完小学五年级。姐弟两人一下失去依靠，生活陷入极大的困境。

冠鹰的弟弟，年过半百的冠雄，向单位请了几天假，从省城珠州市回到家乡，料理兄长的后事。

早上，叔侄几个愁容满面，坐在家里，商量以后生活的安排。

"竹青，作为姐姐，你有什么打算？"冠雄关切地问。

"叔叔，我不去财校读书了，准备去打工，供弟弟读书。"

"这怎么行呢？我做叔叔的，就算砸锅卖铁也要供你读完财校。"

"叔叔，我主意已定，况且我都 16 岁了，也该撑起这个家了。"

看着如此懂事的竹青，冠雄眼眶湿润了，他心里想，无论多么艰难，至少也要扶持侄子侄女完成高中（中专）学业。

这时，西溪村党支部书记兼主任冯德修带领几个干部走进屋里。竹狮马上让座，竹青为他们递上茶水。

"冠雄大哥，对于冠鹰大哥一家的不幸遭遇，我们深表同情，但我相信肯定有办法解决的。"接着，他郑重其事地说，"经村党支部研究决定，竹狮小学至高中的学费由村里解决。另外，我们发动村党支部全体党员、外出乡亲进行捐助，共筹到资金 8360 元，作为竹青读中专的费用。"

冠雄站起来，紧紧握着冯德修的双手，一个劲地表示感谢！

冯德修转而介绍同来的两个人，他指着旁边稍矮肥墩的人说："这是镇民政办的郭主任，他代表北苑镇政府带来了 1000 元的扶贫助学资金。"待冯德修讲完，老郭从提包里拿出一个信封，将装着的款项如数交到冠雄手上。冯德修又指着邻位戴着眼镜的年轻人说："这是镇农村信用社的高副主任，他今天上门，主要看竹青读书要不要贷款，如果有需要，随时可以办理相关贷款手续。"接着，高副主任拿出一个卡片、几张表格，递给竹青。

看到这一切，冠雄流下激动的泪水。一家有难，八方支援，想不到这种事发生在自己身上。他说："我代表全家人衷心感谢党，感谢人民政府，更感谢今天上门慰问的各位领导！"他叫竹青、竹狮姐弟过来，让他们跪下，向这些恩人叩谢！

见此情此景，冯德修等几个人马上拉起姐弟俩，连声说："使不得，使不得！其实，扶贫济困，也是基层工作重要的组成部分，是我们应该做的。"

看逗留时间差不多，冯德修一行人挥手告别，冠雄几个一直把他们送到村口。

接近中午，冠鹰山狮关门弟子、在灵羊县国土局工作的李梓祥，代表全县的师兄弟，将捐款 16500 元送来。此刻，冠雄、李梓祥双手紧紧握在一起，他们心里只有一个心愿：拧成一股绳，同心协力，将亲人的遗孤抚养成人。

由于时间紧，李梓祥要赶回县城，冠雄尊重他的决定，没有挽留他在家里吃午饭。

走出屋子，一缕阳光冲破厚厚的云层，喷薄而出，照在竹青、竹狮身上，他们感到特别温暖舒适……

九月初，竹青要去上学了，是搭来村里装运木材的货车走的，看着前来送自己的弟弟，竹青心里特别难受，但是，他们都没有资格哀伤，唯一能做的就是学有所成，令九泉之下的父母安息。

准备上车了，竹青双手搂着年幼的弟弟，千言万语涌上心头，她除了将眼泪咽下肚里，别无选择。

倒是竹狮望着姐姐，一字一句安慰她：

"姐姐，你放心去读书吧，我是一个男子汉，会读好书，照顾好自己的。"

货车远去，消失在拐弯处。通往大山外的公路，像一条纽带，将姐弟俩的命运紧紧地连在一起，也为他们走出大山指明了方向。

三年后，竹青中专毕业，随即考入灵羊县财政局，她用微薄的工资，承担起照顾弟弟的重任。

竹狮在北苑镇初中毕业后，考上灵羊中学。

灵羊中学，坐落在县城的灵羊山下，灵羊河从学校门前流过。

这是一所有着 220 年历史的学校。偌大的校园，古老榕树下年代久远的洪钟，校道两旁生机盎然的树木，花圃上的绿草，古今中外伟大的教育家、思想家、科学家的雕像，催人奋进的警句，明净的课室，都给竹狮带来全新的感受。

竹狮就读的是高一（1）班（全级 15 个班），全班 38 位同学，他是班长兼英语科代表。他发现自己除了语文、英语成绩较好之外，数理化和政治四科比在县城读初中升上来的同学要弱。

傍晚放学后，竹狮一个人走在街上。

"竹狮，你住哪里？"

听到背后有人叫自己，竹狮扭头，原来是同班同学吴曼斐。

吴曼斐比竹狮稍矮，身材苗条，皮肤白皙，是数学科代表，数学成绩在班中数一数二。作为班长兼英语科代表，竹狮对吴曼斐还是熟悉的。

"噢，是吴曼斐呀，我住滨江南路，房子是我姐姐租的。你住哪里？"竹狮回答完，顺便问了一句。

"我住新城区。"吴曼斐拢了拢头发，轻轻回答，又问，"你的英语那么好，有什么学习方法没有？"

"要说方法嘛，也有也没有。"

"为什么这样说？"

"想学好英语，除了兴趣，剩下的就是死记硬背。"

"这些我都做了，为什么效果还是不大好？你还有其他秘诀？"

"其实不少同学，包括英语老师也向我提出过这个问题，我在乡镇中学读的初中，英语成绩却在班里名列前茅，他们觉得有点好奇。你真的想知道我是怎样学的吗？"

"那还用说吗？"吴曼斐扬起头，嘻嘻笑了，露出两个小酒窝。

"其实，每年的暑假、寒假，我都去珠州市叔叔家里，白天做暑期工，晚上就跟他单位同事的儿子——一个在外语外贸大学读大二的大哥哥学习。看电视时，他不看其他台，只看英文台。还有，跟着他跑到街头，同外国人打招呼，练练口语，这也是提升自己的良好机会，潜移默化中，我慢慢地掌握了窍门。"

"噢，怪不得，除了你的天聪，原来还有这种机会，好羡慕啊!"

"那你说说学好数理化的方法行不?"竹狮抓住机会,赶紧问。

"其实想要学好数学,除了天聪,加上上课时要认真听老师讲授外,最好养成预习习惯,多做练习题。"

竹狮点头称是。

不知不觉,他们聊了差不多半个小时,在街道十字路口,他们分开各自回家了。

竹狮、吴曼斐在学习中,优势互补,共同进步,不知不觉结下纯洁的友谊。

转眼到了暑假,高一学期就快结束了,竹狮继续去珠州打暑期工。吴曼斐向父母提出,跟随竹狮去打工,顺便实操英语。

听到这个决定,吴曼斐的父母吓了一跳,细问之下,吴曼斐道出了实情。

吴曼斐的爸爸吴良浩,是灵羊县的县委书记,妈妈程碧霞,在县财政局工作。

星期四晚上临睡前,夫妻两人就女儿的学习问题进行商量。

"良浩,听英语老师说,斐斐的英语成绩近来有很大进步,语文成绩也比原来提高了,除了她努力用功之外,原来与向班长竹狮学习,掌握了方法有很大关系。"

"以女儿的个性,阻止她去珠州打暑期工不现实。要不这样,找一个时间,叫斐斐带竹狮来家里吃饭,说是感谢他对斐斐的帮助,顺便对他了解一下,你认为如何?"吴良浩若有所思。

"也好,现阶段是孩子长身体长知识的重要阶段,对孩子以后的成长尤为关键。干脆,就这个礼拜六晚上好吗?"

"如果不是出差或上级领导下来,我会推掉其他的应酬。"说完,吴良浩打电话给他的秘书潘诗槐。

"小潘,这个礼拜有没有什么特别的工作安排?"

"吴书记，我马上查一查，五分钟后回复您。"电话那边，潘诗槐干脆利落回答。

三分钟时间后，潘诗槐回复："潘书记，暂时没有，难得一遇的'风平浪静'啊！"

吴良浩大学毕业后，作为省委组织部的选调生，从乡镇一般干部做起，一步步走到今天。他一直住在新城区的乡镇书记、镇长楼小区。当年灵羊县委、县政府为了让一线指挥员安心工作，兴建了这么一个住宅区，作为福利房分给乡镇一、二把手。

傍晚5点钟，竹狮随吴曼斐来到她家里，程碧霞正在操持晚餐，打过招呼后，竹狮问程碧霞："阿姨，要不要我帮忙，我会做饭做菜的，而且味道不会差，您信吗？"

程碧霞的心里咯噔一下，十几岁的孩子，竹狮的主动大大超出她的预料，那可不是这个年纪该有的心智啊！是轻飘飘的"大言不惭"还是"江湖小子"？

程碧霞必须正视这个竹狮，对他要进行"挖地三尺"的考察，否则，吃亏的是自己的女儿。

于是，她轻轻说了一句："行呀，你会做什么？"

看妈妈对竹狮毫不客气，吴曼斐不高兴了，嘟起小嘴："妈妈，您怎么让竹狮做家务？他可是我的同学，是我的客人啊！"

看吴曼斐不高兴，竹狮笑着对她说："不碍事，这个也是我的强项。"他从程碧霞手里接过围裙、菜刀，一个人把3斤多重的小母鸡杀了。烧水、除毛、开膛，有条有理，十多分钟完成，老成持重，程碧霞反而成了帮手。

看着竹狮的手势，吴曼斐先是目瞪口呆，随即鼓起掌来："想不到我们的班长不但是'学霸'，还是'超级大厨'，除了想不到还是想不到！"

吴曼斐也加入做晚餐的行列。竹狮边做边和她聊天，但程碧霞听不懂，原来这两个孩子用英语对话。

在轻松愉快、充满笑声的操持中，精巧丰盛的晚餐完成了。

6点整，吴良浩准时回来，吴曼斐站在门口，看见爸爸进来，马上接过他的提包，挽着他的手，头靠在爸爸肩膀上，笑盈盈回到客厅，向竹狮介绍说："这是我爸爸，英俊、潇洒、大帅哥！"

竹狮站起来，向吴良浩问候："叔叔好！"吴良浩微笑点头。

他回到洗手间，略为梳洗一下，马上入席。看到桌上的菜式，觉得似与平时的有所不同。他夹起一块鸡肉，还没有入口即闻到四溢的香味，一吃，香甜鲜美而不失嫩滑。

"茶油鸡？味道不错，不错。"吴良浩连说两个"不错"。

他面向女儿，夸奖起家庭主妇来了："斐斐，你妈妈的厨艺大有长进啊。"又对竹狮说："竹狮，别客气，多吃点。"他说完，面向妻子，期望她的反应。

谁知道，吴曼斐马上纠正他的说法："爸爸，您做梦也想不到，今晚餐桌上的美味佳肴，全部是竹狮的杰作。"

听到爱女这样说，吴良浩面向妻子，程碧霞微笑点头。

这下子，吴良浩重新审视竹狮，足足凝视了差不多半分钟，弄得竹狮不好意思。

"书记爸爸，请您礼貌一点，他可是我请来的客人！"这下子吴曼斐不干了，提出抗议了！

吴良浩自知失态，马上回过神来："哈哈，女儿请的原来不是'学霸'，而是'厨霸'，你老爸我有口福了！"

"他不但是'厨霸'，更是'学霸'！"吴曼斐还是不依不饶。

吴良浩在女儿面前，完全没有工作上的霸气，亲和力超级棒。他先后为竹狮、女儿夹了一块鸡肉，真诚地说："竹狮，谢谢你！"

看爸爸虔诚的样子，吴曼斐"阴转晴"，为爸爸满上一杯啤酒。

吴良浩向竹狮问了一些家里的事情，当听说竹狮的父母早已去世后，心里一沉，对竹狮的早熟已有几分理解。

"家里还有什么亲人？"程碧霞关心地问。

"有叔叔一家人，还有一个姐姐。"

"姐姐在读书还是工作？"程碧霞轻轻问。

"已经工作了，中专毕业后考入县财政局。"

"县财政局？她叫什么名？"这下程碧霞更感兴趣了。

"她叫竹青。"竹狮喝了一口可乐回答。

"她在我隔壁办公室，文静、勤快、大方，很有人缘。"

至此，竹狮的人生际遇令吴良浩夫妻心里感慨良多。吃完饭，吴良浩借口处理事情，回到书房，打电话给灵羊中学冼中栋校长。

"冼校长，你好！"

还没有报出姓名，电话那头已传来冼校长洪亮的声音："吴书记，晚上好！您有什么指示？"

"指示倒没有。"吴良浩笑笑，继续说，"我想向你了解一下你们学校高一（1）班竹狮在学校的情况。"

"好的，我记下了，稍后向您汇报。"

十多分钟后，冼校长汇报了竹狮的情况：

"竹狮，现年17岁，本县北苑镇西溪村人，父母早逝，是高一（1）班班长，学校学生会副主席，校团委副书记，学校校刊《萌芽》副主编，学习成绩在全级名列前茅，尤其英语，已达到大学一年级水平。"

汇报完，冼校长再次请示："吴书记，还有什么指示没有？"

吴良浩若有所思，好像还没有反应过来，"哎哎"了两声。

听到"哎哎"的声音，冼校长以为领导打哑谜，马上接着说："吴书记，竹狮同学在学校是品学兼优的学生，我们打算在不妨碍他学习的前提下，下学期让他担任学生会主席，进行重点培养。"

听冼校长这样说，吴良浩机械地说"好"。

"吴书记，还有一件事向您汇报，前一段时间，竹狮向学校后勤部主任提出，承包校内的水管维修保养工程，以解决自己的生活费用。当时我们考虑到学生应以学习为主，没有答应。此事……"冼校长那边，欲言又止。

吴良浩说了一句"谢谢你"就挂了电话。

走出客厅，吴良浩问竹狮："听斐斐说，你打算读书期间利用星期六、星期天打工帮补生活费，我们老干部培训学校是专门为退休后的干部服务的，正好计划聘请教师，包括英语老师，每节课补助 80 元，你有没有兴趣做？如果有，下学期你直接找县人大常委会副主任廖伟，他会安排你的工作。"

听到这个好消息，竹狮马上站起来致谢。

竹狮走后，吴良浩一家人商量吴曼斐暑期打工一事，重点是安全、住宿问题。

"斐斐，竹狮原来做的工种粗重，地方复杂，安全隐患大，爸爸妈妈担心。这样吧，你与竹狮去省高教出版社找我大学同学薛之明叔叔，他会安排你们工作的，主要是文字审阅、校对等等，其中也有可能涉及英语方面的，对你们学习有好处。至于工资嘛，应该不会亏待你们。"

"安排住哪里呢爸爸？"

"高教出版社正好靠近姑姑家里，你去她家住。竹狮叔叔的家也离那里不远，如果竹狮愿意住姑姑家也可以，反正有地方，但要尊重他的选择。你们什么时候出发？"

"我们打算下个星期二坐大巴去，挺方便的。"

回到卧室，吴良浩嘀咕了一句："女儿长大了，她也有自己的主见了。"然后摇摇头自笑。

"是呀，女大不中留。"程碧霞也深有感触。

竹狮、吴曼斐带上简单的行李以及程碧霞准备的 3 份礼物（有土鸡、土猪肉、灵羊馄饨以及腐竹，分别送给吴良浩的同学、妹夫、竹狮的叔叔冠雄），搭直达珠州的大巴，开始为期近50天的暑期打工及英语实操训练。

吴曼斐的姑父魏国檠，40多岁，是一个主营混凝土搅拌站，兼营高速公路建设、公路两旁绿化、大型商住区园林绿化的商人，资产近亿元，两个孩子已送往英国读书，吴曼斐的姑姑吴良敏英国中国两边跑，假期回到国内，一家人也是外出旅游居多。因此，这家人在珠州市紫云山下的独立别墅，几乎成了旅馆。

考虑到吴曼斐多数时间一个人居住，也因为她极力要求，竹狮从安全角度考虑，就和吴曼斐住在这幢别墅里。

在安顿好住宿后，竹狮带吴曼斐去到叔叔冠雄家，向他介绍了吴曼斐的身份，还有这次暑期工的内容，并带上程碧霞送的礼物。

晚上，冠雄叫上同事彭明思夫妻及他们准备升大三的儿子彭其超一起吃饭，冠雄的女儿叫潇啸，和竹狮、吴曼斐一样读高二，四个年轻人无拘无束，叽叽喳喳。

吃饭前，冠雄拨通吴良浩的电话，对他夫妻俩的充分信任表示感谢，同时请他们放心，他会照顾好两个孩子的。

第二天，竹狮、吴曼斐来到出版社，薛之明安排好他们两人的工作，中午请他们吃饭，算是为两个孩子"接风洗尘"，竹狮、吴曼斐两人觉得很有面子，高兴极了。

星期一至星期五，竹狮、吴曼斐吃完早餐，准时去出版社上班，中午吃完盒饭，在出版社稍做休息，傍晚下班后，他们多数时候自己做饭，吴曼斐负责洗菜、洗碗，竹狮负责煲饭、煮菜，每星期煲一次汤，有时，两个人负责的工作互调。他们还不时请彭其超、潇啸过来一起吃饭，大家欢声笑语，其乐也融融。而到了星期六、星期天，竹狮、吴曼斐、潇啸在彭其超的带领下，先去他就读的珠州外语外贸大学，找外籍老师聊天，或者同外国留学生"打牙骹"（练口语）；下午去珠州会展中心做志愿者翻译，那里刚好有一个全世界最大、最齐全的恐龙展览会。当然，有时他们在宿舍看书，看世界名著，中国四大名著，或者当下最热门的文学作品。

八月初，吴良浩要陪程碧霞来珠州看牙病。听说爸爸妈妈来，吴曼斐很高兴，按照妈妈指定的医院，马上进行网上预约挂号。

那家口腔医院是私人开办的，相当高级，专门聘请世界各地著名的医生坐诊，经营也按时髦的汽车4S店模式进行。

到了就诊那天，竹狮、吴曼斐陪他们到医院。

医院地板全部铺上地毯，导诊员个个好像空姐一样青春靓丽，统一制服，统一装扮。

接诊医生是西班牙人，名叫古斯曼·奥托，医学博士，50多岁，身材高大，秃顶，满口西班牙语。由于人满为患，翻译忙不过来，竹狮、吴曼斐尝试用英语与他交谈，果然接上话，除了个别专业性强的医学术语由竹狮补充解释外，吴曼斐全程用英语与医生畅顺交流。看完病，古斯曼医生对吴曼斐竖起大拇指。

看着女儿的进步，吴良浩夫妇喜悦之情溢于言表。

八月底，竹狮、吴曼斐告别薛之明、彭其超还有冠雄一家人，回到了灵羊。竹狮用打工所得为冠雄叔叔买了一件"单西"，为姐姐买了一件连衣裙。吴曼斐为爸爸买了一套一千多元的西装，为妈妈买了一身浅蓝色的套裙，所得工资所剩无几。

这次暑期打工，令吴曼斐转变很大。她不但开阔了视野，增长了见识，英语水平明显提高，而且一改以前娇小姐的个性，放学后主动帮妈妈操持家务，做饭、烧菜、煲汤样样拿手，独立生活的能力从此具备。对吴良浩来说，女儿独立生活能力的提高，更令他为之一振，因为他有个心愿，希望女儿出国留学。而出国留学，除了需要身体好，英语过关，还要有较强的独立生活能力。

九月中旬，作为县委书记兼县武装部党委第一书记，吴良浩接待了端砚市委常委、端砚军分区司令员何光勇。

灵羊县是革命老区，大革命时期已涌现出周其淦等杰出农民运动领袖，新中国成立前是中国共产党领导下华南七大游击劲旅之一的中国人民解放军粤桂湘边纵队司令部所在地。改革开放后，灵羊县连续多年被国务院、中央军委授予"全国双拥模范县"，所以与军方的交往比较多。

忙碌的检查工作排满一整天，第二天吃完早餐后，何光勇临走前向吴良浩提出一个工作以外的请求，希望帮忙寻找一个民间武师的后人。此武师叫冠鹰，北苑镇人氏。对何司令的请求，吴良浩马上交代秘书潘诗槐办理。

不一会儿，潘秘书走进办公室，向两位领导汇报掌握的情况：

"冠鹰，粤、桂、湘边区有名的武师，山狮技艺总教头，原中国人民解放军粤桂湘边纵队小鬼兵武术总教官。"

听到这，何光勇马上说"没错，就是他"，然后追问他及其后人的近况。

潘秘书继续说："冠鹰武师夫妻六年前已去世，留下一双儿女，女儿竹青，在县财政局工作，儿子竹狮，在灵羊中学刚升上高三。"

听到这里，轮到吴良浩笑了，他自言自语地说："原来是这小子。"

看到吴良浩的神态，何光勇马上问："莫非老吴认识此人？"

"何止认识，他是我女儿的同班同学，他们曾一起去珠州打暑假工，他还不时来我们家吃饭呢！"

"那就有意思了，这叫'无巧不成书'，就见见这小子！"何光勇轻轻拍了一下大腿，哈哈大笑。

吴良浩交代潘秘书打电话给冼中栋校长，让他待竹狮下课后亲自把人带到县武装部，不得有误。

半个小时后，冼中栋亲自将竹狮带来县武装部。

竹狮走进办公室，见到吴良浩，叫了声"叔叔好！"看其他人不认识，只向他们点点头，然后与冼中栋坐在一边。

吴良浩招呼竹狮过去，让他坐在何光勇面前，然后为他们做了双向介绍。

"竹狮，这是我们市委常委兼端砚军分区司令员何光勇，是他找你。"

竹狮马上站起来："何司令员好！"

看竹狮不卑不亢，稳重淡定，何光勇又哈哈大笑，连忙说："从年龄上说，叫何叔叔，噢，不，从辈分上应该是何师兄。"

"何叔叔好！"

"小鬼，今年多大？"何光勇问。

"18岁。"竹狮回答。

"生活有困难吗？"

"还勉强过得去。"

"明年高考了，有没有信心？"

竹狮笑笑："还可以吧。"

这时，吴良浩转向冼中栋，冼中栋会意，马上接上竹狮的话题：

"何司令，竹狮现在是我们学校的学生会主席，团委书记，校刊《萌芽》的主编，成绩一直在全级名列前茅，是一个品学兼优的学生。"

"很好！"何光勇由衷赞叹，同时对冼校长说，"有劳冼校长费心了。"

说完，何光勇从提包里拿出一张卡片，递给竹狮："小鬼，上面有我的电话号码，有什么困难随时找我。"少顷，又笑着说："当然咯，也可以找你这位吴叔叔。"

"那是肯定的。"吴良浩马上表态。

冼中栋、竹狮走后，何光勇谈到，他是受师傅所托，寻找师伯的后人。

原来，当年何光勇考上桂林陆军步兵学院，毕业后分到特种部队，到珠州军区学习武术套路及绝技，教官名叫霍志威，由于投缘，加上"一日为师，终身为父"，大家一直保持联系。后来，何光勇从野战部队调到端砚军分区任职，已移民加拿大的师傅就委托他寻找师兄冠鹰的后人。

吴良浩也将他女儿与竹狮利用暑期去打工学习英语的事说了，何光勇觉得"挺有意思，挺好！"

最后，吴良浩说："何司令，凭我对竹狮的了解，这小子的学习成绩不错，也挺有潜力，特别是那种意志、毅力、生存能力，比同龄人强得多，您放心吧。"

因为对竹狮的关爱，双方除了工作交情之外，个人感情马上得到进一步加深，这一点吴良浩倒是没想到。

转眼到了高三下学期。不知不觉，竹狮长成一个帅小伙，1.73米的身材，拔尖而稳定的学习成绩，令同学羡慕。吴曼斐呢，也出落得青春四溢，楚楚动人。

一天下午放学后，吴曼斐约竹狮来到县城中心公园，这里亭台楼阁，树木婆娑，小桥流水，给人一种宁静惬意的感觉。

"竹狮，就快高考了，你有什么打算？"

"还是原来的想法，志愿在本省范围，不去外省。你呢？有什么打算？"竹狮反问。

"我除了自己的意愿，还要听取父母的意见。本省大学还是首选。"吴曼斐想了想，又问，"暑假还去打工吗？"

"去呀，大学的学杂费还是自己解决为好。我姐姐年纪不小了，到了谈婚论嫁的时候，我不能再拖姐姐后腿了。"

听到竹狮的话语，吴曼斐一方面深深为竹狮的善解人意、毅力佩服，同时，又有点怅然若失。因为妈妈与她约定，高考完后去海南省三亚市旅游。她好想请竹狮一起去，费用她们家负责，但按竹狮的性格，她知道他不会接受。

一个月后，牵动中国亿万人神经的高考开始了，多少家长为了自己的孩子不输在起跑线上，费尽心思，在饮食、安寝等多方面为孩子提供一个良好的备考环境。竹狮没有这个待遇，他像往常一样，没有任何刻意的改变。

高考完后，竹狮与吴曼斐打过招呼，第二天就坐车去了珠州，开始他的暑期打工生涯。

高考放榜后，竹狮的成绩达到首都两所国内顶尖大学的录取分数线，但他还是坚持报了省内的中宇大学，攻读国际经济与贸易系电子商务专业。吴曼斐分数略低，她报了南粤外语外贸大学财务专业。

完成报名工作后，吴曼斐与妈妈程碧霞去了海南省旅游。面对热带亚热带旖旎风光和色彩斑斓的海底世界，她还是闷闷不乐，总是提不起劲来。知女莫若母，她们只得提前结束旅游，回到珠州。

见到竹狮、彭其超、潇啸，吴曼斐即时恢复了神气，浑身上下充满活力。没办法，程碧霞只得陪女儿在珠州逗留了几天才回到家里。

第二章
勤工俭学完成学业

女儿上学前，吴良浩利用到市里开会的机会，回到端砚市城区家里。他在附近酒店订了一桌酒席，自己与妻子外家两家人吃顿便饭，算是庆祝女儿读大学。吃完饭，奶奶、外婆都问吴曼斐什么时候去上学，并特别交代吴良浩夫妇一定要亲自送女儿去，她们担心斐斐路上的安全。

话刚说完，谁知吴曼斐冷不丁爆出一句："不用爸爸妈妈操心，我自己坐大巴去就可以了。"

"这怎么行宝贝，是爸爸不送你吗？我叫二叔送你！"吴曼斐奶奶首先发话了，随即朝吴良浩瞪了一眼。

"亲家，不用操心，我叫一个在市区经营汽车 4S 店的学生派一部车去，他在灵羊县开有分公司，车多得是。"端砚中学退休的外婆语气虽然平和点，但让人听了有如鲠在喉的感觉。

看到两位佘太君"开炮"了，吴曼斐马上解释："外婆、奶奶，你们误解我爸爸了，我与我们的班长商量过，计划组织我们灵羊中学所有去珠州大学城读书的同学租旅游大巴，价钱不贵，车把每个同学安全送到学校门口，你们不用担心。"

"斐斐，大学城几十所大学，每所大学的报到时间不同，人数不够，旅游公司愿意这么做吗？"吴曼斐二叔发出疑问。

吴曼斐把名册拿出来让大家过目，并说："这点我们班长竹狮考虑到了，为此，我们分别与被大学城大学录取的同学联系了，掌握了他们报到的时间，并进行造册登记，目前共126人报名参加，分两批。"

"我投赞成票！"吴曼斐舅舅看完后首先表态。

"这办法不错！"吴曼斐爷爷看其他人没有表态，一锤定音。

"不错不错，可是难为了我的宝贝孙女，我的开心果！"奶奶对老头子翻了一个白眼，紧接着站起来，招呼亲家，"我们走！"

看着家人为女儿能安全地去上学费尽心思，各持己见，吴良浩夫妻对视了一下，心里甜丝丝的，程碧霞还捂着嘴偷笑了。

第二天，吴良浩回到办公室刚坐下，主管党群的县委副书记崔植刚走进来。

"吴书记，听我儿子俊杰说，他与您家斐斐他们几个组织全县去珠州大学城读书的学生租大巴去报到，费用'AA制'，我觉得这办法挺好，为我们解决了公车私用的难题。"

"是的，我们的心想到一起了。这事就由竹狮、斐斐、你家俊杰操办吧。不过，你要亲自与旅游局丰局长打声招呼，车费优惠点，同时对车辆进行详细检查，确保安全！"

"好的，我马上去落实。"

接到县委副书记崔植刚的电话后，旅游局丰局长叫旅游公司经理来到办公室，将情况说了，要求他选车容比较好的三部大巴进行重点检修，实行定车辆定司机，收费标准按成本价。落实好后，他马上回复了崔植刚副书记。

上学的时间到了，第一批启程出发的有80多名学子，却来了200多个送行的亲人，大家拿着大包小包行李，齐聚城市中心广场，热闹非常！

上午9点，分乘两台大巴的学子，带着对大学生活的向往、对未来生活的憧憬，奔赴省城，开始"天之骄子"的求学生涯。

珠州大学城位于珠江河畔，总面积约35平方千米，它是华南地区高级人才培养、科学研究和交流的中心，学、研、产一体化发展的国家一流大学园区，中国南部的"信息港"和"智力中心"。

作为此次活动的组织者，竹狮将自己的学校放在最后一站，当车辆到达中宇大学时，已过晌午，其他同学都下车到达学校了，车上只剩下竹狮一个人。

在司机的帮助下，竹狮将行李搬下车。这时，他感到又饿又渴，有点疲惫，但想到已安全地将各位同学送到所属学校，心头大石终于放下。

竹狮从行李里拿出水、面包，随便吃喝了一点，休息了一会儿，扛着行李，走进报到处。

看到竹狮孤身一人前来，旁边的一男一女两个同学走到竹狮面前。

"这位新同学，你好！我叫何少溪，他叫陆昌盛，我们俩是国际经济与贸易系2004级的，比你高一级，有什么可以帮到你的？"说话的是一个扎马尾辫的女学生，轻声细语。

"不用麻烦你们了，我自己能解决。"

"你是一个人来的吗？我们帮你拿点东西去寝室吧，一个人挺吃力的。"男同学的话更直接。

"好的，感谢学长学姐了。"竹狮扶了扶眼镜回答。

见此情景，男同学拿过行李箱，女同学拿着塑料袋，带竹狮前去寝室。

"家里怎么没有人送你？"学姐关心地问。

"现在农忙，家里人抽不出时间，反正自己能解决，不碍事。"竹狮编了个借口，搪塞学姐的提问。

　　竹狮的寝室在六楼，到达时，大家都上气不接下气，竹狮觉得过意不去，从行李包里拿出两条灵羊番薯给学长学姐，他俩犹豫了一下，不想令这个学弟失望，还是接受了。

　　话又说回来，灵羊电视台知道情况后，当天以"灵羊学子租车忙，欢欢喜喜上学去"为标题进行了报道。南粤广播电视台转播了这一新闻。

　　南粤省相关领导看到新闻后，认为灵羊县通过领导带头，支持孩子上大学统一租车AA制，由民间倒逼政府行政部门禁止公车私用的做法，值得总结推广，于是，由省纪委、宣传部牵头，联合相关新闻媒体，到灵羊县展开调研。

　　吴良浩在接受省级新闻媒体采访时表示，将以此为契机，杜绝公车私用的出现，将廉政建设提高到一个新的高度。想不到的是，十年不到，公车改革在全国全面铺开，私家车进入普通家庭，公车私用彻底画上句号。

　　竹狮的大学生活，一切按部就班进行。考虑到以后或许会向多元化发展，他还修读了一门现代企业管理课程。

　　为了解决读书的费用，减轻姐姐的负担，竹狮通过吴良浩的大学同学、省高教出版社社长薛之明和叔叔冠雄，分别找到一份做家教的工作。其中一个辅导对象是读高一的男学生，辅导时间安排在星期六上午，时间两个小时；另一个是读初三的女学生，辅导时间在星期六的下午，内容为写作和英语，时间也是两个小时。两份家教的收入，解决了竹狮读大学的全部费用。

　　那天，竹狮跟着薛之明第一次去要辅导的学生家里，互相熟悉一下。

　　这户人家住的小区，安保措施比较严格，与其他的小区有所不同，竹狮猜想那是一个高干住宅区。

　　电梯升到22层停下，竹狮尾随薛之明来到A座门口，开门的是一个学生，见客人进来，一位中年人从沙发上走过来握手问好。客厅里，一位身材魁梧、年逾八旬、满头白发、目光炯炯有神的老者，坐在一张老式藤椅上。

这位老者叫徐匡吉，曾任南粤省委常委、常务副省长，离休多年了；中年人名叫徐东升，和薛之明是小学到高中的同学，目前是南粤省委副秘书长兼办公厅主任；徐东升的儿子叫徐力，升读高一，是竹狮将要辅导的学生。

"徐叔叔，您好！"薛之明虔诚地向这位老者问好。

"小薛，来了，坐吧。"徐老摆摆手，笑笑，算是打招呼了。

"这是竹狮，中宇大学2005级国际经济与贸易系电子商务专业在读学生，他的高考成绩超过首都两所顶尖大学录取分数线，但他却选择了本省的大学。"

薛之明向他们介绍完，转向竹狮："这是徐老，你可以叫他徐爷爷；这是徐主任，你叫他徐叔叔；这位小帅哥叫徐力，将成为你的学生。"

"徐爷爷好，祝您身体健康！"竹狮弯腰行礼。

"小鬼，乡下在哪呢？"

"我乡下是端砚市灵羊县。"

"灵羊县？哪个乡镇哪个村？"不知为什么，徐老突然来了精神。

"北苑镇西溪村。"听到竹狮的回答，徐老的目光马上盯着竹狮。

"你知道一个叫阿欢嫂的人吗？"话刚出口，徐老摇摇头，自言自语地说，"你一个小孩子，怎么会知道大半个世纪之前的事呢？我真的变老糊涂了。"徐匡吉拍了一下额头，笑笑。

想不到，竹狮竟然说："徐爷爷，这个人我知道。"

"你知道？"徐匡吉睁大了眼睛，"那你说说她是什么人！"

"阿欢嫂，又名吴胜男，新中国成立前是粤、桂、湘边区革命根据地赫赫有名的地下交通员，曾被中国人民解放军粤桂湘边纵队二号首长称为'金牌交通员'。1948 年 9 月边区反'扫荡'中，她的两个儿子被国民党反动派杀害，但她没有被吓倒，仍然冲破重重关卡，冒着被杀头的危险，为留守在根据地的边纵领导秘密送信，与跳出重围的外线部队取得联系。她利用晚上时间，为匿藏在山洞里的三十几个游击队员疗伤，将他们从死亡线上抢救过来。"竹狮像背诵课文一样，一溜子说出来。

这时，徐老凭经验判断，眼前这小子，肯定是革命家庭的后代。于是，他招呼竹狮坐到自己的身边，仔细端详了一番："阿欢嫂是你什么人？"

"是我奶奶。不过我出生时，她已去世了。刚才介绍我奶奶生平的一番话，是我妈妈在世时让我写下来的，所以我能一口气说出来。"

"你有没有听说过，你奶奶用剪刀为伤员剪去长头发，用草药煎水为伤员清洗已生蛆的伤口这事？"

"听说过，妈妈说，其中有一个重伤员，伤口感染了，连续发高烧，生命垂危。"停顿了一下，竹狮接着说，"妈妈还说，奶奶把外家送来用于孵化小鸡的 30 多个鸡蛋煮熟，全部分给了游击队伤病员。"

"小鬼，我告诉你，那个重伤病员就是我，要不是你奶奶冒死相救，我早就成为烈士了。"

说完，徐老顿时陷入沉思之中……

沉默良久，徐老才回过神来。

"家里还有什么人？"

"家里还有一个在灵羊财政局工作的姐姐。还有叔叔一家人，他们住在珠州荔枝区。"

"想不到，想不到……想不到我的救命恩人的后代就在眼前，世界真奇妙啊！"

听到这段曲折离奇的动人故事，徐东升、薛之明也感动了。

这时，一位中年妇女开门进来，她是徐东升的妻子陈芳。

大家打过招呼，看时候不早，薛之明、竹狮起身告辞。徐东升夫妻送他俩出门口，送到他们进入电梯。

徐东升回到客厅，徐匡吉问儿子："东升，给那小鬼的辅导费是多少？"

"每小时 150 元。爸爸，这个价不多也不少。"

"不能亏待革命老区的孩子，尤其不能亏待救命恩人的后代啊！"徐老语重心长。

"知道的，那就升到每小时 180 元吧。"

"为什么不升到 200 元一个小时呢？"

"我听之明说，竹狮是一个很有骨气的孩子，如果我们一下子升到每小时 200 元，我怕他误解我们在施舍，这样弄巧成拙，反而尴尬。"

"也有道理，就这么办吧。"

竹狮另一个辅导对象陶斯丝，父亲陶章然是省财政厅的处长，去年被南粤省选派为援疆干部，对口挂职新疆维吾尔自治区财政厅副厅长。母亲韦婷是省人民医院的心脑血管医生，工作忙得不可开交，很需要一个老师对孩子加以辅导。

当其他大学生为 60 分万岁、优哉游哉的时候，竹狮却刻苦学习，不断进取，奋力拼搏，不敢有半点懈怠。为了生存，他兼职两份家教，根据辅导对象的个性、能力不同，制订出科学的教学计划，因人施教。他做到了学业与家教两不误。

功夫不负有心人，第一个学年结束，竹狮自己的各科成绩达到优秀，取得了全额奖学金。

星期六上午，徐东升参加学校召开的家长会，他像往常一样，提前半个小时到达学校，在教室走廊的学习园地上，竟然看到儿子的照片。细看，儿子被评为"年度进步标兵"，他的心像人从闷热的街道走进凉飕飕的大商场一样，顿觉清爽、舒坦。

家长会依时进行，从班主任的总结讲话得知，儿子徐力成绩不可同日而语，各科成绩优良，每次考试，总分基本保持在全级前二十名之内，特别今次年度考试，更跃升至第九名。

初中阶段，徐力的成绩从没有进入过全级前一百名以内。今天与昨天对比，简直天壤之别。

最后，班主任讲到，难能可贵的是，徐力不但成绩突飞猛进，思想品德也令人刮目相看，由一个吊儿郎当、没有公德心的公子哥儿，变成了一个好学上进、乐于助人、德智体全面发展的"三好学生"。

回到家里，徐匡吉、陈芳问徐力在校情况，徐东升将情况和盘托出。

都说家长是孩子的第一任老师，这话真有道理，只不过这个"家长"不是他们，而是竹狮。也许，竹狮那种对学习、生活的态度，那种勤奋好学，在相互接触中，对徐力起到了潜移默化的作用。"学高为师，身正为范"，没有刻意的说教，但取得的效果却是骄人的！

徐匡吉看到孙子的进步，甭提有多高兴！每当孙子学习完，他就叫孙子过来，拿出棋盘，竹狮做裁判，爷孙俩厮杀个天昏地暗。棋逢对手，势均力敌，有时徐老反应慢，有悔棋现象，竹狮总是做出对徐爷爷有利的判决。当然咯，不管输赢，最后大家都是乐呵呵。

徐东升每次见到薛之明，都对竹狮赞不绝口。当然，他是从心底里感谢薛之明这个发小为他儿子找到一个好老师、一个学习的好榜样，也感谢薛之明无意间为老爷子找到救命恩人的后代。

竹狮另一个辅导对象陶斯丝进步也很快。语文，特别是写作方面，她参加珠州市中学生征文比赛，获得一等奖；英语方面，竹狮对其进行强化训练，尤其在听、读、写、实操四方面下功夫，同时帮助她"走出去"，与不同对象进行交流，取得了事半功倍的效果。陶斯丝在全校英语演讲比赛中力压群雄，勇夺冠军。当远在边疆的爸爸听到女儿取得优异成绩的喜讯后，马上奖励竹狮 1000 元，以表谢意，但竹狮婉拒了。

"竹老师，你不收下，我可过意不去。"电话那边，陶章然诚恳地说。

"这是我应该做的，一个老师，没有真材实料，是愧对'老师'这个神圣职业的，况且，您是我叔叔的朋友，陶副厅长不必客气。"竹狮回应。

"我还是想感谢你！因为我不在家，斯丝妈妈工作又繁忙，实际上你成了我家庭的一员。听保姆说，上次斯丝发高烧，是你背着她到医院看病，回到家里，又一直陪着，直到她退烧、病情好转才离开，我还来不及谢谢你呢！你有什么要求，尽管说，我会尽力而为。"

"那好吧，既然陶副厅长那么客气，我有一个请求，如果不难做，符合政策，就帮个忙，如果难做，就不要勉强。"

"什么事呢？你尽管说吧，我定当尽力而为。"

"两年后我们实习时，请帮我同您单位沟通一下，让我高中同学吴曼斐到你们财政厅实习，她现在是南粤外语外贸大学的学生。"

"就这件事？没问题，包在我身上。以前我们单位也有安排学生实习的任务，所以，你放心吧！"

进入大二，十月份的第一个星期五，吴曼斐接到爸爸秘书潘诗槐的电话，说吴良浩书记和袁宝强县长将参加"中国进出口商品交易会"，特地聘请竹狮、吴曼斐、崔俊杰三人做我方的临时翻译，工时费两天共 300 元，管吃，并且说此事经县委常委会讨论通过的，没有"任人唯亲"之嫌，云云。

听到这个消息，吴曼斐既高兴又担忧，高兴的是参加这种高规格的交易会，机会难得，担心的是竹狮星期六要去做家教，时间有冲突。无奈之下，她打电话给吴良浩。

"爸爸，我接到潘秘书的电话，说你们这个礼拜六来珠州参加'珠交会'，可是，星期六竹狮要去做家教，怎么办呢？"

"活动换成星期天也没问题，我们与德国、荷兰、比利时的客商已有初步意向，加上第一天人满为患，有压抑感，第二天洽谈轻松多了，成功的希望更大。"

听到爸爸这样善解人意，吴曼斐太高兴了，对着话筒亲了几下，她脱口而出："爸爸，您真是我的好爸爸，我爱您！"

当吴曼斐将这些情况告诉竹狮后，竹狮为她对自己的关爱感动，但考虑到商业谈判诚信守时为好，他还是叫吴曼斐打电话给爸爸，不要更改时间，按原计划进行。

他马上联系了两位学生的家长，这个礼拜的辅导时间要改期，并向他们说明了原因，两位学生的家长对竹狮在校期间有机会参与这样大型的国际商业活动，表示支持并由衷地赞叹。

星期六，阳光灿烂，为大学城抹上了一层淡淡的金色。竹狮、吴曼斐、崔俊杰坐上灵羊县派来的车，先到珠江河畔的巴登大展览馆里的灵羊小展馆，与德国、荷兰、比利时客商和县里的参展团会合，然后移师紫花宾馆，开展两天一夜的贸易谈判。

谈判分三场进行。第一场对荷兰，产品是灵羊茶杆竹；第二场对比利时，产品是山茶油；第三场对德国，产品是木薯淀粉（葡萄糖）。翻译分主、副，第一场主翻译崔俊杰，副翻译竹狮；第二场主翻译吴曼斐，副翻译崔俊杰；第三场主翻译竹狮，副翻译吴曼斐。

第一场，由于对少数专业术语不熟悉，崔俊杰在翻译过程中出现偏差，好在竹狮在打暑假工时接触过这方面的内容，所以他这个副翻译马上进行补译，没有造成太大的失误，最后顺利签约。

第二场对比利时，吴曼斐翻译得还算顺利，也顺利签约。

第三场对德国，过程相当困难，不是翻译的问题，而是对方要压价，技巧相当厉害，谈判进行到第二轮，还是久攻不破，僵持不下。针对这种情况，休息期间，竹狮向县、企业领导提议，翻译由吴曼斐、崔俊杰担任，他由翻译变成我方的谈判人员，毕竟，他虽然还没有毕业，但中宇大学国际经济与贸易系电子商务专业的高才生也不是吃素的。经商量，大家一致同意竹狮的大胆想法。

谈判进入第三轮，对方以产品的纯洁度无法达到国际标准为由压价。竹狮一听，马上知道他们将高精产品标准套在普通产品上。于是，他胸有成竹指出对方在偷换概念，张冠李戴，令对方相当尴尬。还有几个问题，竹狮也有条有理反驳了外商的有意刁难。

第四轮谈判，竹狮建议采取主动进攻的办法。于是，我方企业谈判人员不断阐明我们的产品淀粉含量在国内、国际上都是最高的，而据了解，对方已经签约的合同中，产品质量比不上我们的，但价格反而比我们的高。面对我们有理有节、用事实说话的步步进逼，对方终于低下了头，顺利签订合同。最终，我方最大限度维护了自己企业应得的利益。

这次"珠交会"，灵羊企业满载而归，原因除了产品质量过硬，大家通力合作外，与竹狮他们较好的翻译技巧、流畅的语言、对国际经济贸易情况的准确掌握也分不开。

为表彰几个学生翻译的出色表现，三家企业共拿出 3 万元奖励他们，被县委书记吴良浩制止，认为有悖初衷。最后，由县长袁宝强表态，三家企业共拿出 9000 元奖给他们，加上县政府给予每人的工时费 300 元，他们每人共获得奖金 3300 元。

星期天，吃完晚饭，竹狮、吴曼斐坐地铁回学校。崔俊杰有事办，没有一起回去。

由于国庆黄金周的余热还在，又碰上这次规模宏大的"珠交会"，坐地铁的人特别多，进入车厢，竹狮马上将吴曼斐拉到面前，刚想将她挪到窗边，避免她的后背被人挤迫，这时，竹狮预料的事还是发生了，人群发生挤迫，吓得吴曼斐不由自主地用双手紧紧抱着竹狮，她丰满柔软的胸脯压着他的胸口，竹狮本能地看了看，这一看令竹狮一阵晕眩。

有生以来，竹狮第一次与异性零距离接触，他感觉浑身燥热，不断喘着粗气。吴曼斐也感觉到竹狮的异样，更加抱紧他，贴着他，随着人群的摆动，她的胸脯与竹狮的胸怀不断摩擦，她仰起头，双眼紧闭，轻轻叫唤竹狮，终于忍不住陶醉其中……

过了两个站，人逐渐减少，吴曼斐睁开眼睛，竹狮深情回望，四目相视，几乎要熔化对方。良久，竹狮用手将她凌乱的头发整理好，充满柔情地在吴曼斐的额头上亲了一下。

到学校了，他们一起下车，手拉手，走在校园绿道上，微风吹送，令人心旷神怡。

送吴曼斐回到宿舍楼下，竹狮离开了，步行了十几分钟，回到学校。想到在地铁上的情景，他脸上热辣辣的。

吴曼斐那边，也碰到这种情况，她也是第一次零距离接触异性，只不过她知道是怎么回事。回想刚才在车上，她紧紧拥抱竹狮，由心生羞涩，好奇，不能自持，到畅快淋漓，她完成了一次心理与生理的"热血沸腾"……

两个情窦初开的青年男女，毫无预兆、毫无顾忌地完成了人生的第一次付出，只不过这种付出没有实质性的"短兵相接"，唯有这样，那份情，才显得那么纯洁，那么令人回味，那么令人忍俊不禁！

光阴似箭，日月如梭。青春岁月如流水，转眼，大三第一个学期开始了。

星期六，竹狮刚好辅导完学生回到校园，吴曼斐打电话过来，说晚上与竹狮一起吃饭，有喜事相告。竹狮想来想去，就是想不到有什么喜事。他心里想，反正是喜事，又不是坏事，管它呢。

竹狮冲完凉，穿好衣服、鞋袜，吴曼斐就到楼下了。

今天，吴曼斐略施粉黛，长发披肩，穿一身黑色紧身套裙，外加黑色披肩外套、黑色裤袜、黑高跟鞋，整个黑牡丹一样。由于她皮肤白皙，反而显得高贵又神秘。竹狮怔怔看了她一眼，赶紧将目光移开。他现在才觉得，吴曼斐真的漂亮，那种清爽又有点冷艳的气质，是自己喜欢的类型。

吴曼斐发现竹狮暗中打量自己，内心窃喜。有哪一个妙龄少女不喜欢被自己心仪的男生迷恋呢！

他们往校园门口走去。

"斐斐，有什么喜事？说出来分享一下好吗？"

"就不告诉你，等你着急。"吴曼斐语言刁蛮，但竹狮发现她的眼神，调皮而不失精灵，更多的是满满的柔情。

他们搭城巴来到一个幽静的农庄，这个农庄的菜式味道可以，价格实惠。

坐下点菜后，吴曼斐望着竹狮："喜事有三件，你想先听哪一件？"

"是关于谁的？"

"都与你我有关。"

"真的？"

"假话我说不了。"

"那拣最喜庆的那件先说吧。"

"你姐姐拍拖了，是我妈妈牵的线，猜猜你未来的姐夫是谁？"

"你爸爸的秘书潘诗槐。"竹狮不加思考地说了。

"你怎么知道的？你姐姐告诉你的吗？"

"不是，是我猜的。"

"那么容易被你猜出来，真没劲。"吴曼斐嘟起小嘴，"本小姐不爽！"

"第二件呢？"

"第二件是关于你吴叔叔的。"吴曼斐运用讲话的技巧，故意将"我爸爸"讲成"你吴叔叔"，当中的含意竹狮当然知道。

吴曼斐眼都不眨一下，看竹狮的反应。当她看见竹狮心急火燎想知道时，她的心里甜丝丝的。

"拟任什么职务？"

"端砚市委常委、常务副市长。"

"这是意料之中的事。第三件呢？"

"是关于何伯伯的，你师兄升任省军区副司令员了。"

这三件事，都是大事、喜事，竹狮的确开心，但没有溢于言表。他相信，自己以后的生活会与这三件事密切相关。

这时，服务员上菜了，今晚他们开火锅——排骨鸡肉煲。

十分钟后，菜熟了，竹狮夹了一块鸡肉给吴曼斐，自己夹了一块排骨，试试火候够了没有。

一会儿，大家都觉得有点热，吴曼斐脱去披肩，不经意间，竹狮发现吴曼斐曲线毕露，胸脯像小山峰一样突起，而自己的心，像翻腾的大海。他努力掩饰自己，可越掩饰越不自然，无法控制自己，眼睛老是往吴曼斐身上瞟，脸、耳朵发热。

看到竹狮的窘态，吴曼斐靠近他身边，扳过他的脸，轻轻地亲了一下他的脸庞。

"傻瓜……"

吃完饭，竹狮向吴曼斐说起他们学校将要举办弘扬传统文化专题演讲比赛，他准备以山狮文化为题材代表他们系参加。吴曼斐叫他下点功夫，名次倒是其次，能够让灵羊的山狮文化登上大学殿堂，相当难得，那才是意义所在。

吴曼斐的肺腑之言，正是竹狮一直期待的，心有灵犀，他心里特别舒畅！看着吴曼斐，他默默点点头。

要回校了，吴曼斐扑进竹狮怀里，那饱满高耸的山峰，可望又可及，但竹狮不敢造次，他嗅着吴曼斐的发香，似醉非醉。

二十分钟后，竹狮送吴曼斐回到学校。

月亮高挂，月色皎洁柔和。竹狮、吴曼斐手拉手，踏着斑驳的树影，漫步在校园里。

《林中的小路》这首歌，是多么应景：

林中的小路有多长，
只有我们漫步度量，
月儿好似一面明镜，
映出了我们羞红的脸庞；
我们的爱情有多深，
只有这小路才知道，
星星悄悄眨着眼睛，
把我们的秘密张望；
在这样美好的夜晚里，
你的心儿可和我一样，
沿着林中的小路，
默默伸向远方……

在一棵粗大的榕树下，竹狮、吴曼斐再也无法矜持，四片火热的嘴唇，紧紧粘在一起，他们的初吻，就这样毫无保留地奉献给对方。

第三章
寒门学子初出茅庐

为了让"养在深闺人未识"的山狮文化登上大学讲坛，奔向更广阔的舞台，竹狮经过充分考虑，反复推敲，最后确定以"从山狮文化的传承传播揭秘中国历史文化没有断流的密码"作为演讲题目，准备在学校的传统文化演讲比赛中一展风采。

演讲在中宇大学大礼堂进行。

晚上，竹狮穿一套深蓝色西服，系上淡红色的领结，脚蹬闪亮的黑色皮鞋，踌躇满志走进灯光璀璨、金碧辉煌的演讲大厅。

轮到竹狮走上演讲台。他的神情，充满自信、睿智、豁达。演讲开始后，竹狮浑厚的男中音，带有磁性般一下子吸引了评委和观众。

他的演讲分三大部分：一是岭南（灵羊）山狮的渊源及历史沿革；二是两千多年来这个传统文化没有断流的密码；三是怎样在新形势下更好地传承传播这个传统文化。

任何一种乡土文化，都有其生长的土壤，山狮文化的生长土壤之一是竹子，于是，竹狮就引经据典，引用英国著名学者李约瑟说过的"东亚的文明就是竹的文明"，带出竹子久远的历史地位，用北宋苏轼的《於潜僧绿筠轩》"宁可食无肉，不可居无竹。无肉令人瘦，无竹令人俗"来颂扬竹子的清新脱俗，从另一个侧面反映山狮技艺久远的人文历史、深厚的文化底蕴。

竹狮以自己的先辈为例，简明扼要讲述了山狮技艺从最初的防卫、健身、祈福、娱乐发展成为一种流传较广的传统文化，是由一代又一代人血脉相连，生生不息、矢志不移地相传，当中经过漫长岁月的洗礼，才形成今天弥足珍贵的原生态历史文化，这种浓厚的家国情怀，构成了中华民族屹立在世界民族之林固若金汤的基石！

小小的山狮文化，是大中华历史文化中沧海一粟，各个流派、分支文化汇聚在一起成就的中华民族文化，就像长江黄河一样，奔腾向前！

随着竹狮抑扬顿挫的演讲，世界上唯一没有断流的中华民族文化，像一幕幕幻灯片，连绵不断呈现在人们面前，汇成汹涌澎湃的爱国深情。

竹狮演讲完毕，现场响起热烈的掌声！

竹狮的演讲深入浅出，条理清晰，环环相扣，观点鲜明，逻辑严谨，透过独特视角，雄辩地论证了中华民族几千年文化没有断流的密码，过去是，现在是，将来更是！他的布局谋篇，既大气磅礴，又精雕细琢，受到评委一致好评。连研究非物质文化遗产多年的黄教授，也对竹狮刮目相看，要求竹狮将电子文档发送给他，以作研究之用。

竹狮大三学年结束时，徐力考上了中国人民大学，他们全家人非常开心。竹狮作为辅导老师，感同身受，引以为傲。

徐力即将启程北上求学，徐老爷子发话，要好好庆贺一下。于是，他叫徐东升通知薛之明、竹狮，请他们来家里吃饭，大家热闹热闹。

竹狮按时到达，徐力在门口迎接。师徒相见，紧紧拥抱，一切的一切，尽在不言中。

薛之明到来不久，又来了一位30多岁的青年。他刚进门，马上走到徐老爷子面前，鞠了一躬，向徐老爷子问好。

"老省长，很久没有来向您老拜候，请您见谅！"说完，他从包里拿出一包特产，"请您笑纳。但我先声明，药材是我自己出钱去药店买的，这是购买发票。"

徐匡吉笑着接过礼物："怎么好意思呢，令您破费，谢谢你这位年轻有为的贾大秘呢！"

徐东升接过贾少安的礼物，拍拍他的肩膀，两人相视，哈哈大笑。

原来此人是现任南粤省委书记骆永春的秘书、省委办公厅秘书处副处长贾少安。

"师兄，您说的有功之臣是谁呀？可否一睹其风采？"

"竹狮，出来一下。"徐东升朝儿子的房间喊话。听到叫声，竹狮应声出来。

"这位是贾处长，也是你学长。"

"学长处长好！"竹狮双手握住贾少安的手。

"怪不得，除了是'学霸'，原来还是位'帅霸'呢。"

宴席开始。徐老爷子拿起杯，他首先代表全家人敬竹狮，感谢他对孙子的育材之恩。他说："'近朱者赤，近墨者黑'，从我孙子的转变，到考上名牌大学，彻底让我明白了这个道理！"他又对着孙子说："一日为师，终身为父，无论以后多么辉煌，都不要忘记师恩。"

听完爷爷的话，徐力点头称是。

于是，大家为徐力的勤学苦练、取得的优异成绩干杯！

接着徐东升夫妻走到薛之明身旁，感谢他的举荐之恩，薛之明也不客气，碰杯之后，一饮而尽！

推杯换盏，开怀畅饮，酒过三巡，大家酒足饭饱。

喜悦之余，徐东升主动过问起竹狮实习的安排，竹狮说，如果有机会，希望能在省城的相关单位实习，如省外经贸厅。

徐东升二话不说，当着竹狮的面打电话给省外经贸厅厅长梁伟雄。

"梁厅长，您好！我是省委办公厅的徐东升。"

"您好，徐秘书长，什么风把您这个大总管吹来呀！有什么指示，我照办就是了。"

"梁厅长，还真有点事，中宇大学的钱副校长向我推荐他的得意门生、国际经济与贸易系电子商务专业的高才生竹狮，希望春节后到您那里实习，不知道是否方便？"

"举手之劳，不足挂齿，这也是为培养人才出力嘛，责无旁贷，况且每年我们都有安排大学毕业生实习的任务，到时请他直接到办公室找我，我会亲自安排。"

"那就谢谢您了，梁厅长。"

挂了电话，谈完正事，徐东升提议大家娱乐娱乐。

老规矩，徐老爷子与徐力象棋对弈，竹狮依旧担任裁判，其实是个"和事佬"。

徐东升、贾少安、薛之明轮流下围棋。这个贾少安，深谙棋道，徐东升、薛之明都不是他的对手。原来一对一，后来变成二对一，一样被贾少安杀个片甲不留。

"两位师兄，怎么样，领教了俺小贾的厉害了吧？"

"看来你这个办公厅围棋冠军不是浪得虚名！"徐东升用手抹了一下脸，又想再战一场。

薛之明知道，莫说一场，就是一直战下去，他们俩仍是贾大秘的手下败将。

他看见徐老爷子爷孙俩正杀得起劲，徐老爷子拿起一个棋子，大吼一声："开玩笑，敢入侵我边境，干掉它！"完全进入忘我境界。而竹狮，右手托着腮，正在笑吟吟观战。

薛之明向竹狮招手："竹狮，你会下围棋吗？"

"会一点点。"

"过来，我们'三个臭皮匠'，我就不相信抵不过他那个'诸葛亮'！"

听到薛之明拉竹狮过去，徐老爷子不干了：

"小薛，你怎么把我的裁判挖走了？输了棋你可得负全部责任！"徐老爷子头也不动，威胁薛之明。

听徐老爷子这么说，薛之明、徐东升不敢声张，只能向竹狮打手势，催促他过去，竹狮对徐老爷子说要上卫生间，起身走过去。

竹狮从卫生间出来，这次三对一，竹狮担任主攻手，其他两人做参谋。第一局，竹狮输了，大家的心凉了半截。

第二局，平局。这一下，贾少安感到压力了，而徐东升、薛之明看到了胜利的曙光。

第三局，开局已对竹狮不利，但他抓住对手想速战速决的心理，不急不忙，沉着、冷静应战，在对手露出微小破绽之机，一子定乾坤，立即扭转局面。贾少安马上改变策略，化进攻为防守，希望杀成平局。竹狮可不依不饶，乘胜追击，不给对手喘气的机会，终于，竹狮一方胜了。三局双方一胜一平，握手言和。

通过围棋对弈，竹狮给贾少安留下很好的印象：谦逊、沉静、睿智、有定力。贾少安与竹狮互留了私人电话。正是：君子相交淡如水，他们之间再普通不过的一场围棋对垒，为以后人生的交集打下了基础。

大四，是大学生至关重要的一年，也是今后人生走向最重要的分水岭。

徐力上大学后，竹狮考虑到下学期开始实习，只剩下上学期的时间，业余时间没有再做家教，而是去了一个私人办的辅导中心做老师，虽然路途远点，辛苦点，但酬劳还可以。

春节前，吴良浩打电话给薛之明，开门见山地说："之明，两个孩子的实习单位，你是否操劳下？"

"哪里需要我操劳！他们早已找到了，你不知道吗？"

"我真不知道，这两个'鬼精灵'搞什么鬼？"

"竹狮去省外经贸厅，是徐东升引荐的，斐斐去省财政厅，是竹狮向他辅导的学生的家长争取到的。这个家长叫陶章然，原是省财政厅一个处长，后成为援疆干部挂职副厅长，回原单位后提拔为副厅长了。"

"原来如此。"

"良浩，那个竹狮是个人才，徐老爷子、徐东升、陶章然，还有那个省委书记的大秘贾少安都特别欣赏他，这是一个优秀人才，你家丫头好像喜欢他，你可要心中有数，千万不要'肥水流入外人田'啊！"

"知道。不过，这个可是我主宰不了的。"

和薛之明通完电话，吴良浩心有感触：竹狮出身贫苦，但品学兼优，特别是他的意志毅力和那片孝心，令自己动容。但是，如果女儿大学毕业出国留学，他们两地分居，却不是好事，想到这，他做父亲的只有顺其自然了。

吴良浩回到端砚市任职，爱人程碧霞也调回市财政局，但他在灵羊县城的房子还留着。放寒假了，吴曼斐告诉妈妈，说回灵羊住几天才回端砚城区的家里。

晚上，吴曼斐、竹狮在吴曼斐家里做饭，竹狮做了"三杯茶油鸡"，吴曼斐做了竹狮喜欢的蒸土猪排骨、炒白菜、腐竹番茄汤。

实习单位已有着落，他们俩也乐悠悠。吴曼斐提议喝点红酒，竹狮应允。他们一边吃饭，一边聊天，对未来充满信心。

吃完饭，收拾好，吴曼斐叫竹狮住在她家，反正有客房，竹狮点头。两人忙了半天，浑身不自在，唯有先去冲凉。

在客厅，吴曼斐关掉大灯，只留下一盏"迷你"灯。柔和的灯色下，吴曼斐穿着白色睡衣，竹狮穿着米黄色睡衣，他们坐在沙发两头，一起看电视。

不知何时，原本坐在沙发那头的吴曼斐，悄悄坐到竹狮身旁。竹狮闻到一阵淡淡的芳香，吴曼斐像一只小猫，温顺地依偎在他的怀里。

竹狮用手抚弄吴曼斐的发丝，抚摸她浑圆光滑的肩膀，然后从背后把她抱在怀里。他的手顺着她雪白的颈项，慢慢滑到那个高耸挺拔的山峰上。

吴曼斐转过身来，她双手搂着竹狮的脖子，用湿润的嘴唇，迎接竹狮的狂吻。此刻，竹狮喘着粗气，吴曼斐也不断娇喘，她引领竹狮站起来，不断挪向自己的房间，终于，他们倒在宽大洁白的席梦思上……

第二天，竹狮醒了，刚睁眼疑惑地看着这陌生的地方，吴曼斐就进来了，她俯下身，轻轻亲了竹狮一下。

"不用猜了，傻瓜，这是我的房间。昨晚，这里重复了一个古老的传说：一个男孩子长大了，一个女孩子帮他变成了男子汉，男子汉反过来让这个女孩子变成了女人。"

竹狮刚想掀开被子，发现自己全身赤裸，他尴尬地笑笑。吴曼斐知道他的心思，转身走出去。

"起来吧，早餐做好了。"

晚上，竹狮带上吴曼斐，回到姐姐租住的房屋。潘诗槐跟着吴良浩调市府办，仍然担任吴良浩的秘书，那天刚好回灵羊有公干，晚上也来到这里。

"槐哥哥，您先坐一会儿，我去帮青姐姐做饭。"看见潘诗槐进来，吴曼斐递上茶，走进厨房。

"听吴副市长说，你和斐斐下学期的实习单位落实了。"潘诗槐关心地问竹狮。

"是的，应该没有问题。"

"今年端砚市在端砚城区举行'请来端砚过大年'活动，有没有考虑派狮队参加？如果有兴趣，我同市旅游局联系一下。"潘诗槐也关心起山狮文化了。

"这个活动挺好，如果符合条件，我们希望能参加。"

"好的，到时我会协调组委会打电话给你，你们做好准备工作就是了。"

竹狮拿起茶壶，为潘诗槐加上茶水，自己也呷了一口。

"听吴副市长说，他们准备等斐斐毕业后送她去英国留学，你毕业后有什么打算？"

"我现在还没有明确的目标，一切皆有变数，等实习一段时间后再作打算。"

"都好，不管在行政单位还是去企业，反正急不来。"

听潘诗槐说吴曼斐准备出国留学，竹狮心里突然一沉，涌起一丝怅然若失的感觉。

吃完饭，他们四个人一起坐车去端砚市区，今晚吴良浩夫妻有事找他们商量，夫妻俩已经在家附近的酒店等候。

潘诗槐一行人来到酒店，进入厅房。

见到爸爸妈妈，吴曼斐坐到他们身边，叽叽喳喳说个不停。

竹狮向吴良浩夫妻问候后，在靠近门口的位置上坐下。

这时，吴良浩对竹狮说："竹狮，告诉你一个好消息，你姐姐和诗槐已经领取结婚登记证了，从法律层面上说，是合法夫妻了。考虑到你们父母已仙逝，叔叔又在珠州市，也考虑斐斐妈妈是牵线人，诗槐又是跟随我多年的秘书，所以他们的结婚仪式，我们还是帮忙参详参详。你有没有什么看法？"

"吴叔叔,谢谢您和阿姨对我们一家人的关爱。姐姐为了我的成长,付出了巨大心血,今天与诗槐哥哥终成眷属,我做弟弟的衷心祝福他们!"

"说得很好!"吴良浩由衷赞叹。

"诗槐、青青,你们有没有择个良辰吉日?"程碧霞关心地问。

"我和竹青合计合计,认为春节前还是可行的,时间虽然匆忙些,但也来得及。"

"新房装修得如何?"

"完成已有一个多月,准备入住了。"

"这是宴请的亲朋好友、嘉宾名单。"竹青将册子递给吴良浩。

"考虑到自己的身份,结合中央相关政策,我们将人数严格控制在20围之内。"潘诗槐面向吴良浩夫妻,进一步说明。

"名单和人数都可以,发请帖吧。"吴良浩以长辈身份批准。

春节过后,按照原来约定,竹狮来到省外经贸厅,找到厅长梁伟雄,梁伟雄亲自交代办公室,并指派30多岁的办公室副主任黎盛专门负责今年大学生毕业实习的工作安排,当然,对竹狮,由于是徐东升介绍来的,梁厅长叮嘱黎盛特别跟进。

竹狮首先熟悉厅属各科室基本情况、相关工作流程,了解、掌握本省年内重大的涉外经贸项目。对上勤联系,对下勤了解。为了充实自己,他跟随相关处室领导走访了省发改委、税务、珠州海关等单位。

礼拜天早上,竹狮请黎盛饮茶,两人言谈甚欢。竹狮提出想去下面企业走一走,特别是那些外销企业,了解它们的经营模式、状况。

"竹狮,你想去哪里调研?"黎盛征求道。

"我想去莞城市走一走,那里外资企业多,且相对集中,还有熟人。"

黎盛认同。

去莞城调研之前，竹狮觉得有必要拜访师兄何光勇，因为考上大学后，只打过一次电话给他，汇报了自己的学习情况，但从没有亲自上门问候。

星期六晚上，在得知师兄在家的情况下，竹狮带着家乡特产，探望分别四年多的南粤省军区副司令员何光勇。

南粤省军区所在地坐落在珠州市的东区，在经过两重门岗之后，竹狮乘电梯到达9楼师兄家里。

按门铃后，出来开门的是何光勇的女儿，当他们打照面的时候，不约而同地"哎"了一声，双方都说："您是？"

竹狮马上回过神来："您好！我叫竹狮，您不是我来大学报到时帮我拿行李上楼的师姐吗？叫何少……"

"我叫何少溪。是啊，我也想起来了，三年时光，一闪而过！"

何少溪接过竹狮的礼物："请进来吧，干吗那么客气？"

何少溪大学毕业考上公务员，在省国资委工作。见到竹狮的一刹那，她心头一颤，心即时沉下去，因为竹狮无论高矮肥瘦、面相表情，都酷似她刚刚分手的男朋友。男朋友出国留学后，瞒着何少溪与一个身家殷实的印尼籍华人的女儿好上，直到对方准备结婚了，何少溪才知道。这真是叫一个视爱情胜于生命的纯情女子肝肠寸断、痛不欲生！几个月了，何少溪还没有走出阴影，父母无比担心，却又帮不上忙。

走进客厅，看见何光勇坐在沙发上，竹狮马上走过去，双手握着何光勇双手："师兄，我来迟了，请您原谅！"

"不碍事，有心就行了。"

何少溪向房间里喊了一声："妈妈，竹狮来了。"

少顷，走出一个烫短发、50多岁的中年妇女，她叫钟雪英，是省肿瘤医院的主任医师。

竹狮马上站起来，向她问候："师嫂好，打扰您了。"

"你就是竹狮？听你师兄不时提到过，说你从一个山区县考上中宇大学，靠自己做家教的酬劳完成学业，不简单。我们都盼望你来家里坐坐，互相认识一下。"

"谢谢师嫂！"

突然间，钟雪英盯着还没有坐下的竹狮，惊讶得张开嘴："你怎么长得像……少溪的一个朋友！"

何光勇笑笑："人有相同，物有相似，大千世界，正常的。"说完，招呼竹狮过来喝茶。

四个人围在茶几边，何光勇首先询问了竹狮的近况和今后的打算。竹狮就将自己目前实习的单位、今后的打算告诉了他们。当听竹狮说去莞城市开展调查研究、走访企业时，何少溪马上提出，希望能随同竹狮他们去散散心，费用自理，不占用实习单位的公共资源。何光勇夫妻开始还有点犹豫，直到竹狮说到和莞城市委书记徐东升一家关系时，何光勇夫妇才放下心来。

第二天，竹狮带着何少溪到省外经贸厅，进入厅长办公室，向梁伟雄介绍了何少溪的情况，梁伟雄表示欢迎。他叮嘱竹狮，到了莞城代他向徐东升书记问好，竹狮谨记。

一部小型中巴载着由黎盛带队的一班实习生，当然也包括何少溪，一溜烟拥入内环路，进入广深沿江高速公路。一个小时左右之后，车辆驶入莞城市委大院。

徐东升的秘书谢晓平、莞城市外经贸局副局长黎炳兴、局办公室副主任小朱在接待室等候。寒暄过后，小朱将市委招待所三个单间套房的匙牌交给竹狮三人，并帮他们将行李放入房间。

午饭时间，徐东升在百忙之中抽出15分钟，同竹狮他们打个照面，交代黎炳兴做好接待工作。竹狮向徐东升介绍了黎盛，令黎盛受宠若惊。最后，竹狮代梁伟雄、何少溪代何光勇齐齐向徐东升问好。

下午，他们先去莞城外经贸局了解全市外向型企业的基本情况：去年的各项经济指标完成实绩，今年开局状况，全年经济走势预测，等等。对整个莞城市外向型经济占整个国民经济的比重等有了一个概括性的认识。

整个过程沉闷、枯燥、乏味，竹狮考虑到何少溪心情不好，叫她到街上走走，调节下心境，但何少溪反而显示出少有的热情。晚饭后，黎盛去探亲访友，竹狮陪何少溪逛逛商场逛逛街，但何少溪提不起精神。

"姐姐，如果您累了，我们可以到小食店坐坐，休息下，顺便品尝莞城的美食。"

"不准叫我姐姐，我很老吗？"何少溪生气了。

"何少溪小姐，俺帅哥请你品尝莞城的美食，可否赏脸？"

"这还差不多，算你啦！"何少溪这才露出笑容。

这是一间别致的门店，装修虽然不算豪华，但格调高雅，墙壁四周全部用实木镶嵌，小提琴、二胡、钢琴等造型的木雕装饰其中，立体声环绕音乐轻声细语，气氛浪漫温馨。

面对莞城的特色美食，何少溪没有任何食欲。

"何少溪，你不舒服？"

"胃有点疼。"

"我去买胃药给你或者同你去看看医生，好吗？"

"不用看医生，买点胃药后回招待所再吃。"

竹狮马上去附近药店买了胃药，随后，两人搭出租车回到招待所房间。

竹狮马上用热水壶烧开水，加矿泉水降温，用嘴试过不烫后，左手拿药，右手拿温开水，让斜靠在床头的何少溪吃药。

看到何少溪脸色不好，竹狮建议："要不我明天送你回家，待你身体好点后再来好吗？"

"我没有太大问题，回去更令我空虚、寂寞、难熬！只要有你在身边，我没事的。"

竹狮见何少溪吃完药，用手摸摸她的额头，发现她有点低烧。他回到自己的房间，拿来一粒退烧药，让何少溪服下；然后打开水龙头，调好水温，让毛巾湿透，拧到大半干状态，让何少溪擦擦脸。

看到竹狮如此细心照顾自己，何少溪心头一热，忍不住流下眼泪。过了一会儿，何少溪示意竹狮坐上床，靠近自己。此时，酷似前男友的竹狮，就像一剂猛药，让何少溪受伤的心得到极大的抚慰。

不知是累还是心灵受伤睡眠不足，何少溪很快睡着了。竹狮轻轻下床，回到房间，此时已是晚上9点。他拿出手提电脑，整理好白天的资料，然后冲凉。

11点，竹狮收到何少溪的信息，让他过去。竹狮走入房间，见何少溪气色比刚才好多了，她正要起来冲凉，竹狮看完《莞城新闻》，准备等何少溪出来后回去睡觉。

何少溪上床后，竹狮帮她关上门，回到自己的房间。他洗漱完毕穿上睡衣，准备睡觉，谁知刚躺下，何少溪的信息就来了："竹狮，你方便过来陪陪我吗？我心难受！"同时出现的是几个流泪的表情。

竹狮二话不说，马上走过去，看见何少溪不断抽泣。刚靠近，被何少溪一把抱住向后一倒，竹狮整个人压在她的身上。

此时的何少溪，面泛起红晕，双眼露出蓝光，整个人进入忘我的空灵境界。

面对这个突如其来的情况，竹狮异常冷静。他不做任何抵抗，任凭何少溪抱着，良久，她终于冷静下来，长长叹一声，双手一松，无力瘫倒在床上。

竹狮用纸巾轻轻擦去她的泪水，只听她轻轻地说："竹狮，我不是坏女人，不要离开我。"

就这样，竹狮默默地守护着这个受尽情伤的姐姐，度过漫漫长夜，直到天边第一缕曙光出现，他才合眼睡了一会儿。

前几天还是阴沉沉的，今天却迎来了难得的阳光，让人一扫沉闷的晦气。

何少溪早早醒了，看见竹狮斜靠在床头，她知道他为了自己，甘愿遭罪，这充满定力、有担当的竹狮才是真正的男子汉！不像那个负心汉，假情假意，见异思迁。她终于明白：为负心汉伤心、痴情，是多么愚蠢、多么悲哀啊！

人的感情就是这样，无数空洞的说教都是废话一堆，而某一个突破点却令陷入迷魂阵的人彻底清醒。竹狮就是那个突破点，他那份纯洁无私的关爱，是多么难得！何少溪默默铭记于心。

第二天，在黎炳兴副局长带领下，竹狮一行人登上莞城最高点松山。站在松山主峰，可以俯瞰整个莞城市区。

黎炳兴指着左手边的工业园区介绍说，这是改革开放初期，莞城"三来一补"企业的集散地、见证地。

"我国实行对外开放以来，'三来一补'企业以劳动密集型的特点，大量吸纳进城务工的农民，企业迅速发展，对我国沿海经济开放地区尤其是临近港澳的珠江三角洲地区的经济发展起了很大的促进作用。"作为宏观指导单位的文秘，黎盛有感而发。

黎炳兴自豪地说："当年，莞城之所以能够连续五年一直雄踞我国地级市外贸出口总量的前三位，主要就是因为有大量的'三来一补'企业。而现在，随着国家的经济飞速发展，这里的'三来一补'企业变成了国内的民营企业、独资企业、股份制企业。"

接着，黎炳兴指着右手边大片园林地介绍，这里不是公园，而是刚被国务院批准的国家级工业园区，共有300多家高科技、高附加值的企业进驻，全世界综合实力100强企业中有三家落户这里，园区去年产值占莞城市 GDP 达 60% 以上。

"从'三来一补'企业集散地，到国家级工业园区，短短 30 年，可谓跨越式的发展啊！"竹狮看到祖国日新月异的变化，一种自信从心底里涌现。

"我们先到国家级工业园区，了解企业的发展情况好吗？"黎炳兴征求大家意见。

"客随主便，听您的，黎大哥。"黎盛微笑回答。

车辆进入园区，一行人在黎炳兴带领下，先到园区管委会。

管委会副主任万福兴接待了他们。客套过后，万福兴带大家走进华厦电子科技集团公司。公司以生产 IT 产品闻名，从电话、交换机等做起，目前已生产自己品牌的手机，但关键部件却得从外国进口。

他们从生产源头开始，沿着流水线一路参观，全自动生产线，科技含量高，节省不少人力物力，令竹狮大开眼界。

"年产值大概多少？"竹狮好奇地问。

"大概 30 亿美元，折合人民币约 240 亿元。"

"不简单噢！"竹狮竖起大拇指。

"在这个国家级工业园区，这样的企业还有很多，比它规模大得多（产值）的还有。"万福兴自豪感涌现。

他们走进松山摩托车制造股份有限公司，这个中外合资企业，中方（莞城市政府）控股 60%，日本控股 40%。

公司董事长丁东是一个年轻有为、充满活力的小伙子。

坐下来，客套一番后，黎炳兴搭着丁东的胳膊悄悄走进另一个办公室，从言谈举止可以看出，黎炳兴与丁东关系密切。

"表哥，来的人除了带队的之外，其他都是实习生，为什么要您亲自陪同？打电话给我就行了，莫非……"

"'醒目仔'（聪明），别看带队的只是外经贸厅办公室的一个副主任，可里面有个年轻人叫竹狮，是我们徐东升书记儿子的辅导老师，徐力去年考上'人大'，这个竹狮功不可没。据说，这个竹狮的奶奶还是徐书记老爷子的救命恩人呢！"

"怪不得您鞍前马后亲自陪同，原来真有玄机！"

"还有，那个沉言寡语的女士，是省国资委的。"

"实权单位实权人物，不能怠慢。"

回到接待室，丁东主动同来客分别交换了名片，然后对公司作了简单扼要的介绍。

公司创建于1999年，占地面积20万平方米，建筑面积8万多平方米，年产能80万辆，10年共销售摩托车800多万辆，产值达到260亿元。详细资料人手一份。

接着进行参观，日本方也有高管陪同，何少溪自学过日语，主动同他交流起来。

"竹狮先生，听说你读中宇大学的，学什么专业？"丁东边走边同竹狮攀谈。

"丁董事长，我读的是国际经济与贸易系电子商务专业，您呢？"

"我毕业于华科工业大学，学的是机械制造专业。"

"热门专业，专业对口，您是我学习的榜样。"

"失礼失礼！承蒙抬举，您过奖了！"

"还望丁董事长多多指教。"

竹狮接着问："丁董事长，贵公司的产品在东南亚、非洲等发展中国家，销路如何？"

"还可以，但随着各国开放程度的深入，竞争不断加大，如越南、泰国、柬埔寨等国，日本公司与他们合作设厂，我们的市场份额不断被挤占，销路前景不容乐观。"

"假如我有销路，可以找您帮忙吗？"

"无任欢迎，多少无拘，我还可以给您一个优惠价。"

"谢谢丁董事长！"参观完毕，一行人在公司吃饭。

离开公司，竹狮请求黎炳兴带他们去一个产品滞销、半停产甚至停产的企业看看。

于是，他们一行人离开松山国家级工业园区，来到改革开放初期建的工业园区，这里，曾经是闻名全国的"三来一补"企业集散地。

这是一个毛衣织造、销售企业，厂房占地面积一万多平方米，典型的前店后厂格局，曾经风光无两。

厂主人是当地人，叫罗均明，60多岁，是改革开放后第一批洗脚上田的农民企业家，妻子和三个孩子已移民澳大利亚。经过30多年的打拼，逐渐累积了一定的资产，企业正处在新旧体制互相交融、互相蚕食、优胜劣汰的特殊时期。

进入宽阔的厂房，共有300多台毛织机及10多台配套设备，但只有零星十几台机械开着，仓库里成衣堆积如山，积压资金达6000多万元人民币，积压率达到70%。

竹狮对这个企业濒临倒闭的原因充满兴趣，希望从中找到问题的症结。他与罗均明详谈，了解到企业发展历程，包括场地、厂房的情况，资金投入、占有率、回笼情况，产品规格，销售人员、渠道的具体情况，今天面临困境的客观和主观原因，了解的程度是竹狮今次调研中最深的。

竹狮前卫的企业经营理念，对内部管理、销售渠道的熟悉，对世界各国纺织行业现状的了解，令罗均明刮目相看。

竹狮觉得，这个罗均明，文化水平不高，但为人处世豪爽，直率，讲信用，不拘小节，没有其他商人的那种狡黠，"人夹人缘"，竹狮觉得这人值得交往。

要走了，罗均明紧紧握住竹狮的双手，热切期待竹狮他们为他的产品拓展销售门路，让企业起死回生。

回招待所路上，经过一个垃圾填埋场，竹狮请求下车看看，获得批准。

走上垃圾场旁边的山坡，不看不知道，一看吓了一跳：正常的生活垃圾倒没什么，关键是工业废料特别是外国工业垃圾占了垃圾场容量的一半以上。如此下去，中国就将成为洋垃圾填埋场，工业废料散发出的有毒气体、辐射，将严重威胁国民的人身安全！

回到招待所，大家心情都沉重起来。

"炳兴大哥，您对这个问题怎样看？"黎盛打破沉默。

"这个问题，要追溯到20世纪八九十年代，我国处于改革开放初期，经济和工业化进程迅速发展，基础设施建设正如火如荼地进行，对于工业原材料的需求量快速攀升，在一定程度上满足了劳动密集型企业原材料的需求，对中国经济的发展有促进作用，当然这个过程中肯定也造成了一定的环境问题，但仍旧是利大于弊。"

"但现在不同了，原来的'三来一补'企业纷纷转型升级，企业技术含量升高，与发达国家基本看齐，洋垃圾已变成弊大于利。"竹狮也发表自己的意见。

"估计国家虽然认识到接收洋垃圾的危害，但措施还没有跟上，这点必须要引起高层的重视。"黎盛一脸忧虑。

听他们说完，竹狮话锋一转："我倒有个建议，不知是否可行？"

"什么建议？说出来大家参详参详。"众人异口同声地提议。

"我觉得我们离开之前，有必要向徐书记汇报这一情况，然后以莞城市委市政府、省外经贸厅名义，通过特殊渠道，向高层反映这个问题。"

"这建议好啊，但通过什么渠道，值得商榷。"黎盛提出疑问。

"你有什么好渠道，不妨说出来，大家各抒己见。"何少溪终于开口问竹狮。

"可以通过新华社南粤分社的记者，向中宣部或中央书记处反映，也可以通过人民日报社华南分社的记者向国务院写内参反映。"竹狮回答道。

"这个方法可行，问题是怎样联系上这两个新闻媒体的记者？"黎炳兴、黎盛两位同时发问。

"这个不是问题，两个新闻媒体里都有我的同学在实习，重要的是经得徐东升书记的同意。"竹狮说到问题的关键。

大家觉得在理，黎炳兴马上联系徐东升的秘书谢晓平，看下午徐东升有没有时间，如有，当面向徐书记汇报。对竹狮他们而言，这也是回珠州前向徐东升道别，以表谢意的良机。

秘书很快答复，徐东升书记下午5点后有空，时间半个小时，晚餐陪15分钟。黎炳兴、黎盛听后喜形于色。

大家一致推荐由竹狮主讲，汇报这次调研的过程，特别分析洋垃圾过量、过滥进入中国市场的危害。

竹狮推辞不了，只能匆忙构思一下，硬着头皮上。

令人欣慰的是，竹狮不负众望，讲得头头是道，令徐东升陷入了沉思。随后，徐东升与市长交换意见，并交带秘书，通知市委调研办以及外经贸、市政、环保、工商、工业、林业、水利等职能部门一把手，马上赶到市委会议室。

一份由莞城市委市政府、省外经贸厅联合行文的情况反映文件，直达高层领导案台上，引起了他们的高度重视。相关部门马上调整策略，先是降低洋垃圾入口配额，几年后，所有洋垃圾严禁进入中国。

当然，冒着巨大风险反映情况的南粤省两个单位，受到国家有关部门的表彰奖励！

结束了莞城之行，调研队打道回府。

何少溪见爸爸难得回家吃饭，亲自下厨，将莞城的特产炮制得色香味俱全。

晚饭时，为庆贺女儿走出困局获得"新生"，何光勇高兴，小斟一杯！

钟雪英问："宝贝，这次去有什么收获？"

"最大的收获是竹狮治好了我的伤心病！"

"此话怎讲？"何光勇呷了一小口，边夹菜边问。

"天机不可泄露！"何少溪卖了个关子，又说，"爸爸妈妈，这个竹狮真的很优秀，有责任、有担当、有定力，睿智、低调、谦逊，是一个真正的男子汉！如果他不是弟弟，如果他不是有女朋友，我真的很想把他抢过来，和他度过余生。"

听到爱女如此说话，首先肯定的是，女儿已经走出失恋的泥潭，这是二老最开心的地方，至于以后的路，"船到桥头自然直"，还长着呢。

竹狮回来后，吴曼斐约竹狮晚上在姑姑家吃饭。

一个礼拜不见，吴曼斐看见竹狮清瘦了点，但不影响他的帅气。

竹狮刚坐下，吴曼斐马上靠过来，趴在竹狮的怀里，接吻、拥抱，他们忘乎所以……恢复平静后，两人一齐做饭。

晚饭后，吴曼斐问竹狮毕业后的打算，竹狮认为，如果吴曼斐留在国内，他可以按照她的主张去做，如果她出国留学，自己就下海创业，不会选择其他就业途径。

正说着，刚好吴良浩打电话过来：

"斐斐，在忙什么呢？"

"和竹狮在姑姑家。"

"他们回来了？"

"姑父去了深圳市出差，姑姑她们没有回来。"

"快毕业了，有什么打算？"

"如果让我自己选择，我想报考国家行政机关公务员，或者应聘央企白领。"

"有没有考虑出国留学？爸爸妈妈都希望你去。"

"我不是不想去，而是你们年纪逐渐增大，始终需要有人照顾。"

"这个没问题，现在交通发达，一天飞遍全世界。"

"如果你们坚持，我会尊重你们的决定。"

"好的，斐斐，到时回来再说吧。"

吴曼斐父女俩通完电话，竹狮心里有点失落。因为吴良浩明知道他在吴曼斐旁边，也不提出聊几句，这不是一个好的征兆啊！吴曼斐也感觉到这一点，她只是没说出来而已。

第二天，竹狮拿着一份从莞城带回的礼物，来到叔叔冠雄家里，告诉他自己准备下海经商。冠雄尊重他的选择，但告诉他一定要慎重考虑。

竹狮又去拜访徐匡吉老爷子，将自己的打算告诉他。徐老爷子倒没有说什么，只是鼓励他："'条条大路通罗马'，只要自己觉得合适，就放开手脚大胆去干！"

何少溪上班后，精神爽利，脸上气色逐渐恢复，她的重心，慢慢从前男友身上转移到工作、学习上来，她准备考母校的研究生。

一天，她利用去其他科室拿资料的机会，通过同事引领，来到财政厅教育处，见到竹狮的女朋友吴曼斐。

目睹吴曼斐芳容后，何少溪觉得竹狮眼光还是不错的，毕竟，吴曼斐的综合素质不赖。但直觉告诉她，这个吴曼斐如果出国留学，他们分手是迟早的事……

第四章
下海经商小试牛刀

实习结束后，竹狮着手撰写毕业论文，他的论文题目是"发展经济与国土环境保护"，顺利完成答辩后，就等拍集体照领毕业证了。

竹狮正好利用这段时间，好好理顺一下自己的思路。

不久，吴曼斐接到吴良浩电话，叫她抽空与竹狮一起回端砚市，商量她出国留学的事。吴曼斐征求竹狮意见，竹狮觉得很有必要。

两人回到端砚市时已接近晚饭时间，程碧霞叫他俩直接去酒店，吴良浩他们已到达，竹青还带着半岁的儿子"小竹虫"出席。

看着"小竹虫"得意的样子，竹狮、吴曼斐轮流抱着他、逗他，弄得他咯咯笑。

吃饭前，吴良浩谈到两件事，一是吴曼斐出国留学的事，二是竹狮大学毕业后工作去向问题。

"竹狮，你对我们安排斐斐去英国留学有什么看法？"吴良浩首先征求竹狮意见。

竹狮心里想，吴良浩首先征求他的意见，表明尊重他，也可以说明其他人已统一意见，只差他的态度了，想到这，他缓缓地说："叔叔阿姨，我赞成。"

"很好！"吴良浩笑了，接着又问，"你有什么建议吗？"

"我查了一下出国留学的申请程序，首先得过语言关，斐斐补习一段时间英语，这样把握会大些。还有，了解一下今年去英国留学的南粤省人有多少、具体是谁，这样也好互相有个照应。"

听完竹狮的建议，大家都觉得在理。

关于第二件事，也是吴良浩首先表态，他说："从长远考虑，竹狮想经商，我赞成，但现在刚毕业，没有资金，没有经验，能不能撑起简单的'棚口'（基础）都成问题，就算办得起来，风险相当大，不如先考公务员，打好人脉关系，等有了一定经济基础，安个家，再考虑。"

听完吴良浩的话，大家一致认同。

程碧霞最后补充一句："竹狮，希望你体谅我们的苦心，不管你和斐斐以后的关系怎样，作为长辈，我们也是为你们的前途着想。"

"阿姨，我知道你们的心意。至于最终怎样选择，让我再详细考虑，到时将抉择的结果向你们汇报。"

其实，竹狮铁定会选择出来经商，但他采取缓兵之计，不会在面上顶撞为自己设身处地着想的长辈，这也是竹狮的成熟之处。

竹狮跟着姐夫姐姐回到他们的新家。结婚后，竹青也从灵羊调到端砚市财政局，生活也算稳定。

"小竹虫"由保姆带着睡觉了。在人生的紧要关头，潘诗槐、竹青夫妇，是竹狮最亲的人，他们三人是绝对抱团在一起的，所以，大家说说心里话。

"竹狮，你的真实想法如何？"潘诗槐显得担心。

"姐夫、姐姐，你们是我最亲的人，我没有什么好隐瞒的，我还是决定下海经商。"

"原因和底气是什么？"

"最重要的原因是完成爸爸临终遗愿，重振狮队，不能让他为之奋斗的事业付之东流。要重振狮队，没有钱不行啊。"

沉默了一会儿，竹狮继续说："至于底气，也没有实实在在的。最近，我去了莞城调研，凭我独特敏锐的触角，看到了商机无限。我的决定，得到了徐老爷子父子俩的认同，还有师兄何光勇的支持。最重要的是，我对下海经商充满信心。"

话说到这份上，姐姐拿出一张银行借记卡，放在竹狮手里："弟弟，这是我和你姐夫的心意，里面有20万元，你拿去用吧。"

看到姐夫、姐姐滚烫的心，什么是血浓于水啊，这就是！竹狮眼眶湿润了。

潘诗槐拍拍竹狮肩膀，动情地说："弟弟，无论什么时候，我和你姐姐都是你最亲的人，这里，永远都是你的家！"

告别姐夫、姐姐，带着亲人的嘱托，竹狮踏上茫茫创业路，前面，是一马平川还是悬崖峭壁，不得而知。他知道，吴良浩的分析不是没有道理，关键是自己已无路可退。

他先回到灵羊，买了西溪河鱼干、番薯镇腐竹、番薯干、白菜干等家乡特产，返回珠州。刚好何少溪打电话来，说何光勇夫妇请他过去，竹狮马上赶到师兄家里。

见到竹狮，何光勇、钟雪英夫妇俩笑脸相迎。想起一个月前，爱女失恋，悲伤欲绝，日渐消瘦，找了珠州市几个顶级的心理医生，都无济于事。在万般无奈、走投无路时，是竹狮带着她前往莞城，把她从绝望中拯救回来，夫妻俩庆幸万分，觉得竹狮是他们家的福星。

竹狮趁机把家乡特产奉上，看到有新鲜鱼仔干，何光勇马上交代保姆弄好这个菜，他要小酌几杯。

何少溪今天穿上一件低胸米黄色连衣裙，乌黑发亮的长发披肩，着灰白色丝袜，从卧室出来。见到竹狮，两人竟不约而同伸出右手，

"耶"一声，两掌相拍，是那么默契！看得何光勇夫妻晃头大笑。

"老头子，你看，这两个长不大的调皮蛋子。"钟雪英喜出望外。

吃完饭，何光勇一家人与竹狮围在茶台旁，共同商量竹狮下一步的人生走向。

"狮仔，听小溪说你准备下海经商，不想从政？"钟雪英轻声道。

竹狮将自己下海经商的原因说了，引起何光勇一家人的共鸣。

"继承父业，传承传播传统文化，难得你有这份孝心，我支持你！"何光勇首先表态。

"当今社会，只要肯拼搏，成功的机会多得是。"钟雪英也给了竹狮信心。

何光勇呷了一口茶，面向竹狮："狮仔，下海经商，计划设想如何？"

"我想在市区租一个地方，然后成立经贸实业有限公司，看业务大小再聘请人手。"

"要经商，需要资金，你筹措得怎么样？"

"只有姐夫、姐姐资助 20 万元。"

这时钟雪英马上接过话题："这样吧，我和你师兄借 30 万元给你，不计利息，无限期，到你认为资金雄厚后再归还，如何？"

"好啊，谢谢师兄、师嫂的鼎力支持！"

"小溪，近期你们国资委有没有地方出租？最好旺中带静，价格适中。"何光勇迅速进入参谋角色。

"我明天回去查一查，如果有，马上与竹狮去看现场。"何少溪觉得此事好似自己的事一样。

"公司成立后，第一步怎样运作？"何光勇先将问题摆出来。

这时，竹狮的脑海里马上出现这样的画面：2008 年春节，由于出省的道路少，加上京珠大动脉云岩路段结冰，严重影响道路运输，南粤出现农民工返乡"大滞留"，惊动共和国总理，后来就有了"在南粤过大年"活动。每年，从南粤回家过年的民工超过 500 万人，与南粤邻近的几个省，路程相对不远，民工开摩托车回家，经济实惠。他们也逐步意识到摩托车的作用：无论在工厂上下班，周末或晚上探老乡，还是春节回家、节后回来，甚至春节期间，探亲访友，一家几口，顺带礼物，使用摩托车方便得很。

想到这，竹狮说道："少溪，你还记得我们在松山工业园区，看到有一家摩托车制造厂吗？你还同日本那个胖墩经理聊得起劲呢。"

"你想做摩托车？"何光勇、何少溪异口同声地问。

"是的。"

"怎样做？"师嫂很好奇。

"我想搞摩托车团购。"

"我明白你的意思了：由于有去年的教训，今年买摩托车回家过年的农民工必然增多，只要某个品牌价格实惠，搞好营销，那么这个品牌的市场占有率就高。"何少溪说完，与竹狮又一次击掌。

"关键是，如果当地党委政府为了农民工利益，对出售给农民工的车辆实行补贴，销路肯定好，薄利多销，政府的总体利益不但没有减少，还可以利用宣传媒体，营造为弱势群体谋利益的良好形象。"竹狮进一步强调。

"这个办法可以尝试。"何光勇马上予以鼓励。

不知不觉到了晚上 10 点，何光勇夫妇回房休息了，竹狮、何少溪走到阳台，一边欣赏夜景，一边继续讨论。

珠州市的夜景确实迷人，灯光璀璨，简直是灯的海洋、光的世界。远处，内环路两旁的灯光如同一条条五彩缤纷的巨龙；近处，建筑物的霓虹灯变幻莫测，构造出一幅幅精美的图案，有的像一只展翅欲飞的和平鸽子，有的像奔跑的五羊雕像，还有的像绽开的木棉花，将这座英雄的城市装扮得绚丽多姿！

"我的方法是，派人到大企业联系，以每个工厂计算，凡购车超过 100 台的，送货上门，每台车价格比市面价优惠 1000 元。"

听竹狮一说，何少溪马上接上："很好！还有与摩托车厂家商量，优惠的 1000 元以农民工补贴的形式出现，每个买车的农民工填写好表格，工厂盖章确认才能享受优惠。"

竹狮马上醒悟："我们端砚市面向珠三角，背靠大西南，连续十年为农民工回家过年开展'暖流行动'，为返乡民工保驾护航，此壮举得到国家领导层的肯定，国内各大媒体都大篇幅进行了报道，连英国 BBC 也派记者来到端砚拍纪录片。如果莞城市政府让利农民工，这可是功德无量的事，也符合当前国家对农民工实行倾斜的政策。更重要的是，由于本地摩托车销路畅顺，税收增长了，政府总体收益不但不会减少，反而增加了，这可是一举两得的好事。"

"对这个问题，你可以找徐东升书记商量一下。"何少溪建议。

珠州的夏天热浪翻滚，虽不时有微风吹来，但才半个小时，竹狮、何少溪还是出了汗。

晚上 11 点，为安全着想，何少溪叫竹狮不要回校，留在家里住宿，反正有客房，竹狮点头同意。

大家冲完凉，何少溪从衣柜里拿出床罩、被子，帮竹狮铺好，然后离开客房，让他上床睡觉。

但竹狮刚躺下，何少溪又轻轻敲门，竹狮把门打开，刚想问什么事，何少溪已闪进来，而且把门关上了。

竹狮不知道如何是好，他毕竟已有女朋友吴曼斐，虽然没有到谈婚论嫁的地步，但如果又同何少溪好上，竹狮无疑是抗拒的。"一脚踏两船"的事，他不但不会做，而且很反感！

但此时此刻，自己正处于创业最艰难的时候，如果得罪何少溪，进而得罪师兄一家人，自己下海经商将成一句空话。

正在进退两难的时候，何少溪叫竹狮来到床前："竹狮，请原谅，我的思想有反复，一时半会儿还依赖你。我不是乘人之危，因为你酷似我的前男友，我希望多待在你身边，慢慢度过失落期。不过你放心，我不会越界的。"

听到何少溪那一番发自内心的话语，竹狮反而为刚才误解何少溪而内疚。

他们和衣靠在床头，房间很静谧，只听到各自的呼吸声。

竹狮想，如果不是姐夫、姐姐和师兄一家人在精神、资金上无私支持，自己将无所适从。面对创业的艰辛，想起父母的早逝，年仅22岁的竹狮，突然伤感起来，忍不住流下辛酸泪水……

竹狮回到学校，马上找到20多个平时关系密切、志同道合的同学，请他们做摩托车推销员，每人每天工资300元（基本可以解决吃宿费用），来回车费还给报销，另外，团队每销售一辆摩托车，每人获奖金10元。

同学们觉得好奇、有挑战性，不用自掏腰包，做得好还有赚，何乐而不为？于是踊跃报名参与。

何少溪为竹狮物色了一间200多平方米的临街铺位，有阁楼、厨房、卫生间。这里交通方便，但人流量少，以前好几个租户都无法经营下去，现在空置。

竹狮来到现场，看过后觉得满意。因为这里只作办公用，不是摆卖商品，不需要人流量。

国资委属下办事处觉得商铺反正空着，打折出租给竹狮，装修期一个月，租期三年。

签订合同交押金后，竹狮着手进行装修。一楼办公室、接待室，阁楼是竹狮办公室兼卧室。

半个月后，办公室装修完毕。公司名称为"诗裕珠州经贸实业有限公司"，"诗裕"意即"用吟诗作对般浪漫手法创造财富"，这是竹狮和何少溪合计后定下的。

竹狮招聘了两名财务人员：会计陈彩玲，本科学历，有两年工作经历；出纳尹楚倩，是刚毕业的本科生。

开张那天，竹狮邀请了冠雄叔叔一家人、何光勇师兄一家人（何光勇军务繁忙无法参加）、省外经贸厅办公室黎盛主任（莞城回来不久升为主任），还有那20多位去推销摩托车的同学。

他又打电话给姐夫潘诗槐、姐姐竹青以及远在首都为出国留学复习考试的吴曼斐，告诉他们自己公司开张的消息。姐夫、姐姐很开心，而吴曼斐接听电话时，敷衍几句，已显得不耐烦，匆匆挂断了。

在公司附近的"大皇庄"酒店，竹狮摆了3围台宴请宾客。参加人员少，构成简单，也没有那么多繁文缛节，大家开怀畅饮的同时，祝贺诗裕珠州经贸实业有限公司开张大吉，一本万利，规模不断发展壮大，生意越来越红火！

一切准备就绪，竹狮打电话给莞城松山摩托车制造股份有限公司丁东董事长。

"丁董事长，您好，我是上次来您公司调研学习的竹狮，不知道丁董事长是否还有印象？"

"对您这个中宇大学国际经济与贸易系的高才生，我一直记挂于心。莫非竹生有什么好消息？"

竹狮就将自己的分析、想法全盘托出。听完电话后，丁东觉得这个办法好，具操作性，他说待公司董事会研究商量后，将结果告诉竹狮。

三天后，丁东回复，公司权限范围部分，可以操作，至于请求政府让利农民工一事，需要按程序汇报市委、市政府后答复。

丁东还说，考虑到竹狮是即将毕业的大学生创业，他们公司将派人到珠州，与竹狮共同商量具体细节。

一天，中共莞城市委宣传部办公室，走进了两男一女，他们分别是新华社南粤分社、人民日报社华南分社、中央电视台的记者，他们此行主要是为了解莞城市委、市政府为本市农民工购买摩托车让利一事，要求采访市委、市政府主要领导以及企业负责人。

市委常委、宣传部部长马上请示市委书记、市长，得到明确答复后，宣传部部长带着他们直接进入松山国家级工业园区，与书记徐东升、市长范茂成会合。

在莞城市区制高点松山，书记徐东升、市长范茂成，以工业园区为背景，分别接受了三家媒体的采访。

记者："徐书记，你们市委、市政府作出这个决定，出发点是什么？对你们市今后的发展有什么特殊的意义？"

徐东升说："我们市委、市政府做出这个决策，是落实党中央、国务院以及南粤省委、省政府'关于切实解决农民工春节返乡难问题'战略决策进一步的延续，我们执行上级的政策是连贯的、全面的、毫不含糊的。另外，去年春节，遇上百年一遇的霜雪，严重影响北上交通大动脉的畅通，致使近 100 万农民工滞留在珠州火车站，而滞留的农民工大部分是在我们莞城打工的，所以我们马上动员市属下各级政府、行政企事业单位、工厂，迅速发起'农民工在莞城过大年'活动，及时安抚了滞留的农民工，让他们在异乡度过了一个愉快难忘的春节！"

停顿一会儿，徐东升继续说："今次的决定，是一种未雨绸缪，是为明年的春节防患于未然。"

记者："徐书记，你们市委、市政府，紧紧围绕党中央、国务院的英明决策，发展思路清晰，相信莞城市在你们的领导下，将会取得更大的成绩！"

"谢谢！"徐东升伸出双手，与记者逐一握手。

范茂成换了一个角度，也满怀信心，接受了采访。

记者："范市长，除了刚才徐书记说的这两个原因外，还有没有其他因素？"

范茂成清清嗓子，侃侃而谈："随着国家经济的不断发展，南粤作为改革开放的前沿，优惠的政策逐渐减少，特别沿海兄弟省份快马加鞭，不断追赶上来，有些方面比我们发展更快，我们的企业，已明显感觉到招工的困难，可以预料，再过几年，我们珠江三角洲肯定会出现'民工荒'。我们为农民工创造一个良好的工作、生活环境，将是今后一段时间市政府的重要工作之一。"

记者："今次政府补贴的额度是多少？"

"每台摩托车补贴 1000 元，本市农民工购车时，直接从车款中扣减，市财政按销售数量，统一将补贴划拨到企业。"范市长轻松回答。

随后，记者在松山摩托车制造有限公司办公室，采访了董事长丁东。

记者："丁董事长，你们怎样落实市委、市政府这一决定？"

丁东："第一步，我们按照市委、市政府的决策部署，做出方案，呈报待批，现已批准；第二步，在市纪委、外经贸局的参与下，搞好公开招投标工作，杜绝中间环节腐败滋生。"

记者："做得很好！方便透露一下中标企业的情况吗？"

丁东："中标企业是诗裕珠州经贸实业有限公司，这是一个在校大学生创办的企业，法人代表叫竹狮，是我们省中宇大学 2005 级国际经济与贸易系电子商务专业的学生，今年即将毕业。"

记者："在校大学生办企业，挺有意思啊！国家出台相关优惠政策，鼓励大学生自主创业，你们为他们提供了一个难得的平台。"

"谢谢夸奖！"丁东微微一笑。

记者："是了，这家大学生企业有什么具体措施？"

丁东："该公司组织二十几个实习结束、即将毕业的大学生，到我们莞城市属工厂企业，为需要购买摩托车的农民工填好购车表，收集证明材料的复印件，工厂加盖公章，完成所有手续后，送车到企业，减少购车者的烦琐。"

记者："服务工作还是蛮周到的，点赞！"

这次莞城市委、市政府为农民工购买摩托车实行财政补贴一事，经媒体公布后，在社会上引起强烈反映，受到了一致好评，更为难得的是，此事也得到了高层领导的肯定。

"师兄，今天永春书记接到国务院首长的电话，口头肯定了你们的做法。永春书记也让我代他向你问候，希望你们再接再厉，更上一层楼！"电话那边，贾少安眉飞色舞，向徐东升道喜来了。

"师弟，你知道这个主意是谁提出的吗？"徐东升忍不住笑出声来。

听徐东升的口气，他马上知道了答案："莫非中标那个小壮派是竹狮这家伙？"

"正是。这小子不但有经济头脑，政治敏锐性也不差，哈哈，又一个想不到。"

"待你回来，我们去他公司为他鼓劲加油！"

"一言为定！"

竹狮投入50万元作押金，按合同规定，诗裕珠州经贸实业有限公司每销售一辆车，可获提成奖100元。竹狮派出去的学生团队，10天时间销售了10583台车，共获提成105.83万元。剔除各种成本40多万元（含同学们的补贴、奖金），公司第一笔生意共获得利润60多万元。

值得一提的是，参加这次销售的22位同学，除了领到每天300元的生活补助外，每人平均获得4800多元的提成奖。

竹狮用赚到的钱购买了两部价值20多万元的东风本田SUV，

公司一部，送何少溪一部；为师兄何光勇买了一套高级西服，为师嫂钟雪英买了一套西装套裙，感谢二老的鼎力支持；买了一套高级西服、一条金利来领带、一双老人头皮鞋，送给徐匡吉老爷子；买了两瓶6斤装的Hennessy洋酒分别送给叔叔冠雄和社长薛之明。

看到竹狮旗开得胜，何光勇甚为欣慰。何少溪更是开心，一有空就去竹狮的公司，精神饱满，神采奕奕。何光勇夫妻看到女儿彻底从失恋的痛苦中走出来，心头大石终于放下。

星期六，何少溪开车同竹狮去兜风，中午，准备在紫云山下一个农庄吃饭，刚好吴曼斐打电话来：

"竹狮，我的雅思成绩已达7分，前天回到端砚，正在做出国留学前最后的准备工作。"

"恭喜你，斐斐！"竹狮热情似火。

"竹狮，有件事，我考虑了很久，不敢说出来，但我爸爸妈妈认为必须告诉你，否则对你不公平。"

竹狮已猜到吴曼斐要说的话，他像一个泄气的皮球，语气慢慢软下来："说吧，我能正确对待的。"

"我出国留学起码要三年时间，况且毕业后是否回来还是未知数，我希望你不用等我了。"吴曼斐语气坚决。

"我知道了。你什么时候走？我想送你上飞机。"

"不用了，今次一起去的人比较多，崔俊杰也去，我们都在一个学校，挺热闹的。"

"那好吧，你自己多保重。"

竹狮想不到，吴曼斐连最后见一面的机会都不给，他呆呆地看着窗外。

看到竹狮的神态，何少溪知道是怎么回事了。她默默地为竹狮用开水烫碗筷，随便点了两个菜。

菜上来了，两个人都没有动筷的意思。她假装去卫生间，流着泪打电话给钟雪英："妈妈，刚才竹狮女朋友向他摊牌了，竹狮整个人呆了，饭也没吃，我不知道怎样安慰他。"

"你马上带他回家，其他什么也不用做。"

"好的。"何少溪说完挂断了。

她回到餐桌，见竹狮瘫倒在椅子上，脸色苍白。

"竹狮，我们回去吧，我妈妈煲了粥，叫我们回去吃。"

何少溪结完账，竹狮也站起来，他们默默离开这个农庄。

半个小时后，他们回到何少溪的家，竹狮便倒在客房床上。何少溪默默地守护着竹狮，此时此刻，语言是多余的。

6 点多钟，何光勇回来了，钟雪英将情况向他说了，并说出自己的担心。谁知，听妻子讲述后，何光勇竟然说：

"对竹狮这孩子来说未必是坏事，我相信他会很快走出来，不用担心。"

晚上 10 点，何少溪出来冲凉，随便吃了点东西，她问竹狮吃什么，竹狮摇头。

11 点，竹狮起来冲凉，没有吃东西。何光勇夫妇已回房休息，何少溪依旧陪着竹狮。

第二天，星期日，竹狮实习期间在莞城结识的毛衣制造商罗均明，看了电视新闻后，来到珠州，打电话给竹狮，说是来拜访他。竹狮告诉他自己公司的位置，罗均明很快来到。

"罗生，什么风把您吹来了呀？"竹狮与刚才判若两人，要不是亲眼所见，何少溪怎么也不相信，一分钟前竹狮还是一只病猫。

"我在电视里看到你们公司的情况，为你们中标感到开心。"

"谢谢罗老板，不怕您见笑，这是我们公司成立后经营的第一笔生意。"

"这叫旗开得胜！"罗均明真会说话。

饮过茶，竹狮问起罗均明毛织厂的情况，罗均明说还是没有起色。

竹狮安慰他："这种情况不止你一家企业，去年，全世界发生金融海啸，所有企业都无法幸免，尤其是发展中国家，企业出现倒闭潮，哀鸿遍野！"

不过，竹狮又安慰他，事情总有出现转机的时候。

罗均明走后，竹狮将有毛织成衣出售的信息发到邮箱上，并以打电话、发信息等形式，告诉已出国定居的亲戚、朋友、同学。

彭其超是竹狮的老师兼兄长，大学毕业后随父母移民澳大利亚。

竹狮在电话里将情况向他介绍了一番，彭其超说他正出差南美洲，回来澳大利亚再联系。

过了几天，彭其超叫竹狮将毛衣的材质、款式、规格、单价发到他的邮箱。

不久，竹狮接到彭其超电话，说他爸爸在南非约翰内斯堡有名的中国城，开办了毛织品专卖店，叫竹狮以最快速度把毛衣每个款式都寄几件过去，试试市场。

放下电话，竹狮马上与罗均明联系，叫他迅速将产品样件送来珠州，由竹狮发给彭其超。

过了一个礼拜，彭其超问竹狮：

"这批货库存多少？"

"50多万件。"竹狮故意没有说那么多。

"价格如何？"

"您定吧，超哥。"

"真实告诉你，我这里均价为20美元一件。"

"您意思怎样？您是我的老师、兄长，我听您的。"

"那就按均价90元人民币一件，可以吗？"

"可以，第一次做生意，我在乎的是学到东西、增长见识。"

"什么时候可以交货？"

"随时可以。"

"什么时候签约？"彭其超追问。

"您回来就签。我刚下海经商，一穷二白，还劳烦超哥您辛苦一趟。"

竹狮带上一位懂纺织的朋友，马上开车到莞城，再次察看罗均明积压的产品。

"罗老板，如果这批货我全要，什么价格卖给我？"

"现在平均每件30元人民币都没人要，我只要收回成本，每件25元，已经阿弥陀佛了。"

"问题是，我没有资金，也没有抵押物，凭一个信字，您敢先将货给我，待我将货卖出去后再打款给您吗？"

"完全没有问题。"

"谢谢罗老板。这样吧，我与对方签订合同后，您先发10万件货给我，我收到钱，马上汇给您，可以吗？"

"好的，莫说10万件，20万件我都敢发给您。"

"谢谢罗老板的信任！"竹狮行了抱拳礼。

竹狮与彭其超签订了合同，均价按90元人民币一件，竹狮马上叫罗均明发货，罗均明说到做到，马上发10万件毛衣过来。竹狮收到货后，装柜运往珠州海关，再发货到南非约翰内斯堡。

一个月后，彭其超收到货，10万件毛衣被当地分销商抢购一空。彭其超马上将900万元人民币汇到竹狮公司的账户，竹狮马上将250万人民币汇给罗均明。

罗均明做梦也想不到，一个刚毕业的大学生，竟然如此能耐，他甘拜下风，更赞叹竹狮的言行一致，超级诚信！

三个月后，竹狮将罗均明积压的110多万件毛织品销售一空。

竹狮这一笔生意，销售额达到9900万元人民币，除去本金、纳税、运费等费用，竹狮所得超5000万元人民币。

　　此时的竹狮，今非昔比，但他低调做人，不张扬，谨记孔夫子"讷于言而敏于行"的古训，默默做事。

　　他将姐夫、姐姐给的 20 万元，何光勇夫妻借给他的 30 万元，按 2‰的利率，连本带息偿还了，这可才半年时间不到啊！

　　看到竹狮在痛苦中挣扎，何少溪感同身受；看到竹狮从痛苦的牢笼中挣扎出来，她无比欣慰。她佩服竹狮的意志毅力，在相互接触中，她觉得竹狮有情有义，顶天立地，对他充满了依恋，她愿意为他献身，为他生儿育女。但她清楚地知道，她和竹狮之间有一道坎，今生今世无法跨越，是年龄还是个性，她无法得知，这就是命，她唯有听从命运的安排。

　　竹狮毕业了，为庆贺他正式走向社会，何少溪提议，他们一起去海南省三亚市玩几天。竹狮在经得何光勇夫妇同意的情况下，欣然前往。

　　海南省三亚市，地处热带地区，风光旖旎，令人流连忘返。

　　在海滨浴场，竹狮、何少溪穿上泳衣，冲浪、搏击、畅游，充满着青春活力。他们在长长的沙滩漫步，互相追逐、嬉戏，陶醉在欢乐的海洋中。当何少溪在沙滩奔跑时，她的修长，她的波涛汹涌，令竹狮的目光长注；而竹狮的英俊潇洒，长年累月练就的阳刚之气、睿智、成熟稳重，令何少溪迷恋得无法用语言形容。

　　在酒店，竹狮终于抛弃一切顾虑，勇敢上前，让何少溪做了自己的女人！

第五章
流通实业华丽转身

　　星期五，徐东升打电话告诉竹狮，说已约了贾少安、梁伟雄、薛之明星期六来竹狮的公司坐一坐，并交代竹狮邀请何光勇、陶章然、冠雄参加。

　　星期六，竹狮一早起来，吃过早餐，他与陈彩玲、尹楚倩齐齐动手，将公司装扮一番，等待客人的到来。

　　9点半，客人们陆续到来，大家看到公司虽然简陋，但充满生气。

　　竹狮对来客相互做介绍，大家寒暄一番。

　　竹狮充满感情地说："我能在珠州立足，全靠在座各位世叔伯、兄长的鼎力支持，这种深厚情谊，终生难忘！"

　　他接着说，公司刚起步，规模小，只有几个人，开业至今，做了两笔生意，公司以后的发展壮大，还仰仗各位前辈多多关照。

　　何光勇环视一下众人，首先展开话题："一个大学毕业生出来创业，开局取得那么好的成绩，已经很了不起了！"

　　"下一步有什么打算？"徐东升关心地问。

　　"我想买下莞城工业园区罗均明那间毛织厂。今次我帮他推销了110多万件（套）滞销毛织品及配套产品，挽回了4000多万元损失，他从心底里对我感激。"

"他为什么自己不做而卖给你？"薛之明有点疑虑。

"他年纪也大了，打算举家移民澳大利亚。"

冠雄也替竹狮考虑："整间工厂总价多少？应该不会是小数目，资金筹措困难吗？"

"一共需要3500多万元人民币，包括地皮、厂房、机械，对方负责转证。至于资金问题，转户后可以拿土地证去银行抵押融资。"竹狮小心翼翼回答。

"我觉得最重要的还是销路，如果销路通畅，一切不成问题。"贾少安一针见血。

陶章然也提出建议："据我所知，国家对大学生创业有很多优惠政策，包括扶持启动资金、安排劳动力就业奖励、所得税免征期限延长、贷款利息优惠等等。"

"如果全年出口创汇达到某个数额，国家还有一定点数奖励。"梁伟雄终于搭话了。

大家你一言我一语，帮竹狮进行论证，提出有利因素，指出不利因素，评估购买风险。

由于是午饭，大家都没有喝酒，但吃得津津有味，乐也融融。

与罗均明签订转让合同后，工厂需要全盘接管，竹狮带着会计陈彩玲，暂时离开珠州来到莞城市，出纳尹楚倩留守公司。

经过了解，竹狮知道，他接过工厂后碰到的第一个难题是缺员，由于罗均明停产了一段时间，厂长等一批管理人员另谋出路，一半左右的员工离开了工厂。要想满负荷生产，必须尽快招到熟练工人，但一下子招150多人，谈何容易！

与罗均明交接完成后，竹狮召开全厂员工动员大会，针对现在工厂存在的问题，宣布三项决定：一是停业几天，机修工检修机械，生产员工在此期间，帮工厂招收工人，介绍一个熟练工入厂，奖励

100 元；二是原来拖欠员工的工资（包括已经离开工厂的，只要回来上班）一律在上班一个月后补发；三是员工提出好的意见和建议，一经采纳，视作用大小给予奖励。

早上 8 点半，竹狮吃完早餐，回到临时办公室，刚坐下，正想拿出工厂员工花名册逐个过目，以便加快熟悉，这时，一个年近 40 岁、中等身材、浓眉大眼的壮年人走进来。

"竹老板，您好！"来人微笑向竹狮问好，接着在沙发上坐下。

竹狮心里想，能热情同老板打招呼，这位员工还是有礼貌的，但还没有等老板叫坐，就坐下了，证明他为人不卑不亢，或者不拘小节。

竹狮为他斟上茶。

"你贵姓？乡下哪里的？"

"我姓祝，叫祝志光，乡下端砚市燕都县东坑镇。老板知道这个地方吗？"

"我不但知道，还去过几次呢。燕都县原属西桂省，新中国成立后，西桂省因没有出海港口，就用燕都县换南粤省的北海市。"

"想不到您那么年轻，却懂得那么多。"

"因为我是灵羊县北苑镇人。"

"我们的家乡一山之隔，很近啊。"

"我们是老乡。"竹狮笑着回答。

亲不亲，故乡人，这一下子拉近了他们之间的距离。

"你在厂里做副厂长，主管机修？"

"是的，我端砚市工贸学校毕业，学的是机械专业。"

"好啊，以后还要靠老乡的大力协助、支持！"

"以前罗老板交给我的工作任务，我都竭尽所能完成，何况您是老乡，我一定加倍努力！"

"有你的大力支持，我信心更大了。"说完，竹狮又问，"祝厂长，你知道厂里还有没有我们端砚市的老乡？"

"有呀，据我所知，男的有 20 多个，女的有 40 多个。"

"这样吧，你今晚通知他们到附近的'天天旺'大排档，我请他们吃夜宵。"

"好的。老板还有什么工作安排吗？"

"按计划进行吧。"

晚上 8 点，竹狮准时来到"天天旺"大排档。

这个"天天旺"大排档，距离公司不远，老板是灵羊人，40 多岁，夫妻俩诚信经营，童叟无欺，热情周到，价廉物美，很受打工一族的青睐。平时来这里的顾客，除了端砚市人外，还有不少是其他地方的，有时人多到要排队，名副其实的"天天旺"。

听说新老板请老乡吃夜宵，大家异常兴奋，7 点半已经到齐，60 多人分坐六张大台。

竹狮一到，祝志光马上站起来迎接，大家鼓掌欢迎。

竹狮吩咐祝志光叫了大家喜欢的夜宵后，他开始用家乡话同大家拉家常。

"想不到以这样的方式同大家见面。"竹狮先开口。

几个年轻的后生仔马上答话："竹老板，我们觉得这样的见面最好、最开心！"

"想不到我们的老板那么年轻、那么帅！"几个后生女边笑边向竹狮张望。

竹狮哈哈大笑："你们也很年轻、很漂亮啊！证明我们的家乡风水好，专门出品俊男美女！"

竹狮这句话，很随意，也很有鼓动性，这一下，彻底让大家放开了，不时响起的掌声令周围的人都往这里瞧。

"老板，听说您刚大学毕业，是吗？"

"是的，没办法，'逼上梁山'，我也是穷苦人家出身！"

"我们就是佩服您这样的人！"老乡们你一言我一语。

"你们乡下有没有人舞山狮的？"竹狮见时候到了，马上抛出今晚要商量的中心话题。

嚓嚓，40多个男员工举起手。

"你们在座哪位会舞山狮？"竹狮又问。

嚓嚓，又有20多人举起手来，当中竟然还有3个女员工。

竹狮马上问那三位女员工："你们会什么技艺？"

一个说会敲鼓，一个说会敲锣，一个说会敲锣打鼓，还会舞狮头。

竹狮听她们讲完，向祝志光下达任务：马上在工厂员工中组建一个山狮队，加紧训练，希望在工厂开张那天将狮队拉出来，为开张庆典助兴！

刚讲完，竹狮接到何少溪打来的电话，她急速的语气，令竹狮大吃一惊。

原来，何少溪从珠州市开车过来看竹狮，刚下高速，在一个红绿灯前，被后面一辆车给撞了。

"伤得怎样？我马上过来！"

"额头被方向盘擦破皮，流了一点血，问题应该不大。我已报警。"

竹狮同大家打招呼后，留下会计陈彩玲，自己迅速回厂。坐在旁边的祝志光拉上一个叫邓强的年轻人，紧跟竹狮，一同上车。

邓强说："竹老板，我来开车，这里我比您熟悉。"说完，拿过车钥匙，飞快钻入驾驶位，点火，一踩油门，快速驶出工厂。

不到五分钟，就赶到出事地点，其实这里距离工厂不远。

见到竹狮，何少溪右手捂着额头，扑进竹狮怀里，放声大哭。竹狮左手搂着何少溪，右手拨开她的手，发现伤口还在渗血丝，好在是皮外伤；看看右脸，几个手指印呈暗红色。

这时，何少溪停止哭泣，转身指着那个正抽着烟、平头装、肥头大耳、身边站着三个马仔的人说："就是他，下车后对我上来就是一巴掌！"

听何少溪说完，竹狮火冒三丈，但他强压怒火，走上前，质问那个开着宝马车的人："你凭什么打人！"

此人瞧都不瞧竹狮一眼。

"凭什么？凭我大哥的车牌号码！"对方气焰嚣张到极点！

竹狮看了看对方车牌号码：粤S11111。

"那又怎么样？"

对方见竹狮挑战自己，将半截烟一扔，用脚尖猛踩烟头，握起拳头，边说边向竹狮面部打来："我让你多管闲事！"

在拳头即将打向竹狮脸庞的那一刻，站在身边的邓强出手了，只听得"啪"的一声，他左手劈开对方的拳头，右手挥拳向对方心口打去，一声闷响，对方马上软绵绵趴下，口吐白沫，像只死猪一样。

另外三个人见大哥被打，马上围上来，呈品字形向邓强、祝志光扑过来，邓强不慌不忙，将扑到最前面那个人逮住，让他迎面挡住另一个人的拳头，然后抓住这个人的肩膀，双手向下一压，飞起双腿，嘭、嘭、嘭几下，将另一个人打倒在地。而祝志光身一闪，避开对方拳头，对方扑了空，祝志光飞身对着其腰部一脚，这家伙即刻变成了"狗啃屎"。

这时，警车到达，这三个人不顾伤痛，一瘸一拐跑到警察面前，恶人先告状。

这几个交警，其中一个是这个号称大哥的认识的：

"孙总，什么事？谁打您了？找死呀！"

"李队长，就是他们几个，特别是站在前面左边那一个，先动手打我们！"

　　不知何时，邓强、祝志光以战斗状态站在竹狮和何少溪面前，防止对方进行反扑，伤害自己的老板。

　　看到这个架势，竹狮感动了，知道面前这两个人讲义气、重感情，哪怕自己受伤也要誓死保卫老板，这种豪气极为难得！

　　他考虑到自己初到莞城，还顾及对方的势力，马上打了两个电话，以防万一，确保安全。

　　突然，一辆警车悄然而至，车上走下一位不怒而威的警官，来到李队长面前。李队长见到莞城市公安局副局长兼交警支队"一哥"郭志仁，马上立正敬礼。

　　郭志仁走到竹狮面前，客气问："这位是竹狮竹老板吧，我是莞城交警支队郭志仁。"

　　"麻烦郭支队长了！"竹狮伸出双手，握着郭志仁的手说。

　　"这位肯定是何少溪何小姐吧，你爸爸是我的老首长，想不到老首长的女儿来到莞城，竟然被欺负了，惭愧啊！"郭志仁面露内疚。

　　竹狮马上拉何少溪过来，面向郭志仁："郭支队长，是否允许我先带这位受伤的何小姐去医院处理一下伤口？"

　　"这一点我倒忽略了，马上去！"郭志仁手一挥，放行了。

　　他随即问竹狮："要不坐我的车去吧？"

　　"不用麻烦您了，谢谢！"

　　邓强、祝志光马上上车，竹狮、何少溪上车后，他们马上赶去市一院，经过拍X光片和做脑电图、B超等检查，没有什么大碍。对伤口进行消毒处理后，竹狮带何少溪去饭店吃饭。

　　9点半，竹狮决定先送何少溪回珠州，免得二老担心。考虑到是晚上，加上何少溪有伤，邓强主动提出开车送他们回珠州，竹狮点头应允。

　　竹狮交代祝志光，明天派人去交警中队，拿到裁定书后将车辆送去维修。

邓强，这个武警部队退役的散打高手、山狮武术高手、竹狮的老乡，正小心翼翼送他的老板回珠州。

这件事，也让邓强的人生迎来了新的起点。

车内寂静，只有车外汽车奔驰的声音。

竹狮搂抱着何少溪，充满愧疚：如果不是来看自己，她何尝会遭此劫难？

何少溪躺在竹狮的怀里，温馨又满足，她把竹狮当成是弟弟、哥哥还是情人知己？都是，又都不是，她自己不想清醒，难得糊涂。

一个小时后，车直接开进省军区住宅区。

见到何光勇夫妇，竹狮内疚地说："师兄、师嫂，我没有保护好小溪，对不起！"

"狮仔，怎么可以怪你呢？人无事就好。"钟雪英关心地说。

邓强凭自己当兵的感性，知道眼前这个军人，职务绝对不低。

竹狮让邓强拿着何少溪的出入证，先将车放在公司背后的停车场，钥匙、出入证放到公司，然后去酒店住宿，明天坐车回去。

刚安排好，何光勇接到郭志仁的电话，他说已调看现场的视频录像，是对方先打何少溪，再打竹狮，竹狮旁边两个同事才被迫自卫，此事对方负全责。他又说，徐东升书记对此事高度重视，已责成有关执法部门成立专案组，公平公正处理，还伤者一个公道，为莞城市营造一个平安和谐的投资环境。

何光勇告诉他："志仁呀，刚才东升书记亲自打电话来向我检讨，我说，这没什么，反正人无事就好，但莞城市必须整治这股欺强凌弱的黑恶势力！"

"老首长，您放心，我保证给您一个满意的交代。"

竹狮冲完凉后，已经是晚上11点了。他走进何少溪的房间，何少溪已躺下，竹狮问她还痛不痛，她摇摇头，两个人轻轻拥抱在一起。

竹狮没有急于回莞城，早上吃过早餐后，陪何少溪去医院对伤口进行消毒。

第三天，吃过午饭，钟雪英考虑到女儿没有什么大碍，催促竹狮去莞城，竹狮看着何少溪，何少溪轻声说："听妈妈的。"

郭志仁打电话给孙小虎的爸爸孙武，将孙小虎打人的事说了，说这件事必须由孙武出面才能解决，否则会带来极大麻烦。

孙武是土生土长的莞城人，靠纺织起家，目前生意拓展到房地产、学校、医院、汽车销售，是莞城市首富，他还是莞城市政协副主席、南粤省人大代表，是一个横跨政商界的重量级人物。

接到电话，孙武觉得郭志仁分析得有道理。要知道，孙小虎违规在先，打人在先，打的又是郭志仁老领导省军区副司令员的女儿。孙小虎啊孙小虎，你有多少个豹子胆啊！单就郭志仁这一关都难过，何况还有省军区"三哥"和市委书记呢！

想到这里，他马上打电话给郭志仁："郭局，这件事怎样处理？我六神无主，还请您指点迷津！"

"如果你信得过我，明天带着你家小虎，去竹狮那当面道歉，求得他谅解，他在何司令面前还是挺有分量的。那时，一切问题都不是问题！"

第二天，郭志仁带着支队办公室主任，孙武夫妻带着儿子孙小虎，来到竹狮办公室。

见到竹狮，孙小虎"啪"一声跪下，痛哭流涕，希望竹狮大人有大量，原谅他的过失。

看到孙小虎真心悔过，加上孙武打了"悲情牌"，竹狮当然知道他背后有高人指点。为了在莞城有个好的发展，"得饶人处且饶人"，竹狮知道怎样做了。

他打开手机免提，先打电话给何少溪，说郭志仁副局长、孙武夫妻、孙小虎上门道歉来了，问她什么意见，何少溪说既然对方真诚道歉了，看在那么多领导的份上，不追究对方的责任。

听到何少溪的话，孙武他们马上松了口气。

接着，竹狮又打通何光勇的电话。这时的竹狮，换了一种叙述方式，令郭志仁、孙武都觉得竹狮成熟老到：

"师兄，现在莞城市公安局副局长兼交警支队支队长郭志仁，带着当事人来到工厂，当面向我道歉。郭副局长还说，一定追究对方违纪违法及民事赔偿责任，否则，无法面对老首长您。"

"你和小溪什么态度？"电话那边，何少勇的语气平伏了。

"我和小溪都认为，人无事就好。'与人为善，山水有相逢，点到即止，任何人都懂得为自己留条后路'，师兄，这可是您对我和小溪的教诲呀！"

"哈哈，你这鬼精灵，说服我了！"接着，"啪"一声，电话那头挂断了。

竹狮马上站起身，拉起一直跪着的孙小虎："孙总，难为你了。"

看到竹狮有勇有谋，郭志仁、孙武佩服得竖大拇指。

临走时，孙武拍拍胸口："竹狮贤侄，你这个朋友我交定了！以后有什么事需要我帮忙，尽管出声，我义不容辞，哪怕赴汤蹈火！"说完，上车走了。

竹狮刚想下车间，发现有一个黑色提包，打开一看，里面竟有10万元人民币。他沉思一会儿，心里有主意了。

经过这件事，全厂员工都知道竹狮有能耐，特别是祝志光、邓强，他们深深懂得，跟着竹狮，前途无量！

临近开张庆典，竹狮又一次召开了全体员工会议，议程很简单，宣布一个任职通知、一项决定、一个庆典时间。

一个任职通知：

祝志光任诗裕莞城织造有限公司副总经理兼织造厂厂长，陈秀芳任诗裕织造厂副厂长，邓强任诗裕莞城织造有限公司总经理助理兼织造厂保安队队长。

三位员工从竹狮手上接过聘书。

一项决定：组建山狮技艺队，加紧训练，希望在庆典上一炮打响，为今后参加政府、企事业单位大型活动做准备。

一个庆典时间：2009 年 9 月 9 日。

竹狮宣布后，会场响起热烈的掌声！

距离开业庆典还有半个月，竹狮加紧筹划。

他决定回一趟珠州，看看何少溪好了没有，另外，就织造厂的开业庆典征求意见。

竹狮先回到公司，何少溪很开心，下班后直接来到公司，与竹狮一起煮饭煮菜。

吃饭后，竹狮上来阁楼卧室，刚想换衣服冲凉，何少溪偷偷跟上来，轻轻从背后抱着竹狮。

面对痴情的何少溪，竹狮无法拒绝，他转过身，把何少溪紧紧抱着……

他陪何少溪回到家里，竹狮就开业庆典征求何光勇、钟雪英的意见。

"狮仔，自从去了莞城，你人瘦了点，皮肤又黑了，好在精神还可以，要注意身体啊！"师嫂钟雪英叮嘱。

"不用担心，工作忙了点，瘦了点也正常。"

"狮仔，工厂什么时候开张？"何光勇还是关心竹狮的事业。

"准备工作基本就绪，现在就差落实庆典的规格了，今天回来，主要征求师兄、师嫂你俩的意见。"

"我和你师嫂也商量了一下，庆典还是要搞的，对熟悉、累积当地政商界人脉关系有好处。至于规格，最好与徐东升商量一下。"

"师嫂您的意见呢？"

"我没有什么不同意见，庆典那天我肯定到来贺贺，你师兄未必有空。"

"谢谢师兄、师嫂。"

第二天，竹狮先去探访徐匡吉老爷子，说明来意。看到竹狮事业逐渐有起色，老爷子很开心。

竹狮临走前，老爷子拿出一个红包，交到他手上。

"小鬼，庆典那天我不能为你捧场了，我跟你东升叔叔说了，叫他为你祝贺。"

"谢谢老爷子。"接过红包，竹狮又来到省外经贸厅，找到黎盛，与他一起来到梁伟雄办公室。

"哈哈，竹狮，人逢喜事精神爽，庆典进入倒计时了？"梁伟雄笑着问候。

"正是。还望梁厅长多多指点。"

"竹狮，这样吧，因为你是我们厅实习出去的学生，而且是大学生创业成功的典型，值得宣传推广，如果没有特殊情况，我会来捧场；如果突然有事，我委派许副厅长和黎主任前往。"

"谢谢梁厅长，谢谢梁叔叔！"

至于冠雄叔叔那里，竹狮也打电话说了一下。

回到莞城，竹狮第一个去拜访的，是莞城首富、不打不相识的孙武父子。

孙氏集团位于莞城中心繁华地段，一幢88层的办公大楼直插云霄。

接到通报后，孙小虎在楼下迎接。

竹狮、邓强来到孙武办公室，大开眼界，真正领略了什么叫气派：

办公室约500平方米，分董事长办公室、会客厅、茶室、卧室四部分，装修所用材料全部都是外国进口的，就连厕所的马桶也是日本进口的。整个装修豪华大气，金碧辉煌！

孙武在门口迎接，两人相见，握手、拥抱，一起进入会客厅，一幅大型的国画贴墙悬挂，令人耳目一新，为之一振。

他们在主、宾席位坐下，孙小虎、邓强分坐两边，那架势像国家领导人接见外宾一样。

不一会儿，一位穿旗袍的年轻服务员奉上茶水。

"什么风把你吹来了啊！贤侄？"孙武豪气冲天，讲话声音如洪钟。

"世叔，您是在莞城走一圈震三震的主，是这个！"说完，竹狮竖起大拇指。

"不要抬举了，我人老了，不中用了，世界还是你们年轻人的，尤其是像你这种'少壮派'！"

"无事不登三宝殿，今天来拜访您老前辈，想从您那'粘点金糠'。"说完，竹狮将请柬呈上。

孙武知道竹狮的来意，爽快地答应了。

孙武父子送竹狮、邓强下楼，在大门口，他们握手道别。

自从上次带着儿子去找竹狮道歉，孙武知道这个竹狮虽年纪轻轻，但处事有分寸，把握准确，做事老到，是一个后起之秀。今天能主动上门造访，足见其胸怀宽广，是个做大事的人。

他和儿子回到办公室，孙小虎发现竹狮遗留下一个提包，正想打电话告诉竹狮，孙武目光向前，眯着双眼，若有所思。

"虎仔，不用打电话了，里面肯定装着我们上次给他的 10 万元钱。"

"您怎么知道？"

"这是我预料之中的事。你想想，你打司令员的女儿、他的女朋友，他完全可以让我们吃不了兜着走，但他忍辱负重，网开一面，化敌为友，足见是一个干大事之人，他日必有成就！"

"那，爸爸，我们怎样做？"

孙武马上拿起手机，以莞城市工商联主席、莞城商会会长的名义，打电话给莞城市最有分量的10位商人，邀请他们参加竹狮企业的落成庆典。

他又打电话给市委书记徐东升，简单汇报企业发展情况，然后话锋一转，聊到竹狮的企业上来。

"东升书记，刚才有一个叫竹狮的大学毕业生，来到我公司，邀请我参加他的诗裕莞城织造有限公司落成庆典，我准备带领我们莞城市十大企业家去捧捧场！"

"这是你们协会内部的联谊，很正常。作为协会的老人，以老带新，培养新人，也是一件功德无量的事嘛！"

"谢谢东升书记的提点。"孙武不断点头。

看到父亲打的电话，孙小虎明白了其中的玄机。

"爸爸，我以后知道怎样做了，我准备拜他为兄长，多个朋友多条财路！"

"我儿子终于长大了！"孙武摸摸儿子的头，"爸爸可以放心交班了。"

半个月后，诗裕莞城织造有限公司举行了落成庆典。

公司门口，6位身穿写上"冠鹰、山狮"字样的黄色表演服、脚穿米黄色布鞋、头戴枣红色帽子的妙龄少女，分别拿着锣、鼓、镲、混锣（3个），正敲打抑扬顿挫的山狮锣鼓旋律。10头山狮在锣鼓声的引领下，时而跳跃咆哮，时而搔首嬉戏！

由于是星期六，加上莞城市民从没有看到过这种狮子和如此耳目一新的狮舞，公司门口聚集了大批人驻足观看。

通过门口，沿着一条红地毯，进入装修一新的职工食堂，这便是落成庆典的主会场。

食堂门前的左边走廊，一位年轻帅气的小伙子，正坐在一架乳白色钢琴前，三位学生模样的少女，拿着小提琴，一字排开，客人可以随意点牌子上的曲目，这四位帅哥美女当即演奏，让客人欣赏到钢琴和小提琴合奏的美妙。

走廊右边，安放着一张长长的桌子，一位年逾古稀的书法家，在三位助手的配合下，应客人要求，即席挥毫，为宾客留下墨宝。

在主会场后面的一角，台面上摆满了各式各样的点心，供宾客品尝。

2009年9月9日9点40分（取意头"久久久发"），揭幕开始。

由莞城市委常委、工业园区管委会主任马智宗，市政协副主席兼商会会长孙武，市外经贸局局长黎炳兴，诗裕莞城织造有限公司董事长竹狮，一齐揭幕。

顿时，锣鼓声雷动，山狮起舞，预示着诗裕莞城织造有限公司生意兴隆通四海，财源茂盛达三江！

揭幕后，嘉宾返回庆典主会场。在竹狮董事长简单介绍公司及创业心路历程之后，刚才揭幕的四位嘉宾、莞城市九大企业家在欢快的音乐声中一齐剪彩。

所有仪式结束后，竹狮带着领导、嘉宾一起到休息室，继续畅谈发展大计。

孙小虎悄悄对孙武说："爸爸，您的估计过高了，只有一个常委参加的格局，一般企业开张都有啦！"

"我的估计不会错的，少安毋躁。"

这时，马智宗接到徐东升秘书的电话，说有省领导来诗裕莞城织造有限公司调研，叫他们在公司等候。

"爸爸料事如神！"孙小虎这下服了。

大家一起走出公司大门，迎接贵客的到来。

不一会儿，一部中巴在公司门口停下，车上依次走下莞城市委常委、办公室主任龙彬，省委书记秘书贾少安，接着是市委书记徐东升、市长范茂成、省财政厅副厅长陶章然、省外经贸厅厅长梁伟雄、省军区副司令员何光勇，最后走出来的是南粤省委书记骆永春。

骆永春，年龄 50 多岁，身材高大，戴一副近视眼镜。他们一行人在竹狮引领下，来到会议室，围绕圆桌会议台坐下。

市委书记徐东升站起来，首先向在座各位介绍省委书记的身份，对他百忙之中莅临莞城指导工作表示衷心感谢。

顿时，会议室爆发出热烈的掌声！

徐东升请省委书记骆永春做指示。

骆永春站起来，腰杆笔直，不紧不慢地说："我这次来，主要是看、听、交流。你们市委在汇报工作中，提到有大学毕业生自主创业，让濒临破产的企业起死回生，解决了几百人就业的事，我觉得这个典型挺好，值得宣传！"

停了一下，他又缓缓地说："东升同志，就重点介绍一下这件事吧。"

骆永春言简意赅，不拖泥带水，给在座各位留下良好印象。

徐东升再次站起来，面向骆永春，指着竹狮介绍："这位就是我们今天要了解的大学毕业生创业者竹狮。"

竹狮站起来，面向骆永春，开始自我介绍。

骆永春一脸慈祥，挥挥手，示意竹狮坐着说。

竹狮觉得，还是站着比较好，以显示自己对省委书记的尊重。

"尊敬的永春书记以及在座的各位领导、嘉宾：首先，我谨代表公司以及我个人的名义，对以永春书记为首的上级领导、嘉宾莅临本公司指导工作，表示热烈欢迎和衷心感谢！我是端砚市灵羊县人，今年23岁，是中宇大学2009届国际经济与贸易系电子商务专业毕业生，离开校园三个月了，现在是珠州市荔枝区诗裕珠州经贸实业有限公司、莞城市诗裕莞城织造有限公司两家公司的法人代表……"

"暂停,小伙子。"骆永春用手示意竹狮,然后微笑问,"在座还有谁是中宇大学毕业的?请举手。"

举手的共四个人,分别是徐东升、贾少安、梁伟雄、何少溪。

"很好!除了这位女孩子,其他我都认识。这位是?"骆永春不经意地问了一下。

"她是我朋友。"竹狮笑着回答。

竹狮这么一说,何少溪有点不好意思。

骆永春扶了一下眼镜,继续发问:"我有点好奇,你来自山区,单打独斗,大学毕业才三个月,哪来一大笔资金?"

竹狮就将自己通过省外经贸厅安排,来莞城实习,认识了丁东和罗均明,回去后谋划了两件事的过程说了。

"能不能详细谈谈过程?"骆永春追根究底。

竹狮迎着骆永春犀利的目光,从容淡定汇报:

"一是利用亲友资助的总共 50 万元做抵押,进行摩托车团购,鼓动在校同学积极参与,由于经营成本相对低廉,在公开竞投中夺标,顺利完成了从商以来第一笔生意,挖到了人生'第一桶金'。二是帮罗均明寻找销路。当时,由于受到国际金融海啸影响,全世界尤其是发展中国家,不少企业濒临破产,罗均明的产品积压率达到 70%,积压资金 6000 多万元。我就从国际视角出发,利用当今发达的资讯渠道,通过熟人介绍等途径,终于在南非约翰内斯堡中国城找到销路。凭罗老板对我的信任,当然还有我自己的魄力,将 110 万件毛织品儿个月内全部推销完,完成了原始资金的积累。

"取得罗老板信任后,他觉得我是做事的料,加上他年事已高且已移民,家人在外国,诸多原因,无法继续经营下去,他建议我接盘,在我们签订合同后,他亲自帮我办理转户手续,然后用土地、厂房、机械作抵押融资，偿还给他。从某个角度来说，我完成了从做流通生意转移到创办实业的跨越。"

听竹狮一口气说完，骆永春放下笔，面向竹狮："小伙子，你刚才提到的丁东、罗均明，他俩在这吗？"

听到骆永春发问，丁东、罗均明同时站起来。

"永春书记，我叫丁东，今年30岁，毕业于华科工业大学机械制造专业，是莞城市政府控股松山摩托车制造股份有限公司董事长。"

骆永春摘下眼镜擦了一下，重新戴上：

"又是一个年轻、高学历的商界'少壮派'，很好！丁东与竹狮，国企与私企的法人代表，体现着我们国家以公有制为主体、多种所有制经济共同发展的基本经济制度。我们国家的经济建设靠你们这一代有知识、有文化、有冲劲的年轻人了！"

对骆永春的讲话，大家由衷赞同，热烈的掌声又一次响起。

"丁东，你那个配合莞城市委、市政府让利农民工购买摩托车的活动，意义重大，做得好！"

"谢谢永春书记夸奖！"丁东虔诚回答。

见丁东回答完，罗均明自我介绍：

"永春书记，我叫罗均明，今年61岁，是莞城市'洗脚上田'的农民，原来是'三来一补'企业的员工，现在是私营企业主。"

骆永春面带笑容："老罗呀，如果没有判断错误，你是珠江三角洲第一代先富起来的农民企业家，改革开放政策为你们这一群体提供了千载难逢的发家致富机会！现在，功成身退，希望你把新生一代有知识、有文化的年轻人扶上马，送一程！"

罗均明点头，不断称是。

"伟雄同志，你们外经贸厅每年都安排大学生实习吗？"

"是的，永春书记。"

"东升、伟雄同志，前段你们联合反映关于减少甚至拒绝接收洋垃圾的调查报告，其中讲到一位大学实习生向你们反映所见所闻，引起你们重视，这个人是？"

"是他。"两位领导同时指向竹狮。

"励志！"

骆永春只用两个字就高度概括这次交谈。

说完，骆永春面向徐东升："我们还是去厂区看看吧。"

竹狮领着他们，走进生产车间，骆永春向竹狮详细询问了机械状况、生产规模、人员配备、产品销售渠道等一系列问题，竹狮一一作答。

时间过得真快，调研就快结束了。一行人准备上车离开，骆永春告诉竹狮，为及时掌握企业一线的真实情况，愿意和他交朋友，竹狮满心欢喜，连连道谢。

骆永春把贾少安叫到身边，让他将工作电话告诉竹狮。竹狮和贾少安互相对视，会心地笑了。

庆典结束，安排好新公司的工作，竹狮叫邓强开车，与何少溪、钟雪英回到了珠州。

吃完晚饭，何光勇才回来。

"狮仔，今天师兄很开心。在莞城市委会议室，永春书记对你给予很高评价，要求莞城市委、市政府尽快出台一份《关于扶持大学生自主创业的优惠措施》递交省委、省政府讨论，还特别提到要对你的企业进行重点扶持。看来你的几个福星对你不赖！"

"也谢谢何司令员的栽培！"竹狮向何光勇敬了个礼，然后扮了个鬼脸，惹得坐在旁边的钟雪英、何少溪一仰一俯，哈哈大笑。

竹狮、邓强返回莞城，祝志光、陈秀芳一起来到办公室，向竹狮汇报工作。

"从目前情况看，主要问题还是缺人。"祝志光有些担忧。

"缺多少？"

"目前已有250多人，还缺100人左右。"陈秀芳回答。

"招工广告发出了吗？"

"发了，来应招的大部分都是新人，需要培训至少两个月才能上岗。"

大家正在为解决缺员问题绞尽脑汁的时候，刚好孙小虎登门拜访。

"小虎兄弟，有什么好消息可以分享？"竹狮与孙小虎互相拥抱一下。

陈秀芳为孙小虎斟茶，双手捧上。

"我们集团公司原来也有个毛纺厂，考虑到规模不大，又难管理，准备撤掉，利用原有厂房，成立汽车销售服务有限公司，搞一个'名车名馆'。"

"我明白你今天的来意了，真是雪中送炭啊！"竹狮亲自为孙小虎斟茶。

"其实对我们也有利，如果就地解散，对部分老员工，我们是要付遣散费的，如果你们接收了，我们可以省下这笔费用。"

"双赢！"竹狮、孙小虎击掌庆贺。

祝志光、陈秀芳马上与孙小虎赶到孙家的公司，办理员工离厂的交接手续。竹狮也不忘打电话给孙武道谢。

会计陈彩玲在莞城公司逗留了一段时间，在与罗均明的交接工作完成后，随竹狮回到珠州。

第六章
胆大心细步步为营

处理完珠州总公司的业务，竹狮与邓强刚准备回莞城，便接到何少溪的电话，说今晚她爸爸有事找他，竹狮只好推迟去莞城的时间。

下班后，何少溪来到公司，接到竹狮，一起回到家里。

竹狮亲自下厨，专门蒸了何光勇最爱吃的西溪山坑鱼干、西溪腊肉，就等何光勇回来吃饭。

一直到7点，何光勇才回来。何少溪卖乖，为何光勇捶捶背，捏捏脖子。

竹狮身穿围裙，他别出心裁，用白布折了一个厨师帽子戴上，成个厨师模样。当他端上菜来时，大家都觉得他"棒棒哒"，钟雪英、何少溪不禁鼓起掌来。连一向不苟言笑的何光勇也笑了："是有点格调。"

何少溪帮竹狮解开围裙，一家人围在一起，吃得津津有味。

吃完饭，保姆沏好茶，大家等待何光勇召开"新闻发布会"。

"狮仔，你上次跟我说的那件事，我回去查了一下，还真有这么一个地方，就是不知道是否符合你的要求。"

"师兄，是什么地方？面积多大？"

"这个地方位于三江市与珠州市交界的旗峰山下，地权属三江市，原来是省军区后勤部的农场，连片300多亩，有鱼塘、猪场、鸡场，主要为部队供应鱼、猪、鸡等，现准备划归省农垦局管理。"

"不知道他们态度怎么样？"

"省农垦局觉得，他们原来就已经有很多土地，管不过来，现在又把这个农场划归他们，拿了地也是要租出去的，反而加重负担。"

"土地怕多吗？"何少溪有点不解。

"问题这里不靠近村镇，更不要说是市区了，土地升值空间不大，原来搞养殖，产品供部队，不计成本，现在市场经济，竞争激烈，很难赚到钱。"

"这些土地是什么性质？"竹狮问。

"属划拨地，他们准备发包出去。"何光勇接着又说，"狮仔，如果土地让你承包，你打算怎样经营？"

"我打算保持原有经营模式，然后划出部分地，搞个农业生态旅游观光园。只是按国家规定，租赁、承包期限不能超过20年，时间太短，不划算。如果……"

"如果什么？"何少溪急了。

"如果转让过来，主动权在自己手里，那又是另一回事。"

"那得需要多大的资金啊！"

"资金没有问题，可以用合同质押，向银行贷款，还可以找合作伙伴共同开发。"

"不过，始终要进行招、拍、挂的。"何光勇提醒竹狮。

"这问题不大，因为一般有实力的商人都不会去投资这些收益不高的项目。"

"好吧，我们近期进行交接，如果他们有意发包或转让，我会告诉你的。"

不久，省农垦局将从部队接收过来的旗峰山农场，按国家规定实行公开拍卖，底价4800万元（单价每亩4万元，作为划拨地，拍卖前必须按当地基准地价转为国有商住用地，每亩费用约 12 万元，两项合计每亩 16 万元，在"前不着村后不着店"的当地，确属偏高）。

报名竞投的只有 3 家公司，其余两家还是经营种养业的小公司。

星期六，竹狮、何少溪、钟雪英以及邓强，从珠州出发，在开拍前对这个旗峰山农场进行实地了解。

他们先去三江市，珠州距离三江市 80 多千米，走高速公路要半个小时左右。从三江市区到旗峰山农场，大概 60 千米，开始走的是水泥路，路也平坦，但弯多路烂，后段路是沙泥路，凹凸不平，整段路足足走了一个小时。

走进场部，是一幢高三层、占地面积 300 多平方米的办公、住宅楼，楼顶上"八一"红五星牌匾还相当耀眼。副楼两层，是职工宿舍和食堂等设施。因处于交接期，场部只有几个人留守。

场长谢水钢，是当地人，一身迷彩服，听竹狮说明来意后，亲自带他们去实地察看。考虑到路途难走，钟雪英、何少溪母女留在场部做饭，等待他们回来。

他们边走边谈，从谢水钢的言谈中，竹狮对农场有了基本的了解：

旗峰山海拔 500 多米，是方圆几十千米范围内最高的山。山上树木属混交林，以马尾松、赤梨、柯木等树木为主。由于很久没有砍伐过，林相好，山中有东、西两条溪流，流量还可以。

农场占地面积 300 多亩，分布在旗峰山周围，以前主要养大白猪、四大家鱼供给部队。他们所到之处，不是鱼塘就是猪栏，山丘上生长一些杂树，塘基是沙石路，宽度 4～5 米。

走了差不多两个小时，他们回到场部。在场部吃完饭后，竹狮他们回到珠州。

晚上，大家聚在一起。

"狮仔，我觉得那个地方太偏僻，投资要慎重。"钟雪英首先打破沉默。

"我认为,那里环境好,但路况差,又偏远,养殖业价格变动大,收益低,而且最怕起瘟疫,一旦发病,将是毁灭性的,我不主张投资。"何少溪态度明确。

何光勇也有担忧:"狮仔,我跟商界的一些朋友说了一下,他们也觉得价格偏高,投资风险较大。"

竹狮始终坚持自己的意见。

投标时间到了,省农垦局委托珠州市一家拍卖行进行公开拍卖。

第一次流拍,一个月后,按政策规定递减20%的标准下浮,底价为3840万元,再次拍卖,还是流拍。

这时,何光勇担心了,他怀疑这块地不值这个价,再次提醒竹狮要慎重。

农垦局也认为,这块地很难卖出去了,但还是硬着头皮完成程序,再次下浮20%,即以3072万元底价公开拍卖,这一次竹狮的诗裕珠州经贸实业有限公司中标,按拍卖合同条款规定,双方在一个月内交接完毕。

竹狮将农场定名为"诗裕三江生态农业旅游发展有限公司",委派堂弟竹艺任总经理。

竹狮的堂弟竹艺,华科农业大学农业经济系园林专业毕业,刚入职深海市一个大型的现代化国有农场。

鉴于场长谢水钢是当地人,熟悉农场情况,竹狮挽留他继续当场长。

竹狮、竹艺与邓强进驻农场,连续一个多月,奔走在三江市相关职能部门办理转让手续。

竹狮从诗裕莞城织造有限公司的流动资金中调拨3500多万元,办理完旗峰山农场土地过户手续,又以农场土地为抵押物,去银行融资,经过努力,终于获得近3000万元的贷款,他将资金回拨诗裕莞城织造有限公司，确保织造公司流动资金正常运作。

竹艺在谢场长的帮助下，招兵买马，很快将诗裕三江生态农业旅游发展有限公司的架构搭起来。

在公司办公室，竹狮、竹艺、谢水钢、邓强以及陈彩玲、尹楚倩等人，就怎样经营进行深入探讨。

竹艺觉得，摸清竹狮的意图是最重要的，他说："大哥，您对公司的定位是'农业、生态、旅游'，能不能先提一个总体思路，让我们按照这个思路进一步延伸？"

"总体思路是田园风光、高附加值、举办赛事、带旺人气。"

"按照这个构思，我建议将场部广场由原来的 1000 平方米扩大到 3000 平方米，进入农场的道路全部铺上水泥。"竹艺马上来了灵感。

谢水钢也提出自己的见解："如果不再养猪，山岗上用于养猪的简易厂棚需要全部拆除。"

"原来的鱼类只限于传统的四大家鱼，在此基础上，可否引入高附加值的鱼类？"竹艺说完，转向谢水钢，"谢场长，你知道有什么鱼类符合这个条件吗？"

"据我所知，桂花、白鳝、叉尾以及观赏类的锦鲤等都属于这类鱼。"

"我觉得可以将那些青砖小屋，打造成精致的民宿，周围种上黄皮、龙眼、杧果、李子等果树，以鱼塘、果树、菜地、民宿为一个单位，组成一个小田园综合体。"尹楚倩视野马上开阔。

陈彩玲在尹楚倩描绘的图画上添了醒目一笔："如果开垦一块 200 平方米左右的菜地，方便住客吃到无公害蔬菜，多写意呀！"

"找一两个鱼塘，按省钓鱼协会竞技塘的标准建造，定期举行市、省级甚至国家级赛事，不但增加收入，还提升公司的知名度，更快累积人气！"想不到邓强思考问题也前瞻到位。

"还要搞一个烧烤场！"对竹艺这个提议，大家一致认同。

见大家各抒己见，提出的设想有深度且具操作性，竹狮再次将问题交给大家讨论："那旗峰山怎样开发利用？"

意想不到的是，大家对这个问题有分歧，竹狮唯有暂时将它搁置。

基础设施建成后，竹艺按照拟订的发展规划，首先将小田园综合体进行招租，租期一年，租金 4.8 万元（月租 4000 元，一次性交租，要求先交租后进驻），发包方负责果树、蔬菜的管理，收成归承租方。

新奇的经营模式，独特的田园风光，一下子吸引了不少城市人的光顾，以至于供不应求。单此一项，公司一年的收入达 240 多万元，基本上可以支付贷款利息。

竹狮回到何光勇家里，他们一家人看见竹狮瘦了黑了，都心疼，更觉得竹狮这次投资农场太盲目、太冒险。竹狮笑笑，叫他们相信他的判断。

竹狮为何少溪换了一部价值 30 多万元的皇冠小轿车，他自己换了一台 30 多万元的汉兰达 SUV，原来的两部东风本田 SUV，一部留在诗裕莞城织造有限公司，一部留在珠州总公司，旗峰山诗裕三江生态农业旅游发展有限公司在原有运输车的基础上，配备了一台长城哈佛吉普车。

邓强为竹狮介绍了同样是山狮弟子、武警退役的堂弟邓彬，在诗裕莞城织造有限公司做保安队队长兼山狮技艺武术队队长。

何少溪换了新车，从心底里感激竹狮，这不是车价多少的问题，而是感动于竹狮那么心。

正当竹狮在事业上迎难而上，踌躇满志的时候，他迎来了事业上又一个大转折，既是机遇，又是挑战。

南粤省根据实际情况，考虑到已运行几十年的紫云机场的吞吐量已经无法适应经济形势的发展，加上机场初建时地处市郊，现在变成了市区，扰民日益严重，经国务院、国家发改委批准，在距离珠州市80多千米的西北角三江市，重新建一个现代化的大型国际机场。

令竹狮始料未及的是，该机场坐落在自己的诗裕三江生态农业旅游发展有限公司附近，机场的落户，带动周边地价直线上升，升值近12倍；原来从珠州开车去旗峰山农场需要一个半小时，开通高速后只需半个小时。

虽然地价升值了，但竹狮的心头愁云笼罩，去哪里融资进行建设是一个重大的课题，况且，仿如天文数字的投入，怎么筹措啊？

竹狮与邓强回到珠州，来到师兄家，将机场搬迁的消息告诉二老，他们说从电视上已经知道了，替竹狮开心。

趁三江市那块地进行决策性改变的间隙，竹狮安排老场长负责全面工作，让竹艺去珠州市建设学院，脱产学习半年，攻读国家房地产政策、房地产相关法律法规、房地产经营运作基本流程等知识。

竹狮回到莞城市，马上拜访孙武、孙小虎父子。

"世侄，几年前你下的赌注，终于'守得云开见月明'，赢了，恭喜啊！"

"世叔，您是前辈、老行专，我向您取经来了。"

"有什么困难尽管说，我定当竭尽全力！"孙武斜靠单人沙发，肥胖的身躯几乎将沙发挤爆。

"世叔，我现在是鸡有了，可没锅头，怎样炮制美食？"

"建议你与三江市委、市政府沟通，利用既是山区市又属于珠江三角洲的有利条件，将开发计划列入政府重点招商引资项目，取得金融部门的授信。"

稍后，孙武又说："你找一家有实力的策划公司，将你们的发展列入市委、市政府的政绩工程，这样问题就好办多了。"

听孙武一说，竹狮茅塞顿开。

离开莞城前，竹狮要求祝志光、邓彬加紧训练山狮技艺队，为参加莞城市金秋十月的"飘色巡游"做准备，进一步推介山狮文化。

正说着，陈彩玲打电话来，说他们村有一块100多亩的土地发包，问竹狮有没有兴趣参与竞投。

陈彩玲乡下在禅城市与珠州市交界处，属禅城区域，是一个"上不到天，下不到地"的地带，村里为了拓宽道路及建设文化中心，决定将一块丘陵土地发包出去，租期20年，租金底价每年350万元，实行公开投标，价高者得。

听到这个消息，竹狮马上赶回珠州，与陈彩玲来到她乡下，详细了解了发包的具体内容，并实地勘察用地的东西四至、周边道路交通状况。

返回珠州后，竹狮着手进行市场调查，发现珠江三角洲发达地区的二手车交易量大，交易市场逐渐成熟。他觉得，如果中标，这块地可用于建设二手车交易市场，又一次实行"筑巢引凤"。

他想起了莞城交警支队"一哥"郭志仁，期望从他那里得到真实、权威的答案。

"郭支队长，郭叔叔，我是竹狮，世侄向您问好！"

这个竹狮，讲话老到，既称呼别人的职务，又称别人为世叔，套近乎，令对方受落。

"啊，竹狮世侄呀，你在哪里？"

"我在珠州，正在对一个项目进行可行性论证，想请郭叔叔帮忙。"

"经商我是外行，可能令你失望了。"

"不会，您是这方面的权威。"

"什么方面？"

于是，竹狮将项目的内容简单说了，特别请郭志仁与禅城交警方面联系，取得二手车交易的具体数据。

"这个没问题，一个小时内给你答案。"

"太感谢您了，郭叔叔！"

半个小时之后，郭志仁提供的数据摆在竹狮面前，这些数据足以证明竹狮之前调研得出的结论完全正确。

此时，竹狮觉得，三江市的地块属长线投资，需要投入的资金巨大，国家对房地产市场的融资政策有所改变，按部就班进行就行了，先集中力量，把二手车交易市场拿下来再说。

主意已定，他信心满满，志在必得，最后以730万元中标，比底价高出380万元。

竹狮打电话给孙武，告诉他这个商机。

"世侄，你打算经营什么？怎样经营？"

"世叔，我打算做二手车交易市场，开通道路，按标准搭好棚架，然后出租。"

"你的设想很好，到时真的旺起来后，交警、银行、税务等单位肯定会在那里设立办事机构，方便车主办理过户手续。"

"但我对汽车的销售运作不大熟悉，您是这方面的行专，可否指点一二？"

"新车与二手车的交易场所无论整体布局还是展厅设置，都有本质的不同，这样吧世侄，我叫虎仔带两个这方面的专业人士过来，帮你整体策划、具体规划。"

"好啊！世叔，谢谢您的鼎力支持！"

第二天，孙小虎带着两位专业策划、规划师来到，对地块进行了测量，结合周边实际，取得具体数据。

一个星期时间不到，一份颇具现代设计理念的二手车交易市场设计方案出炉了。

竹狮再次向孙武父子表示感谢，并提出支付设计费，被孙武父子一口回绝。

这段时间，竹狮、陈彩玲、尹楚倩都为交易市场基建上马的准备工作而奔波。

鉴于新项目需要加大力度，竹狮决定，由邓强负责这个新项目的立项、基建、发包等工作，陈彩玲、尹楚倩负责宣传、招商引资，邓彬接替邓强做自己的专职司机。

由于宣传到位，市场配套设施齐全，而且可以在市场内完成车辆交易所有手续，不少做二手车的散户闻风而来，纷纷交定金承租。

禅城市，是珠江三角洲富得流油的地区，老百姓存款多，银信部门要将款项放出去收利息才能达到盈利，但又要防范风险，所以千方百计寻找优质客户。

看过竹狮关于创办二手车交易市场可行性论证报告以及调查了竹狮的实力后，银行主动上门，提出给予竹狮融资，竹狮积极响应，但要求先办理好贷款的全部手续，不急于套现，按需取款。

竹狮这样做，主要是减少利息的衍生，尽可能降低成本。创业艰难，不精打细算不行啊。

最后，银行答应了竹狮的请求。

诗裕禅城二手车交易市场正式动工，经过半年多时间紧锣密鼓兴建，一座珠江三角洲最大的二手车交易市场出现在人们面前。

由于禅城市环城公路已经开通，升级改造加紧进行，一旦建成，将并入省、国家高速公路网络，可以预料，这个二手车交易市场有望成为省内甚至周边多省二手车交易最大的集散地。

珠州的项目逐步走上轨道，竹狮与刚在珠州市建设学院完成学习任务的竹艺挥师北上，集中精力打造旗峰山地块的近、远景谋划。

一天，从没有主动联系的吴良浩，打电话给竹狮。

"竹狮，在哪里？我是吴良浩。"

"您好，吴书记！"

"还是叫我吴叔叔吧。"

不知道为什么，竹狮总觉得这声音是那么陌生、遥远。

正在竹狮迟疑的时候，吴良浩说明了他打电话的来意："竹狮，斐斐的姑父魏国樑，你记得吗？"

"记得，当年我和斐斐打暑假工，住他家呢。"

"他患了绝症，又欠了一屁股债，医病和还债都需要钱，你看能不能帮他将其中一幢别墅卖出去？"

"他们接受的价格怎样？"

"800万元人民币以上。"

"800万元可以成交吗？办证的费用谁负责？"

"他住在省肿瘤医院住院部A幢18楼303病房，你抽空去联系一下吧。"

南粤省肿瘤医院，是中国华南地区肿瘤病方面最专业、最权威、占地面积最大的医院，坐落在珠州市中心。

竹狮与尹楚倩一起，来到省肿瘤医院住院部A幢18楼303房，见到魏国樑、吴良敏夫妇。

白色的灯光下，昔日油光满面、风流倜傥的商界才俊魏国樑，因患肝癌且到了晚期，被疾病摧残得形容枯槁、骨瘦如柴、命悬一线。

见到此情此景，竹狮深感人生的无常与生命的脆弱。

看到竹狮到来，吴良敏苦笑了一下，魏国樑正在吸氧，眼睛眨了一下，表示知晓。

尹楚倩从提包里拿出5000元，放到吴良敏手上。

"吴阿姨，这是我们竹狮老板的一点心意，请您收下。"

吴良敏面向竹狮，眼眶红了，不知道说什么好。

竹狮简单了解了一下情况，知道魏国樑患病一年多了，生意做不了，看到他陷入困境，债主纷纷上门追债。无奈之下，唯有先卖掉紫云山下两幢别墅中的一幢，偿还部分债务，其余用于治病。

"阿姨，您确定卖出去的价格了吗？"

"经过评估师评估，紫云山别墅A幢市值大约800万元，你按这个价放出去，办证手续买方负责。"

"你们的亲戚朋友中有没有人想买？"

"都问过了，这个价格没人接受。出价最高那个才700万元，而且不负责过户费用。"

"好的，我尽力而为。"

竹狮临走时，吴良敏问他有没有与吴曼斐联系过，竹狮说没有。吴良敏告诉竹狮，吴曼斐与同学崔俊杰结婚，一年后又离婚了，现在一个人生活。听完，竹狮若有所思。

竹狮奔波了几天，动用了一切关系，都没有找到买家。

竹狮想，反正自己准备在珠州买房子，干脆将别墅买下来，他觉得买别墅比买其他高层住宅还划算。

陈彩玲首先提出反对意见，她认为公司正处于资金最紧缺的时候，如果将800万元投入房地产，收益肯定比买下别墅等升值高得多。

尹楚倩也同意陈彩玲的意见，认为现在每一分钱都显得异常珍贵，不如等这个项目完成后再作考虑。

竹狮将自己努力却无进展的情况告诉吴良敏。听完竹狮的话语后，她呆呆地看着地板，脸色青白，心更沉了，一种雪上加霜的伤感显露出来。

看到吴良敏无助的眼神，竹狮想到"救人一命，胜造七级浮屠"，况且这个人有恩于自己。经过几天审慎考虑，竹狮终于下定决心：

"阿姨，您看这样行不行，我以750万元价格购买，转户费我们双方各出一半，手续我派人去办。但由于我公司新项目上马在即，资金十分紧缺，我先付400万元给你，余下的款项四个月内付清，可以吗？"

"好啊，谢谢你竹狮。"

竹狮将此情况向吴良浩做了详细说明，吴良浩肯定了竹狮雪中送炭的做法。

第七章
稳打稳扎巧施布局

在珠州、莞城、三江品字形布局后，竹狮觉得，是时候在家乡灵羊发展自己的产业了，于是，他回到家乡，进行多方面的调查摸底，确定了产业的突破口。

灵羊县城丰华东路，交通便利，旺中带静，竹狮租下了临街一幢两层的楼房，作为公司的办公场地，楼下办公，楼上住人。

晚上，他出来散步，碰见乡下的几个叔伯婶母，正在一个凉亭下，叽叽喳喳说个不停。一问，才知道他们为了孙子孙女有个好的读书环境，特地在县城租屋住，负责接送小孩上学，并准备在县城买房子。

竹狮对县城的房地产公司进行详细的调查摸底，发现算得上规模的有六家，不算多，这是他的突破口。

时间很快过去，当竹狮在家乡搭起架构，招兵买马，准备脚踏实地大显身手的时候，何少溪一个电话把他叫了回去。

回到何少溪家里，一家人已经围在桌子边，竹狮一到，马上吃饭。吃完饭，钟雪英首先开腔：

"狮仔，那么急叫你回来，是有一件事，需要你帮忙分析、做出抉择。"

"什么事呢师嫂？"

"你第一次来我们家的时候，小溪刚失恋，原因是他男朋友移民印尼，认识了当地一位华侨富商的女儿，之后结婚。由于婚前缺乏感情基础，一年半后他们离婚收场。"

"那又与小溪有什么关系？"

"其实，小溪那男朋友是我远房堂姐的儿子，而堂姐夫又是你师兄的战友，一起参加过对越自卫反击战。20世纪80年代初，那堂姐夫继承家族遗产，出国去了，他儿子也就是小溪的前男友，在国内读完大学才出去的。"

"原来如此。"

"问题是，小溪前男友前段时间患肝癌，而且是晚期，癌细胞已扩散到其他器官，医生判断他只有两个月的生命。也许是良心发现，也许还有其他原因，他希望在离世之前能见小溪最后一面。"

竹狮心情沉重，他有一种不祥的感觉，但又有什么办法呢？

"那小溪你的意见呢？"

"我听你的。如果你觉得我没必要出国，我就不去！"何少溪斩钉截铁地说。

"我们全家人都尊重你的意见。"何光勇态度诚恳但坚决。

竹狮目光低垂："如果从人性角度，我觉得满足他最后的愿望未尝不可，人之常情。"

"如果让小溪一个人出国，我不大放心，能否找一个人陪她去？"钟雪英面向竹狮询问。

"那我叫邓彬陪她去好吗？"

"小溪，你意见怎么样？"钟雪英问。

"好的。"何少溪同意了。

经与何少溪前男友的家人商量，何少溪确定办理好出国手续后启程。

这段时间，除了办理出国手续，何少溪每时每刻都黏着竹狮。

何少溪出国前一天晚上，竹狮与她什么话也没有说，两人在席梦思床上尽情演绎……

而另一个房间里，何光勇夫妻却彻夜难眠。

"想不到竹狮这么深明大义，只是难为他了。"钟雪英幽幽地说。

"是我们何家欠他的，但愿他坚强度过。"

何光勇、钟雪英夫妇都意识到，这次何少溪出国，是她人生的转折点，今后的路怎么走，谁也不知道。

何少溪出国那天，邓彬开车去机场，何少溪依偎在竹狮怀里，她自己不知道未来的人生之路怎样走，唯有见一步行一步。

送走何少溪、邓彬，竹狮自己开车回到珠州的公司，他的心忐忑不安，一回来便倒在床上。

出纳尹楚倩，是一个独生子女，财贸学院财务专业毕业，今年才28岁，父亲因病去世，她与做小学老师的妈妈相依为命。

她妈妈患心脏病多年，长期服药。生活的磨难，让她过早懂得生活的艰辛，养成了善解人意的良好品德。

"竹老板，看您脸色不好，是不是病了？要不我陪您去看看医生好吗？"尹楚倩站在门口，关心地问。

"我没事的，休息一会儿就好了。"

"好，如果需要去医院，我随时可以陪您去。"

"暂时不用，你忙吧。"

竹狮躺在床上，不吃不喝，默默地承受生活带给他的磨难。

邓彬将何少溪安全送达目的地，四天后，只身回来了。他虽然不知道事情的来龙去脉，但能隐隐约约猜到事情的结局。

竹狮与邓彬回到灵羊，就家乡的发展大计废寝忘食地工作。

一个月后，何少溪回来办理移民手续：面对巨额的遗产，她心动了。她知道，自己和竹狮的感情不可能再延续，恳求原谅，并希望竹狮陪她最后一晚，被竹狮婉拒了。

先是大学毕业前夕吴曼斐不辞而别，今有相恋差不多五年的何少溪绝尘而去，竹狮的思想接近崩溃的边缘。现实生活的残酷，他只能自己独自承受。

一天下午，出纳尹楚倩接到妈妈同事的电话，说她妈妈心脏病突发，被送进了医院。

她冲上阁楼，上气不接下气地对竹狮说："我妈妈心脏病突发入医院了。"

听到尹楚倩焦急的话语，竹狮二话不说，带着尹楚倩以最快速度赶到医院。

竹狮与尹楚倩赶到医院，她妈妈已进入 ICU，昏迷不醒，尹楚倩六神无主。

正好陶斯丝妈妈韦婷是这家医院的医生，而且是心脑血管科主任、主任医师。竹狮马上打通她的电话，韦婷马上过来，亲自参加制订治疗方案，经过多方努力，将尹楚倩的妈妈王月爱从鬼门关拉了回来。

几天后，王月爱从 ICU 转到普通病房，竹狮探望了她。

"妈妈，竹狮老板来看您了。"

"竹狮老板，谢谢您的救命之恩！"王月爱想撑起身。

"阿姨，您躺着，不要起来。"竹狮扶着她躺下。

"听倩倩说，是您找到这家医院医术最好的医生给我治病，您真好，谢谢！"

"阿姨，举手之劳而已，不必客气。"说完，竹狮从提包里拿出 3000 元，放到王月爱手上。

"这怎么行呢？您已经帮我们很大的忙了，令您破费，我们心里不安。"

"楚倩是我的员工，她妈妈病了，我是应该出点力的。公司虽然不是大公司，但人情世故，我们还是懂的。"

见竹狮出于真心，王月爱收下了。

随后，竹狮带着尹楚倩去到医生办公室，见到了韦婷医生。

"韦医生，打搅您了。"竹狮笑着问候。

"不必客气，救死扶伤是我的职责，况且您是我女儿的老师，我更应该全力以赴。"

韦婷将王月爱的病情说了一下，叫尹楚倩不必太担心，她妈妈的病情已经稳定下来，但叮嘱，出院后一定不能太劳累。

韦婷说完，转向竹狮：

"竹老师，听我家老陶说，您创业很成功，连省委书记都去您的企业视察，了不起呀！"

"谢谢您的夸奖，更谢谢陶副厅长的鼎力支持！"竹狮谦虚、感激地说。

回到病房，竹狮见王月爱的一只手露在外面，他马上把它放回被窝，并调整好被子。

竹狮这个举动，令母女俩大为感动，但她们都没有表露出来。

尹楚倩送竹狮出病房，在电梯口，竹狮对她说："如果阿姨医病资金有困难，公司会尽力解决。"说完，竹狮将小车钥匙交给她："你先用着吧。"

"那您呢？"

"我用那一部皇冠。"

尹楚倩感激地点头。

回到病房，王月爱对女儿说，竹狮这个人，重情重义，是个有担当的男人，是一个干大事的人，叫女儿珍惜现在的工作。

"我知道的，妈妈。"

从医院回来后，竹狮闭门不出，待在公司的阁楼里，禁见任何人，一个星期，靠吃方便面充饥。

尹楚倩妈妈出院后，邀请竹狮、陈彩玲来家里吃饭，竹狮不想去，但拗不过尹楚倩的软缠硬磨，还是去了。

看到竹狮面容憔悴，精神颓废，好似大病一场，王月爱大吃一惊，她偷偷问女儿，才知道其中的原因。

吃完饭，王月爱叫女儿陪竹狮逛逛街、散散心，竹狮不置可否，尹楚倩硬是拽着他走上街头。

春节过后，在北方，本来还是春寒料峭，甚至寒风凛冽，但珠州这个南国大都市，像已经进入夏天一样，男人穿衬衫，女人穿裙子。

尹楚倩穿一件灰白底色、浅蓝花朵的连衣裙。她虽然没有火辣身材，但眉清目秀，身材苗条，长得楚楚动人。此刻的她，对竹狮充满感激、崇拜之情。

走了一会儿，竹狮觉得有点累，尹楚倩开车送他回到公司。

竹狮顾不及礼仪，上来阁楼卧室，连衣服也不脱，倒在床上。

尹楚倩装了一桶温水，用毛巾为竹狮擦脸，竹狮接过来，自己完成，他不想在自己人生低潮的时候，接受别人的怜悯。

晚上，尹楚倩煲了皮蛋瘦肉粥，又买了竹狮喜欢吃的金丝燕麦包，来到公司，见竹狮还在床上，胡子拉碴，她的心难过。

她叫竹狮起床吃点东西，竹狮只说一句"谢谢，放下吧"又蒙头大睡。

尹楚倩默默守在床边，一直到 10 点，她到厨房将粥重新加热，又一次端到竹狮面前。

面对着关心自己的尹楚倩，竹狮终于起来，他先去洗澡，完后吃了一碗粥，但没有动包点。

"楚倩，你回去吧，我没事的。"

尹楚倩看着竹狮受尽感情折磨，她一头扑进竹狮怀里，忍不住流下眼泪。

竹狮轻轻抚弄她的头发："傻妹，没事的，我会很快熬过去的，不用担心！"

"竹狮，您要是不嫌弃，我愿意……"说完，主动拉开裙子背后的拉链。

此时的竹狮，心如止水，当年何少溪失恋，也是这样主动献身，令他陷入感情旋涡，以致伤到今天这般地步，他确实害怕了。

竹狮感激尹楚倩纯洁无瑕的心，虽然是怜悯之心，但她宁愿牺牲自己的青春，换取竹狮早日摆脱伤痛，这种心意，难能可贵！

竹狮捧着她娇嫩的脸庞，左右亲了一下，轻轻帮她拉上裙子后背的拉链。

竹狮深情地望着尹楚倩，感动之情再次涌上心头，不想伤害这位纯情少女的自尊心，他久久拥抱尹楚倩。

良久，在双方心情平伏的情况下，竹狮拥着尹楚倩，来到楼下，开车把她送回家。

竹狮觉得，不能这样颓废下去了，他打电话给祝志光和邓彬，叫他们赶来珠州，一起去参加春季中国进出口商品交易会，了解世界纺织品市场最新的发展趋势和当前服装成品的流行动态。

中国进出口商品交易会（英文：The China Import and Export Fair）创办于1957年春季，每年春秋两季在珠州举办，由商务部和南粤省人民政府联合主办，中国对外贸易中心承办，是中国目前历史最长、层次最高、规模最大、商品种类最全、到会采购商最多且分布国别地区最广、成交效果最好的综合性国际贸易盛会。自2007年4月第101届起，珠交会将中国出口商品交易会更名为中国进出口商品交易会，由单一出口平台变为进出口双向交易平台。

新展馆坐落在珠州市海珠区琶州岛，它的规模是目前亚洲最大、世界第二。它设施先进、档次高，是能满足大型国际级商品交易会、大型贸易展览等需要的多功能、综合性、高标准的国际展览中心。

邓彬将车停在展馆的外围停车场，人流如织，人头攒动，三人好不容易到达展馆门口，由于展厅太多又相似，他们一时无法马上找到九号厅。正在焦急之际，忽见前面转弯处，有两个女学生志愿者，他们马上挤过去询问。看竹狮他们满头大汗，其中一位个子高高、扎着马尾辫的女生主动走上前，用标准的普通话同竹狮打招呼：

"先生，您好！需要什么帮助吗？"

"很久没有来这里了，几年时间，变化太大，人又多，我们要去九号展厅，一时找不到，带我们去可以吗？"

"可以的。"

"那太谢谢你了！"邓彬面带微笑。

"不客气，这是我们的工作。"女生真诚回答。

她与同伴交流几句后，带着竹狮他们走进电梯到达二楼，穿过茫茫人海，终于找到九号厅。其间，竹狮用灵羊话与邓彬交谈，女生听到后，脸上马上表露出惊奇的神态，主动用灵羊话同竹狮攀谈起来：

"先生，你们是灵羊的？"

"是啊，你是？"

"我也是灵羊人，在这里遇到老乡，真开心！"

"在茫茫人海里他乡遇故知，难得！"竹狮的喜悦之情溢于言表。

"是了，请问您尊姓大名？"

"我叫竹狮，一个小商人。"说完，竹狮从提包里拿出一张名片，递给女生，只见名片上只写是商人，没有写明公司名称。

"怎样称呼你呢？"竹狮问。

"我叫李莉莎，请你们多多关照！"

"你在哪所学校读书？"

"我是南粤财经大学本科学生，还有一年就要毕业了。学校招募中国进出口商品交易会志愿者，我报名了，有幸被选上。"

"多参加些社会活动，对以后的工作有好处。"竹狮竖起拇指予以赞许。

"我也是想通过志愿者工作多接触社会，锻炼自己的胆量和口头表达能力。"

"我要进场了，回到灵羊请告知，我请你吃饭，以表谢意！"

"好的，不必客气！"

竹狮伸出手，握着李莉莎的手说："回来记得找我，祝你学业有成！"

"再见！"

"再见！"

参加完中国进出口商品交易会，竹狮回到灵羊，继续为筹办公司而奔波。

大学毕业后，李莉莎回到家乡灵羊，她参加了乡镇公务员考试，被录取，但那个乡镇比较偏远，加上那时她妈妈生病，需要人照顾，她放弃了。有人动员她考教师，也因所有岗位在边远乡村而作罢。

那天，她浏览本地微信公众号，一个叫"岭南山狮"的公众号出现在眼前，点击进去，里面有很多有关山狮的历史故事、采访札记，其中有一篇文章题目叫"拥有七个狮队的小山村"，写的就是她的家乡，她马上把文章分享给爸爸李梓祥。

看到信息，李梓祥开心地笑了，并且自豪地说到他师傅冠鹰的"威水史"。

"爸爸，您师傅叫冠鹰？什么师傅？"李莉莎觉得好奇。

"我师傅冠鹰可有来头了，他是新中国成立前中国人民解放军粤桂湘边纵队小鬼兵武术总教练，也是粤、桂、湘边区山狮武术教头，他执教过的狮队有200多个，麾下弟子以万计算。"

"那么厉害呀，您师傅他现在怎么样了？"

"师傅空有一身高强武艺，年轻时曾用一条湿毛巾打败一个班的国民党士兵……"

"那他的后人武艺肯定不差。"

"恰恰相反，他的两个儿女没有狮艺武艺，都是一介书生。儿子大学毕业后经商，做得还可以。"

"他叫什么名字？"

"他叫竹狮，30多岁了，忙于事业，目前还是'1号'（单身）。"

听到爸爸提到竹狮，李莉莎这才想起那次在珠州琶州的"奇遇"，急忙回到寝室，拿出竹狮当时送的名片，让爸爸确认。

"没错，就是他。你怎么有他的名片？"

李莉莎将在珠州琶州与竹狮的巧遇同爸爸说了，连他爸爸也觉得有点"奇巧"。

"要不要爸爸给你引见？"

"不用，我自有认识他的时候。"

为了减轻家里的经济负担，也为了有所寄托，在妈妈病情好转后，李莉莎除了晚上去做英语家教外，还向《灵羊商事》招工启事栏上的诗裕灵羊经贸实业有限公司投了求职信，不久，对方公司文员回电话，说公司董事长要求约见，请李莉莎前去公司面试。

第二天早上，李莉莎穿上浅咖色套裙，来到县城丰华路一幢两层大楼，进入大厅，在文员的引领下，来到董事长办公室。在相见的一刹那，大家都惊奇了，片刻后，双方都脱口而出：

"您！"

"你！"

竹狮从大班椅上站起来，摸摸头，笑着对李莉莎说：

"我怎么没有想到是你呢！对不起，莎莎。"

"当时人太多，我口头上只讲了一次名字，很难记住的。"

"去年在珠州茫茫人海中奇遇，今天在家乡相遇，缘分！"

"是啊，才两年时间，您的公司发展很快啊。"

"你怎么知道我们公司招人？"

"我在《灵羊商事》上看到您公司的招聘启事。"

"噢。不过莎莎，我这里是'小庵'，装不下你这个'仙女'啊！"

"除非您觉得我不符合要求，我看你们公司的发展前景蛮好的。"

"是了，莎莎，你干吗不考公务员之类的公职人员？"

李莉莎将考上了不去的原因告诉了竹狮。竹狮觉得事情有点蹊跷，马上问李莉莎：

"你爸爸妈妈叫什么名字？"

"我爸爸叫李梓祥，妈妈叫杨瑞珍。"

"你爸爸在县国土局工作？"

"是的。"

"论辈分他可是我师兄啊！"竹狮讲完，又关心地问，"你妈妈身体好转了吧？代我向她问好，有空我会去探望她老人家的！"

"好多了，谢谢您的关心！"

竹狮叫李莉莎回去跟父母商量一下。还有，假如来公司工作后觉得不如意，随时可以离开。

晚上，李莉莎向父母讲述求职经过，并将去竹狮公司入职的决定告诉他们，父母都尊重她自己的选择。

几天后，李莉莎正式上班了。

为了迎接师侄女入职，竹狮叫邓彬出去订了两围酒席，公司办公室全体人员参加，欢迎新员工李莉莎的到来。

来公司上班不久，李莉莎在《端砚日报》看到一则拍卖公告，原来是本县一个水电站出售，她马上把报纸拿给竹狮看。

竹狮觉得水电站是无烟工业，虽然是长线投资，回报慢，但与短线投资形成互补，还是有它一定的优势。

李莉莎交代财会人员马上按公告的账号汇去保证金，到时参加拍卖。

拍卖是在端砚市一家拍卖行进行，参加竞拍的公司有30多家。

拍卖会上，诗裕灵羊经贸实业有限公司的牌号为"88"，李莉莎是第一次参加拍卖会，她负责举牌叫价。

水电站是一号标的物，拍卖师在宣读拍卖规则及水电站基本情况后，进入拍卖程序。

"一号标的物起拍价为500万元人民币，每次叫价不低于20万元。"拍卖师右手抓住锤子，宣布拍卖开始。

"500万元，有谁应价？"

"8号牌520万元，18号牌540万元，28号牌560万元，88号牌600万元……"

第一轮叫价，李莉莎按照事前竹狮的授意，举一次牌升40万元。

"28号叫价650万元，8号700万元，88号800万元……"

第二轮叫价，李莉莎举牌升100万元。

"18号叫价950万元，88号叫价1050万元……"

这一次，全场肃静，没有人跟着叫价。

"1050万元第一次，1050万元第二次，88号叫价1050万元，有没有人继续叫价？1050万元第……"

此时，拍卖师手抓锤子高举，眼光横扫竞拍人群，还是没有人应价。

"1050万元第三次。"拍卖师的重锤落下，宣布一号标的物由88号拍得。

当竹狮问李莉莎第一次参加拍卖会竞价有何感想时，李莉莎说像坐过山车，紧张、刺激、好奇！

一天晚上，竹狮留在公司查阅资料。7点左右，李莉莎敲门进来，将一盅炖汤放在竹狮面前：

"竹老板，午饭后听说您的胃有点不舒服，我妈妈特意为您煲了'古月猪肚汤'，对胃寒很有疗效的，您喝点吧。"李莉莎边打开盅盖边对竹狮说。

"怎么好意思麻烦你们呢？师嫂真有心，谢谢！"

"那还用说吗？我妈妈经常跟我说，您一个人干事业不容易，叫我多在生活上关心您、照顾您！"李莉莎娇嗔地向竹狮投去温柔的目光。

"这样吧，莎莎，按辈分你应该叫我师叔，但大家年纪差距不大，有点别扭，在私人场合，你还是叫我师兄吧，老板、老板，挺不自然的。"

"好啊，师兄。"

"哎，小师妹。"

"哎，大师兄。"

说完，大家都开心地笑了。

作为房地产行业的公司，竹狮属下的诗裕灵羊房地产有限公司，相对其他老牌公司，起步迟，慢了20多年，为与老牌公司缩短差距，他的办法是，用有限的资金收购县城周边零散的、不起眼的、城郊的土地，这些土地往往不用马上全资交易，可先签合同，付定金，待真正开发时才付清款项。

当然，对企事业单位转制拍卖的旺地，他是毫不含糊，志在必得的。

经过几年打拼，竹狮的诗裕灵羊房地产有限公司开发的楼盘有："新宇之星""龙厦花园""山狮之城""上林苑"等。

竹狮的另一个企业——诗裕灵羊汽车销售服务有限公司，占地7000多平方米，是一家集汽车销售、售后服务、零配件供应、信息反馈于一体的4S店，经营中外合资和自主品牌汽车。

一天，李莉莎来到竹狮办公室：

"竹老板，我有两个设想不知道是否可行，想来问问您的意见。"

"说来听听。"

"我们除了在诚信、质量上下功夫外，宣传上可否再出'妙招'？"

"有什么好招数？"

"首先，房地产方面，请人作词作曲，为我们的诗裕灵羊房地产有限公司制作一个宣传片，通过广播电视等媒体进行宣传，达到深入人心的目的。至于汽车销售维修这一块，我觉得可以成立以车辆品牌为单位的车友会，经常组织车友们进行丰富多彩的联谊生活。"

对李莉莎的两个建议，竹狮很感兴趣，觉得都很有创意、具可操作性。他马上召集房地产、汽车及办公室三个部门的经理（主任）回到总公司，将李莉莎的建议向他们公布了，并征求他们的意见，他们都觉得可行。

李莉莎找到本县的作曲家，谱写了一首《诗裕之歌》，并在灵羊广播电视台播出。歌曲通俗易懂，旋律优美，歌词朗朗上口，深受广大市民的喜爱，也让人们记住了"诗裕"这个房地产品牌。

李莉莎与公司潘经理一起，组织人员对已销售的车辆再次进行细分、存档，在微信上发出问卷，得到广大车主的积极响应。不久，经灵羊县民政局批准，几个品牌的车友会相继成立。

竹狮要求李莉莎以灵羊"心贴心"志愿者名义发帖，组织别克品牌车友会进行一次"扶贫助学献爱心"活动。

几天后，李莉莎将制订的方案递交竹狮。

"竹老板，方案已制订出来了，车友们积极参与，原来预计40多人，现在已报名的有60多人，估计会超过100人。"

"你马上在帖子里说明，指标100个，额满即止。"

"好的，我马上办理。"

至于人员分工、车辆编号、对讲机联系、邀请新闻媒体、买保险等工作，李莉莎跟着安排落实了。

竹狮打电话给高中同学、县委办副主任陈乐君，将这次扶贫助学的事粗略说了一下。

"君子，你觉得去哪个镇好呢？"

"当然去番薯镇啦，不瞒你说，该镇曾书记是我初中同学。"

"那就去番薯镇吧，反正那里盛产番薯、灵羊大芥菜。"

"谢谢同学！"

"我安排李莉莎按正规渠道与该镇联系。"

"好的！"

"差一点忘记了，这次活动李莉莎任总指挥，你献殷勤的时候到了！"

"谢谢老同学，这才是重中之重！"电话那头，陈乐君哈哈大笑。

之前，陈乐君找竹狮，在公司见过李莉莎，对她印象深刻，颇有好感。

这次"心贴心"志愿者公益慈善活动，首次以车友会名义进行，100部同一品牌的车辆，浩浩荡荡，向着目的地进发！

在车上，陈乐君问竹狮：

"狮子，今次活动够气派、够特别，你看沿途受关注的程度就知道啦！"

"想'擦鞋'等下在莎莎面前进行，我可无法帮你传达。"竹狮故意板起面孔数落陈乐君。

"哈哈，这小女子是有点能耐啊！"

"冲啦，婆婆妈妈！"

"行，看我的。"陈乐君笑着打了一个响指。

李莉莎坐上编号为1号的指挥车，由于车龙太长，她不时与最后一部车的潘经理保持联系，保证车队的畅顺。一个小时后，车队到达目的地——番薯镇木森村委会。

李莉莎身穿休闲服，脚蹬波士顿运动鞋，头戴别克汽车制造厂赠送的鸭舌帽，手抓小扩音喇叭，指挥车辆紧张有序地停泊。

天高云淡，秋高气爽，所有车辆就位、人员下车后，车友会几百名会员及当地村民齐聚学校广场，举行了简单的献爱心交接仪式。

在"心贴心"志愿者协会秘书长见证下，潘经理、别克车友会会长，代表诗裕灵羊汽车销售服务有限公司别克车友会，将车友捐款共10800元捐给番薯镇，主管教育的副镇长及中心小学校长接受了捐赠，双方在交接清单上签字。

大家吃完AA制盒饭后，自觉将剩余物扔进绿色的垃圾桶。近年来，乡村人居环境得到很大的改善，卫生村、美丽乡村建设如火如荼，乡村发生了翻天覆地的变化，村民的生活不断与城市人看齐，各种差距不断缩小。

接下来，车友们在十多亩的旱地上（大家已集资将地里的番薯全部买下），拿着锄头、铁锹等农具，在薯农的指导下，体验挖番薯的乐趣。他们3人一组，挖到了一筐筐的番薯，欢笑声、尖叫声此起彼伏，欢乐之余还享受到劳动成果，正所谓"忙里偷闲，苦中作乐"！

车友们还向当地村民购买了刚从旱田上砍下来的鲜嫩的大芥菜，你一把，我两扎，菜款超万元。

村民们足不出户，将番薯、芥菜卖了个好价钱，心里乐呵呵，对组织这次活动的所有单位感激不尽。

星期六，竹狮在办公室静思，想起家乡的山山水水、父老乡亲，想起前几年回到西溪，向村支部书记冯德修提出建议，利用西溪本地资源招商引资，兴办旅游项目，壮大村级集体经济的事。不知道现在进展得怎么样？

真应验了"说曹操，曹操就到"这句话，刚好李莉莎进来，问竹狮有没有空，说李梓祥、冯德修想过来聊聊天。

听说两位师兄、恩人来访，竹狮马上对李莉莎说："可以，除非特殊，今天谢绝其他来客！"

原来，20多岁参加农村基层工作，干了一辈子实事的冯德修，希望在退休之前，为家乡再办一件实事。他约上李梓祥，一起来到竹狮的办公室。

看到两位重量级人物到来，竹狮哪敢怠慢，他叫李莉莎安排两位师兄在软皮沙发上坐下，自己拿出上好的西湖龙井，亲自沏好，双手向两位前辈奉上。

看到竹狮宽敞豪华的办公室、高档的办公设施，以及他在商场上逐渐站稳脚跟，不断取得成绩，冯德修、李梓祥甚为欣慰，自豪感油然而生。

品尝完第一道茶，冯德修已经感觉到一阵清凉、温润、甘甜，连连赞叹："好茶，好茶！"

竹狮从抽屉里拿出两条硬盒"中华"烟，分给两位师兄，待他们过足茶瘾，吞云吐雾一番之后，竹狮笑着探风：

"两位师兄，什么风把您二老吹来了？"

冯德修先开口："师弟，今次来见你，主要同你商量件事，我年纪大了，希望在退休前，将家乡的旅游景点办起来。"

"好啊，项目进展如何？"

冯德修拿出一沓材料，让竹狮过目。

竹狮粗略看了，作为出让方提供的材料、手续齐全，就差投资者认可、签字然后公证的最后一关了。

竹狮说："总体思路还是可行的，村民百分之百同意吗？有没有投资者去现场勘察过？"

"村民百分之百签字同意，有几个投资者去看过，但投资意欲不大，有人甚至认为，在西溪建旅游点，简直异想天开。"冯德修面露难色。

"镇委、镇政府态度怎样？"

"当然大力支持啦！"

一直沉默不语的李梓祥，终于插话了："师弟，对这个项目，你有没有兴趣？有没有进行过可行性论证？"

"这个项目，还是我提出来的，当然有兴趣，而且我觉得，在西溪办个旅游景点还是可行的。"竹狮当着两位师兄的面，终于表态了。

"有你这句话，我的心头大石终于可以放下了。"冯德修猛吸一口烟，将烟头放在烟灰缸上熄灭，边说边将吞下去的烟雾慢慢吐出来。

中午，竹狮、李莉莎还有两位师兄，在县城最豪华的喜来登酒店吃了顿饭，洋酒、美味佳肴俱备，面对竹狮的高规格款待，李梓祥、冯德修推杯换盏，开怀畅饮，无醉不归！

后来，县、镇领导多次找到竹狮，希望他为家乡新农村建设出力，将西溪旅游景点办起来。

经过多次协商，竹狮与西溪村签订了开发旅游资源的合同，租赁价每年5万元，租赁款每5年交一次，租赁期限50年（土地承包按国家规定执行）。

竹狮下海经商时间不长，碰到的最大困难当然是资金问题。景区的启动资金需要500多万元，怎么办呢？

他请专业人士对整个景区进行规划：在西溪河建一座桥，将一河两岸连接起来；以原有李花园为主体，补种传统红、白花茶，增加种植四季茶花、桃花、山楂花、吊钟花等品种，整个花园由80多亩扩大到250多亩，做到一年四季花期不间断，游客何时到来，都有大片且不止一种鲜花观赏；在汶泉冲建一座水库，既可以作为钓鱼场经营，又具备水流调节功能；水库下游山溪（坑冲）分两段，第一段搞溯溪，第二段搞漂流；辟出2000平方米山地，用竹、杉木、杉皮建一个具有山区建筑特色的民宿，配套餐饮等设施；还建造了500多平方米的山狮表演区。

竹狮对景区实行"筑巢引凤"之后，县领导亲自带着县旅游、教育、科技、交通等部门及科协、文联、有关商业银行等单位领导来此调研，景区也得到了这些单位的大力支持。不久，"青少年科普教育基地""中小学生课外实践基地""摄影协会基地""钓鱼协会基地""文学创作基地""书画创作基地"相继落户景区，逐渐带旺了人气，景区的缺口资金，在县委、县政府多次协调下，按规定办理了贷款手续，所需资金得到落实。

至此，7年时间，竹狮敢想敢干但脚踏实地，稳打稳扎但不故步自封，一步一个脚印，从小规模投资，到大手笔谋划，初步完成了他的商业布局：

以紫云山别墅为联系中心，统筹兼顾珠州（租赁）、莞城（纺织）、三江（旅游、房地产）、灵羊（房地产、旅游、汽车销售、小水电）四大板块。

他踌躇满志，加倍努力，厚积薄发，向着既定目标进发！

第八章
结缘山狮李花盛开

年关将至，作为企业，资金筹措摆在第一位。竹狮组织公司各部门通力合作，终于筹集到欢度春节所需全部资金。

接近中午，李莉莎参加完上午县政府召开的动员会回到公司，见竹狮还在办公室，马上向他做了汇报：

"竹老板，春节临近，县政府像往年一样，组织相关行政、企事业单位派出志愿者，到省道羊连线，参与市统一组织的'暖流行动'，我代表公司报了10人参加，不知道您认为如何？"

"没问题。大概在哪个时间段？"

"春节前后各10天。"

"让我再考虑一下，看是否增加人数。"

"好的。"李莉莎感觉到竹狮会基于其他原因，另有重要的安排。

下午，竹狮叫李莉莎来到办公室，向她交代了三件事：一是参加"暖流行动"志愿者服务，以灵羊县冠鹰山狮技艺纪念馆名义参加，人数可以增加到20人；二是他亲自带队参加；三是确认在政府印发的宣传资料中，夹带他们自己印制的山狮相关资料是否可以。这三件事，竹狮要求李莉莎亲自向县府办负责协调这项工作的张副主任当面汇报、请示。

李莉莎离开办公室后，为慎重起见，竹狮亲自打电话给陈乐君：

"君子，忙什么？"

"狮子，什么套路？"电话那边，陈乐君打起哈哈。

"喂，有件事同你沟通下，我以冠鹰山狮技艺纪念馆名义参加省、市组织的'暖流行动'，想在政府的宣传资料中顺便夹带自制的山狮宣传资料，不知是否合乎规矩？"

"传承传统文化，应该没问题吧……我向周副书记请示下，稍后复你！"

"OK！"半个小时后，陈乐君发回信息：经请示，同意。

李莉莎也发回信息：没问题。

于是，竹狮马上起草文稿，首先简单扼要介绍了山狮的起源、传播途径、现状；然后提出寻找老艺人、山狮道具，挖掘狮队辉煌史、狮队或个人的奇闻趣事等请求，并以粤桂湘赣边区山狮联络处名义发函。

文稿完成后，公司文员马上印刷了两万份资料。

"暖流行动"是南粤省委、省政府的春运部署，是各级党委、政府与社会各界合力共建的一个大型惠民工程。为此，全省上下都为农民工返乡保驾护航，开"绿灯"，端砚市（地级）已连续举办14年"暖流行动"了。

由于措施得力，部署周密，"暖流行动"赢得了从上而下的赞美！让摩托车过境大军安全回家，并感受到珠三角连接大西南枢纽门户城市——美丽端砚市的关爱和温暖，成为端砚市一张亮丽名片！

按照上级统一部署，几天后的早上6点，竹狮亲自出马，带着公司20个志愿者，分乘四辆车，来到省道羊连线"冬暖"服务区。在这里，整个棚架已由县政府统一搭好，灵羊供电部门已从300多米远处拉线接电，安装好用电插座，将电力送到服务点。

竹狮指挥大家各司其职，搭上塑料帐篷，经过一个多小时的努力，一个功能齐全的"暖心棒棒哒"服务点出现在人们面前：

一区摩托车安全检测、修理；二区提供暖炉、电炉取暖；三区提供热水（茶）、热粥、热包子、热馒头；四区提供御寒物资包括雨衣、口罩、手套；五区免费提供电话、手机充电、移动 4G/Wi-Fi 上网服务，方便返乡人员及时同家人沟通；六区派送安全宣传资料（当然包括山狮宣传资料）。公司两个清洁工也派上场，负责服务区的清洁工作。

为吸引山狮弟子，竹狮将一张山狮狮头的摄影画竖立在棚顶上，旁边写上"粤桂湘赣边区山狮联络处"几个大字，这块招牌，成了服务区一大亮点。

8 点左右，寒风习习，天下起毛毛细雨。竹狮通过公路旁大型的电子屏幕（为"暖流行动"特设的）上看到，端砚市区主干道上，摩托车大军逐渐增多，预示羊连线的摩托车流即将到来。

他站在摄影画下的办公桌旁，边喝茶边等待。9 点左右，人流不断增多，这些返乡大军，有的是夫妻同车，有的是父子同车，有的是一个人一部车，他们带着一年的辛劳、收获，满怀喜悦、祈盼，冒着风寒回家与亲人团聚，共享天伦之乐。

志愿者开始忙碌起来，为返乡大军递上热饮料、热食物。这时，一个骑着"五羊本田"摩托车的年轻人将车停在竹狮面前，后座走下一个目光炯炯有神、身体结实硬朗的中年人，看神态就知道他是习武之人。他不像其他人，一下车就寻找吃的，而是径直走到那张山狮摄影画下面，仰望端详。

竹狮热情跟他打招呼："先生，您好！有什么可以帮到您的吗？"

"这个狮头不是叫'尖嘴狗'吗？怎么变成了'山狮'？"

"噢，是这样的，对这种狮的称谓，各地叫法不同，为了统一口径，我们灵羊县相关职能部门在几年前根据此狮的特点统一了叫法，称'山狮'，也叫'尖嘴狗'。"

竹狮马上意识到，碰到同行了："先生贵姓？府上何处？"

"免贵小姓郑，叫郑三弟，家乡在连山县小三江镇，我们那里也舞这种'尖嘴狗'的。"随即他用口技说了一段行路锣的旋律，"竹竹竹撑，茶撑，竹茶撑，切撑吾切撑，撑铜撑入……入！"

听到熟悉的锣鼓旋律，竹狮忍不住问："您那里的狮队师承何处？"

"我们的师傅是你们灵羊的，叫冠鹰。"

"我就是冠鹰的儿子，叫竹狮。师兄，您好！"

说完，竹狮用双手紧紧握住他的手，并马上叫人搬来凳子，让师兄坐下，又端上热粥、馒头让他驱寒和充饥。

竹狮将准备建立先父山狮技艺纪念馆的计划向师兄和盘托出，得到师兄的赞赏。

郑三弟和儿子要赶路了，竹狮与他们依依惜别。

师兄走后，有一个30岁左右的壮年进入服务点，他先将摩托车推去检测，然后走过来，看过那幅山狮画后，对竹狮自我介绍："我姓陈，是西桂贺州人，我们那里称这种狮为'狮猫'。"

竹狮双手握住对方的手，招呼他坐下。

"您那里也舞这种狮？"竹狮关切问道。

"我们那里既舞'狮猫'，也舞壮狮，不过'狮猫'头比壮狮略为小一点。"

这时，又有几个自称是赣南的、西桂柳州市的围过来，他们都各自谈起自己家乡的狮艺，对比起来，有相同的，有不同的，也有部分相同部分不同的。大家畅所欲言，表达了对山狮这种传统文化的热爱之情！

下午3点，在灵羊县一辆公务车引领下，端砚广播电视台、南粤广播电视台两辆 SUV 车来到"冬暖"服务区，第一个走下来的是灵羊县委宣传部副部长詹作忠。

省、市新闻媒体一行人，在詹作忠引领下，首先来到服务区中间一个接待点，采访了灵羊县"暖流行动"现场总指挥——副县长姜建军。

姜建军首先接受了采访，完后，他带领一行人来到竹狮的接待点，向省、市新闻媒体记者介绍了竹狮积极参与"暖流行动"的善举：

"这是我们灵羊县诗裕灵羊经贸实业有限公司董事长竹狮，商界的后起之秀，灵羊山狮文化的传承人。这次他不但出钱出力，还亲自到现场接待返乡大军，令人敬佩！"

"我们县各阶层、社会团体上下齐心，群策群力踊跃参与这次活动，是我们灵羊县委、县政府高度重视、措施得力、动员到位的结果，我们只是响应号召而已！"竹狮的开场白大方得体，引来不少掌声。

詹作忠向竹狮介绍了新闻媒体人员，竹狮同他们逐一握手。当他与南粤电视台采访记者天晴握手时，天晴怔了一下，觉得这个人似曾相识。

寒暄过后，竹狮愉快地接受了采访。

"请问竹生，今天的志愿者服务，你们总共有多少人参加？"

"21 人。"

"请问竹生，你对我们中国人过年是怎样理解的？"

"春节回家与亲人团聚，是我们中华民族几千年的习俗。无论你在哪里，回家过年已成千年不变的定律，这是中国人家文化的延续，正因为如此，每逢春节前后，中国以亿计的人员迁徙，构成了世界上最壮观的人员流动景象！它是中国改革开放取得伟大成就的一个缩影！"

"你对开展'暖流行动'有什么看法？"

"开展'暖流行动'，体现了党和政府对农民工的深切关怀。我们国家目前的基础设施还比较薄弱，跨省高速公路还比较少，加上现有高速某些路段受霜雪影响，远远无法适应春节期间千百万大军的返乡大流动。在严峻的交通压力面前，做好农民工摩托车大军返乡疏导，确保他们路途的安全，意义重大。为各级党政部门点赞！"

"你对这种状况有什么期待？"

"我相信这种状况不会持久，因为国家正加大道路交通基础设施建设的投入，据说南粤出省的几条高速公路即将建成，高速铁路正加紧建设中，到时，摩托车铁骑大军将成为中国改革开放取得伟大胜利的一个见证，一座历史性的里程碑！"

"竹先生，你的视角不像个商人，倒像个政治家。"

"过奖了，不敢当。"

"是了，上面这幅山狮画像，悬挂在这里有什么特别意义？还有你们的服装都写上'山狮'两个字，可否简单介绍一下其中的内涵？"

"我们灵羊是山狮之乡，山狮技艺在粤、桂、湘、赣边区广为流传。先父作为民间武师、山狮技艺教头，执教过200多个狮队，弟子遍布边区城乡。这些铁骑大军，大部分是上述四省边区的，我悬挂山狮画像，主要吸引山狮弟子聚拢，互相交流，让他们感受到党和政府的关怀之外，更感受到山狮大家庭的温暖和浓浓的归属感！"

"原来除了配合政府工作之外，还不忘传统文化的传播传承，很有创意，我们也为你点赞！"

接受完采访，竹狮、天晴相互交换了名片。这时，天晴用灵羊话向竹狮问好。

竹狮感到惊奇："天晴记者，原来您也是灵羊人？"

"不可以吗？"天晴露出了一个得意的表情。

"您是我们家乡的骄傲！回家休息时万望告知，我为您接风洗尘，请赏面！"

"不必客气，回来拜访你。"说完，他们挥手告别。

在回电视台的路上，直觉告诉天晴，这个竹狮似曾相识，好像在哪里见过，但又理不出头绪来……

第二天上班，天晴的眼前总晃动着竹狮的身影，令她心神不定。她拿出手机，用语音与在灵羊县人力资源保障局工作的同学杨思霞联系上。

"喂，老同学，可否帮我了解下我们县诗裕灵羊经贸实业有限公司老板竹狮这个人的庐山真面目？"

"好的，十分钟后复你。"杨思霞爽快地回答。

十分钟后，杨思霞回复：

"竹狮，男，现年29岁，大学毕业，未婚，从事房地产、汽车销售服务、茶竹加工出口、水力发电等经营项目，灵羊县北苑镇西溪村人。"

"谢谢！"

看到杨思霞发来的信息，天晴怦然心动。她打电话给在灵羊县政协工作的父亲梁智柏。

"爸爸，您还记得十几年前下乡去搞'三同'的那个乡镇吗？'搭食户'是谁呀？"

"记得，那个乡镇叫北苑镇，'搭食户'是冠鹰伯伯，怎么问起这个来？"

"冠鹰伯伯有几个孩子？他儿子名字叫什么？"

"两个孩子，儿子好似叫竹什么……噢，叫竹狮，因为他们是狮艺世家。"

"您知道他们的近况吗？"

"我结束下乡'社教'离开他们后，不久调离了北苑，到另一个离北苑较远的镇工作。由于工作忙，很少联系，大约过了一年，听说你月蓉伯母因病去世了，第二年冠鹰伯伯伤心过度，留下竹青、竹狮两个孩子撒手人寰。"

"原来是这样。"天晴自语。

"当年，我托那个镇的同事，将我三个月的工资交给竹狮那个村的支书兼主任冯德修，作为竹狮他们姐弟的生活费。后来，我固定每月从工资中拿出几十元资助他们。有一年，冠鹰伯伯在珠州工作的胞弟冠雄找到我，当面向我道谢，感谢这些年对他哥哥一家人的关照，并请我以后不用寄钱了，他能负担得了。从此以后，我失去了同他们一家人的联系。"

"爸爸，昨天我回到灵羊，报道我们端砚市组织志愿者参与'暖流行动'的新闻，其中采访了竹狮表哥，不过他并没有想起我们以前的交往。"天晴轻声说。

"能帮就帮帮他吧，竹狮这孩子有孝心，他想了却冠鹰伯伯的心愿！"

"知道了，爸爸。"

放下电话，天晴心里涌起一种复杂的情感，觉得有点不可思议。与竹狮第一次相见的场景，很快浮现在眼前。

十几年前，天晴还在县城幼儿园读大班，爸爸梁智柏在距县城60多公里的北苑镇当副书记，那时乡镇开展新一轮"社会主义教育运动"，乡镇干部都下乡挂点，有些还实行"三同"：同吃、同住、同劳动。

梁智柏的"三同"户叫冠鹰，是村长，他与第一任妻子长时间没有孩子，直到他年过半百时妻子好不容易才怀上。不幸的是，分娩时难产，小孩得救了，而大人却去世了。后来冠鹰再婚，妻子叫梁月蓉，冠鹰 60 岁时妻子为他生下儿子竹狮。

梁智柏来村里"三同"时，竹青、竹狮还在读小学。由于月蓉和智柏都姓梁，当地人有种习俗，同姓人都以兄弟姐妹相称，他们的子女依年龄以亲戚相称，所以竹青、竹狮叫梁智柏舅舅，而天晴称竹狮为"表哥"。在共同的劳动生活中，梁智柏与冠鹰一家人结下了深厚的感情。

那时农村生活还不大好，梁智柏除了支付正常的生活费外，每次回镇或县城家里，再来农村时都买些鱼肉或者盐油酱醋之类的，帮补下冠鹰一家的生活。有时，竹狮姐弟病了，梁智柏当自己的孩子一样，拿出工资替他们支付医疗费，冠鹰一家人也当梁智柏是自己人，有好吃的东西一定留给他。每当梁智柏回家休息时，梁月蓉都准备一些土特产，如白花油、番薯、芋头、笋干、鱼仔干之类的，让他带回家，两家人不是亲人胜似亲人。

那年天晴读幼儿园大班，深冬的一个礼拜六，天晴同妈妈惠兰坐上县城往北苑镇的班车，经过一个半小时的颠簸，到达圩镇，然后坐上爸爸开的摩托车，一家三口到达梁智柏挂点的西溪村。刚到村口，只见几个孩子在敲锣打鼓，几个孩子用芋笠当狮头，跟着锣鼓声节奏舞动。

天晴问："爸爸，这是什么狮子，怎么与我们那里的不同？"

"这是山狮，我们那里的叫南狮，所以不同。"说完，梁智柏带着天晴走进冠鹰的家里。

冠鹰一家人热情接待了他们。中午时吃了土猪肉，这土猪肉虽然没有添加什么配料，做法也简单，但那种鲜甜香味，天晴记忆犹新。

西溪村位于西江支流瑞江河畔，依山傍水，瑞江河像一条墨绿色的带子，绕村蜿蜒而去，河边上，长满密密麻麻的青皮竹、撑蒿竹。

吃完午饭，竹狮和他的堂弟竹艺带上天晴，主要去做五件事：舞山狮，拾猪草，挖笋，起"虾狗"（"虾狗"是农村盛行的一种捕鱼器具，由竹篾编织而成，双层结构，头大尾细，形似喇叭，里层装有倒竹须，尾部出口用篾条扎着，鱼虾只能进不能出。本来，起"虾狗"一般是早上去的，因天晴他们来，竹狮兄弟俩要帮父母做接待准备工作，没空），看李花。听说去看李花，天晴高兴得跳了一段在学校获奖的舞蹈。

他们首先来到村口的晒谷场上，天晴舞狮头（芋笠），竹狮两兄弟一个敲锣，一个打鼓，天晴按照竹狮的示范，似模似样摆弄一番，过了一把舞狮瘾。稍后，三人来到河边，撑着一条用大竹扎成的竹排（筏），从没有接触过河的天晴，感到好奇又害怕。

踏上竹排后，竹狮叫竹艺负责撑排，自己紧紧搂着天晴，兄弟俩虽然从小在河边长大，熟悉水性，但为安全起见，他还是贴身保护着天晴。

"竹狮表哥，这河那么蓝，水那么清，有没有鱼？"扎着两条羊角小辫子、瓜子脸、穿灰色裤子浅蓝小棉袄的天晴，仰面问道。

"多着呢，有鲤鱼、鲩鱼、沙碌鱼、赤眼、水鱼等等。"

"鱼咬人吗？"天晴看着竹狮，嘟起小嘴问。

"一般的鱼不咬，但那种水鱼会咬，听说一旦被咬上，只有响雷时它才松口。"

"好怕噢！"天晴下意识抓住竹狮的手臂。

"有表哥保护你，不用担心。"竹狮用手摸摸天晴的额头，安慰她。

"哎，竹狮表哥，那金黄色的竹子是什么竹？那红色的花是什么花？"天晴用手指向岸上的山坡问。

"那金黄色的竹叫撑蒿竹，它由绿色变金黄色，主要是霜雪侵染造成的，那红色的花叫石榴花，听过这花名吗？"

"听过，那花很好看，红艳艳的，像一团火。"天晴眯起双眼，有点羡慕。

十多分钟后，他们到达河对面。竹狮左膀挎着芋笠，右手拉着着天晴，一边走，一边拾野菜。冬风菜、鸭仔菜、鹅丝菜、猪婆菜、野麦菜等，一个小时后，两兄弟分别拾到满满一筐野菜。

竹艺没有跟竹狮和天晴去看李花，他独自去李花树边的林地里捞（挖）笋，一个小时后，挖到步笋、文笋、笋仔各一扎，共有十几斤。

竹狮和天晴沿着山坡，一直走到李花树林里。这一片李花树，长在梯田里，有一百多棵。当时还没有进入初春，但南方气候特殊，西溪气候如春，李花盛开，远看白茫茫一片，近看李花晶莹剔透，形状像白色的鱼鳞片。蜜蜂在花丛中飞来飞去。

天晴没有见过这么大片的李花林，感到新鲜好奇。突然，她发现树顶一小支树枝上的李花长得密密麻麻，既有粉红色的花蕾，又有洁白的花朵，马上大声叫：

"竹狮表哥，快过来！"

竹狮听到天晴的叫声，以为发生什么事，马上跑回她的身边，按照天晴手指的方向仰望，发现这树枝长出的李花特别茂密。

他面向天晴："你喜欢？"

"嗯。"天晴点点头。

"那表哥摘下给你好吗？"

"好呀，谢谢表哥！"天晴拍着手掌。

"好哩，傻妹！"竹狮用手点点天晴的鼻子笑笑。

竹狮叫天晴先离开树下，他脱了鞋，右脚踏上树杈，左右手抓住头顶的树枝，用力向上一攀，左脚迅速向上踏住另一个树杈，右脚又借着双手的引力，迅速踏住第三个树杈。他左手抱着树干，右手将那树枝用力向下压住，"啪"的一声，树枝被折断。竹狮拿着那支长满李花的树枝，向着树下的天晴嚷嚷："好看吗？"

"好看！"

"喜欢吗？"

"好喜欢！"

就快下到地面时，竹狮不小心，一脚踩空，人失去重心，在距地面几十厘米高的地方跌下，到地面时变成"底朝天"，好在手里抓着的花没有损坏。

天晴看见竹狮跌下来，跑过来大声哭喊：

"竹狮表哥，竹狮表哥！"

看天晴被吓坏的样子，竹狮马上一个"鲤鱼打挺"翻身，笑着对天晴说："傻瓜，表哥无事。"随即将花递给天晴，天晴顿时破涕为笑。

竹狮又从李树上摘了几支李花树枝，弯成小圈套在天晴的头上，天晴感觉比套上皇冠还洋气！

看时候不早，竹狮拉着天晴，走下河边，见堂弟竹艺已将两箩筐猪草和鲜笋放上竹排，在不远处的地方拉起一个又一个"虾狗"，看看昨晚放下河里的"虾狗"有没有收获。

竹狮用手掌合成喇叭状，大声问竹艺："细佬（弟弟），有没有货？"

"有，还可以。"

十几分钟后，竹艺将竹排撑到竹狮他们面前，竹狮半拉半抱天晴，两人上了竹排，不一会儿就到对岸。

他们三人回到家里，竹艺将鱼虾从竹笼里倒到大大的木盘上。几十只河虾在盘里慢慢爬行，足有三斤多重，这种河虾，比拇指还大，黑中透着暗红色，头壳毛茸茸，两只长钳有三节，比自身还长；十多条三指粗、黑褐色的"追鱼"钻来钻去，大的超过半斤；几条金黄色的骨鱼在跳动。

看到这些从没有见过的鱼虾，天晴大开眼界，拍着小手掌开心说道："今晚有鱼虾吃咯！"

在这次"社教"中，梁智柏作为驻村干部，依靠当地干群，将这一工作一步步落实。这天午饭后，冠鹰作为村长，同梁智柏及村里30多户户主，一起去高桥冲（地名），将原来分到各户但已荒废的坑冲地重新集中，然后发包，规定种植砂仁，承包款分到各户。傍晚5点多钟，天色慢慢暗下来，他们收工回家。

梁月蓉带着竹青、惠兰去附近自留地挖番薯，她们一个挖，一个负责整理，一个装筐，很快挖到两箩筐，回来时月蓉挑着，惠兰扛着锄头，回到家里，将番薯头倒在地板上，让它慢慢晾干水分。

三人就忙着生火煮饭，准备晚餐了。

晚上，月蓉杀了一只六斤多重的大阉鸡，又焖了笋仔、煮了芋荚干等作配菜，加上中午的土猪肉，两大盘菜，开了两围台，冠鹰、梁智柏和几个村干部一围，他们小酌几杯，边饮边拉家常。而梁月蓉、惠兰和几个孩子一围，他们吃完饭围在下间的灶旁聊天，很多时候都是天晴在讲学校里同学间的趣事，还有自己的学习心得……

翌日，天晴他们要走了，梁月蓉将半袋番薯，还有炮制过的"步笋"等土特产让梁智柏放在摩托车车尾扎好，竹狮又将昨晚捉到的鱼虾放进一个小胶桶，让他们带回家。

天晴拉着竹狮的手，依依不舍地说："竹狮表哥，要是你和竹艺表哥考上县城读书，我们就可以一起玩了，多好！"

面对天真无邪的天晴，竹狮爽快地回答："会的。"

然后又问天晴："什么时候又来看李花？"

"明年。"

"好，一言为定！"竹狮、天晴两个人的手指紧紧勾在一起。想不到的是，他们的再次相见，却相隔了十多年……

春节将至，早上7点，竹狮起床，洗漱完就出门了。昨天下午，十多天前采访过他的南粤电视台记者天晴，邀请他今天上午去她家做客。他想，当时出于礼节，说她回来灵羊，请与他联系。想不到一句不经意的话，天晴当真了，高水准的人处事风格就是不同。但他又想，天晴为什么约他去家里见面？直接出来吃饭还不简单吗？竹狮有点不解。

吃过早餐，他叫司机邓彬将两只土母鸡、两罐土榨花生油、一箱山水腐竹放上车。9点，他按昨天约定的时间，同邓彬准时开车来到新城区"竹阁"住宅小区 H 幢楼下，进入电梯，升上 13 层，走出电梯，来到 3 座门口。邓彬将东西放下，先回公司了。

竹狮按了按门铃，少顷，"咔"一声，门开了，天晴站在门口迎接。

"您好！天晴记者，很高兴又见到您！"竹狮边说边同天晴握手。

"欢迎！欢迎大企业家的到来！"天晴的笑脸像春风中的花朵，艳丽张扬。

"春节临近，少少应节物品，不成敬意！"

"那我就不客气了。"天晴随手拿起东西进入客厅，竹狮换上拖鞋后跟随进入。

这是一间复式套房，只见梯级铺上防滑花岗岩条石，墙上灰白瓷砖，"将军柱"连接原木扶手，一个大转弯伸上二楼，看得出这是个殷实之家。

"爸爸妈妈，我们的'贵客'到了。"天晴温婉地说道。

这时，坐在客厅沙发上两个上了年纪的男女站起来，展现着两张慈祥的笑脸。只见男的身高与竹狮差不多，穿灰黑色长外套、灰黑色西裤；女的稍矮，短头发，穿枣红色上衣、灰色裤子。他们是天晴的父母。

看到两位老人家，竹狮一下怔住了，"这……这不是……"他口中念念有词，却说不出话来，整个脑袋一片空白……

"来，竹狮，坐舅舅身边。"听到梁智柏招呼，竹狮才回过神来，他把东西交给天晴，然后坐在梁智柏对面的沙发上。

"舅舅、舅母，真想不到是你们！"竹狮似是惊魂未定。

"天晴，怎么不预先提示下？让我有个心理准备呀！"竹狮面向天晴，苦笑着。

"就是制造一下惊喜，让您大脑细胞'嘣'一下！"天晴将一杯红茶放到竹狮面前，偷偷扮了一个鬼脸。

"你姐姐怎么样？在哪里工作呢？"梁智柏关心地问。

"姐姐市财校毕业后，一直在本县财政局工作。"

"姐弟俩都学有所成，要是你爸爸妈妈泉下有知，该是多么欣慰！"

听舅舅提起父母，竹狮的心一下子沉重起来，含辛茹苦的双亲过早离世，永远是竹狮心中的痛。

当他正要回答时，却发现舅舅、舅母都在悄悄地擦泪水，面对不是亲人的"亲人"，这时的竹狮感慨万千！

过了一会儿，大家心情平静下来，竹狮向他们讲述了父母去世后的艰难岁月……

"真的不容易啊！"梁智柏感叹，接上了竹狮的话题。

"好在闯出来了，难为你了，竹狮！"惠兰也深有感触。

"趁年轻出来创一番事业，好啊！"梁智柏予以赞许。

在竹狮讲述过程中，天晴只静静地听，情感随着竹狮的人生际遇而波澜起伏。她为竹狮坚强的意志、毅力、执着而感动！

"竹狮，中午在这儿吃饭吧，我出去买菜。"惠兰征求竹狮意见。

"好的，谢谢舅母！"竹狮爽快地回答。

不一会儿，惠兰买菜回来，天晴帮妈妈洗菜、做饭。惠兰说：

"天晴，你去陪陪表哥吧，毕竟他是第一次来，这里我自己一个人就行了。"天晴于是返回客厅，靠着竹狮坐下，与他继续聊聊天。

因为春节期间采访任务特别重，天晴需要留台值班。吃过午饭后，竹狮主动送天晴去搭高铁。下车后，她在自助取票机取出网上订购的高铁票，顺利完成进站手续。天晴向竹狮挥挥手，示意他回去。

45分钟后，天晴到达电视台，她向竹狮发来信息：

"竹狮表哥，我已平安到达单位。这次请您到家里做客，没有事先告诉您真相，请见谅！其实，采访完您回到电视台，我总觉得在哪里见过您，第二天，我终于想起您就是很久以前在西溪带我去看李花的表哥。春节回来，通过对您进一步的了解，我对您的人生志向从心底里佩服。表哥，十多年了，我们虽然一直没有联系，但那次到您家里的点点滴滴，一直留在我脑海里，不时出现在眼前，那时的我们，充满童真，您对我的保护，我一直记在心里，挥之不去！什么时候再带我去看李花？好期待啊！"

看到天晴的信息，竹狮的心情起伏不平，他也觉得人生充满神奇，冥冥之中注定你的走向。想到这，他给天晴回了信息：

"天晴，多谢你对山狮文化传承传播的支持！你爸爸在我们家最困难的那段时间，从微薄的工资中拿出部分资助我们姐弟，他的恩情，我们终生难忘！"

"不必客气！"天晴很快回复。

又一年的寒冬腊月，竹狮、天晴进行了一次视频通话：

"表哥，近来忙吗？在珠州还是灵羊？"

"现在是珠州、灵羊两边跑，不固定。"

"是这样的，我们灵羊有两位商人的儿子准备申请去加拿大多伦多留学，因为那间出国中介公司是我同学兼闺密开办的，他们委托我帮忙办理相关手续，并邀请我专程回家乡一趟。"

"那天我去你家里，听你爸爸妈妈说到这件事，说有一个还是你堂舅舅的儿子呢。"

"嗯。今次回去，我想趁帮他们办手续之余，抽时间陪爸爸妈妈去您家乡西溪看李花，我在微信朋友圈上看到朋友发的图片，羡慕死了，行吗？"

"当然行！那天你爸爸妈妈也说起这事，说等你回来一起故地重游。"

傍晚，竹狮、邓彬从紫云山脚出发，来到南粤电视台，接到天晴后，一起回到灵羊。

在天晴家里，竹狮将亲自沏好的"冷瓮茶"倒了两杯，双手捧给梁智柏、惠兰，二老呷了一口后，微笑着将茶放下。竹狮递了一杯给天晴，天晴喝过后，觉得醇香、甘喉，问道："爸爸，这是什么茶呀？感觉档次不低呢！"

"这是你竹狮表哥前段时间送来的家乡特产'冷瓮茶'，算我女儿识货。相传，在古代，'冷瓮茶'是灵羊县唯一的宫廷贡品，一年只产三四斤，此茶树生长在海拔一千米悬崖峭壁之上，水滴珠儿从石缝溢出，掉下悬崖，形成水雾缭绕，滋润着茶树。"

"怪不得，还挺有来头呢！"

晚上9点多钟，广夏房地产有限公司董事长郭松、天晴堂舅舅——新宇竹海旅游发展有限公司董事长惠强分别带着儿子，提着果篮，亲自上门拜访天晴来了。

见到竹狮，两人齐声说："少壮派，今天辛苦你了，从珠州接我们家乡的名人回来，为犬子前途鞍前马后，谢谢！"

竹狮边让座边沏茶："两位前辈不必客气，很多时候都得到你们的指点、帮助，想报答还找不到机会呢！"

待他们客套一番，天晴将出国去多伦多留学的方法、步骤归纳说了一下，将电子文档发给他们，并初步查验了他们的个人资料，讲明需要哪些补充，等等。

最后，天晴对堂舅舅他们说："今次办理你们儿子出国留学的中介公司，是我大学同学开的，请你们放心。"

听到天晴如此爽快表明心迹，灵羊商界的两位重量级人物，一个劲表示感谢。

不知不觉，一个小时过去了，待他们走后，竹狮也向舅舅、舅母告别。天晴送竹狮走，在门口，竹狮对着天晴笑笑："明天见！"

第二天早上8点，竹狮和邓彬准时来到天晴家里。

准备下楼了，邓彬将他们要带的东西拿着，包括用于航拍的遥控飞机、雨伞、茶壶、纸巾，还有天晴妈妈的降压药。到楼下，放好东西后，邓彬载着他们前往旧城区，去经常光顾的小食店吃早餐。

吃完早餐，一行人直奔距县城二十多千米的西溪旅游度假区去。

来到景区，只见通道两旁摆满灵羊的土特产：大芥菜、番薯干、竹笋干、鱼仔干、冬蜜糖、白（红）花油、山水腐竹等等，价廉物美，都用微信支付，省去不少麻烦。

邓彬先带二老到景区办公室，他叫景区经理专门找一个男导游带两位老人家游玩，他们几个直上山顶。

在一扇写有"外来车辆禁行"的门前，门卫迅速打开大门让车通过。天晴诧异："怎么那么牛？你有通行证吗？"

"他就是通行证。"邓彬边开车边告诉天晴。

"莫非您？"天晴看着竹狮，疑惑了，仍不敢肯定。

"是的。"竹狮微笑着点点头。

"哈，你这个坏蛋，对我也留一手！"天晴用手捶了竹狮几下。她在惊喜之余却又觉得一切都顺理成章。

今天，竹狮穿上米黄色休闲套装，配上灰黄色休闲皮鞋，格外精神、帅气。天晴今天的打扮有点特别：卷曲的披肩长发，靠近耳朵两边，各用小辫子互相缠绕，配上蓝白相间的运动裤、蓝黑相间的运动鞋，显得阳光灿烂！瓜子脸上缀上樱桃小嘴，妩媚带点野性。看见竹狮傻傻看着自己，天晴觉得更加自信、温馨！

放眼望去，整个景区尽收眼底。西溪河仍是那么碧绿，西溪村依山傍水，两个梯级广场少说也有三千多平方米，显得大气；文化中心楼红墙绿瓦；村里原来的泥砖房已被二三层的钢筋混凝土楼房所取代，一幅社会主义新农村建设成果呈现在眼前。

天晴跟在竹狮后面，两人行走在李花丛中。来到一棵高大的李树下，"云满衣裳月满身，轻盈归步过流尘"。只见李树上花瓣似月若云，在寒风中轻盈舞动，偶有花瓣飘落，好似星光在闪烁，更令置身于李花丛中的他们充满诗情画意！

这棵李树，是景区里最高大的，树根周边呈圆形铺上红砖，旁边竖着一块精致的原木牌子，上书"情定西溪李树"，牌子一旁，有一个枣红色的跪垫，专供情侣参拜，许下诺言，忠贞不渝！

看到这棵李树，天晴似曾相识，她望着竹狮深情地问："表哥，这是不是当年您摘花给我那棵树？""是的。"竹狮看着天晴，轻轻说道。天晴为竹狮的用心、长情所感动！她屈膝跪下，闭上眼睛，深情许下自己的诺言！

接近中午，游客不断增多。人们徜徉在花海中，用手机、相机、航拍无人机拍下这美好的画面。有三个拍微电影的场景引起了竹狮、天晴的注意。一个场景是：在一片较为平整的李花中，一对俊男美女的情侣漫步其中，时而窃窃私语，时而互相追逐，时而仰望李花，憧憬未来！另一个的创意更深邃：一个留守家中的年轻妇女，怀里抱着孩子，在李花遍地的村头盼着外出打工的丈夫平安归来。再一个场景是轻松的生活场景：一个外嫁女，带着一大一小两个孩子以及礼物回娘家，过程风趣搞笑……

随后，竹狮、天晴坐电动车粗略游览了溯溪、漂流两个景点，还到民宿转了一圈，11点半返回景区办公室。

梁智柏、惠兰没有去其他地方玩，只在通道上随便看看。与竹狮、天晴汇合后，他们一同来到一个景点，看山狮表演"狮子跳楼台"。抑扬顿挫的锣鼓声，配上雄壮威武的狮舞表演，惟妙惟肖，引来掌声不断，由竹狮先父冠鹰独创的山狮武术"八策"套路，更是吸引了一大群人观看。

午饭前，竹狮他们先到会议室，李莉莎也从县城赶过来。

见到天晴，李莉莎马上走上前，双手握着天晴的手说："今天再次见到天晴姐姐，很高兴，请多指教！"

"她最近升任我们灵羊分公司副总经理，负责营销策划、宣传推介、旅游开发这一块。"竹狮面向李莉莎，向天晴介绍。

"听竹狮说你是个难得的助手，聪明能干！"天晴讲话得体，听起来令人舒服。

这时，景区吴总经理已召集各景点部门经理等候。竹狮向各位介绍了天晴的工作身份，大家鼓掌表示欢迎。

景区吴栋总经理首先发言："竹老板，我想请天晴专家为我们景区'把把脉，开开良方'，好吗？"说完，面向天晴。天晴面向竹狮，竹狮微笑点头，然后带头鼓掌。

"我对整个景点进行了初步了解，觉得除了李花景点，山狮表演区最有吸引力，也最有潜力可挖。表哥，您怎么会想到加入山狮这个元素？"天晴好奇起来。

"说来话长，我完成商业布局后，为对山狮技艺的生存有更深入的了解，于是，对山狮技艺进行了初步的田野调查，先从本地乡村开始，逐渐扩大到周边地区。所到之处，情况堪忧。特别改革开放后，由于多种原因，山狮技艺日渐式微，有的乡镇灭失率甚至到了90%。一些上了年纪的世叔伯，握着我的手久久不松开，并说'世侄，流传了千百年的山狮技艺，千万不要在我们这一代失传啊！不然，到了下面，我们怎样向师傅——你的父亲交代啊！'看到这些世叔伯的期盼，我的心情久久不能平静。回来后，我暗下决心，一定不能让父亲为之奋斗一生的山狮技艺灭失，所以，在筹建这个旅游景点时，着重加入了这个山狮技艺部分。"

"表哥，您的这步棋走对了。"接着，天晴对山狮表演景点提出两个建议：

"一是在景点适当位置，将山狮的起源、根植的土壤（包括竹子、华南虎、古山民）用泥塑雕像反映出来；同时让人扮古山民、华南虎，将山狮文化的起源通过舞台剧的手法演绎出来，当中配上合适的音乐，让人通过时光隧道，回到两千多年前的战国时期。二是在门口，挂上一块牌子，上面写上针对山狮方面的优惠政策，包括：凡有兴趣学习山狮技艺一个小时的，餐款优惠10%；凡山狮弟子来旅游，餐款优惠20%；凡能熟练表演山狮武术'八策'套路的，餐款优惠40%（剔除酒水）。这个优惠政策，凸显山狮技艺在景区的特殊地位！"

这时，梁智柏接过话题，对竹狮说："如果两个提议与景点结合起来，落实好，将是景区一大亮点，不要小看它，它能让游客对山狮有更深入的了解，对整个山狮文化的传承传播，也能起到很好的推动作用！"竹狮点头称是。会议室又一次响起热烈的掌声！

天晴继续说："景区可以让游客玩'做一天西溪人'，包括挖芋头、番薯之类，可以到河边装'虾狗'（当然得做好保护措施），目的是让游客留下来消费。"

听天晴说完，李莉莎、吴栋面向竹狮、天晴表态：近期将这三个建议落实好！

"我还有个建议：景区可以举办西溪'第一届李花乡村生态旅游节'，利用这个平台举行手机摄影大赛和专业摄影评奖，手机摄影素材限于景区内的李花和山狮，通过自媒体进行评选，让网民积极参加投票活动，最后举行手机摄影大赛颁奖仪式，将景区以及山狮文化的宣传推向高潮。"

"好啊！这个创意操作性很强，打破了山狮传承传播的传统模式！"不知道谁说了一句。

"不过，人造的节日，关键看整体配套是否跟得上，如果没有吃、住、娱乐、服务等配套，游客光是来拍完照就走，就难以增加收入；如果交通、基础设施建设跟不上，口碑也会打折，这点提醒你们注意。"

待天晴讲完，竹狮马上交代李莉莎、吴栋一个星期内将举办首届李花乡村生态旅游节的可行性计划制订出来，经论证后组织实施。

午饭时间到了，吴经理马上吩咐服务员上菜。按照竹狮的意思，菜式有蒸走地鸡、黄骨鱼，焖鲤鱼，笼子蒸河虾，焖芥菜、山水豆腐，"赤眼尽"鱼芫荽汤，六菜一汤的食材全部是西溪村自产的。

吃饭前，竹狮叫服务员拿来开水，让惠兰按时吃药，竹狮的细心，令二老欢喜、天晴感动。

吃完饭，李莉莎他们先行回公司了，梁智柏提出去竹狮父母墓地看看。

墓地坐落在通往县城的公路旁，掩映在松柏丛中。天晴、竹狮三叩头后上香；梁智柏、惠兰上香时，深情地说："大哥、大嫂，我们来迟了，请原谅！今天看着孩子们个个事业有成，希望你们泉下有知。"参拜完，惠兰偷偷抹去眼角的泪花。

回到县城已接近下午3点，邓彬先送竹狮参加县"心贴心"志愿者年度总结大会，然后送天晴他们回家。

晚上6点，天晴接到竹狮的语音信息，说要处理公司一宗民事纠纷，不来吃饭了。晚上9点，天晴发了一个疑问表情，仍不见竹狮回应；12点，天晴才收到竹狮的语音信息，说事情解决了，准备吃饭。天晴叮嘱他注意身体，并说如果有事，工作为上，明天她会自己坐车回去。

第二天，竹狮和邓彬7点准时赶到天晴家里，梁智柏、惠兰送天晴到楼下。

分别之际，竹狮送给天晴一幅当地画家描绘李花的油画，并附诗一首，表达对天晴的情深意长：

李花倩影
带着枫叶的余韵
千里踏上西溪
漫山遍野的李树
拥抱远道而归的游子
那含苞待放的花蕾
是你少女般的矜持
那晶莹剔透的花瓣
是你傲视冰霜的笑颜
挟一股悠悠山风
披一阵缕缕暗香
回眸前世今生
依然回荡着永恒的旋律

第九章
山狮技艺日渐式微

与天晴重逢后，竹狮心里对挖掘、抢救、传承传播山狮文化充满信心！他潜意识里觉得，传承山狮文化，让它走出山门，奔向更广阔的舞台恰逢其时。

"十一"黄金周即将到来，竹狮收到天晴的微信：

"表哥，上次见面时听您说准备第二次山狮调研，今年'十一'黄金周，我有五天假期，如果您有空，我想陪您去周边地区甚至粤、桂、湘边区搞山狮调查，此事我同爸爸妈妈说了，他们都支持，您意下如何？"

"天晴，谢谢你！田野调查很辛苦的，我怕你吃不消。"

"没事的，与我搞新闻采访是小巫见大巫，我有信心做好您的助手！"

"难得有假期，干吗不去旅游？或者陪陪朋友也可以嘛！你知道我说的'朋友'的含义吧？"

"干吗杞人忧天？我已买了两只暖水壶、两个饭兜（盒子），备好防晒霜、常用药物等，您只需帮我买一份这次山狮调查的个人保险就可以出发了。"

"不想你辛苦，天晴。"

"不想我去就算了！"天晴发一个撇嘴表情，竹狮马上闻到火药味。

"那好吧，我先去检查车辆，完后来接你，好吗？"

"嗯。"得到竹狮的许可，天晴偷笑了，心里想，刁蛮有刁蛮的好处，生气就是撒手锏，嘻嘻……

和天晴商量完后，竹狮布置好公司工作，"十一"节前，与司机邓彬从三江市赶回珠州。第二天早上7点，带上田野调查的必备器材及生活用品，接到天晴，一起在蓝天宾馆吃早餐。

竹狮头戴太阳帽，身穿休闲套装，脚穿波士顿运动鞋。天晴穿戴也差不多，也是一副休闲打扮，显得格外阳光、神采奕奕！

吃完早餐后，他们从内环路出发，沿着北环高速驶去。

这次山狮田野调查，主要是想了解山狮在粤、桂、湘三省边区传承传播情况、山狮与西桂壮狮的相互交融程度、山狮道具现状，连南瑶族自治县瑶族长鼓舞和瑶族耍歌堂两个国家级非物质文化遗产项目的表演形式等等。

车好不容易从内环挤入北环高速，开始时走走停停，最后塞到动不了了，看双向车道，同样惨况。天晴降下车窗，问旁边开着挂S牌子东风本田SUV、载着一家三口回西桂的周生。周生摇摇头，告诉天晴，他早上5点从莞城望牛镇出发，平时一个小时不用就到珠州的车程，居然用了4个小时，天晴无奈笑笑。

刚同周生聊完，天晴翻看手机，"哇"的一声："有没有那么夸张啊，南粤高速大堵车，警方出动直升机疏导车流！"

"这次堵车与以前在珠州火车站的'大滞留'相比有过之而无不及！"竹狮回应。

"虎门大桥大堵车，十千米路程用了两个小时。"天晴看着手机说。

看着天晴惊讶的表情，竹狮接过话题："听我在灵羊汽车站做站长的朋友发来信息，他们昨晚 7 点开出的班车，今天早上 7 点还没有到达珠州西口客运站，双向堵塞，足足 12 个钟啊！"

"不是说南粤高速高铁成绩斐然，路网建设全国有名吗？"司机邓彬有点不快。

"的确，南粤高速公路十年巨变，出省高速由 2008 年的 3 条猛增至 24 条，总里程数达到 8338 千米。其中陆路相邻的省份均达 4 条以上，道路交通建设出现'井喷'，就算现在有 2008 年那时的人流量，那时的'大滞留'现象也不会再出现。"天晴对路网情况相当熟悉，脱口而出。

"那为什么还堵得那么厉害啊！"邓彬苦笑。

"人们生活水平提高了，小车价格却不高，几万元一台，原来的摩托车大军已鸟枪换炮，你看现在还有多少人开摩托车回家的？再就是节假日七座以下乘用车免路桥费，大家一窝蜂挤上高速，造成极大的交通压力。"天晴分析老道。

竹狮、天晴、邓彬你一言我一语。这时，天空传来阵阵轰鸣声，这是省高速公路交警总队在用直升机疏导车流。

一个小时过去了，车还没有挪动，估计堵塞的车龙长到超出人们的想象……这时，不少人下车伸展腰肢，活动下筋骨。

趁这个机会，竹狮同天晴聊起家常：

"天晴，你名字有没有什么特别的含意？"

"没什么特别的，听爸爸妈妈说，雨过天晴，寓意一切都是美好的，他们希望我的人生开心快乐呗。"天晴面向竹狮，轻松说道。

"那表哥您的名字呢？"天晴明知故问。

"爸爸希望山狮技艺代代相传，希望我成为山狮一代传人、竹乡狮艺的代表人物。但奇怪的是，他老人家从来没有教我学过山狮技艺，只重视我们读书，掌握文化知识。"

"这就是他老人家高明之处！如果你沉迷于狮艺而忽视读书，

最后形成的影响力还比不上他老人家呢！如果读书有出息，视野开阔了，山狮技艺的传承传播就会广泛多了，而且通过读书，挣钱的机会相对大得多，没有钱，你拿什么去传承传播啊！"

这精辟的分析、掏心掏肺的话语，竟然出自身边这"黄毛丫头"之口，竹狮好像不认识天晴似的，目不转睛盯着她一会儿，然后情不自禁地说："知音，知音啊！"

看竹狮那么抬举自己，天晴面泛红晕，有点沾沾自喜。

作为南粤电视台新闻中心的记者，什么场合没有经历过？天晴的精明、干练、审慎有目共睹，但不知为什么，她在竹狮面前总显得柔弱甚至迟钝。

"哎，天晴，你不是参加过全民 K 歌吗？不是经常在手机上唱 K 吗？来一支'首本名曲'乐乐如何？"

"好难听的，失礼死了，不行。"

"没事的，又不是登台演唱，小范围而已。"竹狮边说边偷笑。

"不干！偏不干！"天晴面朝车外，表示不从。谁知刚说完，她的手机突然响起自己演唱的《菩提偈》，听完委婉动听的歌曲，竹狮、邓彬情不自禁鼓掌起来。

邓彬："天晴记者，这首歌我在 K 厅唱过，歌名三个字，怪怪的，最后那个字什么意思？"

天晴："是'偈'。它的基本字义是'勇武'，佛教中偈是'称颂'或'了意'的意思。而偈又叫'偈语'，佛教术语，定字数结四句者，如六祖得法偈：'菩提本无树，明镜亦非台，本来无一物，何处惹尘埃。'每句话不论多少字，但必须限四句。"

邓彬笑笑："原来还有那么多的学问。"

"表哥，您对这首歌有什么看法？"

"旋律与原唱者刘惜君的风格相对吻合，而你，也花了很多心思，演唱过程融入了歌的意境，很好，真的。"

天晴笑脸相迎，像葵花般灿烂。其实，每个人都喜欢听好话，这是人之本性，何况是女孩子呢。

"就歌曲本身所表达的主题呢？"

"这首歌以六祖慧能的'得法偈'为基调，展现豁达、深远的人生意义。歌曲的主题表达了人世间永恒的主旋律——爱情，它的价值取向积极向上，值得称颂！"

"表哥……"看着天晴深情注视着自己，竹狮哪里不知道她的心思呢。为避免不必要的尴尬出现，他话锋一转，跳出天晴的思路：

"据相关资料介绍，英国大不列颠图书馆前竖立着世界十大思想家塑像，其中有三个是中国的，分别是孔子、老子、六祖慧能，称'东方三圣'，他们是中国儒、道、佛三家的代表。"

"这我知道呀，只是不知道……"说完，天晴嘟起小嘴巴，脸露不悦……

在竹狮、天晴斗嘴时，警车不时经过应急车道向前疏导车流，车辆开始走走停停，他们结束了聊天。

历时三个小时，行程才十多千米，车好不容易进入粤桂高速。

俗话说，"屋漏偏逢连夜雨"，此时，前方出现五车连环相撞事故，好在人员没事，车辆损坏也不算严重，交通警察不断疏导车流。车龙像一条懒洋洋的大蟒蛇，慢慢蠕动，但毕竟比原来堵死不动好得多。交通电台不时播放出省高速实时路况。

接近中午，竹狮吃了一只糯米糍，天晴吃了一个蛋糕，但不敢喝水，邓彬利用车辆走走停停的间隙，吃了一个"糯米鸡"。

半个小时以后，车辆间距逐渐拉大，速度加快。下午3点多钟，他们终于到达灵羊县番薯镇杨家村。

番薯镇地处灵羊县东北部，以盛产番薯干而闻名省内外。在村口的大榕树下，师兄杨明华在等候，竹狮为大家相互介绍，然后一起走进村庄，来到一间古屋，走进正厅，只见一个年逾八十、头发花白、身材较高的老者杨植秀，正哼着锣鼓旋律，舞动芋笠，表演山狮"拜门口"。

师兄向杨老介绍竹狮、天晴后，老人主动握着竹狮的手说："师弟，终于把你盼来了，山狮技艺危在旦夕啊！"

"此话怎讲，师兄？"

"现在年轻人长年外出打工，春节、清明、中秋等节日才回来，加上现在娱乐活动多，就算回来也很少有人学习山狮技艺，原来的人年纪大，很少活动了，目前山狮队基本上散了，表演的道具残缺不全，如果不采取措施，失传就是铁定的事了！"师兄面露难色，不断叹气。

"情况我已知道了，正在想办法，力争在一两年内有所改观。"

听到竹狮坚定的语气，杨植秀连声说好。

他边收拾芋笠边说："原来的狮头已散架，我只能舞'祖师爷'（芋笠）过过瘾。"

"以后我送只狮头给您，好吗？"

"好呀。"师兄笑声咯咯。

"师兄，还记得行路锣的口诀吗？"

"记得，跌倒爬起来都记得啦！师兄我虽然八十有五，但眼不蒙、耳不聋啊！"说完，师兄手舞足蹈哼起来。

天晴马上拿出录音笔，插在师兄的衣领上，并站好位置进行摄像。

杨植秀迈开双腿，扎好马步，双手伸出食指，其他手指收拢，摆出敲鼓姿态，摇头晃脑哼起来：

"竹竹，厂厂厂厂，喳厂，厂喳厂，厂厂厂厂喳厂，厂喳厂……喳厂，六厂喳厂，六厂喳厂，厂喳厂，喳喳六厂，喳厂，喳厂，喳厂，厂喳厂，喳喳厂厂喳入，喳喳厂喳喳入，入厂喳厂，六厂喳厂，六厂喳厂，厂喳厂，喳厂六厂，厂喳厂，喳喳厂厂喳厂，喳喳厂喳

厂，喳厂……厂喳喳，厂喳喳，厂喳喳，厂，入入，厂喳厂，六厂
喳厂，六厂喳厂，厂喳厂，喳喳六厂喳厂，喳喳厂厂喳厂，喳厂，
喳厂……"

哼完前奏，他面向竹狮、天晴，又哼完第一节。

杨植秀站起来问："没有什么错漏吧，师弟？"

"完全正确，您是这个！"竹狮和天晴对着师兄竖起大拇指。
他们就这样聊了大概半个小时。

临走，师兄杨明华拿出三大袋番薯，里面有"花心""月
光""紫色"三种，让竹狮他们带上。

告别两位师兄，竹狮他们又马不停蹄赶到江瓷镇马仁村。

江瓷镇马仁村地处灵羊县东北部，与清远市清城区南冲镇相连。

师兄梁泰安年逾花甲，身材高瘦，他带竹狮直接来到梁氏宗祠。

梁氏宗祠属明清建筑，墙体清一色青砖，墙上的花鸟、文字清
晰可见，是典型的客家镬耳大屋。门口两边，摆放着两座石狮子。
跨过门口的石条，穿过旁边的长廊，来到内屋，在那里，摆放着一
只独木皮鼓和年代久远的鼓架。竹狮顾不上喝茶，马上对这个"宝
贝"进行全面细致的查验。

鼓架乌黑发亮，竹狮边仔细观察边拿出卷尺，量度起这个宝贝
来，天晴拿着手机和摄像机对着它不断地拍照、录像。

只见在鼓架的六角柱上，清晰地刻着"光绪三十二年丙午岁
置""冯全和造"繁体字样，经推算，此两物件距今已有112年的
历史。鼓架为暗红底黑色，六角形，樟木材质。六角柱头部均雕刻
成龙头状，山狮鼓为褐色，单皮，高音独木皮，椭圆体，由中而下
缩窄，樟木材质。

天晴问："师兄，这个独木皮鼓及鼓架能保存到现在，中间有
没有什么传奇故事？"

梁师兄介绍说，此鼓及鼓架是他们祖先用40文铜钱买回来的，

相当珍贵。中间曾被摔过一次，村民发现这鼓架虽经此一摔后驳口松开，但仍未散架，鼓的底部小部分损坏，但仍未完全裂开，也算是一个奇迹，于是偷偷将它收藏起来，改革开放后才拿出来重新启用。

竹狮告诉师兄，这个独木皮鼓及鼓架，可能是目前为止，粤、桂、湘边区年代最久远的山狮文物，叮嘱他一定要继续保存好。

看天色已晚，竹狮向梁师兄道别。

"师弟，听说你准备建一个以师傅名字命名的纪念馆，到时，我将这个'宝贝'放置在师傅的纪念馆里。"

"太感谢您了，师兄！"

接近黄昏，竹狮他们走进宾坑镇新招村，前去拜访制作山狮的老艺人谢明芳。

宾坑镇新招村，是一个历史久远、文化底蕴深厚的古村落。

灵羊县志记载：汉武帝元鼎六年，即公元前 111 年，灵羊属南海郡之四会县。

南朝宋元嘉十三年，即公元 463 年，官细乡立为新招县，县址设在今宾坑镇新招村。明嘉靖三十八年，即公元 1559 年，设置灵羊县，县址设在今灵羊县城。

竹狮向天晴介绍说，历史上官方在今灵羊县域建县的地点有两个，一个是宾坑镇新招村，一个是现灵羊县城。从设县时间看，这个新招县建县已有 1557 年，而灵羊县仅有 461 年历史。

天晴对家乡历史文化甚感兴趣，对她来说，这个古县城旧址确实是个诱惑。

"表哥，是否先实地察看一下这个古城旧址？"

"好哩！"竹狮踏着石级，拉着天晴，登上高近 2 米、凹凸不平的旧城墙。

旧城墙将新招古城围着，古县城占地面积 100 多亩，有东、南、西三个城门。现在，这里住有 1100 多户人家，6100 多人，是灵羊县目前最大的自然村落。遗憾的是，古城墙破旧不堪，古楼古宅等古迹所剩无几，取而代之的是不断建起的现代楼房。

他们在旧城墙上小心翼翼走了一圈，下来后沿着弯弯曲曲的巷道进入古城。

巷道由两条麻石条并排铺成，错落有致，旁边是长满青苔的砖墙或石墙。巷道旁的几个古井，内墙壁剥落，长着青苔和小草，仿佛在向行人诉说岁月的沧桑。

竹狮他们走到侧巷尽头的一房屋边，已闻到一股淡淡的油漆味。走进内屋谢明芳的编织工场，只见椅子上放着尺子、毛刷、毛笔、几罐不同颜色的油漆。

谢明芳年纪七十有三，中等身材，有点驼背，可能与长期坐着编织有关。

竹狮从提包里拿出一本书，双手递上给谢明芳。

"世叔，根据您口述撰写的《山狮的制作工艺及流程》一文，已刊登在《灵羊文史》上，这是刚出版的书，送给您老留念！"

"谢谢你，竹狮世侄！"

"全县的狮队都来这里买狮头吗？"天晴边录像边提问。

"我们灵羊县只有我两兄弟制扎山狮，不但我们县的狮队来买，连附近的清城区、燕都县的人都来买。"谢师傅热情回答。

"今年售出的狮头有多少？"

"不多，30 多只，估计到春节会有 50 多只，卖出去的狮头逐年减少。"

"卖出狮头最多的是哪一年？有多少只？"

"最多是 20 世纪六七十年代，一般有 200 多只。"

"卖出去狮头的减少，是否说明狮队活动的时间少或者没有进行活动了？"

"可以这么说。"谢师傅显得无奈。

竹狮叹了一口气:"这的确是一个大问题。"

第二天,邓彬用手机设定好卫星导航,车辆进入清连高速公路,于石潭出口转行省道,一路颠簸,几经周折,中午到达阳山县七拱镇草陂村。可是,问过几拨人,无人知道还有扎山狮的艺人,无奈之下,他们唯有折返七拱圩镇。

在路上,一个60多岁的老人家正在吃力推着陷入泥潭、装满材料的大板车,见此情景,竹狮、天晴、邓彬下车帮老人家将车推出泥潭,顺便向他打听山狮扎制师傅的事。想了一会儿,老人家一拍脑袋,说这个师傅几年前全家迁到镇上定居了。于是,他们加紧赶往圩镇,经多方打听,终于在一个偏僻的小巷尽头找到这个老师傅。

老师傅叫陈如昌,住在一幢占地面积90多平方米、高三层的楼房里。

进入客厅,只见正面墙上悬挂着一张毛泽东主席的画像,左边挂着用玻璃装裱、由他自己书写的"仁者寿"三个字的条幅。

房屋由于处在窄巷上,客厅光线不足,有点昏暗,需要开灯才能明亮。也由于巷道通风效果不好,客厅空气流通不畅,刚坐下,竹狮、天晴马上闻到一股异味。

陈如昌因中风躺在床上,见有客人登门,在老伴搀扶下,挂着拐杖走到客厅。

虽然84岁了,且有病在身,但陈如昌思维正常,口齿伶俐,表达清楚。待陈如昌的心境安定下来后,天晴开始了对他的采访。

"陈师傅,您制作狮子是祖传的吗?从什么时候开始的?"

"我制作狮子的技艺属祖传,从父亲那一代开始,不知道从何处传入,平时根据客户的需求来扎制狮子。"

"您主要制作什么狮子?制作工艺如何?"

"主要制作鸡公狮、艺狮、貔貅,都是用模具加纸张倒模出来的，每只狮头大小高矮一样，然后根据狮形添加独角、舌头等器官；
貔貅是用木棍支架作底座的。"

"您制作的狮子与附近其他地方的相同吗？"

"不同，阳山狮子的制作与灵羊、燕都、四汇及清城等市县的
区别是：阳山狮头是用模具倒出来，而其他是用竹篾编织的。"

"现在每年制作狮头数量如何？"

"改革开放前每年销售各种狮头 100 多只，现在只有 30 多只。
在阳山县，大部分艺人表演鸡公狮、艺狮，表演形式与灵羊的差不
多，而貔貅舞，现在只剩下一两个狮队表演，如西路村乌石自然村
那个狮队，舞法与山狮截然不同，如果你们亲临现场，那是最好不
过。"

黄昏时候，竹狮他们赶到端砚市燕都县，在县城逗留了一晚，
第二天早上赶去下府乡。

燕都县下府壮族瑶族乡，是南粤省七个民族乡之一，也是端砚
市唯一的少数民族乡，位于端砚市燕都县的西北部边陲，毗邻清远
市连山壮族瑶族自治县三江镇、西桂省贺州市，是壮、瑶、汉三个
民族的集散地结合部，是研究山狮传承传播无法绕开的"战略要
地"。

刚进入圩镇街道，一个 3 米多高的小门楼四方柱上，"下府壮
族瑶族乡欢迎您"的红色标语特别耀眼，在圩镇街道两边，全部都
是新建的楼房，街道双向车道全部铺上了沥青，显得华丽高档。

乡文化中心坐落在面积有 2000 多平方米的文化广场旁边，从
正面看，楼高三层，颇有气派。

年近半百、中等身材的站长老卓接待了他们。老卓说，乡文化
站是南粤省"一级文化站"，他们乡被省文化厅授予"民族民间艺
术之乡"的称号。

考虑到下府乡是端砚市唯一少数民族乡，天晴按正规采访程序

进行采访，以便留下珍贵史料。

竹狮拿出小型摄像机，天晴按照之前与竹狮商量设计的采访提纲，对老卓进行现场采访：

"请问卓站长，你们作为少数民族乡镇，有什么富有特色的民间民俗文化？"

老卓面带笑容："我们作为壮族、瑶族民族自治乡，有春牛舞、壮狮舞、牛王诞、炸狮子、闹元宵等民间习俗，其中壮狮舞被列入国家非物质文化遗产名录，春牛舞被列入省非物质文化遗产名录。"老卓如数家珍，介绍了一番。

天晴："能不能分别介绍一下春牛舞、牛王诞两个民间习俗？"

"好啊。"老卓对介绍家乡的传统文化信手拈来，滔滔不绝，"我们燕都县春牛舞、牛王诞作为地道的民间传统舞蹈，是下府壮族瑶族乡各村的一种演唱民俗舞蹈，乡土气息浓郁，群众喜闻乐见。每年春节或开耕节，下府乡便盛行春牛舞，至今已有130多年的历史。"

"春牛舞的特点和表演方式如何？"

"它的特点是即兴表演，村庄、炊烟、河流以及田埂，都是舞蹈的对象。"

"它的艺术性如何？体现了一种怎样的情怀？"

"它体现工艺美术性、人物造型性、舞蹈表演性、音乐节奏性和抒情戏剧性等五性，诉说了一代代壮乡人对春牛和劳动的理解和认知，用朴实情怀高唱不朽的生命颂歌。可以说，春牛舞是下府人民农耕文明最好的印记。古人认为牛拥有五行中土属性和水属性的神力，是风调雨顺、国泰民安的象征，牛是农业社会的重要生产工具，是农耕文明的重要文化符号。"

看老卓一口气说了那么多，天晴马上递上一瓶矿泉水，让他润润喉咙。

喝了一口水，老卓抹下嘴巴，接着介绍："下府乡壮族先民将每年的农历四月初八定为牛王诞，又称牛王节、牛魂节或脱轭节。据说，这一天是牛王诞辰，耕牛在春耕中被人们呵斥鞭打而失魂，故立此节慰劳耕牛，为耕牛招魂，牛王为农家干重活成了农家宝，是壮家心目中的天神，所以农历四月初八这天，众人载歌载舞共同庆贺为牛脱轭。"

天晴好奇了："春牛舞和牛王诞有关系吗？"

"牛王节的仪式逐渐衍生为春牛舞，是牛王诞必不可少的一部分。"

"原来如此。"天晴附和一番。

老卓带他们走到文化中心门口，看着挂在墙上一个个沉甸甸的牌匾，这可是下府乡人民传承传统文化累累的硕果啊！竹狮、天晴无不肃然起敬。

采访完毕，老卓将一个 U 盘交给天晴，里面有他们乡近几年开展传统文化活动的视频，天晴、竹狮感激不尽。

他们一同乘车前往黄翰村。

黄翰村紧邻乡府，村中有马、卢、廖三姓人家，大部分都是壮族和瑶族。在村里，几位老师傅已在那里等候。

"各位老师傅，你们好！我们是从灵羊来的，想了解下你们目前传统文化中还有什么狮舞？"天晴摆开阵势，与这些老艺人攀谈起来。

其中一个年近七十、身体硬朗的卢师傅说："我们黄翰村主要有春牛舞、壮狮舞两种民间舞蹈。"

"有没有舞过灵羊的山狮？"

"灵羊？以前有过。"一个 80 多岁的马姓师傅接过话题。

"大概什么时候的事？"

"大概在 20 世纪五六十年代，当时灵羊一个年约 40 岁的师傅

（姓什么记不起来了），从小三江那边带着狮队来到我们村表演，大家甚为融洽，因为投缘，当天村里的很多年轻人就拜师学艺了。此后，在下府乡其他村、相邻的清远市连山县上府乡、小三江镇等地，也有不少狮队表演过山狮技艺。"

"后来为什么失传了？"

"因为我们本地的春牛舞、壮狮舞也面临失传，只不过它们是我们本民族的舞蹈，还有少数人坚持着。近年随着政府对传统文化的重视，这些本族文化又被人们重新习起，而外族的山狮舞，就没有那么幸运，在我们这里灭失了。"

天晴进行田野调查前，通过百度和其他途径了解过壮狮的历史起源：

据史料记载，壮族舞狮的起源，可以追溯到战国时期：左右江流域悬崖峭壁上，保存有古代壮族先民制作的大量的岩壁画，上面绘有类似击鼓舞狮的图画，在这幅图周围，有众多人形画像，或伸臂，或蹲足，或跳跃，做习武动作，极似后来的舞狮练拳。随着后来狮子文化的出现，就有了模仿狮子动作的舞狮活动。

壮狮集结了高、难、惊、险、奇、美六大特点，狮子外形既像北狮又具有南狮的特点。在舞法上，南狮重形，需要舞得惟妙惟肖、栩栩如生；北狮重意，像一只真的狮子一样，以扑、跌、翻、滚、跳跃、擦痒等动作为主。

天晴于是向在座师傅求证，得到他们的一致认同。

竹狮、天晴他们察看了壮狮的体形：大小与山狮差不多，狮头似北狮，重仿生，狮身似南狮，重大红大紫。材料用竹篾、布、纸、绒毛绒球、玻璃球等；锣鼓组合也是锣、鼓、镲、混锣，"大小面"；锣鼓旋律方面，听过几个师傅用口技表演后，竹狮感到明显与山狮不同，自成一派。

接近中午，老卓虔诚地邀请竹狮、天晴共进午餐，两人都表示

160

谢意并婉拒了。

分别之际，天晴将印有当代大诗人臧克家的咏牛诗作《老黄牛》的画幅赠送给老卓，老卓也不客气，欣然接受，连声道谢。

> 块块荒田水和泥，深翻细作走东西。
> 老牛亦解韶光贵，不待扬鞭自奋蹄。

这是对牛很好的诠释。

竹狮、天晴心里默念：祝愿下府乡壮、瑶之乡传统文化继续熠熠生辉！

回程路上，天晴对竹狮说："表哥，从了解到的情况看，壮狮与灵羊山狮有深度的交融，如起源时间、渊源、制作材料、打击乐器组合、体形、表演程式基本相同，它可以归属山狮那一类吗？"

"应该可以同属一类，即'诞生于山沟里的狮舞'。任何一种历史文化，都有其诞生的土壤，灵羊山狮的文化土壤是青皮竹和华南虎，它的起源更原生态，可信度更高。"竹狮说这段话时口气是坚定的。

"从壮狮与灵羊山狮的深度交融看出，'山狮是南狮的开山鼻祖'多了一节证据链，成立的机会又大了？"

竹狮对天晴竖起了大拇指："聪明！"

第十章
历尽艰辛兄妹情深

从下府乡到达连南县城后，竹狮决定在那逗留一晚，稍做休息，以便保持体力。

位于粤北山区西北部的清远市连南瑶族自治县，是我国唯一的排瑶聚居地，那里不仅具有秀美的风光、浓郁的风情，而且拥有两个国家级非物质文化遗产项目——瑶族耍歌堂和瑶族长鼓舞，令世人瞩目。

从连南县城驱车到南岗千年瑶寨，大约半小时车程，趁这个机会，竹狮与天晴打起"牙骸"（交谈）来。

"天晴，我们角色互换，来一场'瑶族历史文化问答'游戏如何？"

天晴微笑，做了一个撸撸袖子的动作："没问题，谁怕谁？尽管放马过来！"此时，天晴好胜的个性马上显露出来。

竹狮一挥手，模仿某电视台节目主持人的口吻："问答游戏开始，请听题。"

"……哎，唉……"竹狮故意卖了个关子。

"哎什么哎？有老牌主持人怯场的吗？"

天晴这么一说，弄得竹狮也忍不住偷笑了，但他马上止住：

"'耍歌堂'的含义是什么？包含了哪些内容？"

"小意思啦！"天晴有些不屑，"每年的农历十月十六日，是全国瑶族共同的传统节日'盘王节'，是瑶族最隆重、最大规模的传统节日，庆祝一年辛勤劳动获得丰收的大喜日子，连南县八排瑶按照自己的语言特点称这一系列活动为'耍歌堂'。耍歌堂分大歌堂和小歌堂，大歌堂历时三天，每十年举行一次；小歌堂历时一天，三年五载举行一次。"

"它包括了哪些具体的表现形式？"

"您的题目太简单，简直蔑视我的智商，能不能来点'干货'？"

"请答题。"竹狮一本正经。

天晴无奈，只能作答：

"具体表现形式包括有祭祖、出歌堂、过州舞、长鼓舞、瑶歌演唱和对唱、法真表演、追打黑面人等等。"

说完，她抗议了："如果下面题目还是那么肤浅，本小姐拒绝作答！"

"那节庆第一天有什么特别的仪式？"

"耍歌堂之日，瑶家户户早起，清晨先鸣土铳三响，接着铜锣叮当，牛角嘟嘟，长鼓梆梆，一起汇集在广场，举行重头戏。"天晴的语气变得软弱无力。

"刚才是初级题目，现转中级题目，请听题。"

听竹狮这么一说，天晴又精神起来了："快说！"

"千年瑶寨与千户瑶寨分别坐落在哪里？两者的历史地位如何？"

"千年瑶寨坐落在南岗村山顶，属第一排瑶，即首领排；千户瑶寨坐落在油岭村半山腰，两个国家级'非遗'项目都出自那里。"

"千年瑶寨海拔多高？建于何时？它在我国瑶族里处于一个什

么地位？"

"千年瑶寨海拔 800 多米，坐落在百里瑶山'万山朝王'的正面，始建于宋代，至今已有千余年历史，是中国瑶族乃至世界瑶族历史最悠久、规模最大、最有特色、保存最完整的瑶寨，堪称中国第一瑶寨！"

竹狮看到天晴对答如流，有点钦佩。他想：我就不相信你全部能回答上来。

他挥挥手，又一次郑重其事："下面是高级题，请听题。"

"来吧。"天晴信心满满。

"千年瑶寨还有多少人居住？国家有什么优惠政策扶持瑶民？"

天晴迟疑一下："这个……这个……"竹狮幸灾乐祸："嘻嘻，金牌记者也有'这个……'的时候。"

"您干吗那么急抢话？我'这个'是口头禅，即'这个简单得很！'"

面对天晴的"脑筋急转弯"，竹狮没有讨着便宜，于是改口："那你说呗。"

"新中国成立时，瑶寨上仍住有 500 余户、3000 多人。近几十年，国家逐年拨款帮助瑶胞移民下山居住，现古寨只保留有 100 余人和 368 幢古宅。"

"千年瑶寨最后一任瑶王是谁？什么时候受到国家哪个领导人接见？"竹狮语速越来越快。

"千年瑶寨最后一代瑶王是邓……邓什么？五个字的……"天晴的眼珠子不断转动。

看到天晴"卡壳"了，竹狮像中大奖一样，开心得仰面哈哈大笑。

"不要开心得太早，我想起来了，他是邓买尾八公，1950 年10 月去北京参加国庆观礼，受到毛泽东主席等国家领导人接见。"

这一题都没有难住天晴，竹狮只能实话实说："厉害！"

"还用说吗！"天晴望着竹狮，扬扬得意。

"最后一题，如果你答对了，给你满分，请听题。"

"且慢，我天晴可是市侩又现实的人，不要虚的，来点实际的。"

"那你想要什么？难道要天上月吗？"

"才不稀罕这个。"说完，天晴对着竹狮奸笑一声，"稍后下山的时候如果俺走累了，您要背俺下来。"

"这个……这个可有点难度啊！"这回，轮到竹狮"这个……"了。

"不行吗？那拒绝回答任何问题！"

"那么严重呀？"竹狮自言自语。

"不行拉倒。"天晴较真了。

每次竹狮和天晴"斗嘴"，一到关键时刻，只要不是原则问题，竹狮总是服软。

"好哩，成交。"竹狮极不情愿与天晴碰了一下拳头。

看到竹狮又示弱，天晴喜上眉梢。

"请听题：耍歌堂与长鼓舞是什么关系？两者又有什么区别？"

"这道题是有点难噢，资料上没有的啊。"

"这是分析题，不然怎么会放在最后？你不想想，输了我可是要当'轿夫'做苦力的呀！"竹狮戏谑又半认真。

面对最后的"临门一脚"，自信的天晴不会被困难吓倒，她将掌握的资料迅速在脑海过滤、分析，终于找到答案。

"耍歌堂是连南瑶族人对盘王节的称谓，长鼓舞是耍歌堂其中一项必不可少的活动，两者都是国家级非物质文化遗产项目，而长鼓舞可以单独表演，它们互为依存，却又各领风骚。"

听完天晴精准的作答，竹狮内心佩服得五体投地。他扮成斗败的公鸡，轻轻说了一句："算你啦！"

天晴盯着竹狮，故意显露出一种放荡不羁的样子，面向司机邓彬："哈哈，彬哥哥，等一下有人要做苦力咯，俺要做一回女瑶王！"说完又补充一句："真解气！"

邓彬笑笑："天晴记者，我挺您！"

不知不觉，车辆到达双排镇的南岗村千年瑶寨。

秋天的南岗，晴空万里，蔚蓝如洗；白云朵朵，飘悬半空；秋风送爽，令人心旷神怡。仰望，一排排整齐划一的古典建筑民居遍布山岗，古屋一律青砖砌墙，黑瓦盖顶，造型独特。

竹狮、天晴被这壮观的美景吸引，马上选取有利角度，"咔嚓咔嚓"拍个不停。

他们往山上瑶寨走去，拾级而上，这里石板路纵横交错，楼房密密匝匝，浑然一体，下面屋顶多与上面房屋地面等高，输水竹竿顺山势将泉水输往屋舍；灰瓦青砖屋依山而建，形近岗楼，寨墙巍然而立；整寨形态，透出凛凛剽悍之势。

游览了瑶寨集体议事场所、盘王神庙、祈福广场、瑶寨"龙彩图"、太平天国遗迹、明清石棺等景点，他们还参观了瑶族民族服饰、农耕文化、瑶老制、瑶王屋、瑶族传说等文化展示。继续往上跋涉，终于到达千年瑶寨之巅。

放眼望去，周围是喀斯特奇峰拱卫，地形险要，气势恢宏；山寨前是层层相叠的梯田，左边是茂密的森林，右边是陡峭的峡谷，周围群峰连绵，千姿百态。

结束了千年瑶寨的登高望远，他们马上驱车前往油岭村。

油岭这座挂在半山腰上的瑶寨，除了拥有耍歌堂和长鼓舞两个国家级非物质文化遗产项目外，还拥有一个国家级民间歌王和一个省级民间鼓王。

沿着游客中心旁的石板路走去，不远处就是新建的"瑶族舞曲广场"。这个广场是专门为游客表演瑶族各种歌舞的。

在那里，他们遇见了身着瑶族服装的"瑶王"。"瑶王"年逾古稀，脸色红润，头上盘着很大的红色盘巾，象征着高贵地位与尊敬身份。

竹狮、天晴与"瑶王"拍下珍贵的合照后，来到歌舞广场，欣赏心仪已久的耍歌堂表演。

耍歌堂第一个仪式，"游神"大典开始。只听三声土铳炮响开道，由村上最有权威的人，鸣锣率众过街串巷游行。老者后面跟着两三名彪形大汉，双手擎举一株带枝带叶的毛竹，竹枝上吊着玉米包、稻穗、花纸条、彩绸丝带等。幡竹之后是抬神像队伍，继而分别是长鼓队、铜锣队、唢呐队、男歌队、女歌队、小孩队以及扛着长矛大刀、三齿叉、鸟枪等武器的猎队，浩浩荡荡，鼓乐喧天，载歌载舞，周游全排的大街小巷。

游行队伍凡是经过巷口、转弯处，都有人在那里发放糍粑饼果，赐酒犒劳。游行者挂备瑶袋领收这些物品，酒即每人一碗，一饮而尽。歌舞队跳着刚健粗犷的长鼓舞，龙腾虎跃，非常壮观。"当当、呜呜、嘟嘟、嗡嗡、乒乓"的鼓角之声，此起彼伏响彻群山，瑶寨一片欢腾，人们沉浸在欢歌曼舞之中。

"游神"结束，人们来到"歌堂坪"，进行"讴歌跳舞"。

姑娘身穿盛装，颈系银圈，头盘野薏米串的珠子，姗姗而来，排列在歌坪上方。随后，瑶族青年男子三五成群，头缠红布头巾，高插白雉翎，身穿盛装，腰挂长鼓，呼哨而来，向着姑娘们跳起粗犷、刚健的长鼓舞，边舞边唱。他们先从催情歌唱起，然后唱盘问歌，继而唱初交歌、深交歌。姑娘们与他们互相对歌问答，形象生动的比拟、幽默诙谐的玩笑、生动深刻的警句，穿插其中，妙趣横生。未婚男女倾吐衷肠，借此机会选择佳偶，热闹非常，将演出推向高潮。

话又说回，为对貔貅舞探个究竟，竹狮他们驱车 10 多千米，从连南县迂回到阳山县七拱镇西路村乌石自然村。

西路村是阳山、连山、连南三县的接合部，从村部到乌石自然村，只有一条 4 千米的机耕路，小轿车无法通行。

竹狮叫邓彬将车停在村边，在车上等候，他背着采访器材、茶水，与天晴深一脚浅一脚，向乌石自然村进发。经过近 40 分钟的跋涉，终于到达乌石村。

在村口，天晴拿出纸巾递给竹狮："擦擦汗吧，不然会感冒的。"竹狮心头顿时一热，对天晴说："你也是。"

乌石村坐落在乌石冲尽头的山丘上，是一个三面环山的小山村。经打听，全村人韦姓，他们找到村长，向他了解山狮在该村的活动情况。

韦村长年近七十，中等身材，脸色红润，身体硬朗。

听到竹狮是从省城珠州来的，韦村长多了几分亲切。

"韦村长，你们有没有开展狮舞活动？一般什么时候开展呢？"天晴向村长了解。

"有活动，主要是逢年过节，村中大小喜庆，或者政府举行大会，或其他地方邀请去，我们都派狮队参加。"

"主要表演什么狮艺？"

"主要舞貔貅。由于我们是从西桂迁徙过来的，所以也舞壮狮，这是老祖宗留下的文化遗产，不能丢。"

"能不能带我们去看看那些表演道具？"

"没问题。"接着，韦村长带他们来到村门楼侧的一个偏间，里面放着两个表演道具，一个是壮狮，一个是貔貅。

只见那个貔貅头，比山狮矮、小，头部无角，牙齿及耳朵都是画上去的，眼睛黑而大，额头及头顶突出一个半球形小脑袋，用黄、红作底色，用黑、蓝色画出一个似小孩的头像，背部似穿山甲状，红色底上画出穿山甲的片状鳞，下部写上"庐江堂"字样，但狮被已转换成现代南狮的被子。

"可否让我们见识一下貔貅这种狮艺？"竹狮好奇请教。

"可以。"说着，韦村长马上拿起貔貅头，边说唱边舞动，舞法、锣鼓旋律与灵羊的山狮舞完全不同。

"这种貔貅舞是哪里传入的？在阳山，还有哪里舞貔貅？"

"哪里传入不太清楚，但在我们家族传承了二十几代。至于还有什么地方舞貔貅，我也不大清楚。"

这时，天色渐渐暗下来，虽然接近中秋，进入枯水期，但今年的气候有些反常，天空突然乌云密布，一阵阵狂风吹来，刮得小树东倒西歪，树叶夹着尘埃，纷纷落下又被卷起；民居中的窗门、大门被吹得噼噼啪啪响个不停，一场狂风暴雨不可避免袭来了。

才一会儿，豆大的雨滴随风迎面砸来，村长只得带着竹狮、天晴回家避雨。

这场狂风暴雨持续了一个小时，哗啦啦下着，没有停的迹象，竹狮心里忐忑不安，他担心这场倾盆大雨会引发山洪暴发、道路浸淹、坍塌等自然灾害。

果然不出所料，一个浑身湿透的村民，冒雨来到村长家里，说通往外界唯一的道路出现坍塌，巨大的泥石流将道路吞没，人们无法进出。听到这个消息，竹狮马上打电话给邓彬，叫他利用雨势减弱的间隙，尝试开动遥控飞机，查看道路坍塌情况。不久，邓彬打电话回复，说道路塌方有50多米长，就算是当地人也不敢贸然冒险横跨，建议竹狮、天晴留在村里，待明天雨停后再作打算。

竹狮告诉邓彬，将车开到圩镇，找地方住下，明天早上7点前赶回乌石自然村。无奈之下，竹狮、天晴接受了韦村长的挽留。

韦村长有两个儿子，已成家立室，都外出打工了，各自留下一双儿女，由村长夫妇照顾。

晚饭菜式不多，但颇有特色，蒸腊鸡、蒸熏猪肉，还有两个自种的时蔬。竹狮吃了两碗饭，连平时节食的天晴，也吃了一碗多一点。

吃完饭，冲完凉，由于没有衣服替换，竹狮、天晴总觉得浑身不自在。

乡村夜生活少，大家都习惯早睡。9点多钟，大雨大风虽然停了，但微风细雨还在。竹狮、天晴被安排在外屋的两间小平房里住。

该平房是村长平时用来招呼亲戚朋友住的，虽有被铺，但相对陈旧，还有一种难闻的发霉味。竹狮领天晴进入平房，刚打开一盏15瓦的白炽灯，几只蟑螂、蜘蛛四散奔逃，吓得天晴"啊"的一声，马上扑上前，紧紧搂住竹狮，嘴里忍不住说："表哥，我害怕！"

别看天晴平时面对镜头滔滔不绝，挥洒自如，做事稳重、淡定，可遇到这些"小动物"，她反而胆怯。竹狮先打开窗户，让空气流通，然后点燃一圈蚊香。天晴摊开被子，拿出消毒香水稍稍喷了一下，然后和衣斜靠在床上，竹狮帮她拉上被子盖着。

"天晴，表哥对不起你！"竹狮说完，拿一张椅子放在床边，坐下。此时的竹狮，内疚了，要是天晴有个闪失，自己怎么面对舅舅、舅母啊！

"怎么可以这样说呢表哥？天有不测之风云，或者这是天意呢！"天晴说完，深情地看着竹狮，眼里充满柔情。

其实，竹狮早就知道天晴的心思，但是，他对男女之情已经麻木。尤其，在这种特殊环境，他想的只是自己的责任和担当，不是儿女情长。

"当初不同意你来，就是害怕这种情况出现。"

"有表哥在身边陪伴，我什么都不怕。"刚说完，突然一阵风刮过，把窗门吹得"啪啪"直响，竹狮、天晴都吓了一跳！天晴马上靠过来，双手紧紧抓住竹狮，恳求他靠上来。万般无奈，竹狮唯有和衣斜靠在床上，让天晴依偎在身旁。

天晴的想法与竹狮不同，能与竹狮近距离接触，机会难得。对竹狮的品行，她不但一百个放心，私底下还觉得他有点木讷……但刚才的响声，令人毛骨悚然，她早已将奢望抛到九霄云外……竹狮的心情比较沉重，如果让天晴一个人在陌生的平房里睡觉，她肯定害怕，自己也不放心；而与天晴同处一室，虽然是表兄妹，但毕竟人家是未婚少女，他"鸭梨山大"，进退两难。

不知是太累了还是觉得竹狮在身边，或者两者兼有之，天晴同竹狮聊了一会儿，慢慢睡着了，竹狮的心情逐渐放松。突然，天晴轻叹一声，随后辗转反侧，面向竹狮，过了一会儿，醒了，她用手揉揉眼睛。

"表哥，您睡一会儿吧，好吗？"

见竹狮不置可否，天晴又说："我们明天还要工作，不睡不行啊！"

"不要担心，我一个大男人，明天在车上可以睡的，你睡吧。"

不知不觉，竹狮的眼皮也打起架来，但他仍然不敢睡觉，害怕那些蜘蛛、蟑螂、老鼠来骚扰。还有，虽然接近中秋，山村仍有蚊子，蚊香都不大管用，他担心蚊子叮天晴光滑的脸庞。

过了很久，竹狮看看手机，时间已到凌晨5点，他实在太困了，于是设定6点半的手机闹钟，争取早上7点半与邓彬汇合。不久，他迷迷糊糊睡了一会儿。

早上6点半，闹钟响了。天晴一醒来，发现竹狮的眼睛布满血丝，就知道他基本没睡。她觉得，在这种情况下，竹狮以兄长身份来宠爱她、保护她，非常难得！她感谢上苍赐给她一个好表哥。想到这，她顾不及那么多，也不管竹狮是否愿意，把头埋在竹狮的怀里，尽情享受这难得的温馨。

竹狮、天晴走出平房，只见天上雨云密布，山上雨雾缭绕，雨后的山风吹来，令人感到有点寒冷。

在韦村长家里吃过早餐后，竹狮、天晴与他道别。

"韦村长，谢谢您的盛情款待。"竹狮说完，将200元钱交给韦村长。村长不肯收下，他说："能在我这个闭塞的小山村与你们大城市的人相识，共同切磋技艺，是我有生以来的第一次，也是我三生修来的福分啊！"无论竹狮态度如何坚决，村长就是不肯收下。

面对善良又真诚的山里人，竹狮唯有将韦村长的恩情铭记于心。

两位年过半百的大叔在门口等候，他们是受韦村长的委托，护送竹狮、天晴跨越昨晚道路发生大塌方那个路段的。

竹狮虽然对那个塌方的危险性有了心理准备，但来到现场，仍然被那里的险峻吓了一跳。昨晚那场暴风骤雨太厉害了，造成山体大面积滑坡、坍塌，50多米的山路不见踪影，树枝横七竖八，不时有泥水夹杂石块从高处滚下。

竹狮镇定自若，淡定从容，天晴从没有见过这种危险场面，她胆怯了。竹狮紧紧抓住她冰冷的手，鼓励她："有表哥在，一切不用担心。"天晴点头。

竹狮请一个大叔砍下一条小竹，斩成两段。他和天晴一人一条，当拐杖使用。准备就绪，竹狮挽着天晴，两个大叔一个在上，一个在下，他们小心翼翼，亦爬亦滚，终于到达距离安全地带还有5米多的地方，眼看就快脱离险境，谁知道此时天晴踏上一块松动的石块，脚一闪，整个人跌倒在浮泥上，随时有滑下去的危险，竹狮马上丢掉"拐杖"，蹲下，双手紧紧拽住天晴的两个肩胛，双脚死死插入泥石中，两人才停止下滑。两位大叔迅速紧靠过来，一起扶起天晴，搀扶她迅速跨过险象环生的泥石流，竹狮跟上，终于到达西路村，与邓彬汇合。

竹狮、天晴换上干净的衣服后，与两位大叔道别。分别之际，四双手紧紧握在一起，道不尽感激之情。在声声祝福中，竹狮他们离开了一生都难忘的乌石村，踏上归途。

他们一路兼程，在乡道行了半小时后，进入二广高速，一小时后从燕都路段进入灵羊路段。

灵羊路段大部分道路从半山穿过，高架桥多，它像一条飘荡在半空的彩带，蜿蜒伸向远方；沿途美景美不胜收，一闪而过，竹狮、天晴心情舒畅，他们都陶醉在一种飘逸的意境中。

刚转过一个山坳，穿过隧道，邓彬发现仪表台上的胎压指示灯异常，来不及细看，车尾瞬间向右倾斜，在这千钧一发的时刻，邓彬稳稳抓住方向盘，下意识来了个急刹车，并将车辆向右靠拢。"嘭"的一声，巨大的惯性令车上的人极速向前飞出。

邓彬由于有防备，没有什么闪失，竹狮由于系上安全带，在飞出的一刹那被牢牢扣住，迅速反弹，眼镜脱落，与挡风玻璃相碰，镜片粉碎，他感到眼冒金星，鲜血沿着眼角流下来，胸脯被安全带勒到一阵灼痛！坐在后排的天晴，她的头重重撞在前面的座椅背上，惯性令她双脚向前一窜，插入前排座椅下，上身向前冲出，"哎呀……唷"的一声惨叫，天晴的双脚被前排座椅下的铁圈狠狠一刮，鲜血马上染红了袜子。

邓彬将车开到应急车道停下，打开危险信号灯，又到后面架起三角红色警示牌，竹狮拉开尾厢拿出急救药包，替天晴止血、清理伤口、消毒、包扎，然后打电话给李莉莎，叫她派公司 4S 店经理孙荣火速开车赶来接他们去医院。

半个小时不到，孙荣赶到，竹狮马上抱起天晴，转入孙荣那辆车的后排座，让她平躺着，头垫着头枕。他将副驾驶座椅挪前，自己蹲着，紧紧握着天晴的手，不断给她打气："天晴，就快到医院了，不必担心。"天晴反过来安慰竹狮："表哥，不用太担心，估计我的脚只是皮外伤，问题应该不大，刚才只吓了一跳，心有余悸。"

她看到竹狮眼角还在沁血丝，关心地问："表哥，您眼角还在沁血，疼吗？"

"我皮外伤，无事的。"

车辆飞驰，很快赶到灵羊县人民医院，当班医生对天晴的双脚进行了详细检查，初步诊断为皮外伤，没有骨折。为慎重起见，处理完伤口后，医生对天晴全身进行了 X 光透视、CT 扫描，均没有发现问题。医生说观察一个小时，如果没有什么大碍，就可以离开了。听医生这么说，竹狮这才松了一口气。

一个小时后，看天晴没有什么大碍，竹狮他们连夜赶回珠州，结束这次粤、桂、湘边区山狮田野调查。

几天后，天晴将整理好的视频和图片通过微信发给竹狮，竹狮将两次山狮调查写出的十几篇采访札记和一篇调查报告发给天晴，请她修改。

礼拜六晚上，竹狮向天晴发去信息："天晴，今次山狮调查，辛苦你了！"

"哪里话呀！配合表哥做好山狮调研，也是我乐意做的！"

"后悔吗？"

"不会！"天晴脱口而出，没有半点迟疑。

也许，对传统文化矢志不移传承传播的理想追求，将他们的心紧紧连在一起。

竹狮忽然想起一件事："是了，天晴，你记得我们在阳山县七拱镇采访的那个陈如昌师傅吗？"

"记得，特别是他挂在墙上的人生警句'仁者寿'，令我难忘。"

"他前天去世了，脑血栓引起大面积血管堵塞，一代山狮老艺人驾鹤西去，留下世间多少唏嘘……"

"太可惜了！但这给我们一个启示，抢救山狮文化，时不我待，刻不容缓啊！"

第十一章
传承传播模式新颖

　　山狮田野调查的所见所闻，令竹狮、天晴心潮涌动，一种抢救山狮技艺文化的责任感、使命感油然而生。

　　天晴在微信信息里告诉竹狮：

　　"表哥，我有个计划，将你的调查报告写成新闻稿，再配上特约评论员评论，在我们台相关栏目进行报道，敬祈引起领导层的重视，引起全社会的关注！"

　　"好啊天晴，太棒了！"竹狮发给天晴三个强赞、三个成功的表情。

　　天晴根据竹狮的调查报告《抢救山狮文化迫在眉睫》写出新闻稿，向台新闻中心报了题，从粤、桂、湘边区的大视角，从抢救、重振千百年来弥足珍贵的原生态历史文化有利于实现民族复兴的高度，阐述了抢救、挖掘、传承山狮文化的重要性、迫切性和艰巨性：

　　"山狮舞是根植于我省竹乡灵羊县的一种原生态狮舞，从千百年前一路走来，在粤、桂、湘边区广泛流传，清末民初还传播到珠州、禅城等珠江三角洲一带。新中国成立后，山狮技艺更担当了乡村庆祝逢年过节、大小喜庆、集会等活动的欢乐角色，特别是较大的喜庆场面和政府集会，山狮舞必会大显身手。到了 20 世纪六七十年代，山狮文化又一次进入鼎盛时期，据不完全统计，当时整个流派有狮队 3000 多个，参与人数达 16 万之众……

"山狮舞是我省灵羊古山人与恶劣的大自然抗争的产物，体现了'人定胜天'的大无畏精神，表达了人们追求美好生活的强烈愿望，是根植于竹乡灵羊弥足珍贵的原生态历史民俗文化，是南岭山狮的主流。它是灵羊的，也是世界的！遗憾的是，随着改革开放的不断深入，多种娱乐进村入户，加上大部分青壮年外出打工、原有老艺人年事已高淡出表演舞台、年轻人不愿学习等原因，这种讲究团队合作的表演艺术面临失传的困境。从调查所知，整体失传率已达 83.7%，有些地方如我省的四会、连山等市县，西桂省的梧州、柳州等市县，湖湘省的临武、仪章等市县，全部失传。我省的燕都、阳山、连南等县的山狮绝大部分被南狮取代，如果不及时采取抢救措施，一朵艳丽的南国奇葩的埋没已是在所难免！

"为了抢救、重振这个弥足珍贵的原生态山狮舞，灵羊县山狮传承人的后人，利用业余时间开展田野调查，利用有限的资金扶持狮队重新组建，只可惜，势单力薄，难以扭转乾坤。'众人拾柴火焰高'，希望引起各级党政部门、社会各界和有识之士的共鸣……"

特约评论员对这个新闻进行了点评。

新闻在南粤电视台播出后，在全省乃至全国引起反响！看到电视新闻，竹狮异常高兴，感慨万千，他向天晴发去微信信息表示感谢。

"天晴，看到电视新闻，真提气，我代表全体山狮人向你致敬！"

"不必客气！当年，世伯利用与敌人周旋、实行战略转移的空隙，利用春节假期、探亲访友的机会，去哪里就执教到哪里，坚持不懈，对山狮技艺进行传承传播。我相信，为了传统文化的发扬光大，我们会走出一条与先辈不同但一样达到传承传播目的的新模式。"

为了抢救日渐式微的山狮文化，竹狮决定在县城建立以父亲名字命名的山狮技艺纪念馆，一方面将搜集到的山狮道具归类展示，将史料包括视频、图片、文字资料进行整理、归档；另一方面，将它作为粤、桂、湘边区山狮流派的联络中心，加强与各狮队的联系。

在建馆问题上，竹狮和天晴的想法不谋而合。

"表哥，对建立山狮技艺纪念馆，有什么构思没有？"

"已有初步构想，我准备将自己位于县城河边的物业腾出两卡位，作建馆之用。"

"那里旺中带静，铺租不低，会不会……"

"如果按目前市价，两卡位的月租金大约有 4000 元。"

"表哥大手笔啊！"

"目前也只能这样了。过一段时间，找到有合适的地方再搬迁。"

确定之后，竹狮马上请人进行简单装修。两卡位 300 多平方米，计划开辟史料区、陈列区、荣誉区。史料区包括文字、图片等介绍；陈列区包括山狮起源以及发展的实物，新、旧山狮道具等展示；荣誉区悬挂上级主管部门颁发的荣誉奖励，兄弟狮队、社会各界人士送的以及馆属狮队参加表演获得的锦旗、赠品等。三个区集中展示山狮技艺武术文化源远流长的历史。

在参与"暖流行动"时，竹狮向山狮弟子派发了近一万份宣传资料，此后，陆续收到各狮队的回执共 2000 多份，其中属冠鹰执教的狮队 200 多份，其弟子执教的狮队 300 多份。

为了彻底摸清父亲执教狮队的现状，竹狮向各狮队发出通知，先召开螺松山地区（南粤省两市六县）冠鹰先师执教狮队队长会议，时间两天。

深冬，南粤大地虽然不像北方那样大雪纷飞、寒风凛冽，但天气也十分寒冷，人们已穿上棉袄御寒。

那天早上 10 点，193 个狮队共 246 个正副队长、老艺人兴高采烈，从四面八方来到灵羊县城王宫大酒店。这些山狮人年纪最大的已 87 岁，最小也有 66 岁。

灵羊王宫大酒店，是县城最旺的酒店，由于经营得法，价廉物美，味道富有竹乡特色，每天宾客盈门，厅房很多时候需要提前预订才有。

这天，长寿宫大厅正面，悬挂着"冠鹰先师执教狮队队长会议"横幅。

这种由民间召集的会议，是螺松山地区有史以来的第一次，竹狮邀请了县体育局领导以及县武术协会名誉主席、主席参加。

会议以座谈会形式进行。会上，竹狮就狮队寄回资料进行归纳总结的情况进行了通报，从各狮队反映的情况看，山狮技艺生存情况堪忧，部分地区灭失率很高，有些乡镇一个也不剩。

他心情沉重地说："各位世叔伯你们自己看看，在座有哪一位不是白发苍苍的老人？狮队人员构成，严重的青黄不接啊！"

众人面面相觑，摇一摇头，苦笑之余陷入沉思。

最后，竹狮宣布了两项决定：一是筹建"冠鹰山狮技艺武术纪念馆"及"粤桂湘边区山狮联络处"，希望各狮队提供一些旧的道具，用作纪念馆的实物展示；二是举行"首届冠鹰先师执教狮队会演暨螺松山地区山狮武林大会"。

经过半年多的筹备，一个功能齐全的灵羊县冠鹰山狮技艺武术纪念馆宣告落成！这是全国第一家山狮技艺武术纪念馆。它的诞生，对传承传播山狮技艺文化起到很好的促进作用。

对首个山狮技艺武术纪念馆的落成，参加庆典的媒体不遗余力地进行了报道，其中《端砚日报》以"千年山狮今朝复活"为题，详细介绍了这次灵羊县冠鹰山狮技艺武术纪念馆落成庆典的盛况。

深秋的晚上，竹狮坐在公司的天台上遐思。远处，皎洁的月光普洒大地，灰蒙蒙的山峦，被柔和的月色装扮得格外娇美；近处，灵羊护城河悄悄流淌，在灯光的照耀下，不时泛起阵阵亮光。此刻，竹狮的心有点惆怅，有点儿期待……

这时，手机的指示灯突然闪烁，竹狮一看，天晴发微信信息来了：

"表哥，月色诱人，您在干吗呢？"

"发呆。"竹狮发了一个苦笑的表情。

"纪念馆建起来了，还愁什么呢？"

"在构思灵羊山狮以后的发展模式、发展方向。"

"我正想同您探讨这个问题。"

竹狮的初步构思是：将父亲亲自授徒、组建的狮队，通过相关的措施恢复到原有规模、水平；进一步的想法是，与县城学校合作，在学生中成立山狮技艺队，利用傍晚、节假日时间，让学生学习、掌握山狮技艺后，一届传一届，级级相传；走向社会后，这些学生又进一步向社会传承传播。

天晴对竹狮的想法予以肯定："这是一条很好的传承途径啊！"

星期六早上，竹狮、李梓祥，还有一位刚退休了的师兄谢万秋，走进灵海中学。

灵海中学建在县城一座低矮的山上，分三层，教学楼建在中、下两层，上层是一个大操场，这是一所初级中学。

走进校园，一条宽阔的跑道将偌大的操场环绕，篮球场、羽毛球场位列其中；操场边，细叶榕、羊蹄甲、黄花风铃组合一排，形成具有特色的绿化带；教学楼上的警句分外夺目。

在校长办公室，欧东奇校长等学校班子成员已经就座，等待竹狮一行人的到来。

对山狮进校园，灵海中学十分重视，学校班子专门召开会议，研究部署相关工作，成立了以校长为组长的领导小组。

大家打过招呼后，马上进入今天研究的主题。

"竹狮董事长，对你们山狮纪念馆派出专人到我们学校传承传统文化，我们表示衷心感谢！"欧东奇开心见诚。

"不必客气，这是我们应该做的。当然，对贵校高度重视传统文化进校园，我们深表敬意！"同知识分子交谈，竹狮的开场白有点文绉绉。

体育老师邱文华、王妙芬，一男一女，都是年轻人，两人详细通报了发动学生组建山狮技艺武术队的进展情况。

李梓祥、谢万秋两位师傅，就传授技艺方面与两位体育教师交换了意见。

最后，大家统一意见，狮队名称叫"灵羊县灵海中学山狮技艺队"。

竹狮表态，狮队所有表演道具，包括锣、鼓、镲、狮子、"大小面"、队旗、队员服装等，价值3万多元，由他们山狮技艺武术纪念馆免费提供。夏天训练，还可以酌情解决队员饮料等开支。

狮队成立那天，县教育局、体育局等相关部门主要领导都到场助兴。不久，传统文化进校园在全县迅速铺开，灵羊电视台制作的新闻被南粤电视台新闻节目采用，在全省引起良好反映。

竹狮与李梓祥等几位师兄，因势利导，又在各自家乡分别办起山狮技艺训练基地，至此，灵羊县冠鹰山狮技艺武术纪念馆组建后，新建了3个训练基地以及一个全部以在校生为成员的狮队，为以后山狮技艺走出县门、省门、国门打下坚实的基础。

完成了整体布局，该是检验各狮队重组训练后是否落到实处的时候了。

对于举行山狮武林大会，天晴提议："可以尝试邀冠鹰伯伯当年教授过、后来参加了中国人民解放军粤桂湘边纵队的弟子出席。"

"好啊，你说到我心坎上了，站得高就是看得远！"

"这可是螺松山地区山狮流派破天荒第一次的集会，表哥，估计有多少狮队参加？需要的费用多少？"

"大概有100个，需要的费用，包括前期开会，为每个狮队添置一个狮头、队旗（堂号）、30套服装以及当天午餐、来回车费，总费用超 60 万元。"

"资金有困难吗？是否通过冠名方式拉赞助？"

"资金勉强可以解决，不拉赞助，避免不必要的风言风语。"

"好的，到时我会带记者来采访，欢迎吗？"

"傻妹，这叫'民间资金＋传媒推介'的传承传播模式，缺少了传媒还有戏吗？"

天晴扮了个鬼脸，内心欢喜。

年初三，竹狮 6 点起床了。虽然寒冷，但天空晴朗，他吃了蒸好的"白糍"和"油糍"后，特意穿上一套深蓝色西服，系粉红色圆点领带，头发破例打了发胶，虽然这几天忙个不停，睡眠时间少，但人逢喜事精神爽。

7 点左右，他驾车行在马路上，只见街道两旁彩旗飘飘，灯笼悬挂，附近小区不时传来阵阵锣鼓、爆竹声，年味还浓。到达广场，看见自己公司的员工在忙碌，司仪公司的人员、器材陆续就位。

9 点，天晴与她的同事准时出现在冠鹰山狮技艺武术纪念馆门口，竹狮迎上去，逐一握手，不停地说："欢迎，辛苦你们了！"

天晴今天身着粉红色外套，穿一条浅蓝色牛仔裤，头发盘起，用头花网住，脚穿半高跟鞋，显得大方、高贵。大家坐下寒暄几句后，天晴问道："准备就绪了吧？"

"可以了。"竹狮答道。

"有流程表吗？我们需要人手一份。"竹狮交代公司文员将流程表交到天晴手上。

9 点半，竹狮带着天晴他们一起来到城东广场，只见 4000 平方米的广场上彩旗飘飘，上空悬挂的气球随风摆动，舞台上的横幅特别显眼："冠鹰先师执教狮队会演暨螺松山山狮武术大会"。横幅下坐着冠鹰师傅的十几个弟子——中国人民解放军粤桂湘边纵队老指战员，他们佩戴军功章，神采奕奕。这些当年的"小鬼兵"，如今已是白发苍苍的老人，他们为当年粤桂湘边区的解放、红色政权的建立作出了不可磨灭的贡献！

广场左边，100 个狮队已经就位，3 万多观众将广场四周围个水泄不通。

上午 10 点整，大会开始。

竹狮首先上台发言。主题是举办这次盛会的目的意义、遇到的困难问题、解决办法、今后山狮的发展方向等等。

接着是冠鹰弟子同大家分享心情，这位当年的"小鬼兵"、原中国人民解放军粤桂湘边纵队老战士许龙海，这位 87 岁高龄的老人，集游击队、地方部队、中国人民解放军第四野战军、中国人民志愿军战士身份于一身，他心情激动，深情回忆起冠鹰师傅的教诲、音容笑貌、举手投足、师徒并肩战斗的峥嵘岁月。

燕都县山狮队队长，他豪情满怀，向所有山狮技艺武术队发出倡议，将流传千百年的传统文化传承下去！

表演开始，按抽签 1 ～ 99 号顺序进场。首先是 100 个狮队集体亮相，接着进行表演，包括：拜贺（拜门口、入宅）、行路（行进时，经过设置障碍的村庄）、过桥、"爬山"、舞台剧、武功（"八策"套路）、山狮绝技（跳瓦坛、狮子跳楼台、湿毛巾、扁担、雨伞、烟斗等）。

最后一项流程——山狮武术比赛，又一次将会演推向高潮。

参赛人员不分年龄只分类别；比赛形式为对打和散打；内容分套路和绝技，其中套路又以拳、脚、刀、剑、块耙、挑、勾链、策子、棍（单头杠）、凳为主；绝技规定湿毛巾、扁担、雨伞、烟斗四种。比赛规则：对打的，点到即止。

只见两个身穿黄色服装的民间裁判，胸前挂着哨子，分别站在赛场的两边。两位比赛的运动员，迈着矫健步伐进入赛场。向裁判及观众行了抱拳礼后，身穿黑色衣服、气定神闲的中年汉子，抓住一条一米多长的湿毛巾，扎着马步，随时应付来犯之敌；另一个身穿麻灰色衣服、目光炯炯有神的壮年人，手执块耙，身体前倾，大有随时将对方挥斩马下之势。随着主裁判一声哨响，比赛开始。

壮年人大喝一声，操起块耙，从正面袭击，眼看耙尖即将刺入对方身体的一刹那，中年汉子临危不惧，瞬间闪身，迅速避开对方泰山压顶般巨大冲击，趁对方扑空、立足未稳之际，右手用力一抽，将湿毛巾向对方膝关节打去。毛巾是一种日常生活用品，干时轻飘飘，用它擦东西还可以，说它是一种兵器，外行人当然无法理解。其实它是一种软兵器，被水湿润后，威力却大得惊人。

话说壮年人正面袭击扑空后，顿时感觉身后一股冷风袭来，像瀑布的水柱从高处落下，砸在人的身体上，受力的不是表面，而是五脏六腑。他意识到，如果膝关节被打着，轻即粉碎，重即整条腿残废。他将块耙竖起来，用力一压，整个人腾空飞起，避开对方的湿毛巾，人随即落下，与对方对峙。中年汉子打出第一波后，马上将湿毛巾收回，以迅雷不及掩耳之势，再次将毛巾向对方身上砸去，壮年人向下一蹲避开，毛巾将耙齿卷住，壮年人回防，双手紧紧抓住块耙，双方互相拉锯。

见此情景，裁判哨声响了，第一回合，战平。

看到如此真刀真枪的搏击场面，观众屏住呼吸，赛场静悄悄，只有双方兵器的碰撞、搏击声。

第二个回合开始。这次中年汉子主动出击，照旧将湿毛巾向对方身上打去，看到对方出的还是旧招，壮年人依旧见招拆招，避开对方，一种蔑视的神情掠过壮年人的眉宇，他正想迂回奔袭，两招之内将对方制服，谁知中年汉子快速将毛巾回收，一个"狮子扑食"，身子向前滚动，瞬间已站在对方的侧面，再次出手，观众还没有弄清楚怎么回事，壮年人就被湿毛巾"五花大绑"，捆个严严实实，动弹不得。此回合胜负不言而喻。

the

第三个回合，壮年人不敢大意轻敌了，他两眼放光盯住对方，密切注意对手动态，严防对手出奇招突袭。由于是最后一个回合，中年汉子也不敢贸然出手，他打的"算盘"是努力争取，力求取胜。但双方对峙几分钟后，中年汉子心态变了，采取了"最好的防守就是进攻"的战术，抱着"失败了大不了决战最后一个回合"的豪气，先向对方发起进攻，正手一抽，反手一砸，都被对手化解。他此刻明白，双方的实力旗鼓相当，谁主动变招，谁就是赢家。于是，他虚晃一枪，即将湿毛巾正面向对方打去，在对方接招之际，他快速靠前，用"无影脚"将对方打趴。果然不出所料，毛巾将块耙缠住时，壮年人以为对方露出了破绽，他自恃力气大，一跺脚，大吼一声，用力将对方拉扯过来，企图趁对方立足未稳，徒手将对方打倒。中年汉子将计就计，顺势直奔对方跟前，松开毛巾，借势一跃，双脚朝着对方双肩踢去，"嘭嘭"两下，对方后退几步。而中年汉子向下一滚，一个"鲤鱼打挺"，一骨碌站起来，仍然保持战斗态势。

在裁判宣布自己胜出后，中年汉子跑到壮年人面前，双手抱拳，谦虚地说："承让了。"

另一场比赛，一个年逾花甲的老者与一个二十几岁的后生仔对决，一局定输赢。

老者叼着一支长30厘米的烟斗，正在吞云吐雾，优哉游哉；后生仔先运气，完后用脚尖一挑，一条扁担乖乖地落在他的肩膀上，并以脖子为中心，不断旋转。稍后，他双手抓住扁担，扎着马步，目光直射对方，像饿狼见到猎物一样，巴不得一口将对方吞下去。

哨声响起，比赛开始。只见后生仔像百米冲刺一样，快速冲向对方，与此同时，抓住扁担拦腰向对方扫去！看此情景，现场观众都为老者捏着一把汗。面对呼呼而来的扁担，老者不慌不忙，用烟斗将扁担向上一托，头往下一缩，扁担从老者头上呼啸而过。后生仔顺势转身，将扁担向老者双脚扫去，老者以半弯腰的姿势从地上

184

跳起，在扁担从脚下划过去的瞬间，他抓住战机，向下一沉，双脚踩住一闪而过的扁担，用尽力气向下猛踩，顿时，担尖与水泥地板摩擦，刮出一串串火星，接着"啪"的一声，扁担从后生仔双手甩出，老者趁对方迟疑的一刹那，将烟斗朝对方脑瓜敲去。随着裁判哨声一响，"姜还是老的辣"，老者赢了。

面对惊魂未定的后生仔，老者上前抱拳行礼："小伙子，咱们后会有期！"

"后会有期！"后生仔败不馁，抱拳还礼。

各狮队十分珍惜这次难得的比赛机会，派出自己的高手，拿出看家本领，互相角逐，比套路，比绝技，一个字：拼！经过四个小时的决战，山狮武林大会决出 12 个类别前三名选手，共 36 人获奖。相关领导、嘉宾和竹狮、天晴、李莉莎为获奖者颁了奖。

会演结束，天晴第一时间向竹狮道贺，祝贺这次活动取得圆满成功。

竹狮握着天晴的手，深情地说："天晴，谢谢你的创意！没有你的献计献策，这次活动肯定逊色不少。"

"为家乡的传统文化传播推介，是我义不容辞的责任！"

临走前，天晴对竹狮说："我们电视台最近在紫云山举行一个大型的户外活动，邀请你们参加，多一次在我们台的王牌节目亮相，效果会更好。"竹狮愉快接受了邀请。

第二天，南粤电视台以"山狮大会演舞动全城"为题，对这次山狮大会演进行了报道：

"南狮你见得多了，山狮你见过没有？今天在山狮之乡灵羊，100 多个山狮队举行了一场别开生面的山狮大会演……"

在天晴极力推荐下，不久，竹狮率所属狮队"群英堂"前去省会城市珠州，为南粤电视台大型公益环保节目《我爱紫云山》助兴。

灵羊县东联镇，是一个有 40 多户、250 人的小村庄，"群英堂"山狮队坐落在这里。

元宵节第二天早上，天还没有完全亮，村里家家户户已灯火通明。今天，他们的狮队将有史以来第一次走出山门，奔赴省城演出。

队长李志强的爱人早早就起来了，她煲好白粥，煎了几只"白糍"，加上葱花，放在餐桌上。

李志强年过半百，中等身材，是"群英堂"队长兼教练。他在村附近办起养猪场，存栏量保持在200多头，平时在家以养猪为生，生活还可以。

吃完早餐，他穿上演出服，来到村文化广场，一辆大巴已停在那里，几个小学生队员一早在那里等候，见李志强出来，大家马上围上来。

"师傅，早上好！"

李志强微笑着回答："大家好！你们吃早餐了吗？要吃饱，等会儿表演要力争做到最好！"

不一会儿，一个年逾古稀的老人走出来，他叫李正雄，是狮队领队，年纪最大。

"正雄叔，早上好！第一次去省城演出，很开心吧？"

李正雄哈哈笑了："还真是，想着演出，我昨晚睡不着，接近天亮，才迷迷糊糊睡了一会儿。"

"这可是我们狮队首次赴省城演出，叫'大姑娘坐花轿，头一回'呢！"

正说着，队员们陆续从家里赶来，村里其他男女老少也一起集中到广场，欢送自己的狮队出征，期望狮队旗开得胜，载誉归来。

李志强拿出花名册，开始清点人数，42人，到齐；再检查演出道具，齐全。看大家精神抖擞，神采奕奕，李志强大手一挥，队员有序上车。

6点整，大巴载着他们出发，经县城，进入二广高速、北环高速；8点，车辆到达省城紫云山索道广场附近的停车场。

竹狮、天晴、李莉莎先行到达，在停车场等候狮队的到来。

竹狮向队员们介绍了这次狮队能到省城表演的有功之臣天晴，大家对她的鼎力支持，表示衷心感谢。

整装待发，狮队在堂旗的引领下，敲响行路锣，浩浩荡荡向着索道广场开去。

表演广场上，原本只有稀稀疏疏的人在观看，看到一支从来没有见过的狮队到来，游客从四面八方涌来，一下子将表演广场围个水泄不通。

这次活动，电视台安排的狮队表演时间为20分钟，根据这个时间，来表演之前，李志强对表演内容进行浓缩，按照亮相、狮艺、武术"八策"套路三部分反复排练。

轮到狮队上场，42人分两行，在"芋笠"狮子引领下，两个大汉双手抓住"降狮棍"，两个大块头手执藤碟策子紧紧跟随，威风凛凛！"大小面"、六头狮子、锣鼓队、旌旗队殿后，沿着舞台绕了一圈。看到从没有见过的舞狮场面，现场观众纷纷用摄像机、手机留下这难忘的画面。

还来不及细细品味，两个狮子先表演狮艺，包括拜门口、跳瓦坛，诙谐风趣的表演、惊险刺激的动作，让现场观众大饱眼福，引来观众热烈的掌声。

山狮武术"八策"套路，无论是单人单器械、单人双器械表演，还是双人单器械、双人双器械对打，动作有力、逼真，令现场观众叹为观止！

记者采访了两个参加表演的师傅后，转而采访竹狮。

记者："竹狮师傅，刚才你们狮队使用的是什么器械？又是什么套路？"

竹狮："刚才使用的器械有块耙、挑、勾链、刀、藤碟、棍、毛巾等，属于三招之内克敌、近攻型的武术绝技！"

竹狮的回答简洁明了，采访一次性完成，得到记者的认可。

第二天，南粤电视台报道了这次山狮进城表演的盛况。

天晴发来微信信息："表哥，您这次带领狮队第一次走出山门，亮相省会，一个新的起点啊！"

"还是你厉害，策划高手！山狮第二次在省权威电视媒体播出，你功不可没！"竹狮抑制不住内心的激动。

"社会有什么反应？"

"你们台播出的旁白'有研究认为，山狮是南狮的开山鼻祖'，是第一次向社会提出这个观点，反响良好！"

说完，竹狮又讲到离开现场前发生的一件事："紫云山表演结束后，附近的一间大酒店以一场 8000 元的价钱邀请狮队前去表演，基于安保等理由，我婉拒了，但从中看出传统历史文化对城市人的吸引力还是蛮大的！"

"其他县市有没有什么反应？"

"新闻播出后，在全省电视观众中引起关注，清远市部分山狮队派出代表，前来我纪念馆'认祖归宗'。"竹狮欣喜回答。

"好事啊！恭喜！"刚说完，天晴忽然降低声调问竹狮，"表哥，我们正在探索的'民间资金＋传媒推介'的传承传播模式，估计我的传媒推介没有太大问题，您的民间资金有没有难度啊？"

"难度肯定不少，当初已经有心理准备。到目前为止，已经花去 160 多万元。不过，有钱就多办，没钱就少办或暂停，不会有太大压力，不用担心。"

"下一步我们的目标是央视，它的七频道有一个专门介绍历史文化的《乡土》栏目，我通过有关渠道向这个栏目推介了灵羊山狮，如果能登上，那是喜事啊！"天晴信心满满又充满期待。

"期待！"竹狮用一个"V"手势胜利表情回答。

第十二章
历史渊源风口浪尖

　　天晴在南粤电视台王牌节目，对灵羊山狮的起源、架构、历史沿革、传承传播、目前困境等进行了报道，并将竹狮经过多年研究得出的"山狮是南狮的开山鼻祖"观点提出来。此事在社会上引起很大反映，尤其在粤、桂、湘边区，人们的关注度更高，不少狮队组织人员来到灵羊"寻根问祖""认祖归宗"，认为"芋笠"狮子起源久远，真实可信，历史沿革清晰，与祖祖辈辈口传相同，确是他们的"祖师爷"！此事也在政府、学术机构、社会中引起轩然大波。

　　苏晓妮，既是天晴的大学同学，又是老乡，头发经常染成棕褐色，卷曲，好像"原子弹爆炸"式，脸近似椭圆形，下巴稍尖，是个尖酸刻薄、"不得理也不饶人"的人。看过电视报道后，她第一时间向灵羊县文广新局副局长谢昌仪发去信息："谢大局长，昨天有没有看南粤电视台关于山狮的报道？"

　　"有呀，有什么问题？"

　　"两个问题，一个是关于山狮起源是'芋笠'狮子，与原来政府定性的'客家狮'大相径庭；二是名称，原来是'舞山狮'，现在叫什么'山狮舞'，政府定性的东西民间怎么可以乱叫一通？你们政府的权威在哪呢！"

听苏晓妮这么一说，谢昌仪为慎重起见，马上打开电脑，搜索到昨天晚上南粤电视台的新闻进行回放，的确如苏晓妮所说。看完电视，他将情况向局长汇报，局长叫他先向提供情况的竹狮了解一下。

谢昌仪马上电话联系了竹狮，并亲自到竹狮的公司探个究竟。

谢昌仪，年过半百，中等身材，头微秃，略显福态，是一个谨慎有余，安于现状，不求有功，但求无过的人。

"谢局，什么风把您老吹来了呀？"竹狮走出门口，握着谢副局长的手，把他迎进会客厅，吩咐文员沏上茶。

"竹狮贤弟，不瞒您说，南粤电视台播出的关于灵羊山狮的相关情况与我们政府做出的定性有异，原因您知道吗？"

"您指哪方面呢？"

谢昌仪将相关情况和盘托出。

"这个我知道。关于山狮的起源，我们根据家族世代口耳相传和经过到粤、桂、湘边区了解知道，山狮的起源就是'芋笠'，是灵羊古山民为生存与华南虎搏斗的产物。至于名称嘛，见仁见智，'舞山狮'与'山狮舞'，虽然字一样，但排列顺序不同，一个是动词，一个是名词，'舞山狮'用作口语还可以，如果用一个动词冠名两千多年的传统历史文化，有点牵强了吧？"竹狮一口气说完。

"你们了解了多少个狮队？多少艺人？"

"差不多100个狮队，500多个艺人，他们都说山狮的始祖是'芋笠'狮子。"

"那你们当初了解了多少个狮队？是根据什么来确定山狮的起源是客家狮？"竹狮反问。

"当初搞山狮调查及申遗时，由县体育局负责，后来上级认为山狮技艺属舞蹈类，县里才将此项工作划归文广新局，移交资料时，也没有详细询问清楚。至于具体内情如何，我真的不大了解。"

谢昌仪回到局里后，马上将情况向局长汇报，局长交代他亲自去当初那个狮队重新了解，他不敢怠慢，先电话联系这个提供史料的狮队队长。经过了解，他大吃一惊。原来，当年下乡搞调查的人为了找到山狮有一百年历史的佐证，就按查找"族谱"记载的思路进行，一直没有找到，只能按照该狮队的族人是嘉应州迁徙而来的事实来定夺，加上该狮队的狮头不是在本地买的，而是到禅城买的，买的刚好是客家狮头，调研的人不明就里，只根据一个狮队的情况，就认定了灵羊山狮起源于客家狮的事实。其实，稍有常识的人都知道，如果灵羊山狮起源于客家族群，客家狮早已由嘉应州等地向省申遗了，还轮得到一个小小的灵羊吗？鉴于情况特殊，牵涉面广，谢昌仪与局长经过慎重考虑，决定采取冷处理的手法，暂时放一放，不做任何回应。

一个星期过去了，苏晓妮见没有什么反应，迫不及待打电话给谢昌仪："谢局，那件事怎么回事？"

"苏记者，那件事正在调查，暂时没有什么权威信息发布，抱歉！"

没有从谢昌仪那儿挖到料，苏晓妮作为公众号大Ｖ，在她的公众号上发表了一篇煽动性文章，说是一个动机不良的人，弄虚作假，歪曲事实，向电视台记者提供不实史料，为的只是制造效应，想出名，如此云云……一时间，社会上议论纷纷，特别有一家本地房地产公司，与竹狮的诗裕灵羊房地产有限公司有过不愉快的交集，其董事长曾广凡一直与竹狮有隙，他与苏晓妮还是远房亲戚呢，所以，他利用苏晓妮散布的谣言大做文章，企图诋毁竹狮的人格，从而达到在商场取胜的目的。

针对这种情况，竹狮觉得，有必要澄清一下。他将田野调查的史料形成文稿，给县主管领导和相关职能部门送去。至于社会上的议论，他觉得，清者自清，由他们去说吧。而在珠州，苏晓妮在朋友圈不断散布消息，说天晴收受了竹狮的利益，置事实于不顾，将山狮这种传统文化搞得一团糟，令天晴十分困惑，好在天晴做乡村调查时掌握了大量原始材料，包括视频、文字记录等，令她以及电视台新闻中心领导泰然处之。

一计未成，又生一计。那天，苏晓妮与曾广凡进行了一次语音对话：

"大表哥，有没有看到我发表在公众号的文章？"

"看到了，竹狮这个人，自恃少年得志，有两滴墨水（文化），自命不凡，敢与政府职能部门唱反调，看他怎样收场！"

"是啊，那天我去电县文广新局谢副局长，指出了竹狮挑战政府权威的恶行，估计政府不会坐视不理，够他受的。"说完，苏晓妮得意地哈哈大笑。

"还有，他们搞什么粤、桂、湘边区山狮会演，说得好听，其实质是为他父亲树碑立传！"电话那头，曾广凡愤愤不平。

"这点大家心知肚明，估计看不惯他的大有人在。"

"同感，我正翘起二郎腿看热闹呢。"

"是了，大表哥，最近有没有竹狮方面的'丑行'？"

"听说，他搞的山狮大会，说是自己全资举办，其实是拉了赞助的；还有前年参加政府举行的'暖流行动'，他在电视上滔滔不绝，说得如何积极，如何献爱心，其实他'醉翁之意不在酒'，纯粹为了自己！"

"怎样为了自己？"苏晓妮那边嗅到了腥味，马上来了精神。

"他参加'暖流行动'时，私自在政府宣传单张上夹带了自己公司的广告！"

"属实？有证据吗？"

"我当面问过他们公司的副总，他亲口承认的！"

"那就有文章可做了，我会让他吃不了兜着走！"

"好啊表妹，在对待竹狮的问题上，我们是高度一致的。"

"我知道怎样做了，表哥。"

"是了表妹，什么时候回来？表哥为你接风洗尘。"

"春节我回来，到时拜访您。"

和曾广凡通完电话，苏晓妮精神大振，她自言自语："天晴啊天晴，你干吗帮他呢？那就怪不得我这个老同学咯。"苏晓妮在自己的公众号上发表了《这样参加"暖流行动"献爱心要不得——且说灵羊诗裕公司在"暖流行动"宣传单张中私夹公司广告的恶劣行径》一文，并将竹狮当时接受天晴采访的视频一并发出。

这篇文章一出，社会上议论纷纷，特别在灵羊，由于竹狮是一个公众人物，出于多种心态，人们纷纷转发，在社会造成极为恶劣的影响，一些不明真相的人，直接说竹狮"沽名钓誉"，令竹狮蒙上不白之冤。尤其是竹狮的房地产公司，诚信度大打折扣，售楼部由原来的门庭若市变成门可罗雀。

苏晓妮这一招，可谓阴险毒辣，一剑封喉之余还一箭双雕！面对苏晓妮的步步紧逼，令自己公司业绩大幅度下滑，竹狮觉得已经到了"逆水行舟，不进即退"的生死存亡时刻，对他们的肆意侵犯必须予以还击！

正好陈乐君打电话来，竹狮与他就此事进行了商讨。

"老同学，苏晓妮的文章看到了吗？"

"看到了，你有什么良策？"

"我已打电话给当时批准您做法的罗副书记，向他汇报了此事，他说，这种捕风捉影、无中生有的伎俩太不负责任了，不但诋毁您的人格，还令我们县的声誉受损！"

"的确如此。其他倒没什么，关键说我在'暖流行动'中夹带公司宣传单张这一点，影响太大。"

"还有，我也同县府办周副主任沟通了，他也向主管交通、灵羊'暖流行动'的总指挥姜建军副县长汇报了。"

"好啊，君子，好兄弟！"

"好在当时您审慎做事，未雨绸缪，做好请示手续，不然，真的中招了。"

"其实，'暖流行动'中的返乡大军都是外地人，就算夹带我们公司广告，有什么用？不合情理！"

"是啊，这种毫无意义的荒唐举动，傻瓜都不会做。"

"县里的其他领导知道此事吗？"

"大部分知道，他们都认为苏晓妮太不负责任了，县委、县政府已指派县法制局与苏晓妮交涉，估计很快有结果。"

"好事！此事还望兄弟你跟踪到底。"

"好的，老同学！"

灵羊县法制局以法律文书形式，正式去函苏晓妮，指出她的文章严重失实，敦促她马上删除此文，在其公众号上做出解释，消除影响，并向当事人竹狮公开道歉，不然，将采取法律手段维护灵羊县委、县政府的声誉。

苏晓妮收到法律文书后，一时不知所措，知道闯祸了。她经过多番思考觉得，当时，自己只听信别人一面之词，而且此事发生在家乡，惊动了官方，如果不及时处理，后患无穷。

"识时务者为俊杰"，她即按照灵羊县法制局的要求，删除文章，做出解释、承诺，但拒绝向当事人竹狮道歉。竹狮与天晴商量，认为苏晓妮也是被人利用，顾及大家都是灵羊人，以及苏晓妮与天晴的同学关系，从"得饶人处且饶人"角度出发，对苏晓妮不予追究法律责任。

礼拜天，天晴约叶志聪到皇冠假日酒店四楼滋味阁茶叙。

叶志聪，1.78米个头，国字脸，乌黑的头发自然卷曲，一抹浓眉下是清澈明亮的双眼。这个从小在珠州长大的"珠州仔",是天晴传媒大学的同学,目前在省体育局科教宣传与交流处任科长。

皇冠假日酒店,位于商务和购物中心环市东路,它毗邻南粤广播电视台,这个滋味阁风味餐厅,专门提供精美广式点心、各种风格的面食和地方小吃,价廉物美,深受电视台员工的喜爱。

天晴对叶志聪的感情,似兄长又似"红颜知己"。四年大学生活和参加工作后都一直有联系,不知道为什么,双方都没有向对方表白过,一直无法冲破那一层关系。但大家有什么事商量,找的第一个人总是对方。

"天晴,你这次粤、桂、湘边区山狮乡村调查,收获颇丰?"刚坐下,叶志聪凸显对天晴的关心。

"毫不夸张地说:艰辛、惊心动魄!"天晴向叶志聪详细讲述了这次山狮田野调查的所见所闻、趣事、遇到车祸而受伤的过程,但她隐去了因道路坍塌而与竹狮在山里被困一晚的事。叶志聪听完后,用柔和的眼光盯着天晴,关心地问起天晴的伤情,天晴说已无大碍。

谈到收获,天晴说首先对山狮文化有了一个较为全面的了解,其次锻炼了自己的胆识,更重要的是唤起了人们对濒临失传的山狮技艺的重视!其实,天晴心里还有一个最重要的收获,那就是认定了今生今世托付终身的人——竹狮。天晴还谈到了苏晓妮有意歪曲事实的做法。叶志聪安慰天晴不必太介怀,他可以约苏晓妮谈谈,并说如果她不顾同学之情,一意孤行,建议天晴采取法律手段维护自身正当权益。天晴苦笑了一下,轻轻摇头,没有出声,但对叶志聪的关心表示感谢。

刚好有一天,苏晓妮约叶志聪咨询一些体育方面的问题。倾谈完后,叶志聪主动提到灵羊山狮方面的情况。

"妮子,近期有没有与天晴联系?"

"联个鬼，听说黄金周她随人去搞山狮田野调查了，也不知是想博取什么！"

见苏晓妮主动提到山狮，叶志聪马上不失时机说："看你的公众号，怎么对天晴产生那么大的误会？'杀父之仇'吗？"

"那倒不至于。不过，对她的做法，我是有看法的！"苏晓妮面带怒气。

"为什么？"

"当初灵羊县山狮'申遗'时，县体育局、县文广新局先后邀请我参与其中，整个过程我都清楚。今天她天晴这种做法，不但与政府部门唱反调，而且也很不给我这个老同学面子！"

"啊，原来如此。学术争论虽然很正常，但明知道有错，还一味坚持，那就超出了学术争论这个范畴了。"

听叶志聪这么说，苏晓妮面露不悦，盯着叶志聪反问："你啥意思？就算你爱她也不能这样偏袒一方啊！况且……"

"况且什么？"

"况且她未必对你动真心！你没有看到她不顾一切跟着别人去进行所谓的'田野调查'吗！"

对苏晓妮这种恶言相向的人，叶志聪懒得计较，但说到天晴不顾一切跟别人去搞田野调查，他的心掠过一阵阴影。

"听说你们当初对灵羊山狮起源的定性有些偏颇，只对个别狮队了解后就下结论了，有没有这回事？"

"这个关我屁事！我只做'吹鼓手'。"苏晓妮一脸不屑。

过了一会儿，苏晓妮缓缓说道："我们谁都没有错，各为其主嘛！"叶志聪听出了弦外之音，马上扯开话题，结束了这次与苏晓妮的聚会。

这次与苏晓妮的交谈，令叶志聪心里不大舒畅。他与天晴是大学同学，四年的大学生活，令他俩相识到相知，虽然从来没有向天晴表白过，但他对天晴心存好感，心中认定她就是自己的终生所爱。如今听到苏晓妮的弦外之音，加上反观天晴的表现，他明显感到天晴的感情偏向竹狮。

人就是这样，一句不经意的话，往往会起到"四两拨千斤"的作用。

苏晓妮从叶志聪的神态看出端倪，她眼珠子一转，计从心来。

"大表哥大商家，近来可是风生水起？"苏晓妮打电话给曾广凡，开始向他灌迷魂汤。

"还不是一样！"

"听说您的楼盘门庭若市，隔壁那个在'拍苍蝇'呀！"

"一点不假，你说对了，看来表妹你的鬼点子起了很大作用，我就是佩服高学历高智商的人，尤其像你这种女中豪杰。"

他们互相吹捧着，一副小人得志的模样。

"您只说对一半，表哥，我们之所以能战胜他们，关键是强强联手，信息互通及时。"

"这点我双手赞成、认同！"

"表哥，您对这个竹狮的私生活了解吗？"

"这个可真不太了解，他比较检点，声誉还是不错的。不像我，贪得无厌，'有杀错，无放过'。"曾广凡说完，哈哈大笑。

"那他谈过恋爱吗？"

"这个我略知一二，他之前有一个女朋友叫吴曼斐，高中同学，是我们端砚市委常委、常务副市长的'千金'，据说去英国留学了，出国前一脚把竹狮给甩出十万八千里。"曾广凡牙根痒痒，幸灾乐祸。

"哈哈，这个消息绝对超值，我再给他们加一剂猛药，让他们吃不了兜着走，顾得了头顾不了尾，等待我的好消息吧。"

晚上，苏晓妮打电话给叶志聪："聪哥哥，在干吗呢？"

"在赶写一份材料。什么事,小妮子?"

"我有一个大秘密要告诉你,你拿什么谢谢我?"

"你还没有说是什么,我怎么谢谢你?脑子进水了吗?"

"哈哈,也是。"电话那头,苏晓妮自笑了一下,接着说,"据多方考证,那个竹狮的感情生活丰富得很呢!"

"关我什么事?没兴趣。"

"你真是天下第一傻瓜,与你关系大大的有。"

"是什么秘密?"

"那个竹狮,先后谈过两次恋爱,一个叫吴曼斐,一个叫何少溪,每次都让人家给甩了,这种人的品德难道没有问题吗?"

"这个与我一点关系都没有。我在忙,有空再聊。"叶志聪说完,挂断了。

电话那头,苏晓妮心有不甘,自言自语:"这个死猪头,好心着雷劈,以后撞了墙,活该!"

其实,叶志聪听到苏晓妮说这些,心里十分兴奋,他在天晴面前,有文章可做了,只不过在电话里,不想让苏晓妮觉察到而已。

叶志聪利用天晴了解体育局情况之机,巧妙婉转地向她传达了竹狮的恋爱史。

天晴听到后,心里也不是滋味,她感觉到那是真的,一种忧郁涌上心头。

大概过了半个月,竹狮接到结拜兄弟——《珠州晚报》驻禅城记者站采编中心主任成小明的电话:

"老兄,您提出的'山狮是南狮的开山鼻祖'观点在禅城引起很大反映,官方、民间都有讨论。那天我去市文广新局,招局长对您的观点很感兴趣,觉得如果证据链成立,将是一件大喜事!"

"谢谢兄弟的大力宣传、推介!招局长为什么会将山狮提到那么高的角度来思考?"

"您知道吗大哥，南狮口传只有 800 年历史，文字记载只有仅仅 300 多年，如果您的观点论证成功，南狮的历史可追溯到两千多年前的战国时期，与北狮平起平坐、相映生辉啊！"

"原来如此。"

"另外，珠州两所大学专门研究狮艺文化的专家、教授联系过我，希望有机会同您互相交流、共同探讨，让官方机构与民间结缘！"

"好啊兄弟，你为家乡传统文化的宣传推介出了大力！"通话完毕，竹狮马上向天晴发去语音信息，他们俩会心地笑了，笑得灿烂，笑得淡定从容！

为了将苏晓妮争取过来，减少不必要的麻烦，竹狮、天晴经过商量，决定在紫云山别墅，请叶志聪、苏晓妮吃饭。

傍晚，邓彬把天晴、叶志聪、苏晓妮接来了。

叶志聪身穿短袖 T 恤、牛仔裤、运动鞋，配上 1.78 米身高，显得清爽、阳光！苏晓妮稍做打扮、修饰，她穿一套浅蓝色套裙，V 形领口，雪白的颈项配上闪闪发亮的项链，琥珀色心形吊坠下是傲人挺拔的胸脯。不得不说，她是一个天然尤物。

他们到别墅后，竹狮、陈彩玲还在厨房忙着，尹楚倩、邓彬先陪着他们。

半个小时后，一桌灵羊风味的丰盛晚餐开始了。

见到竹狮那一刻，他蕴藏的气势，令叶志聪即刻感到巨大的压力。

苏晓妮见到竹狮，即刻被他的气质迷上。她的眼睛，一直围着竹狮转，丝毫不介意别人的眼光，她是一个敢说敢爱的人。说实在，她羡慕天晴，不，是嫉妒！

此时此刻，叶志聪、苏晓妮都明白了，怪不得天晴会死心塌地跟着竹狮去田野调查，受伤了还当风花雪月啊！

吃完饭，大家聊聊天。或许大家都从小在珠州长大，或许相互之间投缘，叶志聪、尹楚倩两人言谈甚欢。

晚上9点半，大家还有其他事，邓彬送他们回去。作为见面礼，竹狮为他们每人送上一份礼物，都是灵羊、莞城、三江的特产。竹狮真诚地说，在珠州，希望得到他们的帮助。

竹狮的魄力、有情有义、谦逊，令叶志聪、苏晓妮感到动容。天晴觉得，竹狮对自己同学的热情周到，令她面上有光。

第十三章

山狮荣登大雅之堂

九月份，竹狮收到天晴的信息，说她在中央电视台工作的大学老师已派人赴灵羊，拍一部关于山狮技艺的纪录片，请他有所准备。

几天后，竹狮分别接到县委办、县委宣传部的电话，说是央视七频道《乡土》栏目一个摄制组，准备来拍摄山狮题材的内容。几天后，县委办副主任陈乐君、县委宣传部副部长詹作忠，亲自带着摄制组踩点的人，来到竹狮以其先父命名的灵羊县冠鹰山狮技艺武术纪念馆调研，详细询问了山狮的历史起源、流传时间、表演程式、狮舞架构等等。

随后，他们与竹狮、李莉莎一起，一行人到县城附近及竹狮乡下实地勘察选择拍摄地点。

竹狮有意请陈乐君坐自己的车，一是想询问下这次拍摄的情况，另外也想让他与李莉莎多接触，看看能不能"陈李配"。

"莎莎，你下来让我来开车吧，你陪我们的君大主任聊聊天，好吗？"竹狮站在车边，对着已坐在驾驶位置上的李莉莎打招呼。

"君哥，今天我的职责是为您两位'米饭班主'当好司机，改天再陪您好吗？"说完，李莉莎朝陈乐君露出灿烂的笑容。

"谢谢你，莎莎！改天我请你吃女人的美容养颜精品——竹虫，可否赏面？"

"君哥哥那么看得起我，巴不得呢！"说完，李莉莎驾车向目的地驶去。

在车上，陈乐君告诉竹狮，央视今次来灵羊，对山狮"情有独钟"，主要冲着山狮技艺来的。县委、县政府非常重视，成立了以县委常委兼宣传部部长为组长的工作协调小组，希望通过这个纪录片，宣传灵羊浓郁的风土人情、厚重的人文历史。经与摄制组多次协商，好不容易将灵羊武术、竹子、广绿玉、特色美食也列入拍摄内容，希望尽最大努力擦亮灵羊"山狮之乡""武术之乡""竹子之乡""广绿玉之乡"几个金字招牌。

两天的勘察行程结束后，第三天早上，他们一行人向县委常委兼宣传部部长陈梅汇报勘察情况，经讨论，最后确定灵羊县冠鹰山狮武术技艺纪念馆、纪念馆属下红坑镇石更训练基地、附城镇沙口村广场三个地方为拍摄场地，其中附城镇沙口村广场为拍摄主场。

下午，工作组又召开了县委办、县委宣传部、文广新局、公安局、交警大队及相关乡镇等单位负责人参加的联席会议，就人员、车辆、安保等作了周密部署。

拍摄那天，竹狮5点半起床，洗漱完毕，马上打电话给狮队队长，催促他们按时出发。因为狮队在乡下，距县城30多千米，弯多路窄，要一个多小时的车程。在确信狮队能准时到达的情况下，竹狮、陈乐君、李莉莎吃完早餐，8点半赶到沙口拍摄主场。

附城镇沙口村位于绥江河畔，距县城8千米，村口的广场有2000多平方米，由于靠近村庄，土壤肥沃，四周密密麻麻生长的青皮竹特别茂盛，是一个理想的拍摄主场，摄制组感到满意。

那天是星期六，听到消息后，人们从四面八方涌来，拍摄还没有开始，主场已被观众围了个水泄不通，内外三层，起码有七八千人。场内，几十只山狮、南狮相对一字摆开，场面甚为壮观，演员正在忙碌，做演出前最后的准备。

根据导演的安排，首先出场的是竹狮属下的"承志堂"山狮队，表演"狮子过桥""狮子爬山""狮子拜贺"节目。

在广场右边一隅，鲜红的队旗（堂号）下，"承志堂"锣鼓队进入表演前的状态：其中鼓手1人，将独木高音皮鼓放在自己前面的地上，双手执鼓棍，目光向着主持人；敲大钹者1人，双手抓住大钹中间突出来的圆包，颈挂连接两钹的彩带，双钹合一，贴在胸部中间，面朝前方；敲大锣者1人，右手执锣槌，在距离锣面20厘米的空中停住，左手扶着悬挂的大锣，面向大钹；敲混锣者3人，他们一手提着混锣，一手抓锣槌，目光朝下，靠听声音配合跟进。

广场边，站着"大小面"："大头诺"（佛祖）手执大葵扇，弯腰，双手合一；"三仔"（孙悟空）左手搓腰，右手抓住"金箍棒"，不时做出搔痒、放屁等搞笑动作，逗乐观众；"二母"（观音娘娘）腰系围裙，肩荷锄头，不时摆动硕大的屁股；一只暖黄色的山狮昂首趴在地上，目光炯炯，整装待发。

随着主持人的一声令下，表演开始，鼓手抓着鼓槌向上一举，瞬间落下，"嘭"的一声，紧接着，"竹竹厂厂茶厂"的锣鼓交响乐即刻响起，拉开了这次表演的序幕！

只见一只山狮在"大头诺"（佛祖）、"三仔"（孙悟空）引领下，在轻松愉快的锣鼓声中，一顾盼一回头，以"碎步、探步"行走为基本动作，贴着地面，慢慢爬向广场中心，"二母"（观音娘娘）紧跟随后。站成一排后，"大头诺""二母""三仔"齐齐弯腰，双手作揖，山狮跃起、趴下，先拜天地，后拜现场观众。

行礼完毕，他们一行"仙人"受人所邀，前去凡间一户人家拜贺。经过一段山路后，来到一座"桥"和一座"山"前，要通过这里，需要先过"桥"后爬"山"。

这座"桥"，其实是一张长3米、高1米、厚15厘米、凳面宽仅 10 厘米、迂回曲折的长凳子。两个山狮表演者跨上去，表演一些高难度动作而不能跌下来。至于"山"，是由 5 张木凳子相叠而成，最底层两张高 1 米，长 2 米，凳面宽仅 20 厘米；第二层两张凳子高 0.8 米，长 1 米，上面的凳脚夹在下层凳面；第三层凳子长 70 厘米，高 50 厘米，架构与第一、二层一样。狮子怎样克服爬上爬下、顶层表演的风险，观众满是期待。

在桥前，"三仔"孙悟空右手抓住"金箍棒"，单脚着地，左手掌平放在眼眉上方，目光锐利，向前后左右观察一番，少顷，"啸"的一声，腾云驾雾前去探路。"大头诺"佛祖见徒儿出发了，不断点头哈腰，不时用大葵扇扇风，不时弯下腰，将大葵扇放在两只手掌之中，使其不断转动，以此引领山狮上"桥"。山狮时而抬起头，左右观察，时而弯着腰，前后瞄瞄，时而伸出右脚，踢踢"桥"，看是否稳固，在确信安全的情况下，纵身一跃，稳稳地落在 1 米高窄小的"桥"面上，在锣鼓声的引领下，不断变换动作。只见舞狮头者脚踏凳侧面，面向左边，作狮子向桥下观察状，而舞狮尾者脚顶凳面，双手紧紧抱着同伴，面向左面，身体向右倾斜，与狮头保持平衡，持续 10 多秒钟后，借助脚力，迅速回转恢复原状。看到如此惊险的动作，观众发出热烈的掌声！

过了"桥"，又得爬"山"。这次山狮不像过"桥"时那样小心翼翼，而是怒吼一声，借助冲力一跃而起，舞狮头者在第一层凳面上一点，借力跃上第二层，当舞狮尾者跃上第一层后，双手一举，狮头迅速飞上第三层，一气呵成，逗留片刻，狮头向下跳，狮尾跟着，狮头狮尾双双坠落，用双腿将凳子夹住，两人利用内功，狮头同时借助狮尾的举力，怒吼一声，飞身跳上凳面，顺带狮尾跃身，然后双双落下，像钉在地上一样，纹丝不动！观众爆发出雷鸣般的掌声！

历经千辛万苦，一行人终于到达一个"村庄"，入"村"后，

"三仔"不断转动"金箍棒",令人眼花缭乱,"大头诺"在前引领,憨态可掬,"二母"在后,不断摆出令人发笑的动作。

在主人家"门口"(道具),山狮进行拜贺的第一个仪式——"读对联",俗称"拜门口",随着"撑铜撑入……入"的锣鼓声,狮头由高至低,由上而下摆动,认真"读"着。完后,山狮趴下,匍匐向前,经过天井,进入中堂,先拜中墙上的祖先,又沿着四方台"喝茶",取"红包",绕台两圈后,狮头拜着中墙,慢慢后退,直至退出主人家"门口",表演结束。

看完山狮惊险又谐趣的表演,陈乐君、李莉莎禁不住齐声说:"真不简单!"

武术表演开始了。这个南狮武术队,曾参加过多次全国比赛,均取得过不俗成绩,特别是其馆长,是一个大军区武术总教头的嫡系弟子,3次夺得全国双刀、南拳冠军。

表演场上,只见一个身穿白衣服、白鞋的少年,凌空飞起,落地后一字马紧贴地面,然后一跃而起,他的表演,令观众目不暇接。

接着是山狮南狮互相碰撞刷出火花的环节。几十只山狮、南狮一齐冲出来,场面壮观、震撼!"武无第二",那种不屈不挠、勇往直前、争霸赛场的气概,获得了现场观众的赞叹!

"竹老板,山狮与南狮的制作材料相同吗?"李莉莎边递矿泉水给竹狮、陈乐君边问。

"都是用我们灵羊家乡的青皮竹,还有纸、绒花、色球、玻璃镜片作原材料。不同的是狮身,南狮用的是云纱色布,大红大紫,而山狮用的是细花相间的枣红色土布。"

"老同学,山狮与南狮在颜色、形体上有什么不同?"陈乐君也好奇地问。

"山狮分文狮、武狮两种,文狮以黄暖色为主调,武狮以黑色为主,双狮脖子用皱纱布制成狗牙状,狮头比南狮小,没有胡须、舌头和下巴，长独角，狮头上画有远古时代特征的蝌蚪纹，明、清时期特有的草纹、草龙、缠枝图纹。而南狮狮头比山狮大，五官齐全，分文、武狮，文狮又称'刘备狮'，金黄色狮被；武狮又称'张飞狮'和'关公狮'，张飞狮黑色，关公狮红色。山狮的耳朵、眼睛不会转动，整体古朴；南狮会眨眼，摆耳朵，栩栩如生。"

"那两种狮的锣鼓组合相同吗？"陈乐君继续问道。

"整体相同，均是由狮艺、音艺、武艺三部分组成，架构包括狮子队、锣鼓队、武术队、旌旗队，基本一致。山狮有高音鼓、铜锣各一只，中钹一对，混锣2～4只，分为行路锣、拜门锣、舞狮锣、武艺锣四种；南狮大锣大鼓各一只，大钹一对，传统南狮以'七星鼓''三星鼓'为主。"

"原来有那么多学问啊！"陈乐君感叹。

最后是山狮、南狮领队举着狮头进行赛跑。

轮到竹狮出场了，他身穿白色运动衣服，脚穿波士顿运动鞋，双手抓住狮头，钟声一响，与抓狮尾的搭档展开"百米冲线"，将抓南狮的领队甩在后面，南狮选手由于配合不得法，奔跑过程鞋掉了，两人几乎跌倒，引来观众一阵笑声。

最后，两对选手均获得由县委常委、宣传部部长颁发的广绿玉摆件一件。

而另一边场景是：小孩子将竹象鼻拴着，然后放飞；一群男女村民正在分别进行"破篾""削香骨"比赛，前3名的奖品是"大竹笋"。

第二天上午，竹狮、李莉莎陪摄制组到纪念馆属下山狮训练基地，拍摄山狮队参加这次表演前的训练情况。

训练基地在邻近竹狮家乡的石更村，距县城30多千米，这里绿树成荫，几棵百年树龄的大松树、柯木树直上云霄。树下的训练场，是竹狮花了近万元，村民义务投工建成的。

拍摄开始了，先是竹狮向编导介绍了队员的身份：有砍柴的、捉鱼的、卖豆腐的、做木匠的、做泥水的、读书的。编导对他们在工作之余，坚持传承传统文化表示钦佩。随后，竹狮向新队员讲授山狮会狮时的规矩、狮头的舞法等，这些队员从严要求，一丝不苟。

拍摄舞狮头、"大头诺""二母"时，编导向竹狮请教："表演山狮怎么会加入'大小面'的呢？"

竹狮说："这与灵羊人的鬼文化有关。"

"哈哈，莫非你们灵羊人对鬼有独特的解读？"编导来了兴趣。

看编导如此敬业，竹狮向他讲述了灵羊鬼文化的来龙去脉。

听完竹狮详细的讲解，编导觉得有必要亲自上阵过过瘾，体验表演的乐趣，感受表演的艰辛。于是，他分别拿起狮头、"大头诺""二母"，在师傅的指点下来了即兴表演，几个回合下来，已累得满头大汗，上衣都湿透了，大家对编导的敬业给予热烈的掌声，对他的悟性给予很高的评价。

最后，编导还与山狮队员合影留念。

下午回到山狮纪念馆，拍摄了竹狮为传承山狮文化重建狮队、创办山狮纪念馆的心路历程。

两个月后的11月上旬，中央电视台七频道《乡土》栏目以"乐在灵羊"为题，对灵羊山狮的起源、传承传播、当前面临的困境以及以后发展方向等进行了介绍，时间26分钟，灵羊乡情首次亮相中央电视台，通过多种渠道向世界展示了两千多年历史的原生态山狮文化和独特的武术绝技。

在当地，由于《乐在灵羊》片头是同步录音，教练、队员之间的灵羊语音对话，原汁原味呈现在观众面前，灵羊话、灵羊乡情上央视，不管在官方还是民间，都引起极大轰动！灵羊人看过视频后，都感到十分亲切，如痴如醉，并引以为傲！灵羊本土的几个微信公众号分别在不同时间，运用不同标题，反复播发了这个视频，人们通过微信互相转发，据不完全统计，点击量近百万人次。

灵羊本土诗人情不自禁赋诗一首：

> 央视七频大雅堂，山狮献舞享荣光。
> 村民欢乐开心笑，锣鼓喧天喜气扬。
> 抢炮吃青祈富贵，读联拜祖佑安康。
> 千年文化出南粤，共庆和谐兴万邦。

自从中央电视台七频道介绍了灵羊山狮后，十频道又与端砚市委、市政府合作，联合拍摄制作了大型纪录片《端砚古村落》，此片杀青时，该频道监制觉得，这个诞生于山沟里的狮舞，年代久远，原生态，具有厚重的历史价值，于是委派该频道的《探索·发现》栏目，与端砚电视台再次携手，续拍山狮专辑。他们找到竹狮，再次深度合作，经过一年多努力，终于完成了《山狮风云》纪录片。后来，该片参加了来年的中国（珠州）国际纪录片节，获"最佳纪录片"奖。

借着登上央视的契机，竹狮、天晴期望将山狮打入世界级赛事的开幕式。

机会总是眷顾坚持不懈、未雨绸缪的强者。不久，珠州市取得了第16届世界大学生运动会的主办权。

世界大学生运动会素有"小奥运会"之称，由国际大学生体育联合会主办，只限在校大学生和毕业不超过两年的大学生（年龄限制为17～28岁）参加，是世界大型综合性运动会，始办于1959年，其前身为国际大学生运动会，每两年举办一次。

为了实现山狮挺进世界级赛事开幕式的目标，天晴主动向新闻中心提出申请，负责报道这次"世界大运会"的新闻，她的申请得到中心领导的批准。

参加组委会新闻发布会后，她第一时间打电话给竹狮："表哥，'世界大运会'已确定在珠州举行，我好期望我们的山狮队能亮相开幕式！"

"好啊天晴，辛苦你了！"

"为了使愿望实现，我主动向中心领导提出要求负责这届'世界大运会'的新闻报道。"

"领导批准了吗？"

"您说呢？"

"你的口气已泄露秘密了，还用说吗？"

"算您啦！"

"是了，不知道难度如何？"

"其实，我心中也没底，所以想您抽空回一趟珠州，大家商量一下对策。"

"好的。"竹狮不敢怠慢，第二天与李莉莎及司机邓彬从灵羊赶回珠州，马上打电话给新华社南粤分社的大学同学陈刚，请他下班后来紫云别墅相聚，同时还邀请了母校中宇大学研究传统文化的两个知名教授参加，希望得到他们的指点。天晴也约了省体育局的同学叶志聪。

人齐了，大家边吃边聊。吃完饭后，天晴首先打开电脑，说明今晚聚会的目的，介绍山狮进入"世界大运会"开幕的可行性。大家看完视频，各抒己见：

"灵羊山狮技艺是人类战胜恶劣大自然的产物，它历史悠久，文化底蕴深厚，而且有可能是南狮的开山鼻祖，有进入'世界大运会'开幕式的基础。"中宁大学黄教授首先谈了自己的看法。

"估计有几成希望？"天晴面向黄教授。

"我个人认为，不会低于60%。"

"司徒教授，您认为呢？"天晴为两位教授斟茶后微笑发问。

　　"我认为，如果资料做细、做全面，创意新颖，进入开幕式应该没有问题！"司徒教授信心蛮大的。

　　"进入开幕式的机会是有的，但困难肯定不少。如果进入开幕式不行，作为开幕式前的暖场表演，估计组委会和导演组相对容易接受。"叶志聪谈了自己的看法。

　　竹狮在新华社的同学陈刚认为，山狮技艺两次登上央视，本身就是一张名片，从侧面反映出山狮艺术的独特性，以及所蕴含的无形价值。

　　竹狮说："我有个设想，不知道是否可行……"天晴眨眨眼，示意竹狮大胆说出来。

　　"我设想，山狮、南狮同台演出，先展示山狮的历史渊源，然后100只山狮进场，接着100只南狮压阵，通过队列变化，摆出有意境的造型。这个设想不知道是否具有可操作性？"竹狮讲完，面带笑容，等待大家的评判。

　　竹狮的想法，大胆又奇特，大家都认为不妨试试。于是，你一言我一语，不断将计划书完善。

　　李莉莎边听边做记录，根据大家的见解将计划书修正，把电子文档发到各人的手机。

　　最后大家认为，山狮文化历史悠久，表现形式可塑性大，又有"山狮是南狮的开山鼻祖"之说，影响更加广泛、深远，具备进入"世界大运会"开幕式的实力。关键问题是怎样推介，让组委会及导演组知道山狮技艺的潜在价值。

　　为了实现这一目标，大家表态，将多渠道、多形式、不放过任何一个机会，不遗余力向组委会推介。

　　竹狮叫李莉莎拿出笋干、山水腐竹、竹荪等灵羊特产，送给参加今晚聚会的客人。

　　客人走后，天晴对竹狮说："表哥，我认为，要么不去，去就盯着开幕式，暖场就免了，您觉得呢？"

"竹老板，我觉得天晴姐姐说得对，我们的山狮都上央视啦，还留恋这个暖场干什么？没劲！"李莉莎附和道。

"英雄所见略同！"竹狮笑笑，以赞赏的眼光看着眼前两位"山狮女将"。

第二天，天晴、竹狮、李莉莎出现在"世界大运会"组委会办公室。

"您好！有什么可以帮到你们几位？"办公室的文员热情而有礼貌。

"我是南粤电视台的记者，这两位是灵羊县的山狮技艺传承人，前来组委会提交计划书、图片、相关视频资料。"

"好啊，欢迎！麻烦你们先填个表，将资料放下就可以了。"

李莉莎填好表后，文员马上打印出来，一式两份，李莉莎签了名，文员将另一份交给李莉莎，作回执用。

这时，天晴接到叶志聪打来的电话，说费了一番周折，找到了这次"世界大运会"开幕式总导演的助理，问是否接触一下。

听到此消息，他们马上赶去省体育局，当面向导演助理提出了山狮、南狮进入"世界大运会"开幕式的请求，助理说乐意向导演推荐。

午饭后，竹狮带着天晴、李莉莎前去拜访徐老爷子。

"狮仔，什么风又把你吹来了？哈哈……"徐老爷子第一次见竹狮带女孩子来，声音洪亮，笑容满面。

"徐爷爷好！"天晴、李莉莎一齐向老前辈问候。

"这两位是？"老爷子面向竹狮问。

"她们两位都是灵羊人，山狮艺人的后代，一个叫天晴，是南粤电视台的记者，一个叫李莉莎，是我公司的副总经理。"

"老爷子，打扰您老人家了！这是家乡的土特产，小小意思，

211

不成敬意。"李莉莎说完，将特产送上。

"干吗那么客气呢？"

"一点心意而已，希望您不要介意。"

"怎么会，你们这些年轻人来坐坐，已令我开心极了。"说完，他转向竹狮，"狮仔，你三江市那个地盘开发得怎么样？"

"正在策划论证中。"

"其他生意还可以吧？"

"勉强可以。"

"前一段时间，我在中央电视台看到你们狮队表演，从头到尾看了，挺过瘾的，而且叫他们录下来，有空拿出来看看。"

"我们山狮技艺能登上央视，与天晴的穿针引线有很大关系，她是有功之臣。"

"原来这样，传承传播传统文化，功在千秋啊。"

"谢谢老爷爷夸奖！"天晴有点不好意思。

"狮仔，看阵势，这次来，肯定有什么工作任务吧。"徐老爷子亲切询问。

竹狮顺水推舟，马上将这次来拜访他的目的说了。

对灵羊的山狮和武术绝技，徐匡吉是很有感情的。当年，他们支队曾利用舞山狮宣传革命道理，传递情报；利用山狮拜贺作掩护，智取敌粮仓，将上万斤粮食运回革命根据地，既确保了部队吃饭问题，又帮根据地人民度过粮荒；纵队的"小鬼兵"身怀山狮武术绝技，打得敌人闻风丧胆！1945年11月，他们纵队第一次组织粤、桂、湘边区山狮武林大会。可以说，部队与山狮、山狮武术密不可分。

老爷子对山狮技艺的感情，大家来前分析过。

"我们初步拟订了一份可行性计划，请老爷子指点。"竹狮把纸质材料、电子文档递上。

徐老爷子严肃认真地说，开幕式节目的挑选，有严格的进入程序、筛选标准，要方方面面认可才行，不是靠关系就可以进入的，希望竹狮他们明白。但他表示尽全力推介，促成此事。

竹狮他们走后，徐匡吉打电话给贾少安：

"小贾，很忙吧？"

"老爷子，您好啊！听到您的声音，作为晚辈的我，受宠若惊啊！"

"有一件事，不知当讲不当讲……"徐匡吉欲言又止。

"老爷子，这不像您的作风啊！"

"是这样的，对灵羊县山狮技艺，我是很有感情的。今天竹狮他们找到我，希望山狮技艺能在世界大学生运动会开幕式上亮亮相，这可难为我了，所以找你贾大秘'解困'来了。"

"老爷子，推介我们中华民族优秀的传统文化，人人有责，灵羊山狮文化具有两千多年的历史，最近又登上央视，它不单是灵羊的事，也不是竹狮自己的事，而是我们南粤乃至中华民族的事。从这个角度来说，我还是认为完全值得推介的。这样吧，您先叫他们按程序申报，我适当时候向组委会重点推介。"

"好啊，那我老爷子就有劳你小贾了。"

傍晚，天晴带竹狮他们来到东风中路一间叫"竹之缘"的饭店，这是灵羊人开的，正宗家乡风味。

楼面经理介绍，这里所有的食材都是家乡灵羊出产的，包括猪、鸡、鸭、鹅、稻米、米粉、云吞、水饺等。他说："高速、高铁都通了，灵羊已进入省城一小时生活圈，像大芥菜、云吞、水饺等，都是今天通过班车托运过来的！"

"好啊！"竹狮笑着竖起大拇指。

李莉莎点了炆土猪肉、蒸土鸡、炆大芥菜三个菜，再加一个灵羊肠粉、一窝红薯粥。不一会儿，叶志聪按原来约定，也来到饭店。

"想不到在省会城市繁华地段，竟然有一间家乡风味的饭馆。"李莉莎有点意外。

"现在城乡差别逐渐缩小，以后我们也会像发达国家一样，城市人向往乡村、乡下人向城市靠拢将成为一种常态。"天晴也是有感而发。

"老乡，你是灵羊哪里的？"竹狮亲切地问楼面经理。

"北苑镇的，你呢？"

"我也是北苑的，现住在县城。"

"老乡啊！"大家不约而同握着对方的手。

这回轮到经理好奇了："老乡，你在珠州工作？"

"珠州、灵羊都有业务，很多时候两边跑。"说完，竹狮将这次回珠州的目的简单说了一下。

"你是搞山狮文化的？我们老板也是北苑镇人，家族也是山狮世家啊！"

听楼面经理这么说，竹狮即刻来了精神："你们老板贵姓？乡下哪个村的？"

"姓程，丰木村的。要不要跟我们老板见见面？"

"如果方便，可以呀。"

听竹狮说完，经理边走开边打电话给他的老板，少顷，转回来告诉竹狮："程老板在省交通厅办事，15分钟后到。"

"谢谢你！打扰你了，你忙吧。"

楼面经理走后，竹狮心想，北苑镇的丰木村，民间主要以舞龙为主，素有"西溪狮子丰木龙"的美谈，至于舞山狮的不是没有，但能说到"世家"层面的，应该少之又少。不过他又想，俗话说"高手在民间"，他决定探个究竟。

不一会儿，楼面经理带着程老板出现在他们眼前。"程老板，幸会！"竹狮伸出双手，紧紧握着对方的手。

"我叫程浩，欢迎老乡来我这个小店捧场！"待竹狮介绍了天晴、叶志聪、李莉莎，大家互相交换名片后，程老板邀请他们进入饭店一个小会客室。

看这个程浩，身高 1.7 米左右，戴一副变色近视眼镜，一看是个书生出身，与刚才竹狮想象的身材魁梧、充满阳刚的形态判若两人。

"听说你们在为山狮进入'世界大运会'开幕式而奔波，佩服！"

"谢谢你的赞赏！对了，听说你们是山狮世家？"

"是啊，我们世代相传，到我这一辈已经第 13 代了。"

"你们师承何处？"

"我们是家族传承。听父亲说，近代我们比较有名的一个世伯叫冠鹰，他是粤、桂、湘边区比较有名的山狮技艺教头。"

"冠鹰是你世伯？此话怎讲？"

"说来话长。"程浩呷了一口茶，向竹狮他们介绍了来龙去脉。他说，他的祖籍其实在北苑镇西溪村，与冠鹰同族，新中国成立前夕，他爷爷因病去世了，留下奶奶带着三个"寸高尺低"（高矮不一）的孩子。后来实在无法支撑，奶奶带着三个孩子改嫁到丰木村一程姓人家，为避免被人欺负，他们从此随当地姓氏改姓程。他又说，尽管在异乡，他爸爸从没有忘记自己是西溪人的血脉，没有放弃对山狮技艺的传承，他爸爸自己在村中组建了山狮队。

程浩说完，在手机上找到他们村狮队活动的视频，让竹狮看。

看完视频，竹狮对程浩说："冠鹰是我父亲。"

听到这句话，程浩大为惊讶，定了定神，他马上站起来，向竹狮行了抱拳礼：

"竹狮大哥，真想不到在这儿遇上您！"然后双手捧着茶壶，郑重其事向竹狮斟上茶。

"兄弟别客气！对了，你怎么在这里开了一家饭店？"

"我上海交通大学毕业，读的是路桥专业，毕业后考入省交通厅工作，后来下海经商，主要承接建桥整路工程，目前还扩展到承包道路维修、道路绿化等。"

"兄弟你不简单啊！"稍停，竹狮关心地问，"世叔身体可好？现在住哪里？其他兄弟姐妹呢？"

"父母亲都来珠州跟着我生活几年了，身体还可以，姐姐、弟弟都离开灵羊，一个在莞城，一个在珠海，都成家并买楼置业了。"

"那乡下没有什么亲人了？"

"没有了。因为我在这里买了一块地，自己建了一幢九层的楼房，住宿条件还可以，逢年过节，大家都习惯来我那儿团聚。"

时间过得快，到了吃饭时间，程浩叫来楼面经理，加了菜，他要为来自家乡的兄长接风洗尘。

吃完饭，与程浩分别后，天晴感慨地说，程浩一家的生活轨迹，是改革开放几十年城市日新月异、乡村发生翻天覆地变化的缩影！

叶志聪也深有感触："山狮文化之所以有如此顽强的生命力，是靠无数的山狮人交棒、接棒，薪火相传才造就的啊！"

看时间尚早，竹狮说，大家难得相聚珠州，不如去"小蛮腰"（珠州塔）看看珠州夜景。他的提议，获得大家赞同。于是，他们信步向前，登上标志性建筑珠州塔。

珠州塔昵称"小蛮腰"，位于珠州市海港区海心沙岛，距离珠江南岸125米，与珠江新城、花城广场隔江相望。珠州塔塔身主体高454米，天线桅杆高146米，总高度600米。是中国第一高塔，世界第二高塔，仅次于东京晴空塔，是国家AAAA级旅游景区。

"表哥，您第几次登上'小蛮腰'？"

"我是大姑娘上轿——头一回。"

"真老土。"天晴望着竹狮，故意揶揄他。

"莎莎呢？"

"我第二次了。"

天晴面向叶志聪："老同学，是否向竹乡灵羊的'山……狮人'介绍下旋转餐厅的简况？"

天晴一语双关，向竹狮扮了个鬼脸，弄得李莉莎捂着嘴偷笑。

竹狮装着没听见，心里也觉得自己"山"（老土），连乡村普通老百姓都踏足过的"小蛮腰"，自己竟然没有来过，他摇一摇头，自嘲地笑笑。

叶志聪像一个导游，滔滔不绝向他们介绍起"小蛮腰"106层的旋转餐厅。

"各位游客，本少爷为大家介绍'小蛮腰'的'前世今生'，掌声伺候！"看着叶志聪说得活灵活现，竹狮忍不住笑了，带头鼓起掌来。

"珠州塔'小蛮腰'106层，有一个璇玑地中海自助餐厅，这是南粤省最高的旋转餐厅，优雅的装修风格，舒适的就餐环境，充满地中海风情；一年四季新鲜空运的食材，让人垂涎欲滴，各类海鲜、精选沙拉、精致甜点等应有尽有；360度旋转餐厅的开阔视野，品尝美味的同时尽享城中美景。"

叶志聪介绍完，话锋一转，笑笑说："下面有请南粤电视台电视新闻中心的首席记者天晴介绍《财富》全球论坛开幕式的盛况。"

听叶志聪那么一说，天晴不禁想起这个月初，这里曾举行过《财富》全球论坛开幕式兼酒会，作为采访记者，当时的情景历历在目。

"天晴姐姐，当时你们的报道令人震撼，让世界的目光聚焦珠州啊！"李莉莎由衷赞叹。

"还用说吗！"天晴双手伸展，摆了一个探戈舞步的"甫士"（姿势）。

见竹狮沉默不语，似有心思，叶志聪转过身，笑眯眯问：

"山……狮大哥，有美景欣赏，美女相伴，您却沉默是金，不像您的性格呀，莫非您知道这个塔有什么不为人知的秘密？"

竹狮扶了扶眼镜，目光像探照灯那样射向远方："也不是什么秘密。其实，这个塔定名时，曾出现一波三折的故事，你们听过吗？"

"我们才不相信呢！一个从没有踏足过珠州塔的人，能知道什么故事？"天晴使出了激将法。

"说来听听！"其他人马上靠拢过来。

看大家真的感兴趣，竹狮缓缓道来。

"对这个塔的命名，当时权威机构的看法是，名字应具备以下几个要素：第一能体现岭南文化在珠州的历史沉淀；第二能体现珠州是'海上丝绸之路'的起源；第三名字要大气简洁，以有历史烙印的地名为优先；第四体现珠州包容和谐、务实开放的特质。"

"当时有没有候选名字？"

"有呀，候选名字分别是海心塔、碧海心沙、南天柱、百越云珠、珠州塔、岭南摩星塔、南国旋塔、珠州明珠塔、晖粤塔、珠州海心塔等。以中宇大学黄怀中教授为代表的专家和大部分市民的意见是'海心塔'，寓意'被海洋包围的陆地中心'，'海上丝绸之路'海陆交汇点，海心又是地名。不过，决策者最终将塔定名为'珠州塔'。"

"想不到竹狮哥哥还懂得这么多。"李莉莎快人快语。

天晴凑过来接上话题："据权威部门透露，后来相关职能部门又在此建了第四座珠江桥，这是一座纯粹的人行桥，本次征名活动按得分高低排列，前十名的名字为：海心桥、小凤眼、海琴桥、大凤眼、花城桥、广州虹、同心桥、珠江眉、彩琴桥、花桥。最后取名'海心桥'，专供市民、游客观赏珠江景色及行走之用。"

"海心桥的定名，最大限度尊重了专家、市民的意见，这对当年参与论证珠州塔名的专家和广大市民来说，是一种迟来的纠正，一种精神上的慰藉。"竹狮看着天晴，心中有一种如释重负的感觉。

叶志聪忽然想起什么，却一下子说不出来，只得挠头傻笑。

"聪哥哥，我知道您在想什么！"

"真的？难道你是我肚子里的蛔虫？"叶志聪放下手，睁大眼睛盯着李莉莎。

"看您注视的方向，肯定是想说第 16 届亚运会的盛况吧！"

"说对了，确是这样。莎莎，你学心理学的吗？"

"聪哥哥，你认为第 16 届亚运会最成功的地方是什么？"李莉莎眨眨眼，真诚请教。

看着李莉莎那个崇拜样，叶志聪像唱美声一样，声音立马提高八度：

"以城市为背景、珠江为舞台的第 16 届亚运会，成为亚运会有史以来的巅峰之作。其最大的特色就是在时空上进行了革命性的突破，跳出传统的演出形式和概念模式，走出体育场在大自然中举办开幕式，这是亚运会历史上的首创。"

"你知道它的成功，但你知道当时导演组设计理念的灵感来自哪里吗？"竹狮冷不丁抛出一个刁钻问题。

大家互相对望，几个人都摇一摇头。

天晴看看竹狮不紧不慢的样子，知道他明知故问："快点说啦，卖什么关子！"

"当年的设计团队，采用了南粤珠江文化研究会编著的《中国珠江文化史》'山''水'文化的学术成果进行革命性的突破，从而将珠江文化发挥得淋漓尽致。"

李莉莎像小孩子那样，边跳动边拍手："我知道了，因为竹狮老板是这个研究会的理事。"

此时此刻，竹狮、天晴、李莉莎、叶志聪这几位青年才俊，你一言我一语，在嘻嘻哈哈搞笑中放松，在放松中祈盼，他们的心情就像珠江，表面风平浪静，实则汹涌澎湃！为了让沉睡了千百年的山狮技艺亮相世界，他们坚持不懈，不畏艰辛，面对挫折不气馁，执着追求每个机会！

参观完"小蛮腰"，邓彬送天晴、叶志聪回去后，竹狮他们回到紫云山别墅。

9点半，李莉莎接到爸爸李梓祥电话，说她妈妈老毛病犯了，正在办理入院手续。

听到师嫂病了，竹狮打电话给天晴，告诉她自己今晚要回灵羊。然后收拾东西，11点，他们赶到灵羊县人民医院。

看到竹狮他们风尘仆仆，师嫂有点过意不去。

"竹狮，我都跟你师兄说了，我这老毛病又不是一年两年了，不要妨碍孩子们办大事，可他就是不听，辛苦你了。"

"师嫂，现在从珠州回来才一个半小时，方便得很，您身体欠佳，我们是非常担心的！"

竹狮和师兄先留在医院，他叫李莉莎、邓彬先回去洗澡，完后来接替他们。

竹狮他们离开珠州后，天晴的心有点失落。每一次与竹狮见面，都是因为工作。她是一个做事有主见的女人，觉得有必要主动一些，为自己创造一个与竹狮单独见面的机会。

意想不到的是，一个礼拜之后，竹狮分别接到"世界大运会"秘书处及导演组的电话，请他们第二天早上9点前赶去，商量计划的可行性。

第二天，他们赶到"世界大运会"秘书处，发现禅城、端砚两市体育局局长也在场，秘书长亲自主持会议，传达了组委会两个决定：一是以组委会名义，发函禅城、端砚市体育局，要求两市体育局负责组织协调山狮、南狮入选开幕节目的相关工作；二是两市迅速找两三个专业人士供导演组调遣，设计出具体方案供组委会审查。

听到这个喜讯，竹狮、天晴、李莉莎他们忍不住悄悄伸出大拇指，以示庆贺。

随后，总导演亲自向他们公布了初步方案：原则上同意竹狮的表演设计，除山狮起源部分由灵羊狮队按导演组要求完成外，山狮、南狮各一百只狮子进场由导演组负责实施，他们从部队和军体院抽调人手进行操练。

总导演对竹狮他们要求：考虑到传统文化的原生态，山狮起源部分由他们狮队独立完成，当务之急是找两个师傅、十个年轻人来珠州，全封闭训练一个月，回去之后继续训练，庆典举行前又集中珠州，继续实行全封闭训练，而且每个人要签保密合同。

对总导演的要求，竹狮当即表示没有问题，信心满满。

总导演讲完，问两市体育局局长有没有问题，两市体育局局长当即立下"军令状"。大家异口同声回答："坚决按标准完成训练！"

会议结束后，端砚市体育局袁局长亲自向竹狮传达市委、市政府主要领导的指示，他说："市里将拨出专项资金，解决这次山狮进入'世界大运会'开幕式的相关费用，让山狮训练人员全身心投入，无后顾之忧。"竹狮当即代表狮队表示感谢。

袁局长关心地问竹狮："除了经费，你们还有没有其他困难？"

竹狮坚定地回答："没有什么困难，请局长放心！我们的狮队决不辜负市委、市政府领导及全市人民的期望，以最完美的表演展示我市优秀历史文化的灿烂辉煌！"

第十四章
密切配合乡村振兴

　　早上，竹狮回到公司，刚坐下，接到好友、北苑镇党委书记高振舒的电话：

　　"高书记，您好！很久没有聆听您老的教诲了。"

　　竹狮先不忘和对方开开玩笑，其实他们都是同龄人。

　　高振舒喜从心涌："哈哈，兄弟情深，我们无论聊什么，心情永远都是那么舒畅！"

　　"莫非请我吃早餐？我可要吃'土炮'的猪杂粥才解馋呀。"竹狮探口风都是那么滴水不漏。

　　"早餐我就不请你吃了，不如今天中午在我们镇政府饭堂，请您品尝西溪河沙碌鱼鲜味如何？"

　　"行，我安排好工作就过来。"

　　"好的，我在镇政府恭候您！"

　　"好，等会儿见。"

　　说起竹狮与高振舒的交往，源于搞卫生村。那年，灵羊县在北苑镇西溪村，率先在全省创建"省级卫生村"，彻底改变千百年来农村人的卫生陋习，改善人居环境。竹狮所在的西溪村，有7个自然村，其他6个都完成了改造，成为名副其实的"省级卫生村"，唯独竹狮家乡汶泉自然村没有行动，拖住了整村（行政村）推进。时任北苑镇镇长的高振舒，亲自找到竹狮，请求他利用在家乡的影响力，动员父老乡亲行动起来，尽快完成村里的"省级卫生村"建设。

竹狮二话不说，收拾简单行李，连续40多天每天回到家乡，成立领导机构，健全财务制度，他集总指挥、总策划（设计）于一身，自己首先捐款8万元作启动资金，要求全村人"无钱出力，无力出钱"，两者必选其一。对某些涉及利益较大的农户，给予适当补偿。他从动员、筹集资金、拆迁、建设、落成、举行庆典，一气呵成，高标准、严要求完成汶泉村的"省级卫生村"建设，并让汶泉村成为当年南粤省"省级卫生村"的样板点。竹狮雷厉风行、实干的工作作风，给高振舒留下深刻印象，后来私下还成了知心老友。

11点，竹狮、邓彬驱车赶到北苑镇政府。

老友相见，格外亲切。

高振舒，中等身材，30多岁，已担任镇党委书记两年了。他向同年纪的镇长陈恭略介绍：

"竹老板可是我们镇知名的外出乡贤，不管是在创办教育强镇中的捐资助学，还是建桥修路，创建卫生村，他都带头参与，出钱出力，有力地支持了镇党委、政府的工作！"

"过奖了，尽了微薄之力，做得还不够，仍需继续努力！"竹狮谦虚地摆摆手。

"老友记，等的就是您这句话！"高振舒笑声朗朗。

寒暄过后，高振舒开门见山提出："竹老板，今天请您来，主要向您推介我们镇一个'空心村'，那里有几十间清一色'春墙屋'，还有一个小瀑布。"

"这个'空心村'与您乡下西溪村一山之隔，只不过还没有通公路。"陈恭略做了说明。

"这个地方还是小时候行山路去过，印象有点模糊了。"

"没关系，稍后我们亲临现场考察考察。"

吃完午饭，他们一起坐车，先去丰华村大崀寨实地了解一下地形地貌。

丰华村地处灵羊县与燕都县交界处，虽然与西溪村一山之隔，但两村没有通公路，仅靠一条机耕路相连，所以从镇政府出发，要走另一条公路，经过 4 个村委会才能到达丰华村。

将车放在村委会小广场后，他们带上简单的防护工具，邓彬还带上遥控飞机。在村委会主任和当地原住村民带领下，一行人走过 2 千米的沙泥路，沿着山间蹊径往前行，来到一个山坳，这里青山绿水，藤蔓缠绕，流水潺潺，空气清新，负离子含量高，没有污染，没有噪音。进入山谷溪涧，有一个天然小瀑布，溪水从 50 多米高处落下，水花四溅，激起层层薄雾；另一边，一条小溪沿着石壁流下，弯弯曲曲，有 150 多米长，从外观看，似一条迂回曲折的碧绿绸缎，当地人称它"水缆"。

大崀寨三面环山，风景秀丽，风水格局超然。

邓彬开动遥控飞机，先对周围环境进行扫描：

从高处俯视，大崀寨主山峰恰似一位"寿星公"，泰然自若；山下龙脉伸展，形似"灵龟"；右边龙脉起伏，酷似一只跳跃的小鹿；左边松木婆娑，蜿蜒盘旋，神似一只悠然自在的仙鹤。当地村民将这个风水局称为"寿星龟鹿鹤"。

在村庄的出入口处，十几棵参天的风水大树，胸径都有 30 厘米以上，以松、柯木树为主，生长在村道的两旁；其中有两棵松树的尾部已干枯，一棵胸径有 40 厘米的松树，被大风拦腰吹折，树干枝丫散落一地；一条 5 米长的石拱桥，横跨溪流的两边；两块天然生成的石头，一块像乌龟，一块像蛇头，形成罕见的天然风水局"龟蛇锁水口"。看到这个景象，大家都为大自然的鬼斧神工赞叹！

村庄坐落在幽谷中的小山岗上，他们沿着一条"之"字形石梯级路，走上村庄。

只见几十间清一色"春墙屋"，坐西北向东南。由于空置了相当一段时间，整个村落杂草丛生，部分房屋坍塌。

"这个村庄有多久的历史？原住村民姓什么？鼎盛时候有多少人？"竹狮开始调研。

"大概有300年历史，全村人都姓钟。当年钟氏先祖为了逃避官府的追捕，隐名埋姓，从嘉应州迁徙过来，鼎盛时候全村人口有200多人。"村长回答。

"搬迁出去的居民，现在都住哪里？"

"搬迁出去的村民，都散落在附近村落建屋居住，由于多种原因，少数人仍然挣扎在温饱线上，绝对贫困户仍然存在。"村委会主任当着镇领导的面，毫不隐瞒。

通过一个多小时的实地勘察，竹狮对大崀寨的基本情况有所了解，他们折返镇政府，就大崀寨的环境资源开发进行可行性分析，力争有个初步的合作意向。

"竹老板，看过大崀寨地形地貌后，您觉得有没有开发利用价值？"陈恭略为竹狮递上茶水。

"要看您从哪个角度分析，如果从商业的视角看，一条坑冲，能开发利用的地块不多，开发价值不大。"竹狮实话实说。

高振舒也知道，如果从商业开发的视角考量，肯定无人投资，所以，他抓住竹狮是当地人的特点，从另一个角度提出问题："因为当地村民搬迁出去后，仍然有部分人还没有脱贫，能不能从扶贫角度参详参详，探讨一下？"

"如果从帮扶的目的出发，还可以考虑一下。"说完，竹狮面向两位镇领导，"问题是这种公益性的定位，规模又小，投资商的意欲肯定不大。"

听竹狮这么说，两位镇领导挠挠头："有什么良策呢？"

"这地方的优点有两个，一个是这里是山谷，森林密度大，植被好，山清水秀，没有污染；另一个是村落中尚存的'舂墙屋'，是难得一见的历史遗迹，是一个时期灵羊县农民生活的缩影。当然，除了优点，缺点也有，首先电力设施不足，通到村里的仅是220伏的低压线，无法适应建设旅游景点380伏的用电所需；其次村庄年久失修，修葺投入大；此外沿线没有旅游景区，单纯看一个旅游景点，吸引力不大。"

"依您的看法，应该怎样具体操作？"

竹狮认为，利用它残存的清一色几十间"舂墙屋"及周边的山坡、旱地、沟沟壑壑，打造一个集康养、游玩、农家乐、民宿为一体的文旅项目。另外，以"旅游扶贫"形式，成立农业合作联社，以"公司＋农户"模式，养殖龟鳖，公司到期保价收购，力争打造成"一村一品"示范村，这样既可以解决当地贫困户村民的工作，又可以让荒废的土地得到流转，增加村民收入，使村民脱贫致富成为现实。

竹狮的分析头头是道，大家心里豁然开朗，精神振奋！

"如果单纯对这个项目进行开发，我觉得始终过于单一，对投资商没有什么吸引力。"陈恭略还是解不开疙瘩。

"这个就是问题的关键！今天我们请竹狮老板来，重点谈的就是这个问题。"高振舒马上点题。

"竹狮老板，我们知道，如果从纯商业角度考虑，大崀寨的开发没人感兴趣，您作为我们北苑镇有实力的外出乡贤，是否能与我们通力协作，帮我们贫困户一把？"高振舒、陈恭略异口同声请求。

竹狮心里想，让家乡的父老乡亲摆脱贫困，过上幸福生活，也是自己的心愿，面对家乡两位镇领导的热切期望，竹狮终于点头答应。

于是，他们就项目的开发展开初步分工。

北苑镇负责这个村的征、租地签订合同工作；与电力部门沟通，将电力供应由 220 伏提高到 380 伏；按政策每千米的开路补助款，由镇政府出面与上级申请。至于其余的开路资金，由竹狮公司统筹解决。

最后，竹狮特别强调：这个扶贫项目是否成功，取决于是否能同他西溪的旅游景区连在一起，形成优势互补。他说，开通西溪至大崀寨 4 千米的水泥道路，是重中之重，所以，道路的征地需由镇、村两级出面，与村民协调解决。

听到竹狮终于将实质问题提出来，高振舒马上表态，明天召开镇党委会，形成决议后答复竹狮。

几天后，高振舒、陈恭略来到竹狮办公室。告诉竹狮上次提出开发丰华村大崀寨的四个问题，已经有着落：电力部门已答应重新架设一条 380 伏的线路，半个月内完成；镇、村、全体村民欢迎外来投资，以最低价出租；按政策每千米补助一事，已得到县主管道路交通的副县长明确答复，按政策补助，不拖后腿；至于 4 千米长道路的征地问题，镇、西溪村两级正在做村民的协调工作。

竹狮对北苑镇党委政府务实的工作作风从心底里佩服，但也婉转地指出征地肯定有波折，不会一帆风顺，要他们有心理准备。

果然不出竹狮所料，镇、村两级在道路征地问题上，碰到"拦路虎"。

那天，陈恭略带着镇上几个干部，会同西溪村村干部，一起来到西溪村富船寨，召开村民会议。

待镇、村干部说明来意后，富船寨村民认为：大崀寨搞扶贫开发，与我们富船寨没有关系，为什么非帮他们不可？

原来，几年前，富船寨搞饮水工程，考虑到自身水源不足，想从大崀寨所属山冲引一条 8 厘米口径流量的水过来，受到大崀寨村民的百般阻挠、回绝，最后引水失败，从此，两寨村民结下仇怨，老死不相往来。

高振舒听了陈恭略的汇报后，打电话给竹狮，将遇到的阻力如实相告。

"老友记，您有没有高招呀？"

"这个问题牵涉两个村寨的问题，估计两边都需要做工作。"

"我们也认同这个办法。"

"这样吧高书记，大崀寨那边你们花点精力，重点是让他们同意帮富船寨引水，这是个前提条件；如果可以，大崀寨村民邀请富船寨村民聚聚，大家消消气，费用我们负责；富船寨那边村民的工作，包在我身上。"

三天后，由镇政府、竹狮牵头，丰华、西溪两村干部，大崀、富船两寨村民，集中在大崀寨饮"和头酒"，大崀寨寨主首先代表本寨村民向富船寨村民道歉，全体户主都在引水合同上签了字，无条件同意富船寨引水（限地点）饮用。

在大家共同努力下，终于解开这个项目实施过程中最难解的"结"。

啃下这块"硬骨头"后，竹狮马上趁热打铁，组织人员进山开路，然后对景点进行全面规划。

当项目按计划进行时，县长罗国良组织县旅游局、招商局、扶贫办、农业局、北苑镇等相关单位的领导，对竹狮负责开发的大崀寨旅游扶贫项目进展情况进行调研。

来到建设中的"大崀幽谷"景点，大家环顾周围，看不到有大型的挖、推机械，没有热火朝天、大兴土木的开发场面。只见几十人用锄头、铁锹、铁凿等简单工具，沿着山形开挖，另有30多人用竹箕、胶桶等将水泥混凝土挑到工地，让几个泥水师傅浆砌。

看出大家的疑惑，在村口巨幅的项目规划平面图前，竹狮手执电子笔，向罗国良等领导对扶贫旅游景点进行介绍。

原来，这个景点的开发，经专家多番论证，以保持山地原貌为原则，以古村落为历史载体，以原生态的自然风光为旅游元素，打造休闲康养产业，赋予新时期人们在物质生活丰富后，追求健康时尚精神生活的理念。

从规划图上看出，项目的定位为小型旅游 1A 景区，主题是休闲与康养相结合。经营方法上，以竹狮几年前建起的西溪旅游度假景区为主，大崀旅游景点为副，实行联票经营。

听了竹狮详细的介绍，大家消除了疑惑。罗国良面向高振舒、陈恭略，似乎在检查他们的工作深度：

"高书记、陈镇长，你们镇汇报时说，这是一个旅游扶贫项目，有什么具体措施？村民能得到什么实惠？"

"因为这是一个'空心村'，房屋部分坍塌，村前屋后杂草丛生，整个村落基本荒废了。景点从开发到进入营运，村民有工做。我们统计过，他们每人每月人工收入超 3000 元；整个村落被人租用，闲置土地得到流转，仅此一项，村民每年得到的租金收入 9 万元，而 430 亩山林，投资者只需要良好的经济林作旅游元素，植被收益其实仍然属于村民。"高振舒汇报清晰、准确。

陈恭略指着平面图上的"农产品摆卖点"加以补充："旅游景点建成后，村民光卖农副产品，收入就相当不错了。"

"竹狮老板，你的'公司＋农户'保价收购，具体内容是什么？"罗国良面向竹狮笑笑，兴趣来了。

竹狮马上予以解答："'公司＋农户'是企业的一种经营模式。这个旅游景点以康养为主，旅游为次，而康养又突出以养殖龟鳖为主。我们成立专业合作社，将种苗免费分派给农户，派出专业人员，帮助农户按规格建设养殖池，对管理实行全程跟踪，有什么问题及时解决，几年后公司对成龟保价收购，只要成活率达到 80%，农户肯定能赚钱。"

听完竹狮及两位镇领导介绍后，罗国良觉得这是一个实实在在的扶贫项目，比其他的扶贫方法更管用，更长效！不但具有可操作性，而且更有前瞻性，他对这种旅游扶贫模式给予充分肯定。

回到县政府，他马上向县委书记汇报了北苑镇与民营企业联手，开创旅游扶贫的新举措，得到了书记的认同。

很快，一份主题为"扶贫攻坚，消除绝对贫困"的调查报告，以灵羊县委、县政府的名义上报到市、省党委政府，引起了两级党、政主要领导的高度重视。

旅游扶贫项目建成后，罗国良县长再次带领相关职能部门领导来到大崀寨调研。

进入景区，映入眼帘的是翠绿的青山，以松、柯木、赤梨为主的冠木，在青皮竹、红花油茶树的点缀下，构成了郁郁葱葱的优质林相，茂盛的植皮，没有半寸泥土裸露。在山下，瀑布飞溅，"水缆"欢唱，溪流清澈见底，小虾时而爬行，时而跳跃，小鱼儿愉快地畅游。

在参观其他景点后，他们一行人来到了古村落景观。

只见清一色几十间"春墙屋"，外表虽然陈旧，但修葺一番，整齐划一的巷道，仍然保留着原来石巷样貌，偶尔有用麻石条搭起的石凳；散落村旁的10多棵黄皮、杧果、阳桃等果树，在微风吹拂下摇曳，仿如向人们招手致意；一条清澈的圳水，像一条浅绿绸带，从村边蜿蜒飘过，溪水拥向村口的水车，溅起晶莹的水花；水车带动"春对"，唱起有节奏的欢乐颂。

青山绿水，古朴村落，构成了一幅世外桃源的风景图画。

竹狮向罗国良县长介绍说，这个清一色几十间的"春墙屋"，在灵羊已绝无仅有，它是灵羊县乡村千百年的历史载体，是历史长河的物质符号、文化符号。

听完竹狮的介绍，罗国良满脸笑容："难得，难得！竹老板，你不但为当地的脱贫致富出了大力，还抢救了古村落，这是弥足珍贵的历史遗产，为子孙后代留下了乡音，留住了乡情，功在千秋啊！"

面对罗县长的赞赏，竹狮微笑，表示谢意。

他们一行人走进村庄，看见在屋边的石巷上，几个人围在用麻石条搭成的茶桌旁，冲茶，叹茶，优哉游哉。询问得知，原来他们是珠江三角洲的游客，慕名来这里入住民宿、旅游康养。

走入外表简陋的"春墙屋"，进去一看，内部全是高级装修，设施的精致高档度丝毫不逊色于城市高级酒店的同类套房。

看到这村落民宿设置，罗国良转身询问入住的价格、入住率等，当听到入住价格比城市同等套房还贵，入住还要提前预约时，罗国良禁不住赞叹：不简单啊！

他们沿着弯弯曲曲的石巷、村道，来到鼋生态养殖场。

这是个用钢筋水泥混凝土建造的养殖池，面积约有 500 平方米。山冲水哗啦啦注入，池内有水、沙滩、假山，养有鼋 2 只，一公一雌，已产仔 3 只。

鼋是我国国家一级保护动物，是世界濒危物种，在中国已经不到 200 只。它们的家族在两亿年前就生活在地球上了，被人们称为"水中活化石"。其文化底蕴比大熊猫等动物要深厚，它又是健康长寿的象征。

有人好奇地问："成鼋有多大？"

"它是淡水龟鳖类中体形最大的一种，体长为 80～120 厘米，体重 100～200 斤左右，最大的能超过 200 斤重。想当年，周穆王出师东征，到达江西九江时，因江河密布，行军受阻，于是下令大肆捕杀鼋，用以填河架桥，留下了'鼋鼍为梁'的故事，可见大鼋之大。"竹狮的慢中音令人舒服。

"竹老板，这个养殖场，除了向游客推介科普知识外，还有没有其他含义？"罗国良提问总是离不开主题。

"当然有啰，因为鼋对生存条件要求比较高，对水质、空气、食材特别讲究、挑剔。鼋能够生存的地方，更适合人类生存，这是一个无形的标杆，意味着这里是康养旅游的胜地。"

"原来如此。"大家报以热烈的掌声。

他们来到乌龟生态园，这里是南粤省龟鳖养殖研究基地，也是县的"一乡一品"项目，是乡村振兴战略中重要的内容之一。

只见几条相近的山冲上，沟壑两边用铁网罩着，坑冲的生态没有任何破坏。从"公司＋农户"模式回收的几百只不同品种的成品龟，包括石金钱龟、芋荚龟、草龟、火焰龟等，栖息在沟沟壑壑上，完全融入大自然怀抱中，这些龟，几年后，各种营养元素、指标与野生龟相差无几，药用价值很高。

"这些龟怎么会挂上牌子？有什么作用？"随行人员发出疑问。

"这里每一只龟都挂上了牌子，牌子上注明此龟的种类、放养时的重量和时间，这样做，首先便于科研人员的跟踪研究，同时，根据牌子上的数据，确定龟出售时的价格。"

罗国良对竹狮说："随着我国经济平稳快速发展，人民生活水平不断提高，人们对健康长寿的意识不断增强，康养将成为时代的宠儿，怎样构建大健康的格局，估计会摆上今后工作的议事日程，你的景区有没有具体措施？"

"整体而言，我们的宣传正从传统的疾病治疗转为疾病预防和保健养生，也就是推行由'治病'转向'治未病'康养理念上。结合景区的实际，具体就是为游客提供景区自种的、没有污染的食材，加上药膳对机体的调养，这是养生＋养老的进一步保障。"

顺着竹狮的思路，罗国良对景区提出要求："由吃得安全上升到吃得健康的理念，更能吸引广大的人群一边度假，一边调理身体，得到一个全方位的身心呵护。"

竹狮不时点头表示认同。

最后，竹狮将自己的远景规划向调研组公布：将开设静修、冥想之地，结合中医调理，让有需要的人进行心灵净化，达到身心愉悦、强身健体的目的。

旅游扶贫项目"大崀幽谷"成功落成后，高振舒、陈恭略又一次找到竹狮，共同商讨怎样提高北苑镇的知名度，实行文旅高度融合，进一步搞好乡村振兴战略的发展大计。

竹狮将举办北苑镇第一届李花乡村生态旅游节的计划书拿出来，看过计划书后，高振舒一拍大腿，笑着说："竹老板，我正有此意，我们想到一块儿了。"

看两位镇领导喜出望外，竹狮快人快语："需要我们公司担当什么角色？"

"首先是打造龙狮特色文化镇，山狮那一块您派人指导，最好适当扶持下重新组建的狮队；其次是李花节由北苑镇作为主办单位，贵公司为承办单位，如何？"

"行！"

高振舒提出，开幕式那天，土特产的摆卖，由镇政府发动各村各户完成，会场布置由竹狮公司按计划实施。陈恭略提议，由镇、诗裕总公司成立一个筹备工作领导小组，负责各项工作的组织实施。他的提议，获得大家的认同。

北苑镇将举办第一届李花乡村生态旅游节的构思向灵羊县委、县政府做了汇报，引起了县的高度重视，县委书记、县长分别做出批示，指定主管旅游的一名副县长负责协调，叮嘱一定要将这次旅游节办好。

为使北苑镇西溪首届李花乡村生态旅游节的工作落到实处，竹狮马上召开公司范围研讨会。会上，大家各抒己见，提出很多可行性方法，包括对节前宣传、景区布置、重头戏开幕式、后续工作等进行可行研讨、论证，逐渐形成一份可行性计划。

竹狮不忘交代李莉莎将计划书电子版发给天晴。

天晴回复："表哥，计划书已看过，您的一百个狮队都是本地的吗？"

"初步打算是。"

"干吗不邀请冠鹰伯伯执教过的外县狮队？至少每个县邀请一个队，这样做，规格高了，范围广了，广告效应更大了。粤、桂、湘三省啊！"

"第一次搞，我不想范围太大，还是以稳妥为好。"

"噢，这样也好。关于宣传工作，有什么新的创意？"

"我只交代李莉莎联系本县的几个微信公众号，提前到景区拍摄一些创意小品；我提议镇政府通过县委宣传部协调，由县摄影协会出面，邀请市、省摄影协会，组织全省的摄影发烧友前来采风；还有你提出的摄影比赛，也会举办。"

"还可以通过县、市、省旅游局的微信公众号做宣传，最好在开幕式前邀请他们来走一走。"

"好的，天晴。"

"最近有一款十分火爆的'抖音'APP，挺有趣的，您叫他们加入山狮元素，供网友娱乐娱乐。还有，从省道到景区的路段，旅游大巴进来有点困难，您最好备几台电瓶车以作应急之用。"

"知道。"竹狮发给天晴一个调皮表情。

与天晴聊完，刚好李莉莎来到办公室，向竹狮汇报与北苑镇合作办旅游节的进展情况。

"筹备小组运作得怎么样？"

"一切按计划进行，目前还算顺利！"

李莉莎准备近几天组织她们"天籁"舞蹈瑜伽培训中心一众美

女先到景区亮亮相，小试牛刀的想法说了，得到竹狮的认同。

接着，他们就举办手机摄影大赛事宜进行探讨，初步确定奖励标准，适时向社会公布：

奖金共 50000 元。其中：冠、亚、季军奖金分别为 10000 元、5000 元、3000 元；第四至第十名，奖金由 1300 至 700 元逐减；优秀奖 50 名，奖金 500 元。

当听到李莉莎说自己同学陈乐君作为灵羊县摄影协会会长，也在微信公众号发布了消息，在粤港澳大湾区引起不俗的反映时，竹狮马上打电话给陈乐君：

"君子，我的君哥哥，怎么不见人影啊？工作忙不？"

"忙呀，老同学，仅你的旅游节就够我喝一壶了，何况还有其他工作。"

"我准备举行手机摄影大赛，你的摄影大部队何时来采风呀？"

"本周星期六、星期日，大湾区中港、澳、深圳、珠海的摄影爱好者首先来，下个礼拜珠州、中山、台山的到。老同学，莫非准备为我的战斗部队接风洗尘？"

"只能叫莎莎代表了。不过，如果是省摄影协会的领导到，记得通知我一声！"

"好的。还有，近几天罗国良县长可能为这次乡村旅游节召开专门会议，请您有所准备。"

"OK！"

果然如陈乐君所说，几天后，县长罗国良在北苑镇西溪旅游度假区，召集各乡镇党政一把手，宣传部、旅游局、经贸局、公安局、交通局、交警大队、广播电视台、人民医院等具直有关单位正职领导，诗裕灵羊经贸实业有限公司董事长参加的联席会议，实行现场办公，现场解决问题，现场布置工作任务。

会上，陈恭略首先介绍了北苑镇举办西溪首届李花乡村生态旅游节的目的、意义、规模、方法、步骤，举办时间定在春节前后。当竹狮讲到将邀请螺松山地区100个山狮队参加时，全场发出一片赞叹声。

最后，县长罗国良作总结发言，他严肃认真地说：

"同志们，今次北苑镇在西溪旅游度假区举办第一届李花乡村生态旅游节，不但是北苑镇的喜事，也是县的大事，更是灵羊县委、县政府吹响全面实施乡村振兴战略的进军号！要求各乡镇党委、政府，县直机关部门从讲政治的高度，做好今次旅游盛会的各项工作！"

新年二月，西溪旅游度假区开幕式主场彩球飘飘，灯笼悬挂，大型的电子屏幕上，不断播出有关李花、山狮结缘的微视频VCR，游人如织，人们欢歌笑语，整个景区披上了节日盛装！

距离主场不远的地方，是一个有一千多平方米的广场，各乡镇组团前来参加的土特产展销会正在进行。广场上撑起一排排太阳伞，伞下摆放着琳琅满目的土特产，有食品、竹制品、木制品等。

此次旅游节突出"两个两百、三个五十"，即两百亩李花展示，两百头狮子（一百个狮队）表演，五十个先进单位、五十个先进个人受表彰，五十个重组狮队获扶持。

在进入景区之前，来自全县的100个山狮队、2000多山狮人前来助兴，表演者穿上颜色相同的演出服，手执队旗（堂号）、武术器械，单边一字摆开，延绵3千米，一齐敲响"行路锣"，一会儿是悦耳动听的锣鼓交响乐，一会儿是气势磅礴的锣鼓进军号，声音震撼、场面壮观。

开幕式主舞台下，坐着几十位嘉宾，他们是各行各业的先进分子、劳动模范，还有政府官员。

启动仪式开始后，主持人宣布文艺表演开始。

首先出场的是李莉莎的"天籁"舞蹈瑜伽培训中心表演的舞蹈

《李花颂》，将开幕式拉开帷幕。一系列的推介活动、文艺表演后，进行到这次旅游节的重头戏。

只见主持人宣布，下面进行表彰奖励环节：

"有请颁奖嘉宾：中共灵羊县委副书记、县长罗国良，副县长朱范森，中共北苑镇委书记高振舒、镇长陈恭略，挂点北苑镇的县直机关单位领导，对口帮扶北苑镇的中山、珠州、莞城驻北苑镇工作组组长上主席台。"

"恭请北苑镇在社会主义新农村建设中取得成绩的先进单位，包括各行政村、自然村以及省、市在北苑镇的扶贫单位的代表。"

在轻松愉快的《在希望的田野上》乐曲中，50个先进单位代表接受了颁奖，50个先进个人受到表彰奖励。

接着进行了赠送仪式，由竹狮的诗裕灵羊经贸实业有限公司向北苑镇50个重建山狮队每队赠送了狮子道具一只，锣鼓镲及"大小面"一套、队旗（堂号）一条、演出服40套，价值超30万元。诗裕公司的善举，为北苑镇加快建设"龙狮特色文化镇"加油鼓劲，将起到很好的推动作用。

最后，由北苑镇镇长陈恭略向诗裕灵羊经贸实业有限公司董事长、灵羊县冠鹰山狮技艺武术纪念馆馆长竹狮回赠了牌匾、锦旗、证书。

开幕式在《山狮风云》舞台剧中圆满结束。

据不完全估计，这次旅游节开幕式当天，共接待游客5万多人，这些游客大部分在北苑镇和县城逗留了至少一天，带动了当地旅游服务业的消费，推动了第三产业的发展。手机摄影大赛，组委会共收到2000多人的作品，经专家筛选出来的100张照片，由网友投票，点击量超过100万人次。此次活动，大大提高了北苑镇、西溪旅游度假区、山狮的知名度。

第十五章
宣传平台海外建立

南粤省委大院八号楼，省委宣传部小会议室里，正在召开一个主题为"以国际视野，布局全新的南粤文化宣传"的动员大会。

参加会议的人员有：各地级市宣传部部长，省属宣传文化系统的副厅级以上单位一把手，中央驻珠州市各大新闻媒体、自媒体相关人员。

会议由省委宣传部常务副部长张之亮主持，省委常委、宣传部部长林明帆做动员讲话，并宣布从即日起，省委宣传部成立以张之亮副部长为组长的领导小组，负责统筹这一工作。

林明帆的动员报告，引起与会者的共鸣。接下来，进行分组讨论，大家献计献策，集思广益，经过反复酝酿，最后制订出一份详细实施方案。其中一个内容是，在海外设立一个网络传播平台，推动中国传统文化走出去，让世界了解中国，了解南粤。建立网络传播平台，需要从媒体中选拔一批精干人才派驻海外，开拓市场，南粤广播电视台作为省委、省政府重要的宣传媒体，成为挑选骨干人才的首选单位。

天晴的综合素质好，符合条件，因而获得了单位的推荐。

对于是否出国工作，天晴的心情是矛盾、忧虑的，因为一旦被选上，虽然只有几年时间，但远离家乡，远渡重洋，举目无亲，一切皆无定数；再者父母年事已高，一旦有个闪失，没人照顾。她觉得，不尽孝心，一切皆空。

傍晚，天晴约叶志聪、苏晓妮来单位附近的中天广场四楼，准备边吃饭边商量此事，解解闷，减减压。

同学相见，自然是一番海阔天空、漫无边际的调侃。

高谈阔论后，叶志聪关心地询问天晴："出国工作一事进展如何？"

"已获得单位的推荐，报省委宣传部审批。"天晴边斟茶给志聪边说。

"进展蛮顺利嘛，单位推荐最关键，至于省委宣传部这一关，如果没有人提出异议，应该就是走走程序而已。"志聪似是安慰天晴。

"这个不担心，担心的是出去以后，我爸爸妈妈他们的生活没人照顾。"

"可以请个用人呀！"苏晓妮开启了她的樱桃小嘴。

"用人解决日常生活还可以，如果二老病痛甚至要住院，那麻烦就来了。"

叶志聪看看天晴："在灵羊，没有其他亲人？"

"我的乡下在潮州，爸爸年轻时一个人来到灵羊工作，直到结婚后妈妈才同爸爸团聚。在灵羊，没有其他亲人。"

"天晴，你今天不说，我一直以为你是灵羊人呢。"苏晓妮面向天晴，相视笑笑。

"你爸爸其他的兄弟姐妹呢？"

"我爸爸是老大，有一个叔叔去了泰国定居，一个姑姑在潮州，他们都有各自的家庭。"

"啊，原来是这样。喂，智多星聪聪，帮天晴找一个万全之策！"苏晓妮催促叶志聪。

这时，饭菜端上来了，他们边吃饭边聊。

"嗯，天晴，你不是有个竹狮表哥吗？干吗不跟他商量一下？"叶志聪有些不解。

"你也知道，他是经商的，平时工作忙，照顾不过来。"

"但他毕竟是你在灵羊除父母以外最亲的人了。"苏晓妮插话。

天晴唯有附和。

自从上次在紫云山别墅相聚后，苏晓妮改变了对竹狮的看法，再也不说竹狮的坏话、不挑拨竹狮与天晴的关系了。

其实，对天晴来说，照顾父母方面，竹狮是她唯一的依靠，说与不说是一样的，只是选择一个合适的时机而已，个中原因，只有她自己知道。

与叶志聪、苏晓妮的沟通交流，时间虽然不长，也没有解决实质性问题，但天晴心情开朗多了，对他们心存感激。

秋天的珠州仍然相当闷热，好在刚下了一场难得的雨，天空放晴，为人们带来阵阵的清爽。

天晴从一个塑料袋里拿出两包竹狮家乡的鱼仔干送给同学。随后，叶志聪骑共享单车回到东郊家里，苏晓妮用打车 APP 叫了车回到桥西，天晴走路回到自己的住处，她觉得，是时候告诉竹狮自己的计划了。

"表哥，在哪里呢？"她向竹狮发出语音信息。

"我在灵羊。"接着又说，"让我猜猜，你现在一定是发愁的表情。"

竹狮知道天晴肯定碰到什么不顺心的事了，不然，她这种大胆泼辣的女中豪杰，是不会用这样毫无力度的口气打招呼的。

"满分，算您啦！"

"在天晴的字典里，似乎没有'愁'这个字呀！"

"人家可是有正经事跟您商量的。"

"好……好的,我听着呢。"

"单位推荐我出国工作几年,主要向外推介中国传统文化,可我心里总感到郁闷,甚至不安,您懂的。"

"机会难得,去嘛!至于家里,不用担心,有我呢!"

"表哥,我总觉得心不安,放心不下,也不知道怎样同爸爸妈妈开口说。"

"这样吧,我先跟二老透透风,看他们的态度如何,再跟你商量,好吗?"

"好的……"天晴向竹狮发去了一个感激的表情。

天晴知道,爸爸妈妈肯定会支持自己的选择,她通过竹狮向父母禀报,目的是窥探竹狮的态度,以及为日后他与父母之间的深度交往作铺垫。

晚上8点,竹狮带着一包"西湖龙井",来到天晴家里。见竹狮到来,惠兰泡了一小包"大红袍"给竹狮,梁智柏正在看抗日神剧,他关闭电视,与竹狮聊起来。

"舅舅,近来有没有什么活动?"竹狮先向长辈问候。

"大的活动没有什么,最近写了几幅书法,参加县老干部书法比赛,打发下时间。"梁智柏笑笑。

竹狮觉得可以开始今晚的聊天主题了:"天晴这个星期有没有打电话回来?听说她这段时间挺忙的。"

"她说参加什么选拔。"惠兰欲言又止。

"她说单位准备选派她去加拿大、美国工作几年,但考虑到出去后没有人照顾你们,所以想放弃。"竹狮呷了一口茶,轻描淡写地带过。

梁智柏马上明白竹狮今晚的来意,心想,原来这两个孩子在唱"双簧",搞"火力侦察",于是接上话题:

"竹狮,告诉天晴,机会难得,去吧,不要犹豫!况且,去加、美也只有十几个小时航程,到时她没空回来,我们去,就当是去旅游了!"

听梁智柏一锤定音,竹狮知道大功告成,他与二老聊聊其他事情,9点钟就告辞了。

回到公司办公室,竹狮向天晴发去了语音信息:

"喂,天晴,今晚去看你爸妈了,唉……"竹狮故意卖了一个关子。

"您这个'唉……'是啥意思呀!故弄玄虚,他们肯定被您这个'江湖骗子'给骗了!"

"与其说被我骗了,不如说他们爱女心切。准备吧,傻妹!"

"谢谢表哥!"天晴感觉自己的心在跳舞……

不久,省委宣传部做出批复,同意南粤广播电视台出国人员呈报,天晴有幸成为其中之一。

在省委宣传部,张之亮副部长亲自召开出国人员座谈会。会上,他就这次省委、省政府出国组建网络平台,推介中国传统文化的目的、意义、紧迫性及注意事项做了介绍。随后,他请与会者各抒己见,谈谈自己的看法(每人发言时间不超过五分钟)。

南粤电视台记者天晴被提名第一个发言。

天晴略加思考,提出自己的两个想法:"我认为,出去前,要弄清南粤的遗产有哪些。丹霞山是世界自然遗产,开平碉楼是世界文化遗产,粤剧是世界非物质文化遗产,这些大家都知道。但国家、省、市级非物质文化遗产有哪些?这就值得考究了,如客家山歌、潮州的刺绣。出去后,以商会、社团等民间组织为突破口,尽快融入当地华人社会,在这个基础上,最终融入当地社会各个阶层。"

稍为停顿了一下,天晴继续说:"有些传统文化,虽然只是列入县、市级非物质文化遗产名录,但其起源年代之久远,传播范围之广泛，却是其他传统文化无法比拟的。如地处南粤西北的端砚市灵羊县，有一种起源于战国时期的狮舞，名叫'山狮'，在粤、桂、湘三省边区广泛流传，曾传播到珠江三角洲一带，鼎盛时期有狮队几千个，参与人数达数十万之众。它与壮狮有高度融合，与客家狮有不少交集，有人正在论证山狮是南狮（醒狮）的始祖呢！如果将它深度挖掘，传播出去，肯定会带出轰动效应！"

天晴的讲话，在张之亮心头引起共鸣。一年前，他从中共端砚市委常委、宣传部部长任上，调到省委宣传部任副部长。由于在端砚工作多年，多次到灵羊县进行专题调研，逐渐对山狮技艺产生兴趣，所以，当座谈会结束后，他特意留下天晴，就相关问题同她进行交流、探讨。

"天晴记者，你是哪里人？"张副部长亲切地问。

"我是灵羊县人。"天晴一本正经回答。

"灵羊县是全国著名的'竹子之乡''武术之乡''山狮之乡'，那里的特产、美食我都经常品尝。"

"您也是灵羊县人？"

"不是，但我的夫人是，所以我算是半个灵羊人吧。"

"怪不得！"天晴感到惊讶。

"你对山狮的了解不浅啊，你是山狮世家？"

"我在灵羊县出生、读书，上大学前，一直在灵羊县生活，我乡下其实是潮州的。至于对山狮的了解，源于有一个表哥，我跟随他搞过山狮田野调查，他的父亲是粤、桂、湘三省边区有名的民间武师、山狮艺术教头。"

"你说的表哥叫竹狮，他的父亲叫冠鹰，对吧？"

"张副部长，这您都知道？太厉害了！"天晴一脸愕然。

"在端砚工作时，我去过他的山狮纪念馆参观、调研，所以略知一二。"

"真想不到！"天晴像一个小学生回答问题一样脱口而出。

"还有你更想不到的。告诉你爸爸，就说张叔叔向老上级问好！"听到这，天晴顿时蒙了……

离开省委宣传部，天晴回到单位，马上打电话给梁智柏："爸爸，您是不是有一个……"天晴说了一半，欲言又止。

"知道你想说什么，张叔叔刚打电话给我了，说了你们认识的过程。他说，你说到乡下是潮州时，他仔细看看你，感觉有我的影子，就知道你是谁了。"

"你们怎么相识的？您又是怎么成为他的'老上级'的？"

"当年张叔叔在端砚市委办（当时叫地委办）工作，下乡灵羊县搞'运动'，刚好分到我那个小组，我是组长，他是组员，就这么回事。"

"噢，知道了。爸爸，过几天我回家，叫妈妈帮我将被子拿去干洗一下。"

"好的。"

"爸爸，我爱您！"

"傻丫头……"放下手机，梁智柏笑着摇摇头，那种慈祥、那份幸福感，只有在爱女面前才表露出来。

在做好出国前一切准备工作后，天晴回了一趟家乡灵羊。

上午7点半，她穿上一件浅白色连衣裙，一双米黄色半高跟鞋，扎一条马尾辫，带着简单行李，坐上贵广高铁，40分钟到达灵羊站，然后转搭城巴，回到家里才8点25分。

梁智柏见天晴那么早回来，连忙问："晴晴，坐高铁回来的？"

"是的，爸爸。"

"用多长时间？"

"高铁40分钟，出站回家10分钟，正常情况下从珠州回到家里一个小时都不用。"

"这在以前可不敢想象啊！20世纪六七十年代，灵羊去珠州是沙泥公路，沿途还要经过两个渡口，至少要花6个小时；改革开放后，灵羊去珠州的公路升级为水泥路，那两个渡口已建起跨江大桥，免去了渡江时间，也要花4个多小时；直到建起高速公路，全程只需一个半小时；而现在坐高铁，一个小时不到，道路建设发展真快呀！"

"那可不是！晴晴回来前打电话说回来吃早餐，一会儿就到了。"

惠兰边说边从厨房里拿出红薯粥、炒鸡蛋、煮云吞、水饺，一家人一起吃早餐，享受难得的相聚。

吃完早餐，惠兰去买菜，梁智柏去了老干活动中心，天晴一个人沿着南东一路溜达。

半年没有回来，天晴发觉县城变化很大：水泥马路变成了柏油马路，看起来乌黑发亮，与枣红色的路基形成鲜明对照；街道上的灯柱，呈现竹子的各种造型，凸显"全国十大竹子之乡"的风情；原来的环城东路，现在变成了市中心，肯德基、麦当劳、沃尔玛等国际知名品牌进驻其中；山狮、武术、竹子、广绿玉等几个主题小广场相继在环城路旁落成。

她随后步行到竹狮的公司——位于环城东路29号的诗裕灵羊经贸实业有限公司。

进入门口，走近前台，服务员马上站起来，面带微笑向她问好：

"靓女，有什么可以帮到您？"

"我找你们老板竹狮。"

"有没有预约？"

"没有。"

"那您先坐坐，稍等一下。"服务员引天晴在旁边的沙发上坐下，然后递上一杯白开水。

李莉莎听说天晴来到，马上从办公室出来。

"天晴姐姐，回来怎么不告诉我一声？"

"怕耽误你们的工作。"天晴直言相告。

"那有什么的，您是我们公司的贵客，是竹狮董事长的'御用高参'，我们巴不得您经常回来'指点迷津'呢！"

天晴感受到李莉莎的乖巧和得体。

"竹老板今天上午去了县委办，可能要11点半才回来，要不打电话给他，告诉他您来了？"

"不用，我等他回来就是了。"

李莉莎带天晴走上三楼，来到竹狮的办公室，沏好茶递给天晴，然后回到隔壁的办公室，打电话告诉竹狮，说天晴来公司了。

天晴第一次来竹狮办公室。办公室宽敞明亮，大班椅后是一个黑色原木柜；乌黑发亮的大班台显得豪华；左边墙上是一幅长方形表现山狮表演动态的刺绣画，画下方，摆放着一只蓄势待发、随时准备奔腾咆吼的广绿玉山狮雕像；会客室的正面，是一幅巨型的摄影画："冠鹰先师执教狮队会演暨粤桂湘边区山狮武林大会"演出人员合照，100个山狮队，2000多人的画面，令人震撼！墙上还挂有几幅她和竹狮进行田野调查时的工作照。

11点半，竹狮回到办公室。

"刁蛮公主，回来都不告诉一声，这是突然袭击还是微服私访呀？"

"都是，不行吗？"天晴奸笑一下，刚想捉弄一下竹狮，发现后面还有一个身高约1.73米、穿西服、戴黑边眼镜的男士，马上打住。

"君哥哥，向你介绍一下，这是我的表妹，南粤电视台新闻中心记者天晴。"又转向天晴，"这是我的高中同学、灵羊县委办副主任陈乐君。"

陈乐君走上前，握着天晴的手惊奇地说："久闻大名，今天一见，方知才女还是个大美人，美貌与智慧并存啊！"

"过奖了，幸会！"天晴热情洋溢。

坐下聊聊天，竹狮问天晴："中午我们几个出去吃个火锅，边吃边聊如何？"

"好的。"于是，天晴打电话给妈妈，说中午不回去吃饭，跟着竹狮、李莉莎、陈乐君他们来到城郊，吃鱼宴火锅。

午饭后，竹狮先送天晴回到家，然后自己返回公司。

傍晚6点，竹狮赶到天晴家里吃饭。今晚的菜式简单又丰富，四菜一汤，特色菜为主：番薯镇腐竹蛋花汤、蒸西溪鱼仔干、煮珠坑土猪肉、炆扶桑芥菜、炒石溪白菜耳。天晴久未吃家乡菜，更觉得味道甘甜、醇香。

晚饭后，几个人坐在客厅里，惠兰在每个人面前放了一杯去湿茶。

竹狮转过头，面向天晴："天晴，恭喜你走出国门，迎接新的工作挑战！"

"我才不想去呢。"天晴眼睛看着电视屏幕，悠悠说道。

"这可是个难得的机会，多少人梦寐以求呢！"

天晴没有作答。还是梁智柏打破沉默："晴晴，出去开展工作，难度肯定不少，有什么打算？"

天晴看着爸爸，将在省委宣传部座谈会上提出的两个想法说了一遍。

"竹狮，你有没有这方面的人脉关系？"

"我有一个师叔在多伦多，他原来是清远市浸潭镇人，曾在珠州军区担任武术教官，调省体育局后移民加拿大。近两年没有联系了，因他原来的电话号码停用了。"

"他姓甚名谁？"天晴迫切地问。

"霍志威。"

天晴马上拿起手机，打电话给同学叶志聪："喂，叶志聪，你们单位以前是不是有一个叫霍志威的人，后来移民加拿大了？"

"有呀，是我们局体育竞技处的，曾编写了一本教科书《新编南拳》，听说他还是你们灵羊籍六届全国南拳冠军——'南拳王'邱建国的师傅呢。"

"你怎么对他那么熟悉？"

"我到体育局工作后，听说他曾是珠州军区的武术教官，功夫了得，私下拜他为师，师徒关系，你说呢！"

"那肯定保持联系了吧？可否告诉我他的电话号码？"

"他每次回来，都是我接待。噢，我知道了，你是想到多伦多后联系他？"

"正是。马上发他的电话号码给我。"

"好的。"很快，叶志聪将霍志威的电话号码、住址发给天晴。

天晴望着竹狮傻笑，竹狮看到天晴笑得灿烂，也开心地笑了。

趁竹狮不在意，天晴轻轻朝他的胳膊"肘"了一下，弄得竹狮嘟起嘴巴，翻了她一个白眼，二老装作没看见……

"就不知道你那个师叔他……"过了一会儿，惠兰显得有点担心。

"不用担心，舅母，我马上同他联系下，就说天晴被单位外派多伦多工作，请他关照关照。"

"也好。"惠兰面容阴转晴，微笑点点头。

"师叔，您好！我是竹狮，两年时间没有向您老问候，抱歉！"

"噢，师侄，你好！生意做得还可以吧？"

"一般般啦。听您说话声音洪亮，中气十足啊！"

"还可以。去年我被乡亲推举为多伦多市华人商会副会长兼南粤分会的会长，虽然没有过问家族的生意了，但商会日常工作还需要处理。"

"祈望师叔劳逸结合，保重身体，福体康泰！"

"有心。"

"对了，师叔，我有个表妹在南粤电视台工作，今年开始外派多伦多市几年，到时请您老关照关照！"

"没问题，叫她联系我就是了。"

"谢谢师叔！"

"喂，师侄，婚事解决了吗？可要抓紧啊！要不然，我怎么面对九泉之下的师兄啊！"

"快了，到时第一时间告诉师叔您。"

"好的，Bye！"

"Bye！"

听竹狮与师叔通完电话，大家都很开心，特别是惠兰，连说几句"放心了"。

"晴晴，你出国时爸爸妈妈不去珠州送你了，竹狮，你代表我俩送送天晴吧！"

"好的，舅舅。"竹狮爽快回答。

天晴知道，爸爸妈妈叫竹狮代表他们送自己，是一种刻意安排，一种期盼，她理解父母的用心良苦。

竹狮、天晴回到珠州。

要出国工作了，天晴心里又高兴又惆怅，她反复梳理自己的情感，希望理出个头绪。

与叶志聪这么多年，相互之间不痛不痒，平淡如水。你说双方是恋人关系吗，大家连对方家长都没有见过，天晴觉得始终没有一种归属感、一种能令自己心甘情愿进入"围城"的冲动。

自从与竹狮重新交往以后，二十多年的往事历历在目，无法忘怀。竹狮对人生目标的执着追求，具有的意志、毅力、品行，令她佩服、着迷。在竹狮面前，她这个自负、干练、做事雷厉风行的女强人，竟然显出万般柔情，一种女人内心固有的脆弱，也显露无遗。

在那个他们被困在小山村的夜晚，尽管那里简陋不堪甚至环境恶劣，她都盼望竹狮将她搂入怀里……但她很多时候，无法知道竹狮的内心世界，无法把握住他生命的脉搏。

她打电话给竹狮，竹狮感觉到天晴情绪的低落。

"天晴，你不舒服？"

"是的。"

"有没有去看医生？"

"没有。"

"要不要吃点药？"

"没有药。"

半个小时后，竹狮来到天晴身边。

天晴躺在床上，神情忧郁。

"哪里不舒服？"竹狮用手摸了摸天晴的额头。

"这里不舒服。"天晴拿起竹狮的手，放在自己的胸口上。

竹狮想把手抽回，天晴用力一拉，将他拉到床上，压在自己身上。

这时的天晴，春心荡漾，目不转睛盯着竹狮，瞬间，雨点般的吻落在他的脸上，她双手用力抱着竹狮，喃喃地说："表哥，我要……"

开始，竹狮被天晴的大胆挑逗所迷惑，不断迎合，突然吴曼斐、何少溪的形象出现在他的脑海，想着她们出国前后对自己的蔑视、伤害，竹狮的身体像在西伯利亚冰封雪地里被冰水淋了个透彻，从头凉到脚。

他不想伤天晴的心，仍然迎合她。但是，主动进攻是男人的天性，狼性是男人的法宝、女人的催化剂，没有了狼性，一切索然无味。

天晴的情欲无限高涨，突然感觉到竹狮的异样，她戛然而止，良久，泪珠儿慢慢从眼眶溢出。此时，世界上最美丽动听的语言都变成了令人鄙视的粗言滥语……

深冬，珠州新紫云国际机场，天空晴朗。

从远处看，降落的班机像展翅遨游的雄鹰，盘旋之后向下俯冲，来不及收回翅膀，就稳稳降落在跑道上；升起的飞机像一只蜻蜓，缓缓往上爬，逐渐变成圆点，直到消失在茫茫天际……

这个中国大陆首个按照中枢理念设计建造的枢纽航空港，是目前我国规模最大、功能最完善、现代化程度最高的民航机场，是我国连接世界各地的重要口岸和国际航空枢纽。

机场可满足年旅客吞吐量2500万人次，高峰小时9300人次的需求；飞行区按4E标准设计，可满足世界上各类大型民用飞机全重起降。

机场候机公共大厅里，竹狮、天晴倚靠在一起，互相间静静享受这份难得偷来片刻逍遥的淡淡喜悦，周围的一切，似乎与他们无关。

"飞往加拿大的旅客，请您携带好行李准备登机。"一阵软绵绵的女声，像是天籁，将他们从温馨中惊醒！

四目相视，似深潭，对方的眼睛，像一个人站在相对的两面明镜中央，层层叠叠折射出来的永远只有一个人。

天晴轻柔地说："表哥，我要走了，老爹老妈有劳您多操心了。期待不久的将来，我们能够相聚在枫叶之都多伦多！"

竹狮嘴唇微微张开，反复说着一句话："家里有我，不用担心，注意身体，注意安全！"

对视中，天晴慢慢转过身去，一步一回头，不时向竹狮挥挥手，缓缓走入安检通道，消失在尽头……

第一次走出国门，远离亲人、同事，到异国他乡工作，虽然只有几年时间，但离开机场那一刻，天晴真真切切感受到对亲人、对家乡的无限依恋。她闭上眼睛，斜靠在飞机座位上，思绪万千……16个小时后，天晴搭乘的航班顺利降落在加拿大多伦多。

第十六章
小康社会初见端倪

灵羊县城，是一座山城，坐落在群山怀抱中。

面对不断扩大的城市规模，为了让广大市民有个休闲的好去处，灵羊县政府根据实际需要，先后建起了城东广场、城市中心广场等四个广场，还建起了塔岗、古琴岗、北楼岗三个山上公园，按照每个公园的特点赋予了不同的城市功能。

古琴岗，位于灵羊县城的东北角，因其形状近似扬琴而得名。

随着县城高楼大厦像雨后春笋般涌现，十多年时间，古琴岗这个当年处在县城边缘的小山岗，逐渐被"石屎森林"包围，由于其林木茂盛，成为市中心不可多得的森林公园，更被人们称为调节空气质量的"市肺"。

多年前，为了不负"全国十大竹子之乡"美名，县政府在确保林种结构合理、林相秀茂、植被绿化覆盖率高的基础上，在古琴岗建了一个"万竹园"。

万竹园，顾名思义，就是竹子的品种繁多。灵羊县是全国竹子之乡，竹子品种共有55个，品种、种植面积和产量三者均居全国之冠。而万竹园这个弹丸之地，竟然引种了本县和外地的竹品种120多个，形成了入园见竹的美妙景观。

万竹园除了竹品种多外，最大的亮点是"现代书法碑林"。当时县里邀请了全国各地有名望的 67 位书画家前来指导，题字赐宝，创作了 86 件作品。

礼拜天，难得清闲，竹狮、李莉莎、陈乐君一身休闲打扮，相约来到古琴岗下，除了登高望远之外，重要的是松弛一下因工作繁重而紧绷的神经。

他们还没有进入万竹园，就远远看见牌坊上"万竹园"三个苍劲有力的大字，这是已故著名书法家、中国书法协会主席启功先生留下的墨宝。

入门不远，沿着蜿蜒上升的水泥路，他们时而行走，时而拾级而上，路边，生长着一排排或一簇簇的青皮竹；有时看到松竹混种，几棵胸径有 30 多厘米的马尾松，在十几棵青皮竹的簇拥下直插云霄，像定海神针；一株高大挺拔的红花油茶树，伸展粗壮的枝丫，像超人一样守护路人；不一会儿，他们来到万竹园的亮点地带——"现代书法碑林"。

为了方便市民、游客观赏歇息，这里建有观赏亭和凉亭。

他们没有歇息，而是沿着石阶蹬道，走进"碑中有林，林中有碑"的大自然艺术殿堂。

设计者以麻石为材料，选用竖、横两种碑形，在碑面上采用长方、圆、椭圆等形状，按不同比例，巧妙地将书法家们的 86 件作品，刻在石面上。这些书法作品的内容，有题词、对联、诗词、警句、名言，采用篆、隶、楷、行、草等字体。根据石刻作品的形状、大小，因地制宜，分布在石径、曲廊、陡壁、凹凸起伏的小山包上，掩映在翠绿色的竹林丛中。作品紧扣主题，以写竹、书竹、画竹、咏竹为主，形成了鲜明的园林特色。

他们在已故著名书画家、中国美术家协会主席吴作人先生题写的"书法碑林"竖碑面前驻足，在 1882 年出生、1991 年去世的百岁书翁苏局仙的作品前注视，在著名书法家秦咢生以及其儿子秦大我、孙子秦五三一家三代的作品前流连，在已故中国美术馆专职书法家王遐举先生的"观竹亭"和"江山如画"两幅作品前凝思……

浸淫在"现代书法碑林"的艺术氛围中，陶醉在忘我的艺术意境里，他们得到的不仅是一种视觉的艺术享受，更是一种心灵的震撼和洗礼！

沿着林荫小道，他们走进竹子大观园。

面对着让人眼花缭乱、目不暇接的竹品种，竹狮边走边问陈乐君：

"君子，我们灵羊县是'全国十大竹子之乡'之一，也是南粤省唯一享有这一盛誉的县，万竹园这个竹子大观园，究竟有哪些种类？你这个县委决策的参谋长，可否赐教一二？"

"据记载，万竹园的竹子大观园，竹子种类较多，有青皮竹、四季竹、观音竹、罗汉竹、佛肚竹、凤尾竹、撑杆竹、文笋竹、黄金竹、四方竹、鼓节竹、筋（簕）竹、苦竹、铁篱竹、大头竹等120多个种类。值得一提的是，青皮竹是灵羊最主要的竹种，占全县竹林面积的85%，灵羊也是全国青皮竹中心产区，故青皮竹又称'灵羊竹'。"

"不愧为县委决策机关的高参！"竹狮对陈乐君的回答给予点赞。

听到竹狮的赞美，陈乐君继续炫耀他的参谋素养：

"据有关专家对在灵羊境内挖掘出土的文物（战国晚期墓葬群中的青铜竹刀及竹织盛器）的考古鉴定，灵羊已有两千年以上的竹子栽培和利用历史，目前全县竹林面积94万多亩，为全国平均每个县（市）2.7万亩的35倍，占南粤省竹林面积338万亩的36%。"

"我们灵羊县还是'全国武术之乡'，这也是一张响当当的名片，我们的优势是什么？"李莉莎也不甘寂寞，话锋一转，讨教来了。

见李莉莎请教自己，陈乐君来劲了：

"我们灵羊是'全国武术之乡'，并非浪得虚名，而是有其深厚的历史底蕴。灵羊武术遍及千家万户，涵盖男女老少。从宋朝开始，历代都有武举人、武状元出现。新中国成立后，民间武馆不断涌现，武术训练从娃娃抓起，武术人才阶梯式培养，出现了像蝉联全国六届南拳冠军邱建国等武林高手。"

听完陈乐君的介绍，李莉莎也不甘示弱："灵羊还是一个红色文化底蕴深厚的山城。大革命时期，全国著名的农运领袖周其鉴在灵羊播下了革命种子，点燃了熊熊的革命烈火，农民运动风起云涌，受到毛泽东同志的高度评价！"李莉莎一脸自豪。

见竹狮、李莉莎都向自己提问，陈乐君也"反客为主"，向竹狮提了一个刁钻的问题：

"古琴岗形似扬琴，你知道扬琴是哪里来的吗？"

陈乐君心想：这道题别说李莉莎，就是竹狮也难以回答，哈哈。

谁知竹狮没有丝毫迟疑，脱口而出："小儿科啦，我徒儿都可以回答。"说完，朝正在用纸巾擦汗的李莉莎努努嘴。

"从相关史料得知，扬琴出自波斯，即现在的伊朗一带，明朝传入中国。至于传入的途径，有说通过古丝绸之路传入新疆，再传入内地；有说通过海上丝绸之路先传到南粤，后传入内陆；有说两者兼有之。"

陈乐君心里嘀咕，他俩都不是搞音乐的，这种音乐方面的历史知识都懂得，有点不可思议。于是，他打破砂锅问到底："莎莎，这你都知道？"

李莉莎微微偷笑，没有正面回答陈乐君："中国没有真狮子，它是南北朝时期从波斯传入的。"

陈乐君恍然大悟，轻拍额头，自言自语：怎么忘记了他们是搞山狮文化研究的！哈哈，善哉善哉……

陈乐君幽默的表情，弄得竹狮、李莉莎开怀大笑。

不知不觉，他们到达山顶。

环视四周，整个县城尽收眼底。看着鳞次栉比的高楼大厦，纵横交错的宽阔街道，不断拓展的县城区域，作为它的管理者、建设者，竹狮、李莉莎、陈乐君，心潮澎湃，豪情满怀！

他们用手掌合成喇叭状，面向河流山川，高声欢呼，齐声呐喊：这世界，我来了！

下午，竹狮接到李莉莎爸爸李梓祥的电话，说如果方便，请参加他们小区业委会召开的会议。师兄邀请，竹狮哪敢怠慢，马上与李莉莎一起，赶到"山狮之城"小区。

"山狮之城"坐落在县城东北部，紧靠北部乡镇通往县城道路的出口处。

北部乡镇，是山狮之乡，每一个村寨几乎都有山狮技艺队。楼盘开发时，竹狮将其冠名为"山狮之城"，希望借助区域优势，能吸引山狮人前来购买。果然，这个"山狮之城"楼盘，前来购买的人大部分是山狮弟子，但却是几个楼盘中卖得最火爆的。

西溪村党支部书记、村委会主任冯德修，在村委会岗位上退下来后，考虑到儿子儿媳都在县城工作，于是准备在县城买房子，便于与老伴照顾孙子。知道情况后，竹狮主动找到他，以成本价附带装修的优惠，卖了一套113平方米的房子给他，以报答他当年对自己鼎力相助之恩。

刚来到冯德修家门口，就听到他和师兄李梓祥爽朗的笑声。进入客厅，看见七八个上了年纪的人正你一言、我一语讨论山狮技艺，竹狮有点纳闷，摸不着头脑，不知道师兄他们葫芦里卖的什么药。

见竹狮进来，一班人马上站起来，纷纷为竹狮让座，竹狮不好意思，只在旁边加了两个位置，李莉莎便也挨着他坐下。

饮过茶，业委会主任冯德修首先发言："竹老板，我们'山狮之城'业委会最近召开了业主大会，经过讨论，准备成立一个山狮技艺武术队，就相关问题向您汇报一下。"

"首先，'汇报'不敢接受，而且称我'老板'不合情理，您是我的前辈、师兄、恩人，在座各位也都是我的长辈，大家不必客气。至于成立山狮技艺武术队，我赞成！"竹狮微笑，首先做了表态。

"师弟，有几个问题想听取你的高见。"冯德修改变了对竹狮的称呼，笑吟吟看着竹狮。

旁边一位师兄为竹狮斟上茶。

见长辈斟茶给自己，竹狮马上站起来："使不得、使不得，师兄，有什么问题我会全力以赴解决，咱们共同想办法就是了。"

"主要是狮队的堂号、成立的规模、活动场地三个问题。"冯德修向竹狮投来祈盼的目光。

"我看这样，堂号叫'鹰风堂'，寓意'鹰风'传后世，冠鹰师傅的风范永存，大家认为如何？"李梓祥对关键问题不含糊。

"赞成！"大家一致通过。

"至于场地，小区没有其他闲置的地方，平时娱乐就来纪念馆吧，反正那边离住宅区远，不会影响周边市民。"竹狮说完，转向李莉莎，"莎莎，到时配一把武术纪念馆的锁匙，交给冯伯伯吧。"

"好的。"李莉莎点点头。

此时，冯德修开始"打蛇随棍上"了，他说："师弟，现在'山狮之城'小区内报名参加狮队的已经有60多人，年纪最大的73岁，最小的才6岁，你认为如何组织比较好？"

至此，竹狮终于明白这班师兄今次聚会的真正意图，于是问："如果按60人配备，'架撑'（表演道具）及表演服装大概需要多少资金？"

"初步估算了一下，大概需要3万元，目前收到捐款7千多元，我们还在继续努力筹款……"

"既然大家对山狮技艺那么热衷，又以'鹰风'为堂号，我赞助1万元吧。"面对竹狮豪爽的个性，大家禁不住鼓起掌来。

"山狮之城"业主代表会结束后，李莉莎趁机邀请竹狮晚上去家里吃饭。

她说："择日不如撞日，爸爸妈妈在我面前唠叨几次了，他们都盼您赏个面。"

盛情难却，竹狮爽快地答应了，并叫李莉莎请陈乐君一起来。

李莉莎迟疑了一会儿，淡淡地说"好"。

竹狮回到办公室，从酒柜里拿出一瓶4斤装的洋酒，一包"竹山"茶叶，又在水果店购了一个果篮。陈乐君拿了两瓶红酒，他们一起来到李莉莎家里。

李莉莎的家坐落在"山狮之城"A座13层，电梯洋房，复式两层，面积160多平方米，当年竹狮按成本价并附装修卖给师兄李梓祥。

李莉莎家的客厅布置时尚：背景墙是一种颜色与玉石差不多的软性岩石，通透碧绿，乍一看还以为是真玉石；50寸液晶电视摆放在柜台中间，高档大气；旁边用花瓶装着的万年青，翠绿鲜嫩；五匹空调柜机紧挨背景墙。整体给人一种舒适华丽的感觉。

李梓祥坐在客厅里，已沏好茶，见竹狮、陈乐君进来，马上请他们坐下，师嫂杨瑞珍正在厨房忙碌，知道他们来了，也从厨房走出来，接过竹狮、陈乐君手上的礼物，连声说："拿那么贵重的礼物来，你们太客气了！"

"师嫂，第一次来探望你们，小小意思而已。"

"不要见外，你们工作忙，理解的。"

李莉莎为竹狮、陈乐君斟上茶后，同妈妈走进厨房，忙着做晚饭去了。

"李副局长，近期工作忙吗？"陈乐君首先打开话题。

"哎呀，乐君，私人场合，还是叫我李叔吧。"

"好哩。"陈乐君笑着回答。

"又忙又不忙。说不忙呢，整天还是有事做，我准备退居二线了，领导给的工作量相对减少，现在是站好最后一班岗的时候啦。"

不一会儿，饭做好了，四菜一汤。李梓祥拿出珍藏的一瓶"长乐烧"，倒入3个小酒杯里，三个男人一人一杯，竹狮说一会儿要开车，不能喝酒，陈乐君只好陪李梓祥过过酒瘾。

竹狮的胃消化不好，李莉莎在煲饭时有意多加点水，煲的饭比较柔软，竹狮吃了两小碗。

酒过三巡，陈乐君不胜酒力，挂了"免战牌"，谁知李梓祥正喝得起劲："我现在是百分之百'舍命陪君子'呀！"

面对李梓祥的一语双关，陈乐君哈哈大笑："李叔，凭您刚才的幽默，我君子今晚舍命陪您！最后一杯！"说完又拿起酒杯，干了。

竹狮看陈乐君已有六七分酒意，向李莉莎使了眼色，李莉莎心领神会，马上为李梓祥他们两人都盛了一碗饭。

"酒逢知己千杯少"，现在知己"不干"，李梓祥也只好"酒米通行"（既能喝酒又能吃饭），吃点饭了。

吃完饭，大家坐在一起聊天。

"师兄、师嫂，莎莎为了公司的工作，早出晚归，很多时候加班加点，甚至节假日也不例外，对不起啊！"竹狮诚恳地说。

"哪能这样说呢，年轻人正是干事业的时候，多点锤炼对以后的发展有好处。"李梓祥喝着浓茶，一板一眼说道。

"主要考虑莎莎平时在家时间少，不知对您二老的日常生活有没有影响？"

"没有什么影响，现在科技资讯发达，不用出门就能解决很多问题。"

的确，为了适应现代生活，前段时间，李梓祥去县老人业余大学学会了手机微信支付、网上购物、语音通话、视频聊天等，懂得用一部手机解决生活中的实际问题：充煤气、买米，一个电话打过去，马上有人送来；换灯管、灯泡，修水管，打物管电话，不久有人上门提供服务；看病，先预约，不用耗时；网上购物，货到付款，方便得很；逛街、去超市，不用带现金，微信支付；连参加宴会，贺礼也不用包现金，直接用微信红包打过去即可。

一部手机几乎能解决日常生活的所有问题，这在几年前是不敢想象的。

借着酒兴，陈乐君由健谈变成了演讲：

"最近微信、支付宝宣布，现在的主流支付，不用手机，启动高速公路无感支付，多年未变的高速公路收费方式，将迎来巨变！"

"那可是件好事啊！"李梓祥赞叹。

竹狮插话："支付宝有'车牌付'，即自动识别车牌，自动从支付宝扣费，不需要现金，不需要找零，更不需要掏出手机。而微信呢，有'高速 e 行'，只要你把你的车与微信账户绑定，再开通免密支付就可以了；如果不放心，还可以单独预存通行费；下高速时，自动识别车牌，自动从你的微信账户中扣款，并发送扣费短信，实现先通行后扣费。"

"更令人振奋的是，这只是刚刚开始。待线路全面统一后，将全国实现不领卡、不停车、全自动支付。"竹狮一说开，话题似乎无法收住，"今后，停车不再需要人工收费，甚至不再需要人工监督了，甚至连栏杆都不需要了；医院取号缴费，也不再需要人工窗口；无人商店，随便拿、随便选；选购衣服，进店之后，没有导购员招待你，但有机器人服务你，拿起一款产品时，屏幕就自动显示详细信息。"

"科技改变了我们的生活，停车场的效率大幅提升了，医院也省去了很大成本，专心救死扶伤，老百姓不再排队难。"李梓祥听完，几乎要拍手了。

李莉莎见爸爸和竹狮、陈乐君你一言我一句，聊得起劲，也忍不住参与讨论。

"这算什么，还有更神奇的呢！"

"怎样神奇法，莎莎？"陈乐君不失时机，赶紧讨好李莉莎来了。

"刷脸坐火车、坐飞机，即'人脸识别'，听过没有？"

"这可是新鲜事啊！"李梓祥睁大眼睛。

"刷脸通道，全面启动。你只需把身份证放到读码器，抬头看屏幕，瞬间打开闸门！没有一个检票员，所有进站通道均无人值守；化了妆的女士也不用担忧，照样准确地刷你脸。这套系统与公安打通，那些打算乘火车潜逃的犯罪分子一旦刷脸，马上锁定自动报警。"

"还有刷脸坐飞机。"李莉莎兴致正浓，"刷脸登机的出现，告别身份证、登机牌，登机之时直接刷脸上飞机，这比火车站更严厉，就算是大整容过都能识别出，因为未来将同时集成虹膜识别、眼球识别等生物识别。未来有一天在机场安检、登机都只需要刷脸就行。没错，我们的脸既充当了身份证，也充当了登机牌！"

"那就是说，人的这张脸，正在被添加越来越多的功能：身份证、登机牌、火车票、通行证，甚至付款码。"竹狮插话。

"正是。"李莉莎肯定地说，"只不过，人脸识别存在争议，牵涉到个人隐私甚至国计民生的安全问题，是否推广还是未知数。"

不久，公司办公室接县委办微信通知，各行政、企事业单位一把手参加县委、县政府举行的"改革开放伟大成就展览暨演讲比赛"

动员会。由于竹狮出差在外，不能及时赶回来，经批准，李莉莎代表竹狮参加了这次动员大会。

这次会议规格相当高，县五套班子领导、县委委员、各乡镇党政领导、各行政机关企事业单位一把手、离退休副处以上老干部悉数出席。

会议由县委副书记主持，县委副书记、县长传达了中央、省、市有关会议精神，县委书记刘思捷做了动员讲话。他强调：这次动员大会，是各级动员的延续，各单位一把手要亲自抓，组织精干人员，务必将工作抓落实！

县大会结束后，陈乐君亲自打电话给竹狮："老同学，出差回来了吗？"

"回来了，有什么'新鲜空气'吹来？"

"刘书记指定要参加你们的座谈会，请有所准备。"

"我们这里是'小庙'，怎敢劳驾我们的书记屈尊前来啊！"

"主要是您的两个公司，一个是'行'，一个是'住'，这可是关于国计民生的两个重要行业啊！"

"既然是领导'钦点'，又是我君子哥亲自交办，只能硬着头皮上啦。"

第二天，县委书记带着县委办副主任陈乐君、县委宣传部副部长詹作忠、党校副校长及灵羊电视台记者等一行人，准时来到竹狮公司楼下广场。

县委书记这次调研，采用现场参观、了解、座谈会形式进行。

在竹狮、李莉莎带领下，一行人坐车来到"山狮之城"小区。

首先映入眼帘的，是一座 15 米高、30 米长的门楼，楼顶"山狮之城"四个金色大字分外夺目。

通过保安亭，进入小区，那里是一个小广场，广场中心，矗立着一座威武的山狮雕像，背后是一个喷水池；广场周边，种上了大

王椰子树、假槟榔、桂花、杧果、荔枝、青皮竹等树木；花圃上是
非洲茉莉、九里香等花草；广场的凉亭下，几个老人正在聊天，葡
萄架下，两位老人家正在对弈，旁边几个观战的比上场参战的还紧
张……

看到这一幅国泰民安、人民安居乐业的景象，县委书记刘思捷
满意地点头。

刘思捷、竹狮走到凉亭边。看见竹狮到来，其中一个年逾古稀
身子骨硬朗的老人站起来："师弟，今天怎么有空回来'山狮之城'
小区？"

竹狮定睛一看，原来是师兄马进芳，他马上走上前，双手握着
师兄的手："师兄，今天陪我们县委刘书记来'山狮之城'调研，
随便走走。"随即将刘思捷介绍给师兄。

可能人多噪音大，马进芳没有听明白，他侧着头，再次问："师
弟，是什么大领导啊？"

竹狮靠近师兄耳边："是我们灵羊县委刘书记！"

马进芳哈哈笑了，点点头："我知道了，原来是我们县的这……
这个。"说完，竖起大拇指，弄得刘思捷忍不住也笑了。

刘思捷在凉亭上坐下，与马进芳等几个老人家聊起家常：

"老人家您今年贵庚？住哪一幢？"

马进芳用手指指胸前儿女们帮他缝制在衣服上的华丽"名片"：
"在这呢。"

只见上面写着：马进芳，87岁，住山狮之城E幢8层202房，
联系电话……

看到这张独特的"名片"，大家都为它独特的设计理念禁不住
开怀大笑。

"师兄，看您的身子骨硬朗，身体还可以啊！"

"托你先父我师傅的洪福，还可以，只是'输了牙刀'（部分

牙齿脱落了），多谢师弟关照！"说完还是微微笑。

"老人家，在这里生活，开心吗？"刘思捷亲自做一回记者。

"开心！这在以前，好几年才能到一次县城，已经相当了不起了，我们那里有人一生都没有到过县城呢。在县城买楼安家，做梦都不敢想啊！"

"现在为什么敢想，而且不是做梦？"刘思捷故意问。

"形势变了，国家政策好，连我这个老农民都有养老金，这些待遇，以前只有城镇人口才有权享受啊！"

刘思捷又转而问候其他人："你们在这里生活习惯吗？"

几位老人异口同声说："托共产党、刘书记您的福，习惯。"

"平时有什么娱乐活动吗？"刘思捷关心地问。

"其他娱乐活动倒不大需要。刘书记，您也知道，我们这些人从乡下来到县城居住，总想有个寄托。"

不知道什么时候，业委会主任冯德修也过来凑热闹了。

"你们有什么要求，只要在能力范围之内，我会尽力解决。"

"刘书记，前段时间我们业委会召开会议，商量后一致同意成立一个山狮技艺武术队，'山狮之城'没有山狮队怎么行呢？"

"这个设想好！传承灵羊山狮文化，我们责无旁贷！"刘思捷说完，又补充一句，"还差多少资金？"

冯德修扳着手指："总投入需3万多元，竹狮老板赞助了1万元，我们业主捐款1万多元，还差1万元。"

"竹老板，是这样吗？"刘思捷转向竹狮。

"是的，刘书记。前几天参加了他们的座谈会，我还提供了场地给他们。"

刘思捷马上叫陈乐君来到面前，交办了任务："陈副主任，我们以文广新局的名义，为'山狮之城'山狮技艺武术队扶持1万元的资金，此事你负责落实！"

陈乐君态度坚决："请刘书记放心，此事我负责到底！"说完，面向这些老人家："狮队成立后，恭请刘书记亲自为山狮点睛，大家说好不好？"

原来在广场下棋、休闲的人，全部围在一起，大家齐声说"好！"

刘思捷面带笑容，对陈乐君的表现相当满意："陈副主任，你的鼓动性、号召力还蛮大的，很好！"

他们马不停蹄，又赶去竹狮另一个企业——诗裕灵羊汽车销售服务有限公司。

竹乡迎宾大道两旁，是灵羊"汽车一条街"，典型的前店后厂格局，延绵几公里，形成了汽车销售、售后服务、零配件供应的集散地。规模形成后，交警、交通、工商、银行、税务等单位陆续进驻，这是灵羊县委、县政府多年前未雨绸缪有意向引导的结果。

竹狮的诗裕灵羊汽车销售服务有限公司坐落其中，公司占地面积7000多平方米，所有展厅按国家4S店标准设计建造。

500多平方米的中心展厅"名车名馆"，金碧辉煌。宝马、奥迪、奔驰、保时捷等世界名牌的车成为镇店之宝。顾客在销售人员的引领下，有的看车，有的在咨询，有的在小圆台边坐下，与销售人员讨价还价。

按照刘思捷要求，竹狮没有通知展厅经理有上级领导来调研，所以，各展厅如常营业。

刘思捷问竹狮："整个车城共投资多少？"

"基础设施建设投入4000多万元，流动资金3000多万元。"说完，竹狮带着一行人又到其他品牌的4S店参观，最后进入维修车间，包括检测、钣金、喷漆、焗漆、拆卸等几个分车间。

他们走马观花转了一圈，对汽车销售、售后服务有了一个直观了解，考虑到时间紧，又不想打扰顾客，他们回到竹狮总公司三楼会议室。

诗裕灵羊经贸实业有限公司"改革开放伟大成就展览暨演讲比赛"前的座谈会在这里举行，公司中层以上经理、总公司办公室全体人员悉数参加。

会议由竹狮主持。他首先礼节性地对刘思捷及随行人员做了介绍。

他说："县委思捷书记在全县动员大会后将第一个调研单位选择在诗裕灵羊经贸实业有限公司，是对我们公司的重视和关怀！希望大家畅所欲言，知无不言，言无不尽。"

李莉莎传达了这次县委、县政府会议精神后，大家进行广泛的讨论。

潘经理首先发言，他说："衣、食、住、行，是体现人们生活水平是否提高的标杆。从靠双脚行路，到骑自行车、摩托车，到现在开小轿车代步，是人们生活水平不断提高的活生生的体现！其中，摩托车的普及、小轿车进入黎民百姓家庭，是体现改革开放取得伟大成就的一个重要标志！从最近统计的数字看，单我们公司六年来卖出去的乘用车就有 20363 台，去年比前年增长 50%，达到 3316 台。我乡下虽然地处镇的边缘，但 35 户人家，都拥有了小轿车。目前在县城，买小轿车不奇怪，没买小轿车反而成为'奇哉怪也'。"

潘经理的发言简单扼要，有数字有例子，作为诗裕灵羊汽车销售服务有限公司的经理，他说出来的话令人觉得有分量，连县委书记都带头鼓掌！

"你们公司主要经营什么品牌的车？"刘思捷兴趣盎然。

"中外合资品牌比较多，上海大众、一汽大众、长安福特、长安马自达、雪佛兰、北京现代、别克、一汽丰田、广汽丰田、东风悦达起亚等等；自主品牌有广汽传祺、长城、比亚迪等；至于乘、运两用的还有五菱、东风小康、长安微车等等。"潘经理有条不紊地汇报。

"从你们的销售品牌来看，中低档的车比较受欢迎！"刘思捷微笑面向竹狮。

"是的，从价格来看，20万元以下的车比较畅销。"竹狮回答。

"是否可以说，小轿车进入农村家庭已经成常态了？"

"是的，思捷书记，您的分析完全正确！"

"那20万元以上的车进入家庭，是否意味着中产阶层逐渐形成，或者更新换代买第二部车的人不断增多？"

"确实如此！"竹狮情不自禁竖起大拇指。

"刘书记您不但是一个受人尊敬的党员干部，还是一个经济学家！"陈乐君不忘奉承几句。

看大家围着自己转，刘书记马上转移话题："竹老板，你们的房地产建设开展得怎样？"

诗裕灵羊房地产有限公司邓经理接着发言，他说："这几年来，由于国家加大城镇化建设的力度，人们的生活水平提高了，向往城市生活成为农村人的时尚，出去打工的人不少选择回乡置业，当大城市的房地产有价无市的时候，四线城市的县城刚性需求正旺盛，如我们的楼盘'山狮之城'推出两个月内，35幢2450个单位全部售罄，一间不剩，创造了灵羊售楼的神话！"

"确有此事？"刘思捷面向竹狮，发出疑问。

"确实如此。这个'山狮之城'，就是我们刚才去的小区，它紧靠北部乡镇必经之路，而北部乡镇是山狮之乡，我们每天出动宣传车到乡村，工作做细做到家，加上以山狮为噱头，楼价适中，吸引了不少山狮人前来认购。"

"原来如此。"刘思捷说完，又转向邓经理，"老邓，还有没有其他典型的例子？"

"北苑镇有一个'狗虱尾'村，与燕都县凤冈镇接壤，地处深山野岭，比较偏僻，路途远，无论孩子读书、村民看病还是维持正常生计，都相当困难。那里的人出外谋生多年，积攒了一点钱，村里36户（150多人口），全部在'山狮之城'买了房子，村里所有孩子都在县城读书，由于山多田少，平时留在村里的除了几个耕山人之外，其他人寥寥无几。"

"这个例子说明，改革开放后山村发生巨大变化，一辈子'面朝黄土背朝天'的年代已经成为记忆了。"刘思捷讲完，大家报以热烈的掌声！

"您可别说，竹老板，你们搞'山狮之城'宣传时，很多乡下亲戚朋友打电话来咨询，我可还为你们的楼盘做过全方位推介啊！"讲到宣传，詹作忠副部长三句不离本行。

"谢谢您！"竹狮笑脸相迎。

李莉莎接着发言，她主要将参加县"改革开放伟大成就展览暨演讲比赛"的设想提出来，供大家讨论后取舍、修正。

她说："内容上有两个，一是从住、行看改革开放的伟大成就；二是从电话通信的历史变迁看改革开放的巨变。"

李莉莎讲完，刘思捷面向詹副部长和陈乐君："你们觉得怎么样？"

见詹副部长还在沉思，陈乐君觉得有必要在李莉莎面前露一手："刘书记，我觉得这两个题材都相当好，第一个我就不展开述说了，第二个从电话通信的历史变迁看改革开放的巨变，这个题材如果铺排得好，无论站在哪个层面，都会成为亮点！"

刘思捷面向李莉莎："莉莎，能不能展开一下？"

"好的。"

看刘思捷那么感兴趣，李莉莎拿出能言善辩的看家本领：

"电话从诞生那一刻起，与人类的生活息息相关。特别是在当今社会，没有手机的日子是不可想象的……1915年，德国人K.W.瓦格纳和美国人G.A.坎贝尔各自发明滤波器，为载波电话的出现创造了条件。1918年，架空明线载波电话付诸实用。这个载波电话，俗称固定电话，由接线员人工操作。1986年，世界第一台手机摩托罗拉8000X（被中国人民亲切地呼唤为'大哥大'），在美国芝加哥诞生，第一代移动通信技术（简称1G）登上舞台，紧接着，2G、3G、4G相继产生。1G打电话，2G聊QQ，3G刷微博，4G看视频。5G技术不只是秒秒钟下完一部电影这么简单了，还意味着机器将更加自动化，如虚拟现实、物联网、人工智能、智慧城市等等。从我们身边的每一件物体变得智能化，到无人驾驶汽车解放双手，再到VR和AR爆发出虚拟和现实交融的魔力，5G将渗透进我们生活的方方面面，让我们生活的便利性和丰富性飞升到一个难以想象的层面。欧洲引导2G，日本带来3G，美国引领了4G时代，我们中国人碾压以美国为首的西方列强统领5G技术，后来居上，主宰世界！"

李莉莎一口气说完，大家都觉得她"棒棒哒"。

待大家讨论完，刘思捷做总结性发言：

"今天参加诗裕灵羊经贸实业有限公司的座谈会，十分高兴，让我呼吸到不一样的新鲜空气，整个座谈会没有客套话、空话、废话，更没有假话，全程用事实、数字来充实会议主题，这是十分难得的，希望县委办、县委宣传部将这次座谈会以简讯的形式，向全县推介，为今后各单位开展讨论树立样板！"

刘思捷讲完后，竹狮代表公司向书记及随行人员致谢，同时表示将这次座谈会的精神贯彻到每个员工之中。

第十七章
业余生活各有千秋

初夏，礼拜六早上，竹狮放下手头工作，约上陈乐君，带上李莉莎和邓彬，去郊区一个水库垂钓，繁重的工作下不忘松弛。

6点多钟，竹狮、陈乐君、邓彬分别带上手竿及其他垂钓工具，直奔水库而去。

俗话说：朝望日头红，黑（傍晚）望鸡"旧"（回）笼。希望今天有个好收获。

水库建在半山腰上。沿途树木婆娑，山下芭蕉成片，鱼塘随山涌梯级而建，一个接一个，初升的太阳为这一切抹上一层金色。

近年来，由于封山育林，生态林保护措施落到实处，活立木蓄积量大增，良好的生态环境得到全面复苏。

李莉莎坐在副驾驶位上，被沿途美景吸引，不时发出阵阵赞叹声。

行进途中，不时碰到雀鸟出没，只见几只竹鸡在山路狂奔，李莉莎伸出头去，大叫："你们看，前面那几只竹鸡，多得意！"

"是啊，好像故意跟我们赛跑一样。"陈乐君随兴鼓掌起来。突然，一只斑鸠展翅从车头掠过，吓了李莉莎一跳，她马上将头缩回来，弄得邓彬哈哈大笑。

在水库，竹狮选择了一个新开的钓点，虽然地方狭窄，但它处于水库的腰部，是鱼儿觅食游耍的必经之路；陈乐君选择一个旧钓点，两人相距十多米；而邓彬，选择了库尾的一个钓位，与他们相距较远。

进入钓位后，三人开始做垂钓前的准备工作。

李莉莎负责抄网，一有鱼获，将鱼放入鱼护。

趁他们忙着，李莉莎不忘欣赏下周围美景。放眼望去，水库周围林木茂盛，还不断听到雀鸟叽叽喳喳的声音；再看水库，水蓝蓝一片，似镶嵌在山林中的一块蓝宝石；水面平静，偶尔泛起涟漪，山坎边水草上有几只野鸭在伸长脖子觅食。她心里想，竹狮真会选择地方放松、减压。

不一会儿，竹狮和陈乐君都相继中鱼，鲮鱼、罗非等不时上钩，李莉莎两边兼顾，一会儿抄网将鱼放入鱼护，一会儿帮竹狮、陈乐君递茶水、毛巾，忙得不亦乐乎。

9点半左右，竹狮发现水面有异样，浮漂先轻微竖起，然后慢慢下沉，在即将黑漂的最佳时刻，竹狮双手向上扬竿，轻抽，鱼被勾住了，提竿、扬竿、放竿，鱼不断拼命挣扎，经过一番斗智斗勇，他和李莉莎配合默契，终于将一条十几斤重的大草鱼擒获。

由于是夏天，太阳早早爬出树梢，热浪不断袭来，红外线、紫外线辐射特别强，大家脸上被照得红扑扑的，加上刚才擒获大草鱼耗去不少力气，竹狮、李莉莎大汗淋漓，体力逐渐下降。

考虑到烈日当空，下午还有重要的工作要做，他们收竿作罢。

四个人回到公司，邓彬吩咐厨房搞了个全鱼宴：鲮鱼豆腐汤，清蒸罗非，榨菜蒸鲩鱼头，萝卜炆鲩鱼，煎鱼肠鸡蛋，还有个素菜，五菜　汤。李莉莎按竹狮的意思，请各分公司部门经理一起吃饭，分享喜悦。

两围台，十几人坐在一起。上菜前，李莉莎绘声绘色向大家讲述竹狮斩获大草鱼惊险刺激的过程，令一众人羡慕不已。

席间，大家谈到业余生活的爱好，房地产公司邓经理说："现在进入多元化社会，随着社会的发展，生活水平的提高，人们在基本解决衣、食、住、行的基础上，业余生活由打打麻将、扑克牌，唱 K 等逐渐转向多姿多彩，包括公益类的志愿者服务，健身运动如跳舞（现代舞、瑜伽）、篮球、乒乓球、羽毛球，户外运动如钓鱼、骑车（包括单车、摩托车）、攀爬、游泳，艺术类如文学、摄影、书画，休闲类如养雀鸟（老、中、青年龄段都有）。"

"邓经理，你在哪个协会做'领军人物'呀？"李莉莎边吃边问。

"领军可不敢，但谋了个'狗头军师'的职位。我们单车'灵动力'协会有会员一千多人了，上个月有五个会员从武汉出发，克服路途种种困难，最终到达西藏拉萨，完成了一次伟大创举，成为轰动端砚市的一件大事！最近，搞了一次端砚大环市巡游，所有人员穿上我们诗裕灵羊房地产有限公司赞助的服装，走街串巷，奔走乡村，终点在我们灵羊，吸引了沿途不少人注目，竹总这一次赞助，用较少的钱达到了较好的宣传效果，实属高招！"邓经理面带微笑，向着竹狮说。

顺着思路，4S 店潘经理也眉飞色舞："我们'灵轻骑'摩托车协会最近利用三天时间，组织了粤、桂、赣三省大巡游，沿途风景美不胜收，既开阔了视野，又放松了心情，好过瘾！"

而办公室江主任也不甘寂寞："我们协会也发展到两千多人了，以攀爬、溯溪、宿营为主，接近周末，帖子一出，报名者众多，组织者忙个不停，购买保险、检查装备、准备食水……周边的名山大川都去过了，正组织去外省进行一次大攀爬……"

见他们聊得起劲，李莉莎接过话题："要说业余生活，我觉得我们舞协会员最写意，虽然也流汗，但至少不用雨淋日晒，不像户外活动存在那么大安全风险。最近我们又增办了瑜伽舞蹈培训班，不少女同胞参加。"

"瑜伽？印度那个？"大家睁大眼睛，抢着问李莉莎。

"瑜伽起源于印度，但流行于世界，它是东方古老的强身术之一，产生于5000年前，是人类智慧的结晶。"陈乐君替李莉莎辩护。

李莉莎进一步说明，用现代语言总结道：瑜伽可"修身养性，强身健体"。这一养生的理念，在当今中国社会，无疑是具有较强的生命力的。

"是啊，像我们'心贴心'志愿者协会，这是一个政府倡导、商界精英参与、人数众多的民间组织。还有'温暖'志愿者协会，属草根阶层协会，资金靠平时'化缘'、会员捐献等方式筹集。他们的目的是为爱心人士和弱势群体搭建一个互助的公益平台，倡导参与、互助、奉献、进步的服务精神。"

竹狮以"心贴心"志愿者协会常务副会长身份发言，结束了这次轻松愉快的鱼宴。

傍晚，李莉莎向竹狮发出邀请，希望他今晚到自己的"天籁"舞蹈瑜伽培训中心养养眼，散散心，顺便指导下。

"我不会跳舞，会有些失礼。"竹狮推辞。

"没事的，你去看看呗，如果从商业的视角帮我策划下中心以后的走向，我求之不得呢。"

"那……"

"那什么那，去吧。"经不了李莉莎的软缠硬磨、再三邀请，五分钟后，竹狮开车与她到达枫韵大厦地下停车场。

枫韵大厦坐落在灵羊县城最繁华的商业步行街。这里灯光璀璨，商铺林立，其中包括世界著名品牌肯德基、麦当劳、沃尔玛连锁店。

他们乘升降电梯到达三楼李莉莎的"天籁"舞蹈瑜伽培训中心。

只见中心门口两边，各放着一座石膏塑像，左边是拉丁舞造型，右边是瑜伽体式造型。中心面积 500 多平方米，有教室、练习室、休息室、工作室。李莉莎的工作室不大，但摆放有序、精致。大班椅背后的木柜上，摆满了各种奖状、证书、奖杯。大班台前面，三件一套的人造皮革沙发，围着一张椭圆形玻璃茶几，茶几上一盘翠绿的水仙，点缀得淡雅、舒心。

竹狮刚坐下，一阵轻飘飘软绵绵的立体声环绕音乐响起，那是孟庭苇的《你看你看月亮的脸》，纯真委婉的旋律，像一股清凉凛冽的清泉流进心田，令竹狮为之一振。隔壁是学员的休息室，透过玻璃墙可以看到，几个木柜中放着瑜伽垫，拖鞋有序地摆放在鞋柜上，三张圆桌配上圆形椅子，简朴又雅致。

李莉莎为竹狮端上茶，微笑着问："师兄，感觉如何？"

"不错，比我想象的还雅致！"

"真的？"听到竹狮对自己经营的肯定，李莉莎心里甜滋滋的。

饮过茶，李莉莎带竹狮参观教室，教室有 250 多平方米，灯火通明，原木地板，四面墙壁上镶嵌有一米多高的明镜，还有一根直径 5 厘米左右的不锈钢把杆。几十个穿着练舞服的青年男女跟着教练的节拍，在练习拉丁舞的伦巴。"ONE、TWO、THREE……"教练边说边示范，学员紧跟脚法，脚步时而向前、后退，时而摆动、旋转，身体随脚步扭动，双手随脚步伸展、收缩，眼睛盯着舞伴，不断发出"闪电光"，让人眼花缭乱、目不暇接！

大概过了半个小时，又轮到上瑜伽课程，瑜伽学员以已婚女性为主。今节课程学习瑜伽舞蹈，它既有舞蹈动作，又融入了瑜伽神韵，与瑜伽体式有所区别。它的每一个动作，都是那么温柔，那么恰到好处，心随音乐张弛，眼随手法变动，人不时伸展转身，手时而半空停留……让人沉浸在梦幻空灵的美好世界里。

回到办公室，李莉莎介绍说，目前中心在县城有两个教学点，学员 400 多人，专职教师 8 人，兼职教师 20 多人。拉丁舞分少儿、少年、成人年龄段，中心具备国家授权考级资格；瑜伽以已婚妇女为主，强身健体，修身养性，提高个人品质。中心发展到现阶段，到达瓶颈，需要有个契机，实现质的飞跃。李莉莎诚心请竹狮指点迷津。

略思片刻，竹狮说："在经营模式上，尝试参照汽车 4S 店模式进行，即：汽车销售对应招收学员，售后服务对应学习培训，零配件供应对应学习期间的服务要跟上，信息反馈对应建立学员个人资料档案，前台文员经常与学员保持沟通，及时掌握学员的思想动态、效果情况等等，还有对员工实行奖励机制。"

呷了一口茶，竹狮提出几个建议："首先设立瑜伽高端客户群，让她们觉得练瑜伽除了能得到健康的身体外，还能享受到贵宾级服务；然后走出去请进来，与有实力、声誉良好的舞蹈中心、瑜伽馆建立合作关系，加强互动；再者积极参加有影响的大赛，让学员在竞争中成长，根据自身条件，配合本地相关职能部门，举办赛事，达到双赢。"

听完竹狮的讲话，李莉莎大受启发、鼓舞。她从心底里佩服竹狮敏锐的商业触角和过硬的营商手法。

按照竹狮提出的发展思路，李莉莎准备举办一场瑜伽大会，请全国瑜伽名师前来坐镇，进一步提升"天籁"的知名度，同时配合政府掀起全民健身运动。

一天晚上，李莉莎请竹狮、陈乐君在"竹膳馆"小聚。

竹膳馆坐落在县城繁华的步行街，是一家斋菜馆，专门经营本地及外地的名斋，自助餐形式。席间，她说准备举办一场全国名师瑜伽大会，希望两位兄长助力。

"有没有初步计划？"陈乐君首先提出问题。

"初步方案只是提纲式的，而且不全面。"李莉莎边说边递上材料。

看完之后，陈乐君首先轻轻问：

"书面申请递交了吗？与合作单位协商得怎样？"

"申请已获得县文广新局的批复。至于协作单位，打算与县妇联合作，但几次与该单位接触，他们似乎意欲不强。"

"据我所知，县妇联刚与县总工会合作搞了一个大型活动，耗时几个月，耗费了人力财力，今年内搞大型活动的可能性不大。团县委谢副书记不是你们中心的瑜伽学员吗？与团委合作如何？"竹狮低头看手机，冷不防爆一句。

"这点我倒没有想到。对，就尝试同团县委沟通，看是否有意向合作。"

陈乐君的职业习惯又显现了：

"举办的目的意义是什么？"

"这次大会的主题是'迎绿色省运，开展全民健身运动'，够高度的。我们希望通过倡导健康生活方式，让更多的人发现自己在生活、饮食、作息上存在的问题，及时纠正自己的不良习惯，并结合瑜伽解剖学、中医经络和三脉七轮学、瑜伽饮食、人体阴阳平衡等专业知识教授学员们健康的生活方式，成为有素养的人。"李莉莎好似小学生背诵那样滔滔不绝。

"这还差不多。"竹狮停了一下，又继续说，"至于合作单位，除了团县委，我建议加上县体育局。通过团县委牵头，由你们'天籁'派出老师上公益课，内容紧扣瑜伽大会的内容展开。公益课结束后有兴趣的人会到你们那里练瑜伽健身，这是一个无形的广告。"

"商人就是商人，充满铜臭味，开口闭口就是钱，没劲。"陈乐君冷嘲热讽，捂着嘴巴偷笑。

"你可别说，君子，按莎莎的方案，整个瑜伽大会需要10多万元，可不是一个小数目。莎莎，有没有考虑单位冠名赞助？"竹狮与陈乐君说完，马上转向李莉莎。

"灵羊鸿泰房地产公司有意赞助，因为该公司有一个楼盘在县体育馆旁边，而且前段时间我们中心曾经和该公司有过合作，从董事长到相关部门，我们都有接触。"

"资金的统筹如何？"竹狮显露出商人的审慎。

"如果鸿泰房地产公司独家冠名赞助 5 万元，加上中心向参加表演的 300 人每人收取 100 元费用，中心出资 2 万多元，基本可以应付。"

"表演人员要出钱？她们愿意吗？"陈乐君有点好奇。

"愿意。因为中心送给她们一套质量上乘的瑜伽服、一张瑜伽垫，两件东西的价值超过 100 元，况且还为她们提供了一个十分难得的施展才艺的平台。"

接着，大家就安保、邀请单位、支持媒体等进行了讨论，确定了今次活动的总体方案：

"安保方面，按惯例由县体育局协调解决；邀请单位有旅游局、总工会，以及有学员参加的单位如人民医院、供电局、国税局、地税局、自来水厂、检察院、公安局、教育局等等；支持媒体分别有灵羊县广播电视台和本地 3 个微信公众号，还有灵羊摄影协会、舞蹈协会等等。"

陈乐君提议："如果可以，通过县团委邀请主管宣传的常委参加并致辞，这样大会显得高、大、上！"

竹狮提醒，场地问题要抓紧落实，因为县体育馆是为迎接省运会而建的，主体工程虽然完成，但内部装修正紧锣密鼓进行中，后续还有灯光、音响的调试等工作，不少单位盯着它呢。

陈乐君最后强调，一定要进行现场彩排，彩排就是真表演，这样才能确保大会的成功。

得到两位兄长的指点，李莉莎马上行动。她晚上回到中心，召开了全体专职、兼职教师会议，向他们宣布了举办"灵羊第一届全国瑜伽名师大会"的决定，并就计划的实施征求意见。

大家畅所欲言，将计划补充完善。根据方案，所有分工落实到个人。

李莉莎亲自找到团县委谢副书记，向她提出了与团县委合作的申请，将举办"灵羊第一届全国瑜伽名师大会"的可行性报告呈送团县委，请求支持。

收到可行性报告后，团县委正副书记在办公室进行了商讨。

"谢副书记，你对'天籁'舞蹈瑜伽培训中心了解吗？"

"了解，该中心负责人叫李莉莎，中心属个人性质，独资企业。最初，李莉莎学习跳现代舞，后来引跳广场舞，前几年，考虑广场舞受多种条件制约，她用自己多年的积蓄，在县城步行街租下500多平方米铺位，创办'天籁'中心，自己集管理、教练于一身，收徒传艺。最开始教授现代舞和拉丁舞，主要是青少年的拉丁舞，并获得了国家考级认证；近年与珠州瑜伽村合作，每年派出教师前去学习，回来教授瑜伽。目前在县城有两个培训点，共有瑜伽、舞蹈学员400多人，我今年就在该中心学习瑜伽。"

"你觉得这个可行性报告怎样？"

"我看过这个报告后，觉得该中心的方案可行，可操作性较强。"

不久，团县委做出决定，以"红头文件"形式下发所属单位，并在该单位微信公众号上刊登了举办这次活动的实施方案。

"天籁"舞蹈瑜伽培训中心在大型公益课前后一个月将分派老师轮流到各单位定期开设职工瑜伽公益培训课，共上四周课，每周两节，没有场地的单位职工在报名后可到"天籁"中心公益课堂接受瑜伽培训。

李莉莎抓住时机，很快联系上检察院、供电局、教育局、中学、税务局、人民医院等20多个团（总）支部，派出教师，帮助这些学员先在本单位练习，到一定程度，再集中一起训练。

早上，李莉莎行色匆匆，准备上班，杨瑞珍关心起来："莎莎，近来很忙吗？你一个星期没有回家吃饭了啊！"

"忘记告诉您了，妈妈，这段时间为应付我们公司即将举行的瑜伽大会，我下班后每天晚上要去各单位为学员上课。"

"外面的菜太油腻，长时间吃对身体不好。"

"不用担心，我会注意身体的。"说完，李莉莎亲了妈妈一下，出门了。

每天晚上6点半左右，李莉莎吃碗云吞、水饺或面点，马上赶去负责的单位，亲自为学员上课，她言传身教，每个动作都是那么娴熟、精准，语气是那么温婉，令学员敬佩之余，身心得到愉悦。除了教学，她还与学员建立了良好的朋友、姐妹关系。一个月后，学员终于熟练掌握表演的一整套动作。

彩排时，竹狮、陈乐君亲临现场压阵。果然不出所料，由于人数众多，彩排不时出乱子，不是转向错误就是跟不上节奏，累得李莉莎满头大汗。经过反复练习，才渐入佳境。

在大会举行前一个星期，竹狮特批李莉莎休假。他以私人身份拿出一万元资助这次活动，不挂任何名头，李莉莎感激不尽。

大会举行那天，李莉莎6点就起床了，吃了几个包子，开始赶往体育馆。

刚刚落成的灵羊体育中心，坐落在灵羊迎宾大道旁边。体育馆是体育中心的主要建筑物，占地一万多平方米，室内设施先进，配套齐全，有5000多个座位，可举行篮球、乒乓球、羽毛球、武术、体操等项目的省、国家级赛事。

大会由团县委书记主持，县委常委、宣传部部长致辞，相关单位一把手亲自到场助力，全国瑜伽名师逐一亮相；300位身穿绿色瑜伽服的"瑜伽美眉"，在悠扬的乐韵中，进行了集体瑜伽展示，她们像仙女下凡，降落在体育馆，踏着音乐节拍，不断变换体式，完成了一个又一个高难度的动作，一招一式，婀娜多姿，似轻歌曼舞，表演到点到位。

珠州瑜伽村的老师还表演了禅茶瑜伽、舞韵瑜伽。整个场面恢宏大气、美轮美奂。

这次全国瑜伽名师大会，成了轰动全县的新闻。几天来，市民手机互相转发的都是这次大会的视频、画面以及台前幕后的花絮。"天籁"舞蹈瑜伽培训中心成了人们议论最多的话题，李莉莎也成了知名度甚高的"健康生活使者"。最重要的是，"天籁"中心因势利导，顺应了人们的生活需求，让"掀起全民健身运动"不再是一句空话。

为庆贺大会取得圆满成功，犒劳"天籁"中心一班劳苦功高的同事，李莉莎计划组织他们早上去马骝山看日出，中午聚餐。

马骝山，位于古水河边，距县城20多千米，山不高，站在山顶，可以俯瞰蜿蜒流过的古水河。

晨曦初露，远处飘来的白雾，先是一块块，很快变成浓雾，一团团，一堆堆，像汹涌的潮水，掠过山峦、跨过峡谷，奔腾而来，一幅壮丽的水墨画呈现在眼前，蔚为壮观；人置身其中，像腾云驾雾，飘向茫茫无边的天际，好一幅人间仙境。这种独特的自然景观，只有在特定的气象条件下才会产生，弥足珍贵，千载难逢。

星期天，在竹狮办公室，刚好陈乐君也在，李莉莎就此事征求他俩的意见。

"两位功臣兄长，我想组织中心一班人去马骝山看日出，邀请您两位兄台高参一起前往，不知是否赏脸？"李莉莎像一只百灵鸟，开始唱歌了。

"有什么特别好的风景？"陈乐君面对女神，堆满笑容，十分虔诚。

"您真的孤陋寡闻啊，君哥哥，马骝山成为网红打卡地啦，颇有竹乡特色的田园风光，吸引了县内外一大批摄影、文学、诗词、户外等方面的发烧友前去一睹为快，还成了本省不少摄影爱好者必去之地。"

"原来如此，怪不得你那么神往。"

"每当旭日初升，站在山顶，沐浴在晨曦之中，'瑜伽宝贝'以大山为背景，自身造型为画笔，勾画出一幅幅充满活力的图像，展示了天、地、人和谐的一幕……"李莉莎头微微仰起，双脚跨步，做出一个瑜伽体式动作，沉浸在自我设计的意境里，陶醉其中，连陈乐君也被感染了。

"厉害，怎么不早说？俺也希望做一回腾云驾雾的神仙！"陈乐君眼睛发出蓝光。

"还有，灵羊文学协会诗社一班人，领略无限风光后，已经在吟诗作对啦！"

"有什么好诗对？看我这个中文系的'边角料'能否对上号？"

"真想知道？写官样文章您最拿手，至于诗对嘛，可要小心谨慎啊，我的'诗'（史，谐音，方言，低能儿）哥哥！"李莉莎一语双关，哈哈一笑。

"你也是诗社一分子？"

"正是！'诗'哥，小女子有礼了！"李莉莎弯腰向陈乐君行了个复古礼。

"师兄，怎么没有反应？"陈乐君见竹狮只顾看手机，轻轻朝他的肩膀擂了一拳。

"我在洗耳恭听呢。"竹狮这才抬起头，"莎莎，出个上联给君子，让他跟对下联。"

说完，竹狮笑着对陈乐君说："君子，不是我不提醒你，你可要认真应对，莎莎现在是'出诗对招郎君'，懂吗？"然后面向李莉莎："对吗，莎莎？"

　　"如果你们不反对，可以这样理解。"李莉莎说完，脸上风情万种。

　　陈乐君卷起袖口，充满自信："来吧，还怕你不成！"

　　"我先说明，这上联是我们诗社老师出的，叫……"说到这，李莉莎故意卖个关子。

　　"金銮殿应考，金榜题名，我冲！"

　　"好。上联是：'筋斗翻千年，不离古水。'"

　　稍做沉思，陈乐君开口了："那还不简单！请听：'山狮传四海，永佑灵羊！'"

　　陈乐君习惯性地将头发向后一抹，出口成诗。

　　"怎么样，大'诗'（师）哥？"他面向竹狮，沾沾自喜。

　　李莉莎也面向竹狮，投来征询的目光。

　　"急才！"

　　"真的？"陈乐君笑得灿烂，喜形于色。

　　"那还用怀疑吗！"

　　"而且用山狮作题，加分！"竹狮说完又补充了一句。

　　"听到了吧，女诗人！刚才的承诺还……"陈乐君目光怪怪，偷着乐。

　　"真的有那么好吗？"李莉莎的声音即刻由 G 调变成了 E 调，脸上的桃花换成了苦瓜。

　　"就对联的韵律而言，君子的下联还讲得过去，但就意境来说，却与上联无法比拟。"

　　"为什么？"李莉莎像是抓住了救命稻草。

　　"对联讲究意境，这是对联的奇妙之处，也是对联的最高境界！"

　　"我的下联没有意境吗？您可不能偏心啊！"陈乐君听出了弦外之音，有点急了。

"上联的意境，用拟人的手法，将地名'马骝山'解作猴子，由于它是一座山，永远不会像真猴哥孙悟空一样，一个筋斗翻出天外，无论它翻多久，只能在古水。由此带出两种情感：无奈和眷恋。"

"听下来又有一定道理。"陈乐君踱着方步，自言自语。

"不要小看出上联的人，他绝对是个高手、'老诗骨'！"

"哈哈，岂不是说君子哥哥的下联才刚刚及格？嘻嘻！"李莉莎的苦瓜脸又换成了含笑花。

"那师兄您露一手如何？"

"我会'弹'不会'唱'，失礼了。"

竹狮心想：君子啊君子，这种场合我干吗去争啊，我是在撮合你们！

李莉莎不想纠缠在这种氛围中，准备"金蝉脱壳"了：

"说了半天，我们究竟去哪呀！"她跺跺脚，焦急起来。

"风景这边独好！可惜……"竹狮慢条斯理。

"何解？"陈乐君急问。

"去马骝山要半夜出发，我们人又多，没有安保措施。据我所知，那里还没有开发，上山没有路，很多时候要手脚并用攀爬，好危险！"

"是这样吗？"陈乐君面向李莉莎。

"是这样。"

"不如这样，莎莎，我们去最新开发的罗锅片区，那里是新农村建设'美丽乡村'的示范点，瑞江河缓缓流过，紧靠'竹海大观'旅游景区，吃玩方便得很！"陈乐君提议。

"也好。"李莉莎有点无奈。

"我也赞成。"竹狮举起右手，他那出人意料的敬礼动作，令李莉莎忍不住笑起来。

　　星期天，他们一行20多人来到罗锅片区，除了竹狮、陈乐君、司机邓彬外，其他都是"天籁"舞蹈瑜伽培训中心的一众美女。她们淡妆浓抹，风姿绰约，甫一出现，即刻成为片区亮丽的风景！

　　这次陈乐君自告奋勇充当导游。

　　"今天我们游览的景点有几个，君子哥哥？"

　　"有四个，分别是罗锅老街、利济桥、罗锅渡口、绥江竹韵。"陈乐君面对一众美女的提问，爽快回答。

　　"这四个景点有什么故事吗？"

　　"有呀，还挺迂回曲折呢。"陈乐君一扭头，用手抹了一下头发，金牌导游的面孔出现了。接着，他为大家分别介绍了四个景点的"前世今生"：

　　"罗锅老街及渡口的形成，源于古代的灵羊，人们一直主要依靠水道进行运输以及与外面世界沟通联系，船家将当地山货通过水道源源不断运到下游的珠三角城镇，回程时又将人们需求的生活用品、工业品运回来，久而久之，水道两旁逐渐形成码头、渡口、店铺，并发展成为集吃、住、典当、销售等于一体的一条街，有的甚至形成市镇，罗锅老街就是在这大背景下形成的。后来，随着陆路的开道，时代的进步，加上沿河建了电站，水道结束了它的辉煌历史。现在的罗锅老街是近年政府筹资，根据其历史原貌复原而成。"

　　"原来真的有历史故事。"李莉莎面带笑容，向陈乐君竖起了大拇指。

　　"那利济桥呢？"

　　"利济桥，始建于明末清初，横跨罗锅水圳，桥面由五条长约5米的咸水石条铺设，面宽约1.5米，两个桥墩砂岩石浆砌，桥两边还增设了护栏。关于利济桥，说来还有一段故事呢！"

　　"什么故事？"有人好奇地问。

　　呷了一口水，陈乐君娓娓道来。最后，他说道："至于罗锅渡口和绥江竹韵，我就不做详细介绍了，稍后大家尽情游玩吧！"

听完陈乐君的介绍，李莉莎马上将人员分两组，一组穿上瑜伽服，一组穿上汉服。

一众美眉先在利济桥初露倩影：手抓纸伞，柳眉低垂；抑或倚栏远眺，面似桃花。

接着她们列队而入，漫步罗锅老街。

只见街上商铺林立，店铺分两层，"苏杭布匹店""益记米铺""同发山货店""罗锅酒庄""福生堂医馆""裕园茶楼""洪仔云吞铺""江店衣魅""高佬木屐店""花旦锦钟表店""番摊馆"等等，好一幅古代集市繁华景象。

在罗锅老街的小广场上，在柔扬的乐韵中，"瑜伽宝贝"为游客奉上一场"瑜伽大餐"，令他们大开眼界。而竹廊里，另一队身穿汉服的仕女，让游人仿佛看到了千百年前的汉唐盛世。别开生面的原创舞蹈，令游人如痴如醉、流连忘返……

在罗锅渡口，竹狮即席导演，根据潘长江、刘春梅演的歌曲《过河》剧情，由司机邓彬扮演男主角，李莉莎扮演女主角。竹狮从挂包里拿出一瓶摩丝、一把梳，将邓彬的头发装扮成"潘氏装"——额头的发丝集成一撮。这时，不但大家笑到东一歪西一倒，连邓彬自己看见别人为他用手机拍的照片时，也哈哈哈笑弯了腰。

在轻松愉快的歌曲中，男女主角闪亮登场：

男：哥哥面前一条弯弯的河，妹妹对面唱着一支甜甜的歌，哥哥心中荡起层层的波，妹妹何时让我渡过你呀的河，妹妹何时收下我的心河，哥哥心中燃起红红的火，妹妹快快让我渡过你的河。

女：哥哥你要把河过，先要对上妹妹的歌，不问花儿为谁开，不问蜂儿为谁落，问你可知我的心，为啥要过我的河，哥哥你要把河过，等到太阳西边落，春风吹着船儿摇，已经打开心头锁，妹妹愿作橹和船，让你跳过我的河，小船悠悠水中过，划开河面层层波，采一朵水莲花，妹妹送哥哥，悄悄话儿悄悄说，甜甜蜜蜜洒满河。

逼真的场景，轻松委婉的歌声，惟妙惟肖的演技，令掌声笑声响彻罗锅。

另一首歌曲是《龙船调》，由陈乐君、邓彬扮男角，一众美女扮演女角，由男女单一对唱改为男女集体对唱：

正月里是新年哪，咿呦喂，妹娃我去拜年哪，呵喂，金哪银儿索，银哪银儿索，那阳鹊叫是捎着莺歌啊捎着莺歌。（白）妹娃要过河，是哪个来推我吗？（答）我来推你嘛，（答）还不是我来推你吗！

当女角问"哪个来推我吗？"时，在场游客与男角齐声说出："我来推你嘛！"

这首土家族民歌，也是世界流行歌曲之一，将他们这次旅游度假之行推上了高潮。

午饭后，竹狮、陈乐君、李莉莎和大家来到绥江竹韵主要景点观竹亭。

观竹亭楼高约30米，共三层，呈六角柱塔状。进入第一层，沿着花岗岩石阶拾级而上，呈现在眼前的是左右两旁粗大的圆形石柱，石柱上悬挂一副灵羊文人雅士的楹联："百里绥江，沙明水净，赏不尽白鹭青山，渔歌帆影。千年竹海，雨过云收，叹无边光风雾月，舜日尧天。"

这副对联，站在月之古、山之巅，将江、竹的艳丽风光淋漓尽致勾画出来，气势雄伟！

进入亭内，是灵羊文人墨客的书画展，翰墨飘香。

在顶层，他们三人面向茫茫竹海，感怀千亩竹子的浩荡，尽享一望无边的翠绿。

这时，竹狮禁不住吟诵起清朝灵羊举人所作的《路径赋》，作者将灵羊古水河的村名地名串在一起，一气呵成，令人赞叹！

看着竹狮沉浸在自我陶醉的境界里，陈乐君不禁也自言自语："宁可食无肉，不可居无竹，无肉令人瘦，无竹令人俗。人瘦尚可肥，士俗不可医。"

是啊，自古以来竹子一直是诗人、画家们笔下的题材。古诗中关于竹的诗句很多：最早的诗歌总集《诗经》中就有"瞻彼淇奥，绿竹青青"的句子；唐朝王维有"竹喧归浣女，莲动下渔舟"；白居易有"阁畔竹萧萧，阁下水潺潺"；等等。扬州八怪中的郑板桥，画了很多竹子画，并在上面题诗，他在《竹石》画上题诗："咬定青山不放松，立根原在破岩中。千磨万击还坚劲，任尔东西南北风。"

看着竹狮、陈乐君一会儿亲切交谈，一会儿自我陶醉，李莉莎心里泛起阵阵涟漪。也许，在她的眼里，美好的人生风景近在咫尺，要怎样取舍、把握，是等待命运来眷顾还是主宰命运，可能连她自己也理不出头绪来。

一天晚上，李莉莎约上竹狮，来到灵羊"竹海大观"旅游景区，进入"竹思源"餐厅吃竹筒饭。

窗前，竹影婆娑，随风摇曳；门外，高挂的路灯发出强烈的白光，照射下来，和霓虹灯的闪烁交织在一起，明亮而斑斓。餐厅内，李莉莎让服务员将大灯关了，只保留了壁灯，显得柔和、淡雅、温馨。

"竹思源"的竹筒饭，是"竹海大观"旅游景区的特色美食，它将灵羊乡下十月收成的籼米或糯米，用山泉水浸泡后，加入腊味、冬菇、虾米等佐料，放入竹筒，在锅里蒸一小时左右方可上桌。糯米和普通籼米，制作出来的饭风味不同，各有特色。

今晚，李莉莎穿紫色连衣裙，头发盘起，略施粉黛，妩媚又温柔。

竹狮的穿着与平时没有什么区别，还是牛仔裤配 T 恤。

服务员将竹筒饭端上来，打开竹筒，顿时，一股香味扑鼻而来，令竹狮、李莉莎食欲大振。

李莉莎帮竹狮用开水烫碗筷，将竹筒饭倒入碗里，双手捧给竹狮。

"莎莎，你真会选地方，特别在晚上，这里旺中带静，有美食享用、美景享受、美人相伴，难得！"竹狮边吃边看着李莉莎。

"只要师兄您吃得开心，我愿意尽我所能。"李莉莎望着竹狮，深情地说。

吃完饭，李莉莎为竹狮递上一杯竹芯茶，首先打开话题：

"师兄，这竹筒饭虽然是蒸的，但那些腊味还是有点'燥热'，竹芯茶正好解'燥热'。"

"不错，想得周到。"竹狮拿起杯，边喝边赞叹。

"知道今天是什么日子吗，师兄？"李莉莎看着竹狮。她想，如果竹狮不知道——应该很有可能是不知道的，这样的话就"诈"他一下。

过了半分钟，还不见竹狮回答，李莉莎面带狡黠："如果记不起，我可以代答！"

"在珠州市邕州，一个初涉商海的落寞书生，遇见一个大学生志愿者，一个志愿者天使！"竹狮迎着李莉莎灼热的目光，慢条斯理地说。

听竹狮这么一说，李莉莎顿时傻了眼，她真的想不到，几年了，他还记得，由此可知，师兄是一个细心的人，但是不是只对自己细心，她想验证一下，于是冲口而出：

"您知道我是什么时候来您公司入职的吗？"

说完，李莉莎面泛红晕，眼里充满渴望……

竹狮拿着竹芯茶喝了一口，目光移到窗外。他怎么会忘记呢，从李莉莎约他吃饭那一刻起，他就心领神会，只是不想说破而已。

"师兄！"李莉莎柔和的声音，令竹狮心头一颤。

"也是今天！"听到竹狮如此回答，一贯矜持的李莉莎，再也抑制不住自己的情绪，捂着脸，流下眼泪。她感觉到，几年的朝夕相处，在商海搏击中患难与共，竹狮的心灵深处，始终有她的一席之地。而她与竹狮认识、入职竹狮公司时间上的惊人巧合，是否向她预示着一种命运的安排？

竹狮拿起台面上的纸巾，走到李莉莎身边，递给她，然后轻轻拍拍她的肩膀。他的目光，充满欣赏、感激、怜爱……

良久，待自己的情绪平静后，李莉莎依然是轻声细语："师兄，这些年，跟着您走南闯北，搏击商海，您像一个严师一样对我悉心教导，让我懂得了做人、做事的道理，学到了经商的真本事。您又像一个大哥哥对小妹妹一样，对我关爱有加。我庆幸人生路上遇到您，一个精明能干、意志坚强、执着追求理想的青年才俊，一个一级棒的大哥哥！"

"师妹，尽说这些，我们换个话题好吗？"

"什么话题？"李莉莎咯咯地笑了，笑得有点像小孩子，充满童真。

"明知故问。今晚约我吃饭的另一个内容？"

"好哩。"李莉莎边说边从提包里拿出一个信封，竹狮接过后也没拆开看，一切都在不言中。

"我给你一个月时间交接，可以吗？"竹狮将李莉莎的辞职信交还给她，叫她放回公司。

"可以。"李莉莎边将信放回提包里边回答。

自从竹狮提议李莉莎根据自身的特长、爱好和人缘好的优势，创建"天籁"舞蹈瑜伽培训中心后，竹狮不时给李莉莎点拨，特别是李莉莎按竹狮提出的发展思路，举行了"灵羊第一届全国瑜伽名师大会"后，中心发展的瓶颈被冲破，随之而来的是学员不断增多，原有人手显得不足，管理的力度必须要得到加强。为此，竹狮觉得，李莉莎已具备自己创业单飞的条件了，建议她辞职，专心经营自己的事业。

"我准备交接完后，去珠州艺术学院学习女性形体训练，回来后招收学员，您觉得如何？"

"好主意！现在人们生活过得好，很多妇女向往过健康、优雅、休闲的生活方式，你的课程正好迎合了她们对生活的时尚追求！"

"师兄，您觉得我们中心还有什么潜力可挖？"

"有，就看你有没有这个胆量！"

"什么项目？"

"你们软、硬件都有了。硬件就是中心几百个学员；软件就是编、排舞蹈的原创能力，再者就是中心的知名度。凭这几个优势，你可以成立一个策划公司，专门承接政府、商业机构的各种庆典、晚会的策划，至少比现在社会上的策划公司更有优势。"

"您觉得公司地点设在哪比较合适呢？"

停顿了一会儿，竹狮继续分析："依我看，这个策划公司的地点可以设在中心内，也可以设在其他地方。如果设在其他地方，最好在旺中带静的地段，但租金不能太贵。"

"按这个提议，我心中有数了。"李莉莎回应。

时间过得真快，不知不觉已到晚上 10 点半。竹狮以茶代酒，预祝李莉莎的策划公司成功创办。

回程路上，月光皎洁，月色朦胧，李莉莎的心境就像这朦朦胧胧的月色，分不清，道不明……

她送竹狮回到小区楼下，将一套精挑细选的西服送给他，然后回眸一笑，开车离去。

竹狮怔怔看着李莉莎的车消失在道路拐弯处，站了一会儿。此时此刻，没有人知道他的内心究竟在想什么。

第十八章
健康快乐人生主题

李莉莎离开竹狮公司单飞后，首先成立了"天籁文化传媒策划有限公司"，利用自己手上的资源，或单干，或合作，策划了几场商业庆典活动，逐渐涉足"策划"这块领地，为日后分享大型的商业、政府活动这块"蛋糕"打下基础。

傍晚，接近下班时间，李莉莎回到离开3个多月的诗裕灵羊经贸实业有限公司，旧同事像见到久别重逢的亲人，围住她问长问短。李莉莎将糖果分送给他们，这班亲如兄弟姐妹的旧同事，甭提有多高兴了，几个小姐妹一个劲地拉着李莉莎，请她讲讲出去创业的奇闻趣事。

同大家打过招呼后，李莉莎来到竹狮的办公室。

"今天不忙？"竹狮笑笑。

"各项工作基本安排就绪，稍为轻松点。"李莉莎说完，接着告诉竹狮，她已交了几万元定金，加盟了珠州一家总部在德国、国际上知名的健康养生机构，对方邀请国内所有准加盟店主人出国参观、考察。考虑到能吸收外国人先进的健康养生理念，她打算前往，回来进行这方面的探索。

"这是一项有规模的投资，应该进行多方面的论证才稳妥。"竹狮笑着以商量的口吻同李莉莎交流。

李莉莎知道，竹狮表面上提醒她，实质提出了批评，心里有一种不安的预感。

"准备去德国吗？"

"是的。"

"要多少费用？资金有问题吗？"

"旅程9天，费用加来回机票，估计要6万元人民币。资金不成问题。"

"我有一些担心，因为治未病的祖宗在中国，两千多年前，《黄帝内经》就已经提出'上医治未病，中医治欲病，下医治已病'。现在全国所有中医院，已经普遍设有治未病中心，德国只是近代才兴起。当然，也许这是一门比较前沿的学科，你最好多咨询一些这方面的专家，不妨同天晴商量一下，请她咨询下珠州或者德国方面的医学专家，她的人脉关系比较广。"竹狮的关爱令李莉莎感到温暖。

"好的。"

"打算什么时候启程？"

"这个月下旬出发，下个月上旬回来。"

"注意安全！带够衣物，临近圣诞节，那里的气温应该已经很低了。"

"知道了。您也要保重，师兄！"

李莉莎知道，自己从校门走向社会，一直都是在竹狮的公司工作，在他的悉心栽培下做事，现在虽然离开了，但内心感觉，从没有离开过竹狮的公司、没有离开过竹狮一样。

她按照竹狮的意见，打电话给天晴：

"天晴姐姐，我已经离开竹狮老板的公司，自己出来创业了，并准备加盟珠州一家健康养生医疗机构，它的总部在德国，最近邀请我们去参观。听说珠州、德国都有防癌、抗癌、抗衰老的相关医疗技术，不知是否属实？您人脉广，朋友多，可否帮忙查询下？"

"莎莎，首先恭喜你有新的发展！也感谢你对我的信任。关于这个问题，据我所知，国际医学界早有研究，技术成熟度如何，得向相关医学专家求证，过几天答复你，好吗？"

"好的，天晴姐姐，令您费心了！"

"没事的，这几年，在工作上，你为竹狮表哥出谋献策，做了大量工作，令他的公司锦上添花，就凭这一点，我也要谢谢你！况且这是举手之劳的事。"

与天晴通完电话，李莉莎心情有点惆怅，闷闷不乐，也许，天晴以竹狮亲人的身份和她交谈，令她心里酸溜溜的⋯⋯

两天后，天晴回复李莉莎，告诉她世界医学界有这种医疗技术，但这种医疗技术变味了，变成了无良商人赚钱的工具。国内宣传的所谓"德国血液净化"，是商家偷换概念，虚假宣传，其实是连美容院都在开展的所谓"养生疗法"。最后，天晴表示在自身经济条件允许的情况下，去见识一下，不是一件坏事。

听天晴这么说，李莉莎头脑忽然"嗡"的一下，瞬间一片空白。她意识到，自己多半陷入了一种投资陷阱，一种商业骗局，此刻，她对当初自己的贸然决定彻底后悔了。

她马上与竹狮、陈乐君商量，大家都觉得对方极有可能利用加盟形式，收取费用，实即非法集资，最终会卷钱逃跑，这种商业诈骗已经有先例。可幸李莉莎只是交了定金，没有全额支付，损失不大。至于去德国参观学习，竹狮、陈乐君倒觉得，反正钱已交了，费用不多，出去看看外面的世界，好处还是有的，权作旅游散散心。

在竹狮、陈乐君的劝说下，那天早上，李莉莎闷闷不乐，与国内一班"同行"，搭乘香港时间上午11点的国际航班，经过12个小时空中旅程，于当地时间早上6点到达德国法兰克福国际机场。

法兰克福国际机场，位于德国黑森州法兰克福市，是德国的国家航空公司——德国汉莎航空公司的一个基地，是欧洲第三大机场。

刚下飞机，转乘汽车后，李莉莎就用手机自拍，然后发上她与竹狮、陈乐君、天晴共建的"创业群"，向他们诉说这里的所见："哈哈，各位俊男美女，在香港机场时，我还穿着秋装，一到德国，气温零下3摄氏度，温差二十几摄氏度，真可谓'冰火两重天'。"说完，将手机摄像头转向车外。

随着手机的拍摄，可以看到：车外，天空白茫茫一片，大雪纷飞；机场周边的建筑物，像披上了一层白布；马路旁树木的树杈、树叶，被飘落的雪花覆盖着，远看像一只负重的企鹅，欲爬不能；地面，被厚厚的积雪覆盖；车轮，将马路的积雪分成多条沟壑。

一会儿，李莉莎将镜头对着自己。画面上，李莉莎已穿上浅蓝色羽绒服，头戴羽绒帽，她装了一下娇情："北风那个吹哎，雪花那个飘飘……"那个调皮样子，令大家看后捧腹大笑。

离开市区，进入高速公路，飞雪慢慢减少，不一会儿就停了。李莉莎改发微信与他们交谈。

沿途所见，李莉莎对德国的第一印象是森林覆盖率高，这里无论城镇还是乡村，到处都是大片草地和林木。还有，这里只见草地，很少见到农田。

的确，世界各国按森林覆盖率由高至低排列，前几位是日本、韩国、挪威、瑞典、德国、美国、法国、印度、中国。德国的绿化率达到87%，仅次于瑞典。

德国的国土面积35.7万平方公里，人口约8270万人。这个工业化高度发达的资本主义国家，以汽车和精密机床为代表的高端制造业为重要支柱产业。德国还是欧洲四大经济体之一，其社会保障制度完善，国民具有极高的生活水平。

德国的农业也以高度机械化、集约化经营而著称。特别是在近代，已经达到高度4.0水平，即是网络化、大数据、人工智能、机器人等技术为支撑和手段的一种高度集约、高度精准、高度智能、高度协同、高度生态的现代农业形态，实现了农业的高产、优质、生态、高效和可持续发展。德国人以肉食为主，加上人口不算多，消耗谷物量相对不大，用较少的农田养活一国人也就不奇怪了。

经过两个半小时的车程，李莉莎她们终于到达今次游学的目的地——巴登巴登小镇。

巴登巴登所在的黑森林地区是童话故事《白雪公主》的发生地，而德国黑森林抗衰老中心，坐落在距离巴登巴登60公里的拜尔斯布隆小镇。这里地处德国环境优美的黑森林区域，交通便利，空气清新。

负责接待她们的人介绍，这里的环境非常适合疗养，除了接受纯净的空气美容疗法外，还可以享受到西医治疗。

疗养院占地2.5万平方米，拥有套房、行政标间、豪华单间，配备体检设备、水疗中心；院区内设直升机停机坪、高尔夫球场、网球场、大型停车场、游泳池、咖啡厅、健身房、按摩中心以及可以同时容纳200人的豪华餐厅等设施。

疗养院标志性建筑是一幢楼高五层的酒店。入住这座中心酒店，安顿妥当后，李莉莎第一时间在"创业群"里向各位报平安。

由于在飞机上无法入睡，到达目的地后又处于白天，倒不了时差，李莉莎觉得有点累，午饭后上床睡觉了。

第二天上午，中心主任明确了她们每天的活动安排：上午观看抗癌、防癌、抗衰老治疗，时间大约两个半小时；下午参观、游玩、学习。

下午，她们一班人步行去附近的市集，沿途马路四通八达，纵横交错，没有高楼大厦，只见一幢幢两三层的私人别墅（住宅）在一片低矮丘陵地上，依地势而建，全是木质结构，风格各异，颜色以暖色为主调；每幢别墅旁边，停放着两三辆小轿车，以德国大众汽车集团的品牌居多。这里究竟是乡村还是城镇，真的分不清。也许，在德国，乡村城镇已成一体，已经没有严格意义上的区别。

晚上，李莉莎她们来到附近的一个小镇，镇上华灯初上，灯火通明。建筑物都是限于三四层，世界上所有知名品牌的连锁店这里都有。游玩、购物的人不算多，大都休闲漫步，慢条斯理。德国人环保意识很强，日常生活很少用塑料袋，拒绝用一次性的餐具。

第三天上午，李莉莎她们开始参观中心抗癌、防癌、抗衰老治疗。

原以为接待单位会带她们去参观一流的疗养设施，与一流的养生医疗专家零距离接触，谁知道她们被带到邻近的一幢两层的楼房，整体看，这里的建筑及医疗设施与国内的县级医院差不多。

经过了解，李莉莎将所见所闻马上发上群，天晴马上请教相关医学专家，在群里给予解答：

"这至今仍是一个安全性和疗效都存在争议的灰色地带。世界上确实存在这种医疗技术，但远没有那么神奇，而且费用高出正常的几倍。"

听了天晴的解释，李莉莎像盲人吃汤圆，心里有数得很。

下午，主办方安排游学者进行娱乐性质的气枪射击比赛，每人10发子弹，李莉莎其中两发命中10环，总成绩88分，取得比赛第一名，奖品是德国红酒一瓶。

当李莉莎将消息在群里发布时，陈乐君笑着问：

"莎莎，你可是没有拿过枪的弱质女流啊，真有那么厉害？"

"我从来没有进行过射击训练，这是有史以来第一次参与射击。"

"莫非你与生俱来就是'枪神'？"

"'枪神'不敢当，能取得第一名，可能与跟随老爸生活、遗传老爸军人的基因有关，也可能与自小在部队里长大、受到军人的熏陶不无关系。"

"今晚值得喝几杯庆祝一下。"陈乐君不忘擦擦他心中"女神"的"鞋"。

"射击距离有多远？"一直沉默不语的竹狮冷不防爆出一句。

"这个……这个……"李莉莎一时语塞。

"这个什么？快说！"陈乐君发觉有点不对劲。

"大约15米吧。"李莉莎随发一个捂着嘴偷笑的表情。

"哈哈，豆丁妹，那也叫射击吗？还说是比赛呢！"陈乐君调笑道。

"比赛有正规也有娱乐，人家都说是娱乐性的嘛！"

"哈哈，还强词夺理。"陈乐君发了个哭笑不得的表情。

竹狮也发了个捂着嘴偷笑的表情助兴。

最后，三个人哈哈大笑一番。

晚上，中心举行了嘉年华晚会。李莉莎身材修长苗条，舞蹈人士出身，交谊舞、国标舞、街舞，甚至跳一段即兴舞，她都挥洒自如，深得男士们的喜爱，成为晚会的"舞后"。

李莉莎发现，这里的德国男人身材高大而不臃肿，蓝眼睛，白皮肤，头发自然卷曲，潇洒大方，风流倜傥；由于不注重调节，加上饮食以肉食为主，结婚后的德国女人却多是身材臃肿粗大，不修边幅，与男人形成强烈反差。针对这种情况，李莉莎晚上在健身房开始练"中式瑜伽"，进行形体训练，有意吸引那些德国少妇，并告诉前来观看的那些德国已婚女人，自己的很多女性朋友生孩子后与她们一样，身材肥胖，后来注意锻炼，身材才慢慢恢复苗条。

听完李莉莎的心得分享，那些德国妇女来了兴趣，一起缠着李莉莎，要她每晚教她们学习形体训练、体式瑜伽。李莉莎觉得，能够被德国妇女拥戴做老师，这是一件自豪的事，于是，参观期间，她每晚都在健身房施展浑身解数，教她们练习瑜伽，进行简单的形体训练，希望通过努力，能够帮助她们早日脱离"胖海"。

德国人开朗、真诚，迷人的笑容让人感觉很舒服、开心。难得的是，在不知不觉的友好相处中，李莉莎她们好似找到家的感觉，能感受到大家庭的温暖。

李莉莎将每天的所见所闻发上"创业群"，供大家共同分析、探讨，力图找出这个投资机构的诈骗破绽。

其实，不用分析，大家都意识到，该连锁品牌店，请几个德国当地的医生，利用高科技，装模作样展示的所谓"养生技术"，大部分内容都与真正的医疗养生沾不上边。深层次上分析，这种连锁加盟中心，实质上是一家彻头彻尾的借壳集资公司。

九天的德国参观学习结束了，回到灵羊后的第二天晚上，陈乐君亲自为李莉莎接风洗尘。竹狮有事处理，稍后才赶到。

李莉莎首先拿起酒杯，感谢两位兄长在自己创业路上遇到危难的时刻，及时分析提醒，避免了一场经济灾难的发生；同时感谢陈乐君破费设宴招待她这个"败军之将"。

看到李莉莎沮丧的样子，竹狮、陈乐君陪她干了一杯。"吃一堑，长一智"，"失败是成功之母"，为预祝李莉莎尽快走出困惑，快步走出困境，接着他们又干了一杯。

吃完饭，竹狮关心李莉莎后续的工作安排：

"莎莎，打算怎样开展工作？我觉得，立足脚下，深耕本土文化，才是真正的文化自信，还是立足于自己国家的养生智慧，开创自己的品牌为上策。"

陈乐君也关心地说："我觉得师兄的说法有道理，你心里有没有头绪？"

"我打算在培训中心基础上，再租一个单间，成立'天籁健康讲座工作室'，开展健康公益讲座活动，慢慢聚集人气，为最终成立'天籁康乐健身培训中心有限公司'打基础。"

"思路不错！"竹狮淡淡说了一句，又转向陈乐君，"君子，向县电台推介一下，开辟一个'莎莎健康公益讲座'，如何？"

"没问题！"陈乐君笑着转问李莉莎，"好吗莎莎？"

"好呀，有劳君哥哥了。"

看竹狮脸色不好，精神欠佳，李莉莎担心起来："师兄，您不舒服？"

"有点像感冒了，不过问题不大。"

"要不要陪您去看看医生？"

"不用，我吃药了，回去休息一下就没事的。等下看电影我就不去了，但我先强调，你们俩谁也不能打退堂鼓呀！"

吃完饭，竹狮一个人回去了。李莉莎本来想说不去看电影的，但碍于情面，怕陈乐君误解，加上竹狮走时叫她不要扫兴，难得陈乐君一片好心，所以唯有与他前往电影院看电影。但整个晚上，李莉莎闷闷不乐，心不在焉，与陈乐君的交流也是寥寥数语……

为了更系统、正规地学习女性礼仪、形体艺术，不久，李莉莎带着自己中心的老师王宁一起去珠州艺术职业学院进行为期三个月的进修。

珠州艺术职业学院地处珠州市的东郊，紧靠东郊公园。校园内，绿树成荫，路边，一排排大王椰子，令人眼前一亮，一行行粉红色的羊蹄甲，令人觉得生命的多姿多彩，一棵棵翠绿色的小叶榕，展示着旺盛的生命力！树下，不同花木的艺术造型，形态各异，散落在花圃、花基间，与绿草如茵的草坪浑然一体。教学楼等建筑物，掩映在绿树丛中，环境幽幽，这无疑是一个静学修行的好地方。

学院设有六年制、五年制、四年制的中国舞、芭蕾舞、国标舞专业；大专两年制的舞蹈编导、舞蹈表演教育、现代舞、东方舞、音乐舞蹈等专业。学院还附设短期培训班，以满足"半路出家"又期望接受正规培训的学员。通过对女性礼仪、形体的学习、训练，气质的培养，使女性在行为举止上脱胎换骨，全面提升女性的内外修养。学校以学科的齐全和多样性在省内乃至全国同类学校中成为佼佼者。

每天早上，李莉莎与王宁先到教室，听老师讲授礼仪、形体理论知识，下午到舞蹈室，接受系统的礼仪、形休训练，晚上回课室进行自修。通过学习、训练国际通用礼仪规范以及社交技能，令女性在行为举止、仪态、谈吐、社交、礼仪等各方面得到全面均衡的提升。通过对世界历史、音乐、舞蹈、诗歌、艺术等方面的浸润，全面拔高女性的文化艺术素养，在短时间内，拓宽女性的生命广度、宽度和深度。

眨眼间，三个月的进修培训结束了。回来后，李莉莎着手准备公益课的开讲。

对公益课，李莉莎精心构思，拟订了讲课提纲，根据提纲编写出教材，内容包括全方位引进外国健康养生理念、进行女性礼仪训练和形体训练等内容，然后制订出招收学员培训的整套计划。

她通过"天籁"瑜伽舞蹈培训中心微信公众号、舞蹈协会微信公众号、中心教师的朋友圈发布消息，中心将举办女性形体训练公益课，两个班，每班40人，5个课时，额满即止，有兴趣的朋友可通过公众号或到中心报名。消息发出后，报名人数仅一天就额满了。

第一课时，安排老师与学员互动。李莉莎亲自坐镇，王宁老师就学员提出的问题进行解答。

俗话说，"三个女人一个圩"，课堂上，几十个女人在一起，那是一个怎样的场面？学员叽叽喳喳问个不停。

为让学员能直观感受到礼仪训练的重要，李莉莎反复强调："礼仪就是一个人的行为举止，对女生而言，是气质、涵养的体现。"

说完，她按照资料所列，像表演小品一样示范一次，令学员们开怀大笑，爆发出热烈的掌声。

公益课结束后，李莉莎马上转入招生，原计划只开一个班，招40人，谁知道近100人报名，要同时开3个班，还有10多个要求私教"身心灵疗愈法"，在此情况下，李莉莎只得搬救兵——邀请珠州艺术职业学院的老师星期六、星期日前来上课，以满足女士们对高质量生活的需求。

李莉莎审时度势，以此为契机，整合"天籁"舞蹈瑜伽培训中心资源，成立了天籁康乐健身培训中心有限公司，集舞蹈、瑜伽、礼仪、形体、疗愈、策划于一身，打造健康大品牌，服务市民，服务大众！

第十九章
山狮落户枫叶之都

多伦多华人华侨商会，位于约克区的东南部，这里不在闹市区，但交通方便，环境幽静。

来到加拿大后，天晴第一时间拜访了多伦多华人华侨商会。

下午两点半，按约定时间，天晴与一位男同事准时出现在多伦多华人华侨商会门前，霍志威副会长站在门口，笑吟吟迎接天晴的到来。

"霍副会长，您好！"天晴面带笑容，走上前，主动伸出双手握着他的手。

"欢迎你，天晴记者！"

"霍副会长，能得到您的接见，是我们的荣幸！"

"接待来自家乡的亲人，我十分乐意！"说完，霍志威引天晴进入办公室。

办公室里，坐着多伦多各区分会、社团负责人，见天晴进来，大家站起来，鼓掌欢迎。坐下后，霍志威首先对天晴做介绍。

天晴马上站起来，向他们行了鞠躬礼。

天晴将这次出国的目的、任务向他们做了简单的介绍，特别提到在加拿大推介中国传统文化的同时，也向国内推介加拿大的风土人情、人文景观，让中加的民间交流得到进一步的加强。天晴说完，随即将近期推介的相关地域、项目，以及推介的方案呈送给各位。

"晚辈初到，人地生疏，还敬请各位前辈多多指点，多多支持，多多包涵！""三多"之后，天晴结束了发言。

由于天晴是徒弟叶志聪的同学，师侄竹狮的表妹，霍志威对天晴多了一种亲切感，所以，当天晴请求霍志威不要称其记者，直呼其名的时候，他爽快地改口了，并首先表态：

"世侄女，在公，我们接到加拿大华人总商会的电子函件，说我们南粤派人来多伦多开建媒体平台，推介我们中国的传统文化，请给予支持；在私，志聪、竹狮分别打电话给我，希望我在工作上能够助你一臂之力，生活上关心你，所以，如果有什么困难，请告知，我们当尽最大能力帮助你们！"

"霍师叔，给你们添麻烦了！"天晴以竹狮表妹身份称呼霍志威。

"不必客气！这里原本就是我们华人华侨的家，对你，更不例外。"

约克区唐人街华人社区的龙狮团团长孔德义接着说："天晴记者，你们近期推介的项目有一个山狮技艺，是什么？能否简单介绍一下？"

天晴便将山狮的起源、狮舞组合、武术绝技、历史沿革、传播范围作了概括性介绍，特别强调："山狮很有可能是南狮的开山鼻祖！"经此一说，引起了大家的兴趣，天晴马上请他们关注平台的公众号，并加在座参会人员为微信好友。不一会儿，大家马上看到了山狮技艺一展风云的视频。

闲谈式的交流、沟通，拉近了天晴与他们之间的距离。他们一致表态：全力支持！同时，根据平台的工作性质，结合当地的实际，向天晴提出了开展工作的一些建议，天晴都逐一记下，心存感激。

离开商会时，天晴为他们每人送上一份灵羊特产，以表谢意。

"天晴侄女，你太客气了，下不为例啊！"霍志威摆摆手。

"出门探亲访友带点手信（礼物），也是我们中国几千年的文化习俗，我是在推广中国传统文化呀！何况，还是拜访异国他乡重量级前辈呢！"

天晴的说话客气谦虚，符合情理，风趣幽默，令在场的人都觉得，这是一个有大将风范、大方得体、有亲和力的女孩。

这次打招呼式的相聚，为天晴他们开展工作打下了坚实的基础。

为尽快融入当地社会，一段时间以来，在当地教练的带领下，天晴他们刻苦练习汽车驾驶技术，希望尽快取得加拿大汽车驾驶证。

由于时差关系，天晴一般在当地时间晚上 10 点（国内上午 10 点）以后发信息给竹狮，与他交流在异国他乡的感受。

"表哥，我拜访霍志威师叔了，他专门召集多伦多各区商会和社团负责人让我结识，令我感动。"

"师叔跟我说了，真的很感谢他，他为你开展工作打通了第一关——人脉关。"

"是啊，在这里，人生地不熟，面对不同的文化背景、风俗习惯，有时显得一筹莫展。"

"这需要一个过程，慢慢会适应的，天晴。"

"嗯。"

与竹狮的交谈虽然只有寥寥几句，有时甚至只有一个微信表情，天晴心里都能得到慰藉，得到满足。

进入寒冬腊月，南粤大地的天气仍然反复无常，竹狮心里有点压抑。接近中午，李莉莎问竹狮，去不去吃煲仔饭，她说最近发现有个门店的煲仔饭，味道挺不错。竹狮说不去了，李莉莎问要不要打包回来，他点点头。

李莉莎走后，竹狮走入休息室，拿起手机，进入"酷狗"，搜索出周亮演唱的一首歌《你那里下雪了吗》，发给天晴。他斜靠床上，边听歌边闭目养神。

　　你那里下雪了吗？

　　面对寒冷你怕不怕，

　　可有炉火温暖你的手，

　　可有微笑填满你的家，

　　你那里下雪了吗？

　　面对孤独你怕不怕，

　　想不想听我说句贴心话，

　　要不要我为你留下一片雪花

　　踏雪寻梅已成我梦中的童话。

　　花瓣纷飞飘洒着我的长发，

　　摘一朵留下我永远的牵挂，

　　最寒冷的日子里伴我走天涯……

　　突然，手机嘀嘀响，是天晴发起视频通话。画面上，天晴正面头像占据整个屏幕，晶莹的泪珠儿溢出，就快滑下来……

　　看到这，竹狮的心怦怦，马上沉重下来。以天晴倔强的个性，无论遇到多大的困境，她是不会轻易流泪的。在竹狮的记忆里，除了孩提时代，他从来没有看到过天晴流泪。但竹狮马上明白了其中缘由，他左手拿着手机，右手轻轻贴着屏幕，试图帮天晴"抹去"泪水，"抹"了一次又一次，天晴干脆用手托着腮，任由竹狮"抚摸"她的脸庞，看着竹狮深情看着自己，笨拙的动作，傻瓜般的举动，天晴破涕为笑，轻轻唤着：

　　"傻瓜！"两人就这样对视。

　　良久，竹狮回应："疼你，睡吧，啊？"

天晴笑笑，盖上被子，挂断了。

和天晴结束通话，竹狮的心有点难过。一个女孩子，刚到异国他乡，工作压力大，身边没有亲人，思想低落是很正常的。他想：她除了同自己诉诉苦、减减压，又有什么更好的办法呢！

不一会儿，李莉莎打饭回来，发现竹狮脸色不好，关心地问："师兄，不舒服？"

"没有，刚才躺了一会儿，半梦半醒……"

"那您先吃饭吧。"说完，替竹狮摆放好碗筷、茶水。

"谢谢你，莎莎！"

李莉莎嘟嘟嘴，对竹狮说："趁热吃吧。"

此刻，在多伦多，时间已进入午夜，天晴躺在床上，辗转反侧，刚才的举动，是她情感长期压抑得不到释放的结果。与竹狮重逢后，她的情感完全围着竹狮转，开始时，只觉得他经历那么多苦楚，熬出头不容易，心里挺为他自豪；那次山狮乡村调查，在阳山县七拱镇乌石村平房里，两人共处一室，竹狮不但对她秋毫无犯，而且一夜不眠，像大哥哥一样保护着她，生怕她有什么闪失，这种定力、人格魅力令天晴春心荡漾……

当车祸发生后，竹狮的沉着、冷静，令天晴折服，尤其对天晴的怜爱，达到无以复加的地步；还有竹狮表现出的内疚，也体现了他心灵深处的善良。这些，都令天晴爱恋！来到加拿大多伦多后，天晴对竹狮的眷恋与日俱增，她多么想向他表白自己爱他，甚至想告诉他，自己多么想在出国前成为他的女人……27岁的大姑娘了，她有这种渴望、这种需求……

按照省委宣传部的工作规定，每个外派出去的人，每月必须进行一次书面工作汇报。天晴除了按规定完成之外，还以个人身份，写了一份工作札记给省委宣传部张之亮副部长，让张副部长第一时间掌握到这里的情况。

　　早上回到工作室，她先完成手头的工作，然后打开竹狮发来的电子邮件。里面有一篇竹狮与她合作写的《山狮是南狮的开山鼻祖——从"芋笠"狮子的演变探索南狮的起源》论文，她将论文再次进行润色之后，投到加拿大华人界权威的中文报刊之一——《中国传统文化》，期望该刊采用。

　　《中国传统文化》属中性刊物，以介绍中国传统文化为主，兼顾奇闻趣事，是加拿大发行量比较大的周刊，它读者众多，涵盖华人华侨、熟悉中文的外国人，是老少咸宜的读物。

　　意想不到的是，一个礼拜后，该刊物的责任编辑打电话给天晴，详细询问了论文的相关情况。

　　"您好！我是《中国传统文化》的责任编辑，您是《山狮是南狮的开山鼻祖——从'芋笠'狮子的演变探索南狮的起源》论文的作者天晴吗？"

　　"是的。"天晴一本正经回答。

　　"您和竹狮合作撰写的论文，引起了我们总编辑的极大兴趣，您还有没有相关的文字、图片、视频资料？"

　　"你们需要哪方面的文字、图片、视频资料？"

　　"只要是有关山狮的，都要，而且越原生态越好。可以发到我们编辑部的邮箱，如果还有其他资料，稍后请发来，我会马上告诉总编辑。谢谢！"

　　"我这里有一本竹狮先生花了近十年时间，进行田野调查编写的史料书《岭南山狮初探》，如果你们感兴趣，我可以寄一本给你们。"

　　"好啊，稍后我发地址给你，谢谢！"

　　"不客气，向外传承传播中国的传统文化，是我的工作，更是我义不容辞的职责！"

　　她把这个好消息告诉了竹狮：

"表哥,《中国传统文化》周刊对我们的论文很感兴趣,已向我索取了山狮的相关文字资料、图片和视频,估计论文被采用的可能性很大。"

"好振奋啊!"竹狮附加了一个给力的表情。

"我准备把向《中国传统文化》推介山狮文化作为来多伦多后第一件工作,也作为首个突破口,您认为如何?"

"从最熟悉的做起,这是千古教条!"

"嗯。表哥,您在做什么?"

"我和李莉莎在珠州,同荷兰的客商洽谈茶竿竹明年出口的订单。"

"噢,祝顺利!"

不知道为什么,当竹狮说到同李莉莎在一起时,她的心"噔"的一下,心情瞬间沉重下来。

天晴将另一个山狮技艺视频转发给多伦多市约克区唐人街华人社区的龙狮团,供他们组织人员观看。那个视频,是关于山狮技艺教学的,附带文字说明,内容有:山狮舞入门;锣鼓打击乐器的技法;冠鹰独创的山狮武术"八策"套路的掌握;"狮子跳楼台(跳瓦坛)""狮子跳竹竿"等山狮武术绝技的技巧练习。

一个星期后,果然像天晴预料的那样,《中国传统文化》以封面文章刊登了竹狮、天晴合作的论文《山狮是南狮的开山鼻祖——从"芋笠"狮子的演变探索南狮的起源》,并加上按语。

"中国南狮(醒狮)的祖先——山狮"。大幅山狮的照片,令从来没有听过更没有见过山狮这个"山物"的加拿大市民,好奇心爆棚,争相购买,周刊一时断货,编辑部不得不加印,以满足市民的猎奇心理。

天晴将加拿大周刊《中华传统文化》封面文章刊登山狮论文、介绍山狮文化的事,以及杂志被抢购一空、编辑部不得不加印的盛况向省委宣传部做了专题汇报，得到了部里的充分肯定。

时间过得很快，不知不觉，转眼到了夏天，天晴向竹狮述说了多伦多的趣事。

"表哥，来到多伦多之后，这里给我印象最深的是地多人少，空气清新，绿化率很高；高楼不多，大部分是欧陆风情的别墅。在家乡，蓝天白云是一幅美好的画面，但夏天的多伦多，却是有蓝天没有白云，天空一片蔚蓝，洁净得令人难以置信。"

"从你发回的信息看到了，真的令人向往！"竹狮发了个羡慕的表情。

"有意思的是，这里进入夏天后，会执行'夏令时'，而进入冬季后实行'冬令时'。"

"我们国家的'夏令时'早已成为记忆了，也许，各国的气候不同，不跟风未必不是一件好事。"

"我喜欢这里的夏天，热情似火！"竹狮知道天晴在表达什么，他发去一个太阳和两朵花的表情。

多伦多是一个多元化的国际大都市。最早到那里的华人华侨多是粤、港、澳人士，华人华侨在多伦多的人数超过250万，粤语成为加拿大的第三大语言。近年，随着中国经济的飞速发展，讲普通话的中国移民逐渐多起来，这些人要真正融入华人社会，就需要学习粤语，"粤语补习班"由此产生。

天晴利用业余时间，义务为这些新移民补习粤语。她找到《粤语发音字典》《粤语字典大全》作为参考教材，还请学员下载"喜马拉雅"APP学习粤语。

深秋，是多伦多枫叶遍地红的季节，这个世界著名的枫叶之都，令多少文人墨客、少男少女为之倾倒。

天晴准备利用有限的假期，亲临枫叶大道，融入枫叶之海，领略枫叶神韵，感受枫叶带给人们的诗情画意。

她向竹狮发去几张枫叶的照片，并附上一首唐诗。

"枫叶千枝复万枝，江桥掩映暮帆迟。忆君心似西江水，日夜东流无歇时。"竹狮知道，这首情诗，是唐代女诗人鱼玄机的作品，通过对秋景的描绘，表达了女诗人因孤独寂寞而对远方情郎的思念之情。

竹狮用明朝陈言的诗句安慰她："落叶乱纷纷，林间起送君。还愁独宿夜，孤客最先闻。"得到竹狮的回应，天晴柔情似水，轻声细语："表哥……"竹狮轻轻吟诵："远上寒山石径斜，白云生处有人家，停车坐爱枫林晚，霜叶红于二月花。"

"感受异国他乡不一样的'枫情'，多浪漫！"竹狮有感而发。

"那您来呗！"天晴充满期待。

多伦多当地时间早上8点。一身旅游打扮的天晴，出发前，与竹狮进行了微信视频通话。

"尊敬的竹狮先生，小女子天晴，将横跨安大略、魁北克两省，途经蒙特利尔、渥太华、多伦多、尼亚加拉瀑布，其间穿越峡谷、河流、山峦和湖泊，将总长达900公里的'枫叶大道'踏在脚下！"

竹狮竖起大拇指："豪气！厉害！"接着又叮嘱："要注意安全！"稍停，竹狮略为思索："当然，如果将它打造成一个短小精悍的旅游特辑，估计收视率不会低。"

天晴面对镜头，嫣然一笑："那是我的强项，还用说吗！"然后半握拳头，来了一个华丽转身："Yes！"

结束通话，她出发了。

此后，竹狮每天都会收到天晴发来的文章，有些是她自己的作品，有些从网络摘录。

"加拿大的秋天因五彩斑斓的枫叶而美丽！那一簇簇、一片片的枫树叶染透了公园、山坡、峡谷和湖岸，甚至是城市里的大街小巷；那好像是大地上正在燃烧的一片片的火焰和一朵朵跳动的火苗，或红，或黄，或绿，浓郁深邃，绚丽多彩。那是大自然的鬼斧神工雕刻出的一幅美丽的图画，也是大自然的生花妙笔谱写的一首摄人心魄的神曲，更是大自然的奇思妙想书写的一首充满浪漫神韵的诗篇！"

"我想把它编辑成旅游散记，好吗？"天晴问。

"绝对 OK！"

结束这次"枫叶大道"的迈步，天晴发给竹狮一张照片，画面温馨浪漫，令人神往：枫树林里，地上洒满一片片火红的枫叶，与翠绿的草坪相映生辉，一幢两层高的独立别墅前，一条长廊穿过，旁边，有一张长椅。夕阳下，长椅上，一对白发苍苍的老夫妻，互相依偎在一起……

竹狮、天晴同时在心里唱着"长相依……"

不久，作为传播平台的负责人，天晴接到中国—加拿大文化交流协会电话，请她参加加拿大多伦多中加建交 50 周年庆典的筹备工作会议，会议结束后，她将此事告诉了竹狮。

"表哥，中加建交 50 周年庆典即将在多伦多举行，如果我们的山狮能参加演出，该是多么美妙的事啊！"

"不知道选拔的途径怎么样？"竹狮担心。

"它有一个筛选的程序，具体方案是：由各省、自治区、直辖市将本地最有特色、历史最悠久、影响广泛深远的传统文化上报，由组委会委派的导演组进行筛选，最后提交组委会讨论通过。"

"这需要你和张副部长、导演组这三个点同时出力才行呀！"

"好的。我马上写个可行性报告，向省委宣传部提出建议，推荐我们灵羊的山狮舞和武术'八策'套路、南狮、梅州客家山歌和连南县瑶族的耍歌堂和长鼓舞，梅州客家山歌和连南的两个项目，可是列入了国家非物质文化遗产名录的。"

"那你应该同你爸爸沟通，让他出面同张叔叔打招呼，以引起张叔叔的重视。你将报告按正规渠道呈送省委宣传部，我们这层面的工作就算已经完成。"

"好的，我马上同爸爸沟通。为山狮技艺走出国门，我也是拼了！"天晴给了竹狮一个哈哈大笑的表情。

为使这次庆典活动隆重、热烈、有序进行，加深中加两国的友谊，中加双方委任各自的文化部部长为组委会正副主任（中方为正主任），成员包括：双方的大使馆大使、旅游局局长，多伦多市市长等官员。庆典组委会各自物色了这次庆典的导演，中方为主导演——中国中央电视台资深导演尹强，加方为副导演——加拿大电视台导演舒加特尔。

中宣部很快下发通知，要求各省、自治区、直辖市在规定时间内上报项目。考虑到加拿大华人华侨中南粤人较多，且粤语为加拿大第三大语言，所以下达给南粤省的节目指标相比其他地方稍为多一点。

竹狮接到县文广新局的通知后，马上将山狮文化的文字介绍、图片、视频等资料送上，资料很快汇集省委宣传部。

在省委宣传部召开选送节目的会议上，有人提出，灵羊山狮舞和山狮武术"八策"套路没有知名度，作为选送节目风险较大，建议将它撤下来，用其他地方的节目代替。张之亮副部长马上叫办公室主任将天晴发回的汇报材料分发给参会人员，并播放了加拿大多伦多市民对山狮高度关注和对山狮表达喜爱之情的视频。此办法很见效，马上扭转了局面，选送山狮的呼声最高，连提出疑问的人都投了赞成票。

天晴得知主导演是尹强后，激动得几乎跳起来，因为尹强是她传媒人学的老师。大学毕业参加工作后，天晴一直与他保持通讯联系。

"老师，恭喜您被推选为中加建交50周年庆典总导演！"

"消息好灵通啊，丫头。"

"做您的学生，没有'眼观六路、耳听八方'的本事怎么行？"

"臭美。在多伦多吗？工作开展得怎么样？"

"是的，老师。工作不大顺利。"

"不会吧。说来听听！"

"我在多伦多那个传播平台，主要向当地推介南粤传统文化，我作为负责人，一直无法打开局面。"

"这不像你的个性！目前在推介什么传统文化？"

"有三个，一个是我家乡端砚市灵羊县的山狮文化，另一个是清远市连南县的瑶族文化，再一个是梅州市的客家文化。"

"我以为是什么大不了的事，小事一桩！"

"对老师是小事，可对您学生我来说，却是大事，关系到'身家性命'！"

"有没有那么严重呀丫头？"

"有。老师不救，我死定了！"天晴发了三个撇嘴的表情。

"好了，不聊了。"尹强觉得天晴今次聊天有点不对劲，意识到这"豆丁妹"在卖关子—打悲情牌—推销。

"知徒莫若师"。结束对话后，尹强从下面送上的节目堆里，调出南粤省上报的节目，一看，除了震撼，还有摇头自笑——这臭丫头，原来在搞"火力侦察"！

尹强马上又同天晴视频通话："丫头，你那个山狮舞，是家乡'特产'吗？"

"正宗货，老师。我出国前，曾利用国庆黄金周假期，深入粤、桂、湘三省边区，进行了五天田野调查，当中还遇上车祸而受伤，历尽艰辛才掌握了第一手珍贵史料。"

"那个狮舞蛮有意思的，年代久远，原生态，根植于竹乡，又有可能是南狮的开山鼻祖，怪不得在多伦多那么受欢迎！"

"谢谢老师您的理解、支持！"

"这样吧，派个任务给你，假如你是主导演，设计一个庆典方案，如何？"

"谢谢老师的厚爱、栽培！"

接受任务后，天晴马上以私人身份，将此事向张之亮副部长做了汇报，得到了张副部长的支持、鼓励。

功夫不负有心人！一个月后，竹狮收到了中加建交50周年庆典组委会的函，竹狮的申请获得批准。组委会还说，如果时间允许，将派出专业人员前来灵羊观摩，要求他们加紧训练，务必以高水平亮相枫叶之都加拿大的多伦多。

第二十章
盛况空前誉满全球

几个月后，作为传播平台的负责人，天晴接到中国—加拿大文化交流协会电话，请他们共商中加建交 50 周年庆典的相关事宜，她将此事告诉了竹狮。

"表哥，如果中加文化交流协会在多伦多举办庆典活动，您觉得怎样搞才可以取得更大效应？"

"这可是一个推介中国传统文化的大好时机。"竹狮兴奋说道。

天晴有点激动："是啊，所以同您商量，好好谋划，为庆典出谋划策！"

"我认为，这次庆典活动，以中国元素为主，包括三大部分：巡游、主场表演、嘉年华晚会。"竹狮提出自己的看法。

"正是。主场举行简短仪式后，组成气势宏伟的龙狮方队、民族特色方队、飘色方队、花车方队，浩浩荡荡，向多伦多市民传递中国的年文化，返回主场后进行表演。"天晴抑制不住内心的喜悦说道。

"那表演内容呢？"

"这就需要表哥您出谋划策了。"

"从我的视角认为，第一，展示龙狮的渊源文化，龙是中华民族的象征，狮是吉祥物、人类的保护神。第二，表演山狮的绝技，特别是山狮武术'八策'套路、'山狮跳瓦坛''山狮跳竹竿'等，这些失传了半个世纪的山狮绝技，需要掌握硬功软功才能进行，无论惊险度还是难度，都比醒狮跳高桩有过之而无不及！"

"形式上是不是同我们灵羊每年举行的龙狮春游差不多？"天晴马上反应过来。

"大同小异。当然，主场可以加入一些文艺表演，如音乐、舞蹈、小品等等，可以中加合璧，这部分是你的强项。"竹狮发了竖起大拇指的表情。

"我突然想起，在中国人人皆知的白求恩大夫，他的故乡就在多伦多，让他穿越时光隧道，来个新年祝福如何？"

"好啊！太有创意了，创意女神！"

"那嘉年华晚会呢？"

"晚会应该中西合璧。"

"噢，我有头绪了，以《我的中国心》拉开序幕。"

"中国的乐器二胡、唢呐、笛子等伴奏，来一曲《茉莉花》《梁祝》……"

"您的狮队呢？"

"我的狮队表演'块耙旋转''藤碟对打'、轻功'蜻蜓点水'等，足令观众大饱眼福啦。"

"烟花会演呢？"

"这个可有创意空间啊。"

同竹狮聊完，天晴马上写出可行性计划形成电子文档。晚上，她来到约克区华人社区龙狮团，团长孔德义（积逊）等几个人已在等候。

这个孔德义，祖籍南粤禅城，中等身材，短头发，红光满脸，气定神闲——这个习武之人，看上去只有50多岁，实际年逾花甲。

大家有一段时间没有碰过面，自然寒暄一番。天晴将一包灵羊番薯干拿出来，让他们品尝。稍后，她开门见山问孔德义："积逊大叔，您有没有看我发给你们的电子邮件？"

"看了，好惊险刺激！难度太高了，以前怎么没有听说过这种狮舞和那么厉害的武术绝技？大开眼界啊！"

天晴将计划书拿出来，每人一份，半小时后，大家对这个计划进行了补充完善。

经过多次修改，天晴将老师交代完成的"作业"做完了，发到尹强的电子邮箱。

中加文化交流协会召集了多伦多几个区的华人社团开座谈会。陈炳权会长说，中加两国1970年10月建交，明年是两国建交50周年的大喜年、黄金年，中加两国准备在多伦多市举办中加建交50周年庆典，盛况必须空前，需要我们制订出具体可行的计划。

听完，大家异常兴奋。是啊，国家富强了，华人不断受人尊重，多么自豪啊！

会上，天晴代表约克区华人社团递交了计划书，现场讲解完后，她将计划书电子版发给了协会。

回到宿舍，天晴将去协会参加座谈的情况告诉了竹狮。竹狮敏锐意识到，随着中国的发展强大，"一带一路"的进一步实施，中国传统文化由华人区逐渐渗入当地，必然会带来不少商机。

同天晴商量后，鉴于时间仓促，他先后给南粤省禅城市的诗雅陶瓷集团公司、江西省景德镇市陶瓷研发中心发去《生产山狮道具合作意向书》，请禅城市诗雅陶瓷集团公司、江西省景德镇市陶瓷研发中心各加工5万套山狮道具陶瓷工艺品，式样参数由加拿大飞越南雁创意园加权创意中心提供。

8月，中加文化交流协会就中加建交50周年庆典召集加拿大各华人社团、商会开会，负责经费的筹集、人员的调配等工作。

陈炳权会长说："从目前来看，关键两大部分，一是资金，二是人员。人员包括巡游队伍、主场演出人员，专业演员从国内、加拿大文艺团体、民间高手中挑选，而其他人员要请我们加拿大的华人商会、社团负责组织了。"

听陈会长说完，各社团、各区分会会长纷纷表态说有能力可以调集庆典所需人员；至于所需资金费用，他们分会完全有能力解决。随后，大家就庆典中的具体问题畅所欲言，各抒己见。

座谈会结束后，陈会长留下天晴几个人，明确庆典的具体方案：龙狮巡游队伍由南北龙狮组成，主场表演由南方龙狮负责。

最后，陈会长说："天晴，你的计划我看过了，有创意，特别是山狮那部分，我第一次看到，狮队在约克区吗？"陈会长面带微笑，关切地问天晴。

"不是，是我家乡南粤省灵羊县的，一种具有两千多年历史的原生态狮舞，据说还是南狮的始祖呢！"天晴简明扼要回答。

"时间紧，怎么办？这样吧，你与狮队加紧磋商，对狮舞的内容进行浓缩。"

"好的。"天晴掩饰不住喜悦地回答，"陈会长，我还有个建议，不知道该不该说……"

"说嘛，干吗吞吞吐吐！"

"这次庆典，盛况空前，可否制作一些小饰品赠给参加人员？一是小小奖励，二来留下纪念。"说完，天晴目光环视了众人一眼。

"这倒是一个漏掉了的问题。"陈会长笑笑，双手一摊说道。

"你有没有好的方案？"

天晴将与竹狮计划加工山狮表演道具的事说了一遍。陈会长说："这样吧，你迅速联系这家公司，报出价格，让我们商会、社团决策。"

这次座谈会后，庆典创作团队多次聚会，最后确定出庆典举行的总体方案和具体细节。

接到天晴信息后，竹狮着实高兴了一番。他马上召集属下200多个狮队队长开会，传达了天晴信息内容。经大家推荐，确定这次庆典表演由"群英堂"狮队担纲，重点训练武术"八策"套路和"山狮跳瓦坛""山狮跳竹竿""块耙旋转""藤碟对打""蜻蜓点水"五个山狮绝技。

不久，中加文化交流协会发出邀请函，邀请竹狮他们的狮队参加庆典演出。

那天上午，竹狮收到天晴从多伦多发来的微信：

"表哥，告诉您一个好消息，你们的报价已转发陈会长，样品也交给他了，他说完全接受。开心吗？"

"开心！"

"那你马上以你们公司的名义，将订购山狮道具的电子合同发给庆典组委会陈会长，待他们确定签字后办理公证。"

"好啊，我马上办理。"然后发给天晴一个拥抱、一个转身离开的表情。

2019年12月下旬，竹狮带着他和天晴付出巨大心血的狮队，走出国门，经过16个小时的旅程，来到枫叶之国加拿大，来到中国人民的老朋友白求恩的故乡多伦多，参加"中加两国建交50周年庆典"演出。

在国际航班出口处，天晴与孔德义等社团几个人，等候竹狮狮队的到来。一见面，天晴为竹狮、孔德义做了相互介绍，完后，大家坐地铁回到约克区龙狮社团，社团为来自祖国的同行接风洗尘，竹狮也将家乡的特产分送给他们。席间，大家以茶代酒，齐齐举杯，相互表达各自美好的祝福，憧憬美好的未来！

随后，竹狮他们住进了专门为这次庆典而设的训练村。说是"村"，其实是加拿大临时为庆典搭建的场所，这里远离市区，但交通便利，适合主场演出、巡游彩排。经批准，村里升起了中加两国国旗，加拿大警察负责安保，二十四小时有军装警察值班、巡逻。

狮队的食宿安顿好后，人员进入正规训练，大家不怕艰苦，一次又一次重复进行排练，他们共同的心愿，就是以最完美的姿态，将中国的传统文化展现在世界人民面前。

距离庆典还有几天时间，彩排仍然有条不紊地进行。这时，李莉莎、陈乐君、叶志聪也利用年休假机会来到多伦多，他们将共同见证、分享这美好时刻，为中国文化走出国门摇旗呐喊！

那天，竹狮、李莉莎、陈乐君、叶志聪受邀来到天晴的住处。天晴介绍说，这是约克区的别墅住宅区，全部是单家独户的别墅，每栋400多平方米面积，两层半楼房，配有花园、车房，租金适中。进入大厅，一盏爱尔兰碧翠吊灯悬挂在厅中央，米黄色的意大利真皮沙发，成半圆形摆在厅的左边，右边是一张小方桌，四张圆形凳子，都是竹乡灵羊的工艺品，雅致而古朴。正方墙上，挂有一幅描绘家乡灵羊螺松山的山水画。

看到客厅的摆设，竹狮笑笑对天晴说："中西合璧呢。"

竹狮刚在沙发上坐下，天晴凝视他很久，试图读懂他的内心世界……

晚上，他们在天晴住处品酒、聊天，一直到凌晨才回到酒店。

在训练彩排村，中加总导演经过反复推敲、试演，最后确定了庆典方案，包括主场演出、巡游路线、嘉年华晚会等。至于媒体推介，采用 YouTube 视频网站平台直播。

2020 年 1 月 1 日，加拿大多伦多庆典村广场披上节日的盛装，彩球飘飘，锣鼓喧天，人山人海。广场左右两边巨大的屏幕上，不断播出中加两国建交 50 周年的辉煌岁月。"中国—加拿大建交 50 周年暨中国年主题庆典"在这里举行巡游出发仪式。

今天主持巡游出发仪式的三位主持人分别是：中国中央电视台

男主播康易梓、加拿大电视台女主播艾莉丝·舒曼、中国香港 TVB
女主播沙莉。

康易梓首先用汉语致开场白："全世界的华人华侨，海峡两岸
及香港、澳门同胞，还有加拿大全体人民，以及全世界的电视观众，
大家好！"

接着，加拿大、中国香港主持人分别用英语、粤语重复了一遍。

康易梓继续说："在欢度新年元旦的日子里，我们在加拿大多
伦多庆典村广场，举办'中国—加拿大建交五十周庆暨中国年主题
庆典'活动，在此，我们谨代表中加文化交流协会向全世界人民拜
年，祝世界和平，人民生活美满！"

他说：本次活动采用 YouTube 视频网站同步直播，全球将有超
过十亿用户收看这次庆典的盛况！

接着，进行出发前的仪式：为龙狮点睛，启动巡游按钮。在礼
仪小姐引领下，中国驻加拿大大使馆大使、加拿大驻中国大使馆大
使、中加文化交流协会会长、加拿大华人华侨商会会长、多伦多市
市长为龙狮点睛。点睛完毕，全场响起震耳欲聋的锣鼓声。

五位嘉宾走到拉闸开关前，伸出右手，轻轻拉动横杆，顿时，
从天空飘下无数茉莉花和枫叶，色彩斑斓，像天女散花，象征中加
两国的友谊天长地久！

随后，陈炳权会长宣布巡游开始，刹那间，锣鼓喧天，彩旗招
展。56 个身穿中国 56 个民族服装的俊男美女走在前面，他们手执
鲜花，载歌载舞；中国元素队包括熊猫队、旗袍队、仙女队跟进；
在佛祖、猴王、王母娘娘引领下，50 头北狮，威风凛凛，仰天长
啸！50 头南狮先是匍匐向前，后咆哮跃进！50 头山狮时而憨态可
掬，时而威武雄壮！50 条中国龙不断翻滚、奔腾向前；50 部花车，
展示中加两国不同的文化背景、元素，缓缓驶出庆典村。

竹狮、天晴、李莉莎、陈乐君、叶志聪，手持中加两国国旗、

鲜花，走在巡游队伍中间。巡游队伍沿着加林多姿大道，进入唐人街，终点是多伦多天穹体育馆。巡游队伍经过的街道，内外几层，到处挤满热情的观众，他们手拿中加两国国旗，放声喝彩，不断呼叫："中加万岁！"一个多小时之后，巡游队伍到达天穹体育馆。

天穹体育馆被加拿大人称作"世界第八大奇迹"，该馆造价5亿加元，馆内可容纳观众6万多人，它是世界上第一座设开合式穹顶的体育场。屋顶分成四片，用方形钢管为骨架，上覆波形钢板和不透明的单层合成织物，以重达约1万吨、可自动开合的穹顶著称于世。该顶从启动到闭合只需20分钟，穹顶面积达3万多平方米。

待巡游队伍进入体育馆并按原定位置站好后，主持人康易梓宣布：表演开始！

首先出场亮相的是中国人民的英雄——"白求恩"，由多伦多大学一位教授扮演。他身穿八路军军服，用流利的中文向伟大的中国人民问好："恭喜发财！""祝伟大的中国人民身体健康，新年快乐！"他的话音刚落，体育馆响起震耳欲聋的锣鼓声！

接着出场的是加拿大多伦多大学学生表演的山狮广场舞，他们经过三个多月的速训，表演得有板有眼，500只山狮先后摆出"2020""50""中国""加拿大"中英文图案以及茉莉花、枫叶的造型。精彩的表演赢得现场观众热烈的掌声！

轮到山狮绝技"跳竹竿"上场。表演者必须有过硬的功夫（包括硬功、软功）才能进行，表演前还要用特殊的护罩护住阴部，十个汉子每两人各抬住一条竹杠的两端，共五条，组成交叉图案，并不断变换距离。

只见四头红黄色的山狮围在四周，一头黑色山狮向观众参拜后，纵身一跃，借力像猴子般飞上1.5米高竹杠组成的平台，在铿锵有力的锣鼓音乐伴奏下，时而探步，时而跳跃奔腾。突然，腾空跃起的山狮在落下时，由于竹竿不规则变化，表演者无法判断脚下情况，狮头的演员双脚踩空，一下子瘫倒在竹面上，好在一条竹竿托住大腿根，没有掉下来。而舞狮尾的演员左脚踩空，右脚被竹竿托住，整个身体倒向左边。这时，只见两人怒吼一声，各自利用竹竿的反作用力，施展轻功，一手抓住山狮，一手一拍竹竿，两人几乎在瞬间同时跃起竹面，继续做着各种高难动作！现场观众不断鼓掌，体育馆响起雷鸣般的掌声！

山狮表演完毕，舞龙、南狮跳高桩轮流上场。异彩纷呈的文艺表演，特别是清远市连南县的两个国家级非物质文化遗产项目——瑶族耍歌堂和瑶族长鼓舞，鲜艳的民族服饰，新奇的民族舞蹈，令人们耳目一新！而梅州市的客家山歌《春风吹开并蒂莲》，这个男女声二重唱，歌颂了男女之间纯洁的爱情，获得场上客家人的高声喝彩，如痴如醉！

另一个重头戏——嘉年华晚会，在多伦多安大略湖湖心岛进行。

这次嘉年华晚会，设主会场，但不设舞台，既有专业团体表演，又有观众参与，演员与观众之间，可以随意互动。

晚会在歌曲《我和我的祖国》中拉开帷幕。主唱这首歌的一男二女演员，是加拿大多伦多大学的在校学生，他们刚唱起第一句，观众中立即爆发出热烈的掌声！于是，竹狮、天晴、李莉莎、陈乐君、叶志聪与不少观众跑入主场中心，拉着手，围着主唱歌手，一边跳舞，一边演绎这首充满激情的歌曲。

轮到中国留学生出场，男女声二重唱加拿大经典歌曲《红河谷》："人们说你就要离开村庄，我们将怀念你的微笑……"刚唱到这里，天晴拉着他们几个又第一时间冲入表演区，其他几十个男女青年一齐跑到男女主唱左右两边，一齐高唱这首流传了一个世纪的经典金曲，乐队干脆停下来，让这群发烧友清唱。唱第二遍时，他们用英文进行演唱。

轮到加拿大一位年逾古稀的老人上场，他头上油光可鉴，穿上一套黑色燕尾礼服，西式打扮，观众以为他唱《我的太阳》之类的美声，谁知他嘴里吐出的竟然是一首地地道道的珠州民谣《落雨大》，让人忍俊不禁，哭笑不得："落雨大，水浸街……"这位曾在珠州工作多年的加拿大外交官，吐字清晰，字正腔圆，令无数人笑破肚皮，大呼意外！

该到竹狮的狮队上阵了，武术"八策"套路后，"块耙旋转"首先亮相，只见一个30多岁的武师，身穿短衫短裤，翻了几个跟斗到达会场中心，扎好马步，深呼吸，运气，用脚轻轻一挑，一支块耙直飞半空，垂直下来时，武师用脖子轻轻一碰，块耙乖乖地绕着脖子转了十几圈，武师右手抓住块耙柄，块尖向下，运气，用右脚轻轻一拍，块耙立刻像陀螺一样旋转起来。他点燃一支烟，吞云吐雾，五分钟后，烟灭耙停，观众目瞪口呆。还来不及从刚才的精彩回过神来，山狮武术绝技又上场了，是"藤碟对打"。一个左手执藤碟、右手抓住"策子"（似棍又似剑的铁兵器）的瘦汉，面对一个抓块耙、一个抓钩链、一个抓双刀的三个大汉，他大吼一声，运气、立正，他先用藤碟挡住三个大汉的进攻，右手的策子往下一插，身体与策子成90度角，以策子为旋转中心，以迅雷不及掩耳之势伸出双脚，"嘭——嘭——嘭"几下，将三个大汉踢翻在地。这时，观众发出"佛山无影脚""神腿"等呼叫声！三个大汉也非等闲之辈，顷刻翻身，重新进攻，将瘦汉团团围住，敌强我弱，在块耙、勾链、双刀刺将刺来的危急关头，瘦汉瞬间蹲下，将身体蜷缩，像青蛙一样，向前一跃，"噗"的一声，依仗藤碟滚出十几米远，一下子冲出包围圈，三个大汉面面相觑……掌声又一次响彻云霄！

压轴戏"蜻蜓点水"上场。观众将目光投向主场边的湖面，湖面上十几片芭蕉叶相隔两三米，一路延伸，足有50米长。岸边上，两个十二三岁的少年，深呼吸，运气，完后一个抓住狮头，一个抓住狮尾，从5米处助跑，像"蜻蜓点水"一样，沿着芭蕉路线，轻飘飘到达 50 米外候着的船上……

烟花会演，更将嘉年华晚会推向高潮！这些绚丽多姿的花朵，色彩斑斓，更让人叫绝的是，烟花升空后，炸出一个个意想不到的图案：先是"一带一路"，后是"孙悟空""观音菩萨""佛祖""山狮"，还有山狮道具的锣、鼓、镲……令观众目不暇接，拍案叫绝！

烟花会演结束后，在主场进行剪纸表演，剪纸内容限于山狮表演形态、道具，作品现场拍卖，收入归中加文化交流协会所得。另一边，竹狮、天晴、李莉莎、陈乐君、叶志聪组织狮队展开大摆卖，将山狮道具的陶瓷工艺品拿出来，供现场观众选购。由于购买的人数众多，排起了长龙，几万件工艺品被抢购一空。

这次巡游，吸引了加拿大多伦多几十万人沿途观看，而整个庆典，通过电视、手机观看的观众以十亿计算。

庆典结束后，天晴第一时间向老师尹强发去信息致谢：师恩浩荡，永生难忘！

令天晴意想不到的是，除了官方的祝贺，张之亮副部长以私人身份也发来贺信：祝贺庆典取得圆满成功！祝贺南粤选送的三个节目全部入选，表演出色！

天晴带着竹狮拜访了加拿大华人商会会长陈炳权，对他为中加两国文化交流做出的巨大努力表示钦佩！对他这次确定竹狮的公司作为礼品供应商表示衷心感谢！

陈会长说："竹狮，我发现你提供的山狮道具摆件寓意吉祥，色彩鲜艳，造型栩栩如生，令人爱不释手，连加拿大的朋友也竖起大拇指，你们公司有没有考虑借助这次庆典的轰动效应，与加拿大的大型连锁超市合作，进一步宣传中国的传统文化？"

"今天拜访您，其中一个原因，就是请陈会长助一臂之力。"竹狮待陈会长说完，迫不及待接上陈会长的话题。

"好啊，我可以引荐你去温哥华、多伦多两个城市的超市，看看他们有没有兴趣经销或代销这种纪念品。"

竹狮、天晴对陈会长的鼎力相助深表谢意！

在离开加拿大之前，孔德义团长通过霍志威副会长，与天晴、竹狮、李莉莎、陈乐君、叶志聪进行了详细交谈：

"孔团长，您觉得山狮技艺如何？"

"大家都认为，山狮技艺历史久远，尤其山狮武术绝技广受人们的喜爱，是我们国家的艺术瑰宝！"

"你们有什么打算？"

"我们好希望你们能留下一两个师傅，在这里收徒传艺，使山狮技艺在多伦多扎根、开花、结果。"

"应该没有问题。待我们处理好相关方面的具体细节后，给您一个满意的答复。"

"谢谢！"孔团长抱拳行礼。

竹狮召集大家商量，经过充分酝酿，一致认为留下师傅收徒传艺是一个好办法，但需要办好相关手续才行。

就要回国了，竹狮同天晴商量怎样支配这次售卖山狮工艺品所得的收益。

"天晴，为山狮技艺走出国门，你耗费了不少心血，也花去了不少钱财，我打算将这70万加元（约合350万元人民币）交给你来分配，好吗？"

"这怎么可以呢！钱是您赚的，理应属于您及您的公司。至于我为山狮的传承传播，虽然做了一定工作，但花钱并不多。这样吧，拿50万元人民币，除了解决我们几个平时的活动经费、今次我们一班人来参加庆典的费用之外，大家都买一些礼物，好吗？"

"好的。"

"其余的300万元以您的名义设立一个'山狮文化传播基金'，

用于山狮武术团队的发展壮大。"

"好，支持！"竹狮为天晴的无私而感动。

回国前一天晚上，天晴单独约竹狮来到自己的住处。他们的心是愉悦的，为山狮的传承传播，他们的确付出了很多，想到这，天晴这个泪点高的女人，也忍不住流下激动的泪水，竹狮用纸巾轻轻为她擦去泪花。这次，竹狮主动拥抱了天晴，把她紧紧搂在怀里……

要走了，天晴送竹狮、李莉莎、陈乐君、叶志聪等一行人到机场，在安检门口，天晴与他们依依惜别：

"天晴姐姐，舍不得离开您，您身在异乡，请保重！"李莉莎搂着天晴，眼眶红红的，久久不松开。

"天晴，如果回到家乡，请允许我第一个为您接风洗尘，好吗？"陈乐君开口道。

"谢谢！君子，祝您新年新气象，爱情事业双丰收！"天晴与陈乐君握手时，面露喜悦之情。

天晴主动走到叶志聪面前，击掌为礼："老同学，感谢一路有你！"

"天晴，期望你凯旋！"叶志聪握着她的手，深情地说。

天晴又走到竹狮面前，柔声说："表哥，那些药放在行李包里，已附有说明书，回去告诉二老，要按时吃药。"

"好的，我记得。"

"到家发信息给我。"天晴说这话时，声音低到只有他俩才能听见。

这一班青年才俊，时代的弄潮儿，为了中国传统文化的传承传播，走出国门，付出了辛勤的汗水，奉献了青春与心血！

他们搭乘的加拿大当地时间早上8点半出发的航班，16个小时后顺利到达中国珠州紫云机场，叶志聪、陈乐君分别回到家里，竹狮、李莉莎回到紫云山别墅。

不久竹狮收到天晴发来的一首诗，表达了情真意切的情感：

李子树
你扎根在崇山峻岭之上
无惧四季风云变幻
你绽放在深冬腊月之时
无惧风雪严寒
一簇簇含苞待放
一片片似月若云
不管是否被人关注
你一样吸取大地的精华
晨昏昼夜之间
默默地孕育着如诗般的果实

看到这首诗，竹狮顿觉力量倍增，他一头扎进工作中去，精心打造自己的商业王国。

结局篇

从加拿大回来后，喜讯不断传来：灵羊县升格为县级市；陈乐君在灵羊市文广新旅体局局长任上被任命为市委常委兼宣传部部长；叶志聪由省体育局科教宣传与交流处科长升任副处长。

而竹狮，全身心投入三江市的房地产公司开发建设，但是，由于国家产业政策的调整，银信部门放贷方向转变，房地产行业融资相当困难，竹狮的房地产公司也不例外，运作举步维艰。

一天晚上，何少溪用微信同何光勇、钟雪英进行视频通话：

"爸爸妈妈，你们身体好吗？"

"一切顺利，不用担心。"

"竹狮有没有过来看看你们？"

"有呀，一有空就来，很有孝心的。"钟雪英对竹狮赞叹有余。

"听说他公司的资金链快要断了，经营相当艰难，我想帮助他。"

何光勇马上表态："如果你确有能力，雪中送炭毕竟不是坏事。"

"知道了，爸爸。"说完，何少溪将镜头移到一张写字台上：

一个精乖伶俐、眉清目秀、年约 4 岁的男孩子，低着头正在写字台上画画。

"爸爸妈妈，有一个好消息，一直没有告诉你们，你们有外孙了。"

在何少溪示意下，男孩子站起来，面对镜头，双手抱拳用流利的粤语问候："公公、婆婆，你们好！我叫杰奇，是幼儿园中班的学生，祝你们身体健康，福如东海，寿比南山，万事如意！"

稚嫩的声音特别悦耳，作揖的动作令人发笑。

看到这个场景，何光勇、钟雪英开心极了，尤其钟雪英，拍着双手，面向丈夫，大声说："我做外婆了，我们何家有接班人了！"

她又转向镜头，轻轻地说："我的外孙杰奇，我们太爱你了！"

钟雪英沉浸在喜悦之中，忽然，何光勇觉得蹊跷，对钟雪英说："老婆，我们的女儿什么时候结婚了？"

"没结婚不等于不能有孩子呀，那是外国，懂吗？"

那边，何少溪说："杰奇，跟公公婆婆说拜拜吧。"

"公公婆婆，拜拜！"

正当竹狮为筹措资金焦头烂额的时候，他接到一个陌生的国际电话。

"竹狮，近来可好？"好熟悉的女声，但竹狮一时又想不起是谁。

"喂，您好，您是？"

对方不吱声，竹狮马上意识到，她在给自己机会，于是思维高速运转。

"……噢，知道了，你回来了吗？"

"没有，我在印尼，听说你的公司资金短缺，缺口多大？"

"以亿计算。"

"这样吧，刚好我们公司有一笔资金暂时用不上，借给你吧。"

"这个……"竹狮不置可否。

"无息贷款，三年期，你需要多少？"

"一个亿人民币，行吗？"竹狮像吃热汤圆一样，小心试探了一下。

"按我推算，你的资金缺口至少两个亿人民币，我借两个亿给你吧。"

"谢谢你，少溪。"

"你叫财务人员与我的财务总监联系吧，我已授权。"

挂了电话，一向自尊心极强的竹狮，心情很落寞，更有一种凄酸的感觉。

这就是竹狮，既有知识分子的清高，又无法摆脱商人的市侩。

尹楚倩走进来，准备向竹狮汇报资金的事，发现竹狮斜靠在大班椅上。

"您怎么啦？哪里不舒服？"尹楚倩小声问。

"没事呀。"竹狮强作欢颜。

不久，何少溪的两亿元资金到位，当其他房地产公司一筹莫展的时候，竹狮的房地产公司正紧锣密鼓地加紧施工。

晚上，竹狮来到何光勇家里，将何少溪借钱给自己的事告诉了师兄师嫂，并对他们一家人一直以来的鼎力支持深表谢意。

"狮仔，自从认识你以后，我们一直将你当儿子一样，因为是亲人，所以大家不要见外。至于小溪，在她的心里，除了父母，你是她这个世界上最亲的人，这一点你要明白。"钟雪英说完，何光勇点头，郑重其事予以肯定。

听完师嫂钟雪英的话语，竹狮若有所思，沉默片刻，没有再说什么。

一天傍晚，竹狮与邓彬从莞城回到珠州紫云山别墅，邓彬有事出去了，竹狮冲完凉，懒洋洋斜靠在床上看电视新闻，这时，门铃响了，竹狮心想可能是邓彬这"冒失鬼"忘记带钥匙了，他走下楼，出去一看，门口站着分别多年的吴曼斐。

此时的吴曼斐，穿着打扮时髦，但脸色苍白，目光忧郁，已经没有往日的神采。

"曼斐，怎么回来都不提前告诉我一声？不然，我去机场接你呀。"

"竹狮……"吴曼斐刚想同竹狮打招呼，但不争气的眼泪却先流了下来。

竹狮拿起吴曼斐的行李，把她迎进客厅，斟上茶。

"你吃饭了吗？"

"还没有。"

"那我们出去吃饭吧。"

"不想出去，我想吃面条。"

"好的，你先坐坐，我马上煮给你。"

很快，一碗热腾腾的鸡蛋面马上出现在吴曼斐面前。

吃完以后，吴曼斐告诉竹狮，这次回来，她不打算出去了。

"为什么？"竹狮关心地问。

"那里已经没有我留恋的东西。而且，你也知道我爸爸的情况，他被'双开'了，好在'自首'，主动退清了赃款赃物，免去追究刑事责任。"吴曼斐说话时目光呆滞，毫无表情。

吴曼斐家庭的破落，令竹狮难受，毕竟她是自己的初恋情人，而且她的爸爸吴良浩有恩于自己。

吴曼斐走到昔日与竹狮打暑假工时住的房间，虽然装修的风格变了，但当年的生活情景历历在目，她的眼泪又一次流下来。

第二天，邓彬开车，竹狮、吴曼斐回到端砚市区吴曼斐家里。

见到爸爸妈妈，吴曼斐放声大哭，吴良浩、程碧霞也忍不住流下眼泪。不过，看到女儿平安归来，他们心里多少还有些安慰。

在自己家庭遭受如此变故的危难时刻，看到竹狮亲自送自己的女儿回来，吴良浩站起来，走到竹狮面前，双手搭住竹狮的肩膀，哽咽着说："竹狮，是我害了你和斐斐，亲手毁了你们俩的幸福，造孽啊！"吴良浩痛心疾首。

吴曼斐走过来，不顾父母在场，紧紧拥抱竹狮，把头埋在竹狮的怀抱里。

此时，程碧霞也走过来，他们四人相拥而泣。人世间，除了功名利禄，毕竟还有恩情、亲情啊！

竹狮离开时，把一张银行卡交到程碧霞手里：

"阿姨，这个卡里有30万元人民币，是给您和叔叔养老的，请你们收下。斐斐以后的工作，如果需要我帮忙，我会尽力的，请你们放心。"

"这怎么行呢？我们受之有愧啊！"程碧霞过意不去，面向竹狮，又转向吴良浩。

见丈夫沉默不语，程碧霞也不再说什么了。

吴良浩一家三口送竹狮出门口，吴良浩、程碧霞真诚地说：

"竹狮，你和斐斐以后以兄妹相称吧。"

"好的。"竹狮、吴曼斐异口同声地说。

回到珠州，竹狮像往常一样，一有空就去何光勇家，与二老拉拉家常。

刚好李莉莎从灵羊打电话过来，语气急速，说李梓祥突然昏迷不醒，医院初步诊断是肝昏迷，怀疑是肝肿瘤，问竹狮怎么办。

竹狮先稳定李莉莎的情绪，说自己在师兄何光勇家里，一会儿再同她联系。

钟雪英听到这个消息，马上示意竹狮将电话给她。

"莎莎，不要急，慢慢说。"钟雪英作为省肿瘤医院的主任医师，对这种病司空见惯。

李莉莎将大概情况说了一下。

"你旁边有没有医生？如果有，请他接电话。"

"有，师嫂您稍等。"

钟雪英向当班医生了解情况后，觉得李梓祥病情严重，建议李莉莎着手办理转院手续，送李梓祥来省肿瘤医院救治。

钟雪英打电话回医院科室，知道有床位，叫竹狮告诉李莉莎，让灵羊市人民医院派救护车即送病人过来，她那边已做好接应工作。

竹狮先回紫云山别墅，冲完凉，与邓彬到省肿瘤医院，等待灵羊救护车的到来。

由于抢救及时，李梓祥总算回天有术，从鬼门关走了一圈又回来了。但由于是肝癌晚期，病情严重，医院下了病危通知书。

钟雪英在医生办公室，告诉竹狮、李莉莎，李梓祥随时有生命危险，要他们有心理准备。

看到李梓祥生命垂危，竹狮、李莉莎心情沉重、难过，但在李梓祥面前，他们都从容乐观，欣然面对。

感到自己时日无多，一天中午，李梓祥趁冠雄来探自己的机会，把杨瑞珍、竹狮、李莉莎叫到身边，语重心长地说，自己一生无憾，唯一放心不下的是尚未婚嫁的女儿，希望竹狮照顾好李莉莎。

竹狮当着师兄师嫂还有冠雄叔叔的面，庄严承诺：我会照顾好莎莎，绝不辜负师兄的期望！

一个月后，李梓祥去世了，竹狮以师弟身份，为师兄办完后事，他的孝心，令一众山狮人为之动容！

李梓祥的过早离世，对竹狮打击很大。当年父母去世，师兄李梓祥亲自发动众师兄弟，为竹青、竹狮筹款，两姐弟得以度过人生最艰难、最黑暗的岁月，这种恩情，令竹狮难以割舍、难以忘怀！

看到竹狮又黑又瘦，杨瑞珍、李莉莎痛在心里。

竹狮要回珠州了，晚上，李莉莎特意买了些竹狮喜欢吃的土猪肉，精心炮制了蒸果皮腩肉、黄菜萝卜猪骨汤。竹狮胃口很好，吃了两小碗饭。

李莉莎知道，自爸爸患病以来，竹狮饭量少，所以变得又瘦又黑，看竹狮饭量恢复到正常，她喜在心上。

"好吃？"

"好吃，两碗，还用说吗！"

杨瑞珍笑笑："吃得是福，多吃点。"

吃完饭，竹狮、李莉莎到小区长廊、凉亭漫步。李莉莎紧挨着竹狮，他们边走边谈。

"阳春三月雨连绵，正是樱花飘香时。师兄，螺松山的樱花盛开，有没有心情去欣赏下？"

"三江市的地产项目正在进行，可能要等下次才能陪你去。"

"好的。"

考虑到师兄李梓祥去世后，师嫂杨瑞珍需要照顾，竹狮建议李莉莎请一个职业经理人，负责天籁康乐健身培训中心有限公司的日常工作，请一个保姆，负责照顾师嫂的日常生活。

竹狮的提议，李莉莎欣然接受："我听您的。"

天色已晚，竹狮、李莉莎回到家里，杨瑞珍已冲完凉，回到房间看电视。

歇息一会儿，李莉莎叫竹狮冲凉，随后，她自己也沐浴完毕。

此时，不知道为什么，李莉莎心跳加速，面上热辣辣的。

竹狮明天要去珠州市，一个半月不回来，她觉得，有必要向竹狮表明自己的心迹了。

她身着薄如蝉翼、半透明的睡衣，出现在竹狮面前。

一直以来，竹狮当李莉莎亲妹妹一样，从没有留意过她的身材。今晚李莉莎的打扮，令竹狮心头一怔：匀称修长的身段，披肩的长发，出水芙蓉般散发着一种迷人的清香；粉红的瓜子脸，柔情如水的丹凤眼，雪白的颈项下高耸挺拔的胸脯，随着她的心率轻轻跳动，紧绷的臀部向后翘起，充满诱惑力。所有这一切，是那么的令人迷醉！

在自己的闺房，27 岁的李莉莎面对竹狮，深情表白：

"师兄，我知道您的心里有天晴姐姐，但请让我在您身边，今生今世陪伴您，其他的，我不奢求。"说完，不管竹狮是否愿意，主动上前，笨拙地拥抱、亲吻这个她深爱已久的男人。

这是李莉莎第一次与男人零距离接触，也是第一次主动向男人示爱。

竹狮一时半会儿还没有反应过来，他迟疑、憨厚的样子，更加激起李莉莎的欲望。

这边，是美丽、纯洁、痴情的李莉莎，还有师兄临终前的嘱托；那边，是两情相悦、正在异国他乡奋力拼搏、期待与竹狮早日重逢的天晴，如何选择，是摆在竹狮面前必须解决的难题……

后　记

　　相传，战国时期，在粤、桂、湘三省边区螺壳山地区的古宁阳（今广宁县），虎患严重，华南虎伤害人畜时有发生。在一次挖芋头的劳作中，一头凶猛的老虎扑向山民，情急之下，出于本能，山民慌乱中拿起装芋头的芋笠（箩筐）套在头上，并迅速蹲下身子，双手抓住芋笠左右摆动，准备同老虎决一死战。突然，原本直扑而来的老虎竟然停止进攻，只与山民对峙，最后反而被山民吓退了。随着人们对真狮子的认识，有人便用篾刀在芋笠上部切出一个口子，近底部的位置挖了对称的两个洞，左右侧面各加上一块木片，再用颜料画上鼻子，一个活灵活现的狮子头诞生了，这就是起源于古宁阳的芋笠狮子。由于它诞生于山区，名曰"山狮"，由此形成了弥足珍贵的原生态岭南（广宁）山狮舞。

　　岭南（广宁）山狮舞从战国时期一路走来，经历了两千多年的漫长岁月，在传承中不断完善、提高，直到 20 世纪 80 年代，随着改革开放的深入，农村大部分人外出打工，各种娱乐活动进村入户，老艺人年事已高，年轻人不愿学习，人员出现断层等诸多原因，狮舞日渐式微，乃至濒临失传。

　　作为岭南（广宁）山狮一代宗师黄国英的后人，为了先父执教的狮队能继续传承下去，让山狮舞流派发扬光大，从2003年开始，笔者集司机、采访、搜集、撰写于一身，流连于广宁及周边地区，探寻山狮文化的足迹，特别是2013年之后，放下一切商业事务，深入粤桂湘边区、珠江三角洲进行田野调查，寻访了100多支山狮队、500多个山狮艺人，发现整个流派狮队灭失率达到83%，状况堪忧。有鉴于此，笔者仅凭一己之力，多次召开父亲执教的粤、桂、湘边区尚存活的70多支山狮队负责人会议，为所属狮队购置了演出道具，包括山狮、大小面、服装、堂旗，还为经济不好的狮队添置了锣、鼓、镲等打击乐器，让狮队得以重建、恢复。2013年7月，在广宁县城建起了全国第一个山狮技艺纪念馆；2014年春节，举办了首次"黄国英先师执教狮队会演暨粤桂湘边区山狮武林大会"，参加狮队70支，演出人员1600多人；随后，受广东广播电视台邀请，带领狮队走出山门，到广州表演；之后，四次亮相中央电视台《乡土》《探索·发现》等栏目，向全国电视观众展现了岭南（广宁）山狮悠久的历史文化，其中《乐在广宁》《山狮江湖》播出时长均为26分钟。

2018年2月，笔者随朋友去广宁县木格镇看百亩山楂花，突然心血来潮，想创作一部以岭南（广宁）山狮为题材的长篇小说，反映改革开放四十年的伟大成就，希望在《岭南山狮初探》《竹魄雄风》的基础上，实现山狮题材三部曲的梦想。

刚开始构思时，脑海里一片空白、迷茫。冷静下来后，想起著名作家王朔说过："搞文学创作，对初入行者而言，最好的方法就是写身边发生的人和事。"于是，无数次翻阅一直坚持发的朋友圈（日记）点点滴滴，经过长时间酝酿构思，终于确立了小说的主题，搭起了情节的脉络构架。经过两年多的辛勤耕耘，长篇小说《狮舞花开》于2020年底完成初稿。

经朋友介绍，有幸结识了肇庆市作协名誉主席、中国作协会员、一级作家何初树老师，就作品向何老师请教，在何老师悉心指导下，笔者对小说进行了多次修改，得到了何老师的认同，认为《狮舞花开》作品题材新颖，且以传统文化为主线，具有时代气息，何老师为小说作了序。及后，又得到中国作协会员、广东省人民政府特聘参事、享受国务院特殊津贴的专家、广东珠江文化研究会创会会长、中山大学中文系教授黄伟宗老师的赏识，他说这是一部表现山狮文化的首创小说，欣然为小说题写了书名。

在两位名师的指点下，笔者对小说不断进行修改，几番精雕细琢，终于完成20万字的文稿。

在创作过程中，得到中共肇庆市委宣传部、市文联、市作协，中共广宁县委宣传部、县文联的大力支持，深表谢意！还有退休老干部梁承强、彭锦泉、周其发、张廷权、丰建新、高如金、郑国宗等老同志，以及水滴珠儿、子文、玉玲珑、田园牧歌、石头、永明、幸子等一众文友，对小说提出宝贵意见，还有在文中引用了广宁县一些诗人的作品，在此一并致谢！